SOMEONE TO REMEMBER – ALLEIN DIE LIEBE ZAEHLT

WILD WIDOWS 5

MARIE FORCE

Übersetzt von
LOTTA FABIAN

AF255000

»Aber nach und nach,
während du ihre Stimmen hinter dir ließest,
fingen die Sterne an,
durch die Wolkendecke zu leuchten,
und da war eine neue Stimme,
die du langsam
als deine eigene erkanntest,
die dir Gesellschaft leistete,
als du immer tiefer
in die Welt vordrangst,
entschlossen,
das Einzige zu tun, was du tun konntest,
entschlossen,
das einzige Leben zu retten, das du retten konntest.«

Mary Oliver

ÜBER DAS BUCH

Der fünfte Band der »Wilden Witwen« mit der Geschichte eines erneuten Verlusts, der Taylor – und die anderen Witwen – bis ins Mark erschüttert ...

Wenn das Schicksal zum zweiten Mal zuschlägt ...

Als ich vor Jahren gemeinsam mit Iris die »Wilden Witwen« gegründet habe, hätte ich niemals gedacht, dass ich die Gruppe ein zweites Mal brauchen würde. Doch genau das passiert, als mein neuer Ehemann Will bei einem tragischen Arbeitsunfall ums Leben kommt, sodass ich und meine beiden Kinder zum zweiten Mal untröstlich zurückbleiben – und das kurz vor der Geburt meines neuen Babys. Iris und die anderen stehen mir in dieser schwierigen Zeit unerschütterlich zur Seite, doch wir alle müssen uns nun damit auseinandersetzen, wie unberechenbar das Leben und die Liebe sein können. Wie sollen meine tapferen Witwen, die dabei sind, sich mit so viel Mut und Kraft ein neues Leben aufzubauen, weitermachen – jetzt, wo sie erlebt haben, dass das Unglück sie jederzeit erneut heimsuchen kann ...?

Dieser Band bietet ein Wiedersehen mit allen Paaren aus

den ersten vier Büchern und den Beginn einer neuen
Romanze, die in dieser Zeit erneuter Trauer für die Wilden
Witwen ihren Anfang nimmt.

Originaltitel: Someone to Remember © 2025 HTJB, Inc.

Copyright für die deutsche Übersetzung: © 2026 Lotta Fabian

Lektorat: Birte Lilienthal, Ute-Christine Geiler, Agentur Libelli GmbH

Deutsche Erstausgabe

ISBN: 978-1966871385

Alle Rechte vorbehalten. Kein Teil dieses Buches darf ohne Zustimmung der Autorin nachgedruckt oder anderweitig verwendet werden.

Die Ereignisse in diesem Buch sind frei erfunden. Die Namen, Charaktere, Orte und Ereignisse entspringen der Fantasie der Autorin oder wurden in einen fiktiven Kontext gesetzt und bilden nicht die Wirklichkeit ab. Jede Ähnlichkeit mit lebenden oder toten Personen, tatsächlichen Ereignissen, Orten oder Organisationen ist rein zufällig.

MARIE FORCE ist ein eingetragenes Markenzeichen beim United States Patent & Trademark Office.

Cover: Kristina Brinton and Ashley Lopez

Buchdesign und Satz: E-book Formatting Fairies

VORBEMERKUNG DER AUTORIN

Ein Jahr ist vergangen, seit wir das letzte Mal von unseren Wilden Witwen gehört haben – und dieses Jahr war in der Tat ereignisreich. Iris und Gage planen, am Thanksgiving-Wochenende zu heiraten, Roni und Derek sind in ihr neues Haus gezogen und haben beschlossen, ihre Hochzeit auf ins nächste Jahr zu verschieben, um mehr Zeit für die Planung des großen Tages und die Einrichtung ihres neuen Zuhauses zu haben. Wynter und Adrian haben am ersten April heimlich geheiratet und danach mit ihren engsten Freunden eine Party gefeiert.

Angelas drittes Kind, das drei Wochen nach Dylan Connolly geboren wurde und in »Someone To Watch Over Me – Mein Weg zu dir« noch keinen Namen hatte, wird in diesem Buch seinen ersten Auftritt haben.

Nachdem Toms Gesundheit wiederhergestellt ist, genießen er und Lexi ihre Beziehung und haben begonnen, Pläne für die Zukunft zu schmieden. Letzteres trifft auch auf mehrere andere Wilde Witwen zu.

Wie immer möchte ich daran erinnern, dass sich die Zeitachse dieser Serie von der der First-Family-Reihe unterscheidet, in der Angela und Roni gerade erst ihre Babys bekommen. Hier befinden wir uns schon weiter in der Zukunft. Ich bitte um Nachsicht, aber bei den Witwen muss genug Zeit vergehen, damit sie auch wirklich für einen Neuanfang bereit sind.

Nachdem nun also alle auf dem neuesten Stand sind, kommt hier »Someone to Remember – Allein die Liebe zählt«.

Taylor

Seit mich Wills Vorarbeiter angerufen hat, um mir mitzuteilen, dass es auf der Baustelle einen Unfall gegeben hat und Will mit dem Krankenwagen ins Inova Fairfax Hospital gebracht wird, befinde ich mich mitten in einem Albtraum. Mein Gehirn verweigert die Mitarbeit. Der einzige Gedanke, der mir in diesem Chaos durch den Kopf schießt, ist, dass er zum Inova gefahren wird, was bedeutet, er muss schwer verletzt sein, sonst hätte man sich garantiert für ein näher gelegenes Krankenhaus entschieden.

Irgendwie muss ich meiner Nachbarin wohl eine Nachricht geschickt haben, dass sie bitte rüberkommen und sich um die Kinder kümmern soll, aber ich habe keinerlei Erinnerung daran. Im einen Moment war Kate noch nicht da, und im nächsten steht sie bei mir im Wohnzimmer. Sie ruft mir ein Uber und bittet den Fahrer, sich zu beeilen, damit ich so schnell wie möglich zu meinem Mann in die Notaufnahme kann.

Will hatte eine Nachtschicht auf einer seiner Baustellen

eingelegt, bei der sie weit hinter dem Zeitplan zurückliegen. Um den Rückstand aufzuholen, hatten sie beschlossen, ab jetzt rund um die Uhr durchzuarbeiten.

Auf dem Weg zum Inova überlege ich, wen ich benachrichtigen sollte. Seine Eltern und meine, Geschwister, Freunde. Doch vorerst gebe ich noch niemandem Bescheid, weil ich starr vor Angst bin. Ich kann mich nicht bewegen, nicht denken, nichts anderes tun als beten. Mir ist übel vor Schrecken, Déjà-vu und Fassungslosigkeit.

Will hatte versprochen, mich und meine Kinder niemals zu verlassen. Er war unser Fels in der Brandung, während wir gelernt haben, ohne Greg zu leben, meinen ersten Ehemann und den Vater meiner Kinder, der vor sieben Jahren mit nur neunundzwanzig Jahren an einem Hirntumor gestorben ist. Damals war ich gerade siebenundzwanzig.

Der Fahrer bringt mich zügig zum Krankenhaus, aber ich bin nicht bereit, mich dem zu stellen, was mich dort erwartet. Als er vor der Notaufnahme anhält, dreht er sich zu mir um. »Ich hoffe, es ist alles in Ordnung.«

»Vielen Dank.« Ich brauche zwei Versuche, um die Tür zu öffnen, und als ich aussteige, geben mir beinahe die Knie nach. Für einen Moment fürchte ich tatsächlich, ich könnte stürzen und auf meinem runden Babybauch landen.

Bis ich in Wills lächelndes, attraktives Gesicht blicke und er mir versichert, es bestehe kein Grund zur Sorge, weil es ihm gut gehe und er sich um mich und die Kinder kümmern werde, wie er es immer tut, wird nichts in Ordnung sein.

Ich habe mich darauf verlassen, was ganz allein seine Schuld ist. Er hat sich für mich und meine Kinder unentbehrlich gemacht, und auch nur einen Tag ohne ihn als Mittelpunkt unseres Lebens zu verbringen, ist unvorstellbar. Ich eile durch die überfüllte Notaufnahme zur Rezeption.

»Ich bin gleich für Sie da.«

Ich muss mich wirklich sehr beherrschen, um die Frau

nicht anzuschreien, dass sie mir sofort mitteilen soll, wo mein Mann ist.

Nachdem ich mehrere Minuten lang angespannt gewartet habe, sage ich: »Bitte … Mein Mann ist gerade mit dem Krankenwagen eingetroffen. William Lonergan. Ich muss wissen … Ich muss zu ihm. Bitte.«

»Taylor!«

Ich drehe mich um und entdecke Bryan, Wills Vorarbeiter und Freund, der auf mich zuläuft. »Komm mit. Der Arzt hat versprochen, so schnell wie möglich mit uns zu reden.«

Er legt einen Arm um mich und führt mich in einen Raum, in dem zwei weitere Mitarbeiter von Will warten. Als ich ihre blassen, schockierten Gesichter sehe, vergrößert sich meine Angst.

»Was ist passiert?«

»Er ist vom Gerüst gefallen.«

Als mir die Knie nachgeben, hilft mir Bryan auf einen Stuhl.

»Wie tief?«

»Etwa fünfzehn Meter.«

»Oh mein Gott.« Ich möchte fragen, warum er nicht gesichert war, doch ich bringe die Worte nicht über die Lippen.

»Taylor …«

Ich schaue zu Bryan hoch, erschreckt davon, wie gequält er meinen Namen ausspricht.

»Ich glaub nicht, dass er es schaffen wird. Es ist möglich … Nun, ich vermute, dass er sich das Genick gebrochen hat.«

»Nein.« Ich kann das nicht. *Bitte, Gott. Nein.*

Ich bin mir nicht sicher, was danach passiert ist, aber als ich wieder zu mir komme, liege ich in einem Bett, angeschlossen an Monitore und mit einem Zugang auf dem

Handrücken. Ich höre das Echo des Herzschlags meines Babys, einen gleichmäßigen Rhythmus.

Ich habe keine Ahnung, was los ist, bis ich Bryan aufgelöst am Fußende meines Bettes auf und ab gehen sehe. Und dann fällt es mir wieder ein: Will. Er ist von einem Gerüst fünfzehn Meter in die Tiefe gestürzt. Hat sich möglicherweise das Genick gebrochen. Ist wahrscheinlich tot.

Mein Will. Der Mann, der in mein Leben – und das meiner Kinder – getreten ist, nachdem wir Greg verloren hatten, und alles besser gemacht hat … Oh mein Gott, das Baby. Die Geburt unseres kleinen Jungen steht im nächsten Monat an.

»Bryan.«

Er hält an und dreht sich zu mir um. Sein verzweifelter Gesichtsausdruck sagt mir alles, was ich nicht hören möchte.

Ich breche in haltloses Schluchzen aus. »Nein.«

Bryan kommt zu mir und nimmt meine Hand. »Es tut mir so leid, Taylor. Sie glauben, dass er sofort tot gewesen ist und nicht gelitten hat.«

Ich schüttle den Kopf, während mir die Tränen über die Wangen laufen. Das kann nicht wahr sein. Wie soll ich das meinen Kindern erklären? An ihren leiblichen Vater erinnern sie sich kaum, doch Will lieben sie. Er ist ihr Vater geworden, hat sie getröstet, wenn sie sich das Knie aufgeschürft hatten, und geduldig an Puppen-Teepartys teilgenommen.

»Gibt es jemanden, den ich für dich anrufen kann?«

Wenn ich es jemand anderem erzähle, wird es real.

Mein wunderbarer Will ist tot.

»Ich möchte ihn sehen.«

»Das halte ich für keine gute Idee.«

»Ich brauche das. Bitte. Würdest du mich zu ihm bringen?«

»Ich schau mal, was ich tun kann«, antwortet er zögernd.

Nachdem er den Raum verlassen hat, starre ich auf die

Tafel an meinem Bett, auf der mein Name und der der für mich zuständigen Krankenschwester stehen, und frage mich, wie um alles in der Welt es sein kann, dass mich dieser Albtraum ein zweites Mal ereilt. Wie soll ich ohne den Mann weitermachen, der mir mit seiner Liebe und Hingabe das Leben gerettet hat?

Anders als bei den meisten Witwen, die nach einem schrecklichen Verlust bei einer neuen Beziehung vorsichtig sind, war es bei uns von Anfang an so perfekt, dass ich nicht lange nachdenken musste, ob ich mit ihm zusammen sein wollte. Mich in Will zu verlieben, war das Einfachste und Natürlichste, was mir je passiert ist, und ich habe keine Sekunde gezögert, sondern mit beiden Händen die Chance ergriffen, wieder glücklich zu sein.

Ich habe meine Witwenschaft hinter mir gelassen, bin erneut Ehefrau geworden und habe nie zurückgeblickt. Trotzdem habe ich Gregs Andenken bewahrt, habe an seinem Geburtstag, unserem Jahrestag und manchmal auch einfach so an ihn gedacht. Ich hab ihn nicht vergessen, obwohl ich mir mit Will ein neues, glückliches Leben aufgebaut habe. Nach Gregs Tod hatte ich mir fest vorgenommen, ihn in den Erinnerungen unserer Kinder lebendig zu halten.

»Sie haben gesagt, du könntest gleich zu ihm«, erklärt Bryan bei seiner Rückkehr.

»Ich brauche meine Freundin Iris.« Sie ist die Einzige, die ich bei mir haben will. Sie wird wissen, was zu tun ist. »Hast du mein Handy?«

Als er es mir gibt, sehe ich als Erstes eine Nachricht von meiner Nachbarin Kate, die sich erkundigt, wie es Will geht.

Ich bin schockiert, als ich merke, dass es bereits nach Mitternacht ist. Was zum Teufel? »Bin ich ohnmächtig gewesen?«

»Ja, sogar eine ganze Weile. Du hast uns echt einen schönen Schrecken eingejagt.«

Tränen blenden mich, sodass ich das Handy-Display kaum erkennen kann, als ich Iris' Nummer suche und den Anruf tätige, der es offiziell macht.

Ich bin Witwe.

Zum zweiten Mal.

Iris

Ein Anruf um Mitternacht kann nichts Gutes bedeuten. Das ist mein erster Gedanke, als ich mich im Bett umdrehe, um mein Handy vom Nachttisch zu nehmen, in der Hoffnung, es zum Schweigen zu bringen, bevor das Klingeln Gage weckt. Ich lese »Taylor« auf dem Display und bin sofort hellwach. Ich schnappe mir das Telefon, verziehe mich damit ins Bad und schließe die Tür. Ich habe schon seit einigen Wochen nicht mehr mit meiner Freundin, einer Mitbegründerin der Wilden Witwen, gesprochen, und sie hat mich noch nie mitten in der Nacht angerufen.

»Hey.«

»Iris.«

»Was ist los?«

Ich höre nur herzzerreißendes Schluchzen, und das macht mir Angst vor dem, was sie mir gleich erzählen wird.

»Taylor, Liebes …«

»Es ist Will.«

Nach über fünf Jahren als Witwe hat sie vor zwei Jahren wieder geheiratet und erwartet nun ihr erstes Kind von ihrem zweiten Ehemann.

»Was ist mit ihm?«

»Er … Er hatte einen Arbeitsunfall und ist tot.«

»Oh Gott, nein.«

»Iris …« Die Art, wie sie meinen Namen ausspricht, verrät mir, wie dringend sie mich braucht.

»Ich komme sofort.«

»Ich … Ich bin im Inova. Ich bin ohnmächtig geworden …«

»Geht es dir gut? Und dem Baby?«

»Iris, ich …«

»Ich bin in einer halben Stunde da.«

»Ich kann das nicht noch einmal. Das schaffe ich einfach nicht.«

»Ich bin schon auf dem Weg. Sollen wir weiter telefonieren?«

»Äh, nein, ich glaub nicht.«

»Ich bin gleich bei dir.«

»Danke.«

Während ich mich hastig anziehe, öffnet Gage die Tür zum Badezimmer. »Was ist los?«

»Taylors Ehemann Will hatte einen tödlichen Arbeitsunfall.«

Ich kann an seinem Gesichtsausdruck verfolgen, dass ihn die Nachricht wie ein Schlag in die Magengrube trifft. Das ist das schlimmstmögliche Szenario für jemanden, der verwitwet ist: zu hören, dass es wieder passieren kann.

»Ich fahre dich.«

»Das musst du nicht. Du kennst sie ja kaum.«

»Aber ich weiß nur zu gut, was sie durchmacht. Oder besser gesagt … Ich weiß, wie es ist, wenn so was ein Mal passiert. Das hier …«

»Ich weiß. Es ist unglaublich, sie ist schwanger, und der Geburtstermin ist nächsten Monat.«

»Himmel.«

»Beeil dich. Ich muss zu ihr.«

Meine Mutter hat letzte Nacht bei uns übernachtet, damit wir etwas mit unseren Freunden von den Wilden Witwen unternehmen konnten. Zum Glück kann ich die Kinder in ihrer Obhut lassen, denn ich möchte Gage unbedingt dabeihaben. Ich schreibe ihr eine Textnachricht, um sie wissen zu lassen, was los ist.

Während er sich in unserem begehbaren Kleiderschrank anzieht, putze ich mir die Zähne und binde mir die Haare hoch, wobei meine Hände so heftig zittern, dass ich es fast nicht hinkriege.

Immer wenn jemandem, den ich kenne, so was passiert, erinnere ich mich sofort an den Anruf, bei dem mir mitgeteilt wurde, dass mein Mann Mike bei einem Flugzeugabsturz ums Leben gekommen war, während ich zu Hause war, mit drei kleinen Kindern, darunter ein Baby.

Ich bin sicher, dass Gage das gleiche schreckliche Déjà-vu-Gefühl hat, da er seine Frau und seine achtjährigen Zwillingstöchter bei einem Verkehrsunfall verloren hat.

Jede Art von Tragödie bringt Empfindungen und Erinnerungen zurück, die wir lieber vergessen als erneut durchleben möchten, doch wir sind immer da, um andere in so einer Situation zu unterstützen. Das ist die Mission der Gruppe, die Taylor und ich zusammen mit unserer Freundin Christy in der ersten Zeit unserer Witwenschaft gegründet haben.

Und jetzt hat das Schicksal bei Taylor erneut zugeschlagen.

Es ist kaum zu glauben und erinnert uns einmal mehr daran, dass wir gegen Katastrophen niemals gefeit sind, selbst wenn wir schon einmal durchs Feuer gegangen sind, um einen unerträglichen Verlust zu überleben.

Ich zucke zusammen, als Gage mir seine Hände auf die Schultern legt, obwohl ich in den Spiegel schaue und ihn hätte sehen müssen. Ich kann mich nicht konzentrieren, so sehr bin ich von Ungläubigkeit und unfassbarer Trauer für meine liebe Freundin erfüllt.

»Können wir los?«

»Ich … Ich weiß nicht. Das ist einfach …«

»Es ist so furchtbar unfair. Sie wird uns brauchen – und den Rest der Gruppe.«

»Ja, das wird sie.« Ich presse eine Hand auf meinen schmerzenden Magen. »Ich hab nie auch nur eine Sekunde lang gedacht, dass so was zweimal passieren könnte. Obwohl mir natürlich klar ist, dass es theoretisch möglich ist. Es ist nur …«

»Es ist schockierend und schrecklich traurig. Und es führt uns vor Augen, dass wir nichts für selbstverständlich halten dürfen.«

»Genau. Ich könnte diesen Albtraum kein zweites Mal durchstehen.«

»Das könntest und würdest du. So wie du es beim ersten Mal getan hast, weil du Kinder und keine andere Wahl hast. Aber darüber müssen wir uns jetzt keine Gedanken machen. Wir müssen zu Taylor.«

Gott sei Dank gibt es ihn. Das habe ich mir so oft gedacht, seit er bei uns eingezogen ist. Er ist eine unglaubliche Stütze, wann immer ich sie brauche, und war es auch vor allem während meiner Behandlung wegen Brustkrebs im Frühstadium. So muss er sich gefühlt haben, als bei mir die Krankheit diagnostiziert wurde und er sich damit auseinandersetzen musste, dass er mich ebenfalls verlieren könnte.

Im Laufe der Jahre bin ich immer besser darin geworden, frisch Verwitwete zu unterstützen, etwas, was ich mir nie hätte träumen lassen, als ich noch glücklich mit Mike verheiratet war. Doch in den Jahren nach dem tödlichen Absturz hab ich viel über Trauer und die besonderen Herausforderungen gelernt, mit denen sich Menschen kurz nach dem Tod des Partners konfrontiert sehen, wenn sie noch fast ihr ganzes Leben vor sich haben.

Themen wie Dating und Sex – und die Vorurteile derer, die finden, es sei zu früh, oder was auch immer sie sonst noch für Unsinn sagen mögen – sowie das Zusammenleben zweier Familien und der Umgang mit zwei Paar Schwiegereltern sind für mich mittlerweile zur Routine geworden, aber das hier … Zum zweiten Mal Witwe zu werden, bevor man fünfunddreißig ist … Damit habe ich keinerlei Erfahrung, was mir auch ganz recht war.

Als wir in seinem Range Rover auf dem Weg zum Inova sind, greift Gage nach meiner Hand.

»Die ist ja eiskalt.«

»Das ist der Schock. Meine Hände werden immer kalt, wenn etwas Schreckliches passiert.«

»Warum hab ich davon nichts gewusst?«

»Weil es zum Glück schon lange keinen solchen Schock mehr gegeben hat.« Ich werfe einen Blick auf sein markantes Profil, während er die Augen auf die dunkle Straße gerichtet hält. »Wie soll ich ihr dabei helfen? Ich fürchte, dazu bin ich nicht in der Lage …«

»Doch, bist du. Ganz bestimmt.«

»Trotzdem. Das ist eine völlig neue Dimension, Gage. Und was für eine Wirkung wird es auf die anderen haben, wenn sie es erfahren?«

»Es wird für alle ein Hieb in die Magengrube sein. Aber es ist ja nicht so, als hätten wir nicht gewusst, dass so etwas möglich ist.«

»Es theoretisch zu wissen und es tatsächlich bei einer Freundin zu erleben, das sind zwei ganz verschiedene Dinge.«

»Du hast recht, doch der Prozess wird für sie – und für uns als ihre Unterstützer – der gleiche sein, nur dass sie dieses Mal besser dafür gerüstet ist.«

»Niemand sollte so was zweimal durchmachen müssen.«

»Absolut.«

»Wir müssen es den anderen sagen …« Bei dem Gedanken, unsere verwitweten Freunde darüber zu informieren, verspüre ich Angst.

»Noch nicht. Lass uns erst mit Taylor sprechen und herausfinden, was sie braucht. Wir erzählen es ihnen später.«

Ich befolge seinen Rat nur zu gerne. Er hat darin mehr Erfahrung als ich und die meisten anderen, und seine klugen Einsichten sind von unschätzbarem Wert für uns.

»Gage …«

»Was ist, Süße?«

»Wir müssen dringend zu Joy und deine Adoption der Kinder endgültig machen. Sollte mir etwas zustoßen …«

»Das wird nicht passieren.«

»Aber falls doch, möchte ich, dass sie bei dir bleiben, und dazu muss das offiziell geregelt sein.«

»Noch vor der Hochzeit?«

Wir wollen am Samstag nach Thanksgiving heiraten, also in weniger als zwei Wochen.

»Am besten sofort. Ich will nichts dem Zufall überlassen.«

»Ich hoffe, du weißt, was es mir bedeutet, dass du sie mir anvertrauen willst.«

»Natürlich weiß ich das. Du bist ihr Daddy Gage, und daher ist es auch genau das, was sie wollen würden.«

»Ich leite das in die Wege, aber zuerst müssen wir uns um Taylor kümmern.«

Und wir müssen uns auch um die anderen Wilden Witwen kümmern, die von Taylors Tragödie in ihren Grundfesten erschüttert sein werden.

Aber wir werden ihnen dabei helfen, das durchzustehen. Irgendwie.

2

Taylor

Während ich auf Iris warte, starre ich mit tränenverschleiertem Blick an die Zimmerdecke, denke an Will und erinnere mich daran, wie wir uns kennengelernt haben. Er war zu uns gekommen, um sich nach einem Sturm ein Bild von den Schäden am Dach meines Hauses zu machen und einen Kostenvoranschlag für mich zu erstellen. Wir haben uns auf Anhieb richtig gut verstanden. Das Angebot hat er mir per E-Mail geschickt und dazugeschrieben: *Egal, ob ich den Auftrag für die Dachreparatur krieg oder nicht, hätten Sie vielleicht Lust, mal mit mir essen zu gehen?*

Bei der Erinnerung daran schluchze ich auf. Ich hatte Kate gerade erst anvertraut, dass der Handwerker, der die Sturmschäden an meinem Dach begutachtet hatte, ein total süßer Typ sei. Sie hatte gemeint, es sei das erste Mal seit Gregs Tod gewesen, dass sie mein altes Strahlen gesehen habe.

Nachdem ich Wills E-Mail mit der Einladung erhalten hatte, hab ich Kate sofort eine Textnachricht geschickt, dass sie auf ein Glas Wein vorbeischauen soll, weil ich spannende Neuigkeiten hätte.

Fünf Minuten später stand sie vor meiner Tür. Als ich ihr erzählt hab, dass der süße Dachdecker mich um ein Date gebeten hatte, hat sie vor Aufregung so laut geschrien, dass meine Tochter Eliza erschreckt zu uns in die Küche gestürmt ist, um zu gucken, was los war.

»Es ist alles in Ordnung, Schatz«, habe ich sie beruhigt. »Tante Kate schreit, weil sie sich so freut.«

»Ihr seid komisch«, hat Eliza mit all der Verachtung festgestellt, zu der eine Sechsjährige gegenüber erwachsenen Frauen fähig ist, bevor sie sich wieder ins Wohnzimmer vor den Fernseher verzog, wo sie gerade was geguckt hatte.

»Ich will alles haarklein wissen«, hat Kate verlangt. »Und lass ja nichts aus.«

Ich schluchze so heftig, dass ich am ganzen Körper zittere.

Eine Ärztin öffnet die Tür, um nach mir zu sehen. »Mrs Lonergan, ich bin Dr. Goodwin. Mein aufrichtiges Beileid.«

»D-danke. Das Baby …«

»Alles gut. Allerdings ist Ihr Blutdruck zu hoch, deshalb würde ich Sie gern über Nacht hierbehalten.«

»Ich … Ich muss nach Hause. Meine Kinder. Ich muss zu ihnen und für sie da sein.«

»Im Moment sind Sie und das Baby hier besser aufgehoben. Haben Sie jemanden, der sich um Ihre Kinder kümmern kann?«

»Ja. Ich ruf sie an.«

Alles in mir sträubt sich dagegen, Kate, die Will fast so sehr geliebt hat wie ich, mitzuteilen, dass er tot ist.

»Ich will zu meinem Mann. Es hieß, ich könne …«

»Ihr Freund Bryan hat erwähnt, dass eine Freundin auf dem Weg ist. Wollen Sie vielleicht auf sie warten?«

»Ja, Iris ist schon unterwegs. Ich brauche sie bei mir.« Ich blicke zu der freundlichen jungen Ärztin hoch. »Was soll ich nur tun? Wie kann Will tot sein? Mein erster Mann ist an einem Hirntumor gestorben …«

Ihr Gesicht verzieht sich mitfühlend. »Oh nein. Das tut mir so leid.«

»Ich kann das nicht noch einmal durchstehen«, erkläre ich unter Tränen. »Meine Kinder … Das Baby … Wie soll ich das schaffen?«

Sie nimmt meine Hand. »Ich kann mir kaum vorstellen, was Sie gerade durchmachen, aber Ihr Baby braucht Sie, genau wie Ihre älteren Kinder auch.«

»Ich … Ich weiß … Ich weiß bloß nicht, wie …«

»Ich bin da«, verkündet Iris, die just in dem Moment das Krankenzimmer betritt.

Die Ärztin geht einen Schritt beiseite, damit meine Freundin zu mir kann.

Iris drückt mich fest, während ich in ihren Armen schluchze. Trotz der Verzweiflung und der überwältigenden Trauer tröstet mich ihre Anwesenheit. Wir halten einander lange, bevor sie sich zurücklehnt, um mich anzuschauen. Ihr Gesicht ist ebenfalls tränenüberströmt. »Womit kann ich dir helfen?«

Ich schätze es, dass sie weiß, wie es läuft, und nicht mit Plattitüden wie »Wenigstens hat er nicht gelitten« oder anderen dummen Sprüchen anfängt, die typischerweise von Leuten kommen, die sich nie in unserer Lage befunden haben.

»Ich soll zur Beobachtung hierbleiben, weil mein Blutdruck erhöht ist.«

»Dann bist du hier am besten aufgehoben.«

»Ich wollte warten, bis du da bist, bevor ich mich zu ihm bringen lasse.«

»Ich bin für dich da, egal was du brauchst.«

»Ich muss noch alle informieren.«

»Das kann ich übernehmen.«

»Ich kann dich nicht bitten, seine Eltern anzurufen. Das muss ich selbst erledigen.«

»Dann setze ich mich zu dir, während du mit ihnen redest.«

»Wie soll ich ihnen das nur beibringen? Er war ihr Ein und Alles.«

»Sag es ihnen in ganz einfachen Worten. Mehr kannst du nicht tun.«

Ich starre lange auf mein Handy, bevor ich den Anruf tätige, der das Leben von Menschen, die ich sehr liebe, für immer verändern wird. Sie haben mich und meine Kinder mit offenen Armen aufgenommen und uns zu einem Teil der Familie Lonergan gemacht. Was wird jetzt geschehen, wo wir Will und damit unser Verbindungsglied zu ihnen verloren haben?

Mir ist übel, als ich nach der Nummer meiner Schwiegermutter suche. Mein Daumen schwebt für einen langen Moment über ihrem Namen, bis ich draufdrücke, um ihr die schreckliche Nachricht zu übermitteln.

Claire ist mir eine wunderbare Freundin geworden und meinen Kindern eine großartige Großmutter. Mir bricht das Herz, als sie rangeht, die Stimme vom Schlaf heiser.

»Taylor … Schatz … Ist alles in Ordnung?«

»Nein. Ich … Es ist was mit Will.«

»Was? Was ist passiert?«

»Er hatte einen Unfall bei der Arbeit und …«

Sie schreit so laut, dass ich das Telefon von meinem Ohr weghalten muss.

»Bitte sag mir nicht …«

Im Hintergrund höre ich meinen Schwiegervater Frank fragen, was zum Teufel los ist.

»Will. Ihm ist bei der Arbeit was zugestoßen.«

»Das in den Nachrichten«, meint Frank. »War er das?«

»Ich … Ich weiß nichts von den Nachrichten, aber er ist vom Baugerüst gestürzt. Sie … Die Ärzte meinen, er sei wahrscheinlich beim Aufprall gestorben.«

Claires herzzerreißendes Schluchzen ist kaum zu ertragen. Will ist ihr besonderer Liebling gewesen, laut seinen älteren Schwestern, genau wie ihrer auch.

Frank übernimmt das Telefon. »Wo bist du, Liebes?«

»In der Notaufnahme vom Inova.«

»Wir sind schon auf dem Weg.«

Er legt abrupt auf. Was gibt es auch sonst noch zu sagen?

»Sie werden seine Schwestern anrufen, oder?«, fragt Iris und sieht genauso niedergeschmettert aus, wie ich mich fühle.

»Ja.«

Ich bemerke Gage, der an der Tür steht. »Komm rein«, fordere ich ihn auf.

Obwohl ich ihn bisher nur ein paarmal getroffen habe, ist seine Anwesenheit tröstlich, weil auch er nachvollziehen kann, wie ich mich fühle. Ich lese immer noch täglich seine inspirierenden Instagram-Posts.

»Es tut mir so leid, Taylor.«

»Danke, dass du ebenfalls hier bist.« Er ist Witwer, daher hätte ich es ihm nicht verdenken können, wenn er sich aus dieser Katastrophe herausgehalten hätte. Trotzdem bin ich froh, dass er Iris begleitet hat.

»Wir sind für dich da«, erklärt er. »Was auch immer du brauchst, wann immer du es brauchst.«

Bei seinen lieben Worten muss ich erneut weinen. Als ich mit Iris und Christy die Wilden Witwen gegründet habe, wer hätte da geahnt, dass ich die Gruppe gleich zweimal in meinem Leben brauchen würde? Ich jedenfalls nicht, so viel steht fest.

»Ich möchte zu Will.«

»Ich werde mich erkundigen, ob sich das einrichten lässt«, verspricht Gage.

»Sein Vorarbeiter und Freund Bryan hat bereits gefragt, aber ich hab dazu nichts mehr gehört.«

»Ich bin gleich wieder da.«

»Es ist so nett, dass Gage hier ist«, bemerke ich, an Iris gewandt. »Dabei kennt er mich ja kaum.«

»Er weiß, was du durchmachst, und will helfen. Das wollen wir beide.«

»Andere Freunde hätten garantiert versucht, mir davon abzuraten, Will zu sehen. Ihr wisst, dass ihr das nicht tun solltet, und genau das brauche ich jetzt.«

»Du entscheidest.«

»Ich muss meine Eltern bitten, auf die Kinder aufzupassen.« Ich führe ein weiteres qualvolles Telefonat, diesmal mit meinen Eltern, die Will fest ins Herz geschlossen hatten und so dankbar dafür waren, dass ich mit ihm ein neues Glück gefunden hatte.

»Was gibt es?«, fragt meine Mutter.

»Will ist tot.«

»Was?«

Ihr Schrei weckt meinen Vater, der das Telefon übernimmt. »Was ist los?«

Also muss ich es noch einmal erzählen, unter Tränen und mit abgrundtiefer Verzweiflung, die alles durchtränkt, was ich im Moment empfinde. »Will ist bei einem Arbeitsunfall ums Leben gekommen.«

»Oh Gott, Taylor. Ich weiß nicht, was ich sagen soll, Süße.«

»Könnt ihr, du und Mom, Kate bei den Kindern ablösen? Sie ist schon seit Stunden dort.«

»Natürlich. Was ist mit dir? Und dem Baby?«

»Meine Freunde Iris und Gage sind hier bei mir. Mit dem Baby ist alles in Ordnung, doch ich soll trotzdem zur

Beobachtung hierbleiben, weil mein Blutdruck erhöht ist. Aber mir geht es gut … Oder, nun ja, nicht *gut*, ihr wisst schon …«

Sie haben das schon einmal mit mir durchgemacht. Das letzte Mal hatten wir jedoch reichlich Vorwarnung, dass Greg seinen Kampf verlieren würde. Den Schock über diesen Unfalltod zu verarbeiten, wird Monate, wenn nicht Jahre dauern.

»Schreib Kate, dass wir auf dem Weg sind«, antwortet Dad. »Und, Süße, es tut uns so, so leid.« Seine Stimme bricht. »Wir haben Will wie einen Sohn geliebt.«

»Ich weiß, Daddy. Er hat euch auch geliebt.«

»Was sollen wir den Kindern sagen, wenn sie aufwachen?«

»Dass ich bald heimkomme.« Meine Kinder sind einfühlsam und sehr weit für ihr Alter. Sie werden einen Blick auf ihre Großeltern werfen, mit denen sie so vertraut sind, und sofort erkennen, dass etwas Furchtbares passiert ist.

»Okay, Süße. Halte uns auf dem Laufenden, wie es dir geht. Ich wünschte, wir könnten mehr tun.«

»Das Wissen, dass ihr bei den Kindern seid und euch um sie kümmert, ist genau das, was ich jetzt brauche.«

»Wir lieben dich. Es tut uns furchtbar leid.«

»Ich liebe euch auch.«

Kaum habe ich das Gespräch beendet, klingelt das Telefon. Es ist Kate.

»Das ist meine Nachbarin. Sie ist bei den Kindern. Ich … Ich muss es ihr sagen …« Nachdem ich es meinen Eltern und Schwiegereltern erzählt habe, fühle ich mich so ausgelaugt, dass ich mir nicht vorstellen kann, das noch einmal zu tun, selbst nicht mit einer meiner besten Freundinnen.

»Soll ich das übernehmen?«

»Würdest du das tun?«

»Natürlich.« Iris greift sich das Handy. »Hallo, Kate, hier

ist Taylors Freundin Iris. Sie … Sie hat mich gebeten, dich zu informieren, dass Will …« Ihre Augen füllen sich mit Tränen. »Er hat den Unfall auf der Baustelle nicht überlebt.«

Ich kann Kate weinen hören, obwohl das Telefon nicht auf Lautsprecher gestellt ist.

»Sie wollen sie zur Beobachtung hierbehalten, weil ihr Blutdruck erhöht ist. Kannst du bei ihren Kindern bleiben, bis ihre Eltern eintreffen?« Nach einer Pause sagt sie: »Danke, Kate.« Eine weitere Pause. »Das werde ich.«

Sie reicht mir das Telefon zurück. »Sie ist untröstlich.«

»Sie war von Anfang an sein größter Fan. Schließlich war sie die Erste, die erfahren hat, dass er mich um ein Date gebeten hatte.« Wenn ich an den Beginn unserer Liebesgeschichte denke, muss ich lächeln, bis mir wieder einfällt, dass sie jetzt vorbei ist, und dann schluchze ich erneut in Iris' Armen. »Wie?«, frage ich sie. »Wie soll ich je darüber hinwegkommen? Und meine Kinder … Sie haben ihn so sehr geliebt.«

»Ich wünschte, ich hätte die richtigen Worte für dich, aber es gibt einfach keine, die angemessen wären. Das ist so furchtbar ungerecht.«

»Ich weiß nicht, wie es weitergehen soll. Was soll ich jetzt nur machen, Iris?«

»Gönn dir eine Minute Zeit, und atme tief durch. Das ist alles, was du tun kannst.«

»Mein Will. Mein geliebter, wunderbarer Will …«

Ich weine so heftig, dass ich kaum Luft kriege. Wie kann er tot sein? Heute Nachmittag, bevor er zur Arbeit aufgebrochen ist, hat er mich noch in der Küche herumgewirbelt – ganz vorsichtig, weil ich hochschwanger bin. Oder war das gestern Nachmittag? Ich weiß es nicht … Ich habe in den letzten schrecklichen Stunden jegliches Zeitgefühl verloren.

Gage kehrt mit einer Krankenschwester zurück, die einen

Rollstuhl schiebt. »Wir können dich zu ihm bringen, Taylor.«

Iris und die Krankenschwester helfen mir aus dem Bett und in den Stuhl.

Ich bin schockiert darüber, wie schwach und kraftlos ich mich fühle, obwohl ich gestern Morgen noch ohne Probleme an meinem Geburtsvorbereitungskurs teilgenommen hab.

Als Greg starb, hatte ich diese körperlichen Auswirkungen nicht, weil ich Monate Zeit gehabt hatte, mich auf seinen Tod vorzubereiten. Sosehr ich mich davor gefürchtet hatte, so sehr habe ich es doch auch begrüßt, als es so weit war, da damit sein schreckliches Leiden ein Ende hatte. Es war ein Trost, zu wissen, dass er von der Krankheit erlöst war, die ihm – und uns – so viel genommen hatte. Aber meinen völlig gesunden zweiten Ehemann zu verlieren, birgt keinen solchen Trost.

Die Krankenschwester befreit mich vom Wehenschreiber und bittet Iris, den Infusionsständer zu schieben, während wir uns auf den Weg über den Korridor machen. Jeder Krankenhausmitarbeiter, dem wir begegnen, mustert mich mitleidig. Am liebsten würde ich schreien. Ich habe das bereits einmal erlebt. Ich möchte ihnen entgegenschleudern, dass ich ihr verdammtes Mitleid nicht will. Ich will meinen Mann!

Ich weine leise, als wir vor einer geschlossenen Tür anhalten. »Iris.«

»Ich bin da, Taylor. Ich bin bei dir.«

Ich fasse nach ihrer kalten Hand und klammere mich daran, als wir den Raum betreten, der nur gedämpft erhellt ist.

Will sieht aus, als würde er schlafen. Jemand hat ihn mit einem Laken zugedeckt, das ich ergreife, als ich näher an das Bett trete. Seine Haut wirkt schon anders, irgendwie wächsern, und sein Kopf ist in einem seltsamen Winkel geneigt, was, wie mir klar wird, an seinem gebrochenen Genick liegt.

Sein wunderschönes dunkles Haar, das sich zu locken beginnt, wenn es zu lang wird, ist von einer Platzwunde an der Stirn blutverkrustet.

Ich lege meinen Kopf auf seine Brust und weine, da ich die Realität nun, da ich mich mit eigenen Augen davon überzeugt habe, nicht mehr leugnen kann. Der vertraute Duft unseres Waschmittels, der an seinem hellblauen Jeanshemd haftet, ist wie Salz in einer offenen Wunde.

Iris ist da und hält mich, während mich unerträgliche Trauer überwältigt – für mich selbst, meine Kinder und unser ungeborenes Kind, das seinen Vater nie kennenlernen wird.

Ohne ihn schaffe ich das nicht. Ich kann es einfach nicht.

Ich weiß nicht, wie lange wir in diesem seltsam beleuchteten Raum sind, vor dem Leichnam des Mannes, der noch vor wenigen Stunden mein ganzes Leben war und nun für immer von uns gegangen ist. Ich hebe meinen Kopf, um sein Gesicht zu betrachten und seine kalten Lippen zu küssen, die mich früher mit so viel Leidenschaft liebkost haben. Jetzt ist da nur noch Verzweiflung, als ich mit den Fingern durch sein weiches dunkles Haar fahre, das sich als Einziges weiter so anfühlt wie zuvor.

»Ich liebe dich so sehr. Das werde ich immer tun.«

Iris muss mir in den Rollstuhl geholfen haben. Ich bin so außer mir, dass ich kaum was davon mitkriege, wie sie mich zurück in mein Krankenzimmer schiebt. Als ich dort ankomme, sind Wills Eltern da, und ihre Gesichter spiegeln ihre Fassungslosigkeit und ihre Trauer wider.

Sie schließen mich in die Arme und fragen, wo er ist.

Gage übernimmt und bietet an, sie zu ihrem Sohn zu bringen.

Ich bin ihm dankbar dafür, denn ich wäre dazu einfach nicht in der Lage.

Iris und die Krankenschwester helfen mir zurück ins Bett, und ich werde wieder an den Monitor angeschlossen.

Der Herzschlag meines Babys erinnert mich daran, dass ich bald alleinerziehende Mutter eines Säuglings und zweier weiterer Kinder sein werde, die in ihrem jungen Leben bereits mehr als genug Leid erfahren haben. Selbst Jahre nach dem Verlust ihres Vaters weinen sie sich manchmal noch in den Schlaf. Sie führen ein glückliches, fröhliches Leben, sind sich aber immer bewusst, dass jemand Wichtiges fehlt. Jetzt werden ihnen sogar zwei Menschen fehlen.

Ich habe immer gewusst, dass das Leben nicht fair ist, doch das hier ist einfach zu viel.

»Was kann ich für dich tun?«, fragt Iris.

»Ich weiß es nicht.« Ich starre auf die gegenüberliegende Wand und konzentriere mich auf einen schwarzen Punkt, an dem mein Blick hängen bleibt. Solange ich diesen Punkt anstarre, muss ich nicht über die gewaltige Aufgabe nachdenken, die vor mir liegt. Ich muss nicht darüber nachdenken, wie ich meinen Kindern diese niederschmetternde Nachricht beibringen oder wie ich mein neues Baby allein großziehen soll, ohne den Vater, der seine Geburt kaum erwarten konnte. Es wird nie ein Foto von Will mit seinem Sohn geben, ein Gedanke, der neue Tränen fließen lässt, gerade als ich glaubte, ich hätte keine mehr.

Iris setzt sich zu mir aufs Bett und legt die Arme um mich. Sie sagt nichts, wofür ich sehr dankbar bin. Was könnte sie auch sagen, das mir jetzt helfen würde? Nichts, und das weiß sie.

Wir sitzen eng umschlungen da, als Wills Eltern zurückkommen. In ihrer Verzweiflung suchen sie bei mir nach etwas, das ich ihnen nicht geben kann – irgendwas, um zu verstehen, wie diesem Mann, den wir alle von ganzem Herzen geliebt haben, so was passieren konnte. Aber ich habe darauf ebenfalls keine Antwort.

Wenn meine Liebe ihn hätte retten können, wäre er noch am Leben.

3

Iris

Ich hab in meinem Leben ja schon einiges durchgestanden, doch das hier ist wahrscheinlich das Schlimmste. Mein Herz bricht für Taylor, genau wie für ihre Kinder, Wills Eltern und alle, die ihn geliebt haben. Ich lasse Taylor nicht eine Minute allein in dieser langen, schrecklichen Nacht. Ich bin da, jedes Mal, wenn sie aufschreckt und ihr wieder einfällt, dass Will tot ist und alles, was sie sich und ihren Kindern mit so viel Mühe mit ihm zusammen aufgebaut hat, vorbei.

Gage bleibt ebenfalls. Er schläft unruhig auf dem Stuhl neben dem Bett, bereit, uns zu unterstützen, wenn wir ihn brauchen.

Es bedeutet mir so viel, dass er bei uns ist, obwohl er das gar nicht müsste. Ich versuche, mich in Taylors Lage zu versetzen, aber ich stelle fest, den Gedanken, dass ich auch ihn verliere, ertrage ich einfach nicht.

Als Taylor und ich beide plötzlich Witwen waren und uns in der neuen Situation zurechtfinden mussten, haben gemeinsame Freunde den Kontakt zwischen uns hergestellt, weil sie dachten, wir könnten uns gegenseitig Trost spenden. Sie hatten recht.

Wir haben einen Pakt geschlossen. Wir haben uns geschworen, dass wir diesen Schicksalsschlag überstehen und unsere Kinder auch ohne ihre Väter mit Optimismus und voller Hoffnung großziehen würden. Wir waren uns einig, dass wir zwar keinen Mann brauchten, um unser Leben komplett zu machen, wir jedoch für eine neue Liebe offen sein und sie sogar begrüßen würden, falls sie uns begegnete. Das waren unsere Grundsätze, als wir gemeinsam mit Christy die Wilden Witwen gegründet haben.

Nachdem Taylor Will geheiratet hat, hat sie sich aus der aktiven Mitarbeit bei den Wilden Witwen zurückgezogen, was völlig verständlich ist. Auf andere Trauernde zuzugehen, ihnen alles Verständnis zu zeigen, das wir für sie aufbringen können, und sie auf ihrem Weg als Witwe oder Witwer zu begleiten, erfordert Mut und große innere Stärke. Jedes Mal, wenn wir eine neue Witwe kennenlernen, stellen wir uns ein weiteres Mal dem schlimmsten Tag unseres Lebens, während wir den Neuen in unserer Runde helfen, mit ihrem Verlust irgendwie klarzukommen.

Manchmal spiele auch ich mit dem Gedanken, meine Mitarbeit in der Gruppe zu beenden, und ich weiß, Gage tut das ebenfalls. Aber dann fällt uns all das Gute ein, das wir durch die Wilden Witwen erfahren haben, ganz zu schweigen von der neuen Familie aus Schicksalsgefährten, die zu unseren besten Freunden geworden sind. Also vergessen wir alle Überlegungen ums Aufhören und sind weiter für die da, die uns brauchen.

Mittlerweile ist es eher eine Berufung für mich, und Gage empfindet ganz genauso.

Doch das hier ... Wie kann ich von Taylor erwarten, Optimismus und Hoffnung zu bewahren, nachdem sie nun auch ihren zweiten Ehemann so tragisch verloren hat? Wie soll sie die Kraft aufbringen, weiterzumachen und aus den Trümmern ihres Lebens einmal mehr etwas Neues aufzubauen? Natürlich wird sie, wie so viele von uns, keine andere Wahl haben, als für ihre bald drei Kinder durchzuhalten.

Und wie werde ich meine anderen verwitweten Freundinnen und Freunde unterstützen, wenn sie erfahren, dass so etwas Schreckliches ein zweites Mal passieren kann? So viele von ihnen haben sich mit offenem und hoffnungsvollem Herzen auf neue Beziehungen eingelassen, was durch Taylors furchtbaren Verlust alles in Gefahr geraten könnte.

Das sind die Gedanken, die mich in dieser langen Nacht beschäftigen, während ich für meine liebe Freundin da bin. Als die ersten Sonnenstrahlen durch die Schlitze der Jalousie dringen, bin ich den Antworten auf meine drängendsten Fragen allerdings kein Stück näher gekommen.

Eine junge Ärztin betritt das Zimmer und stellt fest, dass Taylors Blutdruck sich stabilisiert hat. Sie schließt sie vom Überwachungsmonitor ab und streift sich Handschuhe über, um den Zugang auf ihrer Hand zu ziehen. Normalerweise wird das von den Krankenschwestern erledigt, aber ich bin dankbar, dass sie es selbst übernimmt und so dafür sorgt, dass sich das hier nicht noch endlos in die Länge zieht.

»Ich unterschreibe Ihre Entlassungspapiere, doch sprechen Sie zur Sicherheit nächste Woche bei Ihrem Frauenarzt vor.«

»Ich achte darauf«, erkläre ich.

»Das mit Ihrem Mann tut mir so furchtbar leid«, wendet sie sich erneut an Taylor.

»Danke«, sage ich an ihrer Stelle.

Die Ärztin legt eine Visitenkarte auf das Tablett neben Taylors Bett. »Wenn ich irgendwas für Sie tun kann, rufen Sie mich bitte an. Meine Handynummer steht auf der Rückseite.«

»Das ist sehr nett von Ihnen.«

Sie nickt uns noch einmal zu und verlässt den Raum.

Ich reibe Taylors Arm. »Taylor? Sie hat gesagt, du kannst nach Hause. Die Kinder warten schon auf dich.«

»Ich will nicht nach Hause.«

Was soll ich darauf erwidern? Ich an ihrer Stelle würde das auch nicht wollen. Wenn sie dort ist, wird sie mit der Tatsache konfrontiert, dass die Person, mit der sie dieses Zuhause geschaffen hat, nie wieder durch die Tür kommen wird. Sie wird ihren Kindern beibringen müssen, dass der Mann, der ihnen ein Vater geworden ist und geholfen hat, ihre gebrochenen Herzen zu heilen, für immer fort ist, genau wie ihr leiblicher Vater.

Das ist unvorstellbar.

Eine ganze Weile liegt sie einfach da. Ich bin mir nicht mal sicher, ob sie schläft oder wach ist, bis sie plötzlich aufsteht, langsam ins Bad geht und die Tür hinter sich schließt.

Ich drehe mich zu Gage um.

Er streckt mir eine Hand hin.

Ich schließe meine Finger um seine und halte meinen Blick auf ihn gerichtet, um Kraft aus ihm zu schöpfen, wie ich es so oft tue.

Als sich die Badezimmertür öffnet, lasse ich seine Hand los und setze mich auf, um herauszufinden, was Taylor braucht.

»Ihr solltet nach Hause zu euren Kindern fahren«, meint sie mit dumpfer, ausdrucksloser Stimme. Ihre Augen sind rot und geschwollen.

Sie zieht die Schranktür auf, um ihre Kleidung zu suchen.

»Wir bringen dich heim«, sagt Gage.

»Das müsst ihr nicht.«

»Das ist uns klar«, entgegnet er. »Aber das ist kein Problem.«

Taylor kehrt ins Badezimmer zurück, um sich anzukleiden.

Als sie fertig ist und wir uns ebenfalls kurz frisch gemacht haben, gehen wir mit ihr zum Stationszimmer, um ihre Entlassungspapiere abzuholen.

Sie bestehen darauf, sie zum Ausgang zu fahren.

Taylor setzt sich in den Rollstuhl und starrt geradeaus, ohne die mitfühlenden Blicke der verschiedenen Mitarbeiter zu bemerken, die ihr auf dem Weg zum Ausgang folgen. Mittlerweile hat jeder von der werdenden Mutter gehört, die zum zweiten Mal Witwe geworden ist.

Mein Herz ist schwer, als ich neben ihr herlaufe, während Gage schon das Auto holt.

Ich muss unweigerlich an den ersten Tag denken, nachdem ich erfahren hatte, dass Mike bei einem Flugzeugabsturz ums Leben gekommen war, und daran, wie surreal es war, mich mit Menschen, Alltagsangelegenheiten und hungrigen Kindern auseinandersetzen zu müssen, als wäre nicht gerade meine gesamte Welt kollabiert. An diesem Tag hatte ich keine Vorstellung davon, wie sich mein Leben als Witwe entwickeln würde. Verdammt, ich hatte noch nicht einmal begriffen, dass meine Witwenschaft eine »Reise« sein würde.

Alles, was ich damals wusste, war, dass mein Herz gebrochen war, meine Kinder am Boden zerstört waren und ich keine Ahnung hatte, was ich ohne den Mann, den ich von ganzem Herzen liebte, anfangen sollte. Ich brauchte ihn, damit er mir half, den richtigen Weg zu finden, nur war er nicht mehr da, und ich musste das alles allein hinkriegen.

Dieses Mal weiß Taylor, was ihr und ihren Kindern bevorsteht. Sie muss sich fühlen, als stünde sie am Fuß des Mount Everest, vor sich die unmöglich erscheinende Herausforderung, irgendwie erneut zum Gipfel zu gelangen.

Taylor lehnt es ab, vorne einzusteigen, und entscheidet

sich für den Rücksitz in Gages Range Rover, während ich ihm die Route zu ihrem Haus in Falls Church erkläre.

Zum ersten Mal an diesem Tag schaue ich auf mein Handy und sehe eine Textnachricht von meiner Mutter, in der sie ihr Beileid für Taylor und ihre Kinder bekundet. Und sie hat hinzugefügt: *Mach dir um uns keine Sorgen. Ich kann so lange bei den Kindern bleiben, wie du mich brauchst.*

Meine Augen füllen sich mit Tränen, als mich Dankbarkeit für sie und meinen Stiefvater erfüllt, die mich in guten wie in schlechten Zeiten unterstützt haben. Sie sind immer für mich und meine Kinder da – und jetzt auch für Gage –, und ein Leben ohne sie ist schlicht nicht denkbar.

Danke, tippe ich. *Ich weiß nicht, was Taylor heute braucht. Erst mal bringen wir sie jetzt nach Hause. Ich halte dich auf dem Laufenden.*

Grüß sie von uns.

Okay.

Irgendwann muss ich es den Wilden Witwen sagen, doch damit werde ich mich später auseinandersetzen.

Apropos Wilde Witwen … Eine Textnachricht von meiner Freundin Roni trifft ein, in der sie fragt, was Gage und ich heute vorhaben. Am Wochenende unternehmen wir oft was zusammen, damit unsere Kinder miteinander spielen können.

Ich lasse die Nachricht fürs Erste unbeantwortet.

Roni und Derek, zwei Mitglieder der Wilden Witwen, wollen im Frühjahr heiraten. Wir freuen uns schon darauf, dass diese beiden besonderen Menschen, die nach dem Verlust ihrer Ehepartner die Hölle durchlitten haben, nun in den nächsten Lebensabschnitt starten und gemeinsam mit den Kindern von ihren verstorbenen Partnern eine neue Familie gründen.

Gages und meine Hochzeit soll später in diesem Monat stattfinden.

Adrian und Wynter haben im April heimlich den Bund fürs Leben geschlossen und es uns erst hinterher bei einer großen Party mitgeteilt.

Für uns alle geht das Leben weiter, während Taylors erneut auseinanderbricht.

Gage greift über die Mittelkonsole nach meiner Hand. Seine Wärme macht mir bewusst, wie kalt mir ist.

Bei dem Gedanken an Taylors Kinder und die Nachricht, die sie ihnen überbringen muss, zieht sich mir der Magen zusammen. Ich drehe mich zu ihr um und sehe, dass sie aus dem Fenster starrt. »Taylor.«

»Ja?«

»Wie können wir dir helfen, nachdem wir dich nach Hause gebracht haben? Was brauchst du?«

»Ich muss es den Kindern erzählen.«

»Wir bleiben dafür gerne bei dir, wenn du das möchtest, und helfen auch bei allem anderen, was noch vor dir liegt.«

»Ihr solltet nach Hause zu eurer eigenen Familie fahren. Ihr müsst das nicht mit mir durchmachen. Ihr habt schon genug gelitten.«

»Solange du uns nicht sagst, wir sollen verschwinden, sind wir da und unterstützen dich.«

»Tu dir das nicht an, Iris. Ich weiß es wirklich zu schätzen, dass du die Nacht über bei mir geblieben bist, aber du musst das alles nicht noch einmal mit mir durchstehen. Ihr beide seid auf dem Weg in ein glückliches Leben, und genau darauf solltet ihr euch jetzt konzentrieren.«

»Was würdest du denn tun? Wenn mir das passiert wäre, was würdest du tun?«

Darauf hat sie keine Antwort.

»Du würdest an meine Seite eilen und so lange bleiben, wie ich dich brauche, egal wie schmerzhaft es für dich wäre.«

Ein Schluchzen steigt aus ihrer Brust auf. »Niemand sollte das ein weiteres Mal durchmachen müssen.«

»Das stimmt, doch vor allem sollte das niemand jemals allein tun müssen. Wir sind für dich und die Kinder da, auf lange Sicht.«

»Ich möchte, dass du mir versprichst …«

»Alles.«

»Wenn es dir zu viel wird, geh nach Hause. Ich verstehe das besser als jeder andere. Versprich mir das.«

»Versprochen.«

Gage drückt meine Hand, und diese kleine Geste bedeutet mir alles. Ich habe einfach für uns beide geantwortet, aber ich wusste, dass das okay für ihn ist. Wir sind uns nicht in allem einig, doch beim Umgang mit frisch Verwitweten normalerweise schon.

Vor Taylors Haus parken mehrere Autos.

»Oh Gott, meine Schwester ist auch hier.«

»Soll ich ihr sagen, dass du etwas Raum brauchst?«

»Schon okay. Sie will nur helfen.«

»Denk daran, wie das läuft, Taylor. Du bestimmst, was, wie, wann, wer … Du bist die Chefin.«

Sie nickt und atmet tief durch, bevor sie aus dem Auto steigt.

Ihre Kinder müssen auf sie gewartet haben, denn sie stürmen aus der Tür, mit wild rudernden Armen und Beinen, hellblonden Haaren und sommersprossigen Gesichtern.

Beide sehen genauso aus wie ihr Vater.

Bevor das Unglück passiert ist, hatte Taylor gescherzt, dass sie hoffe, das neue Baby werde zumindest ein kleines bisschen von ihr haben.

Ihre Eltern stehen in der Tür und wirken wie Überlebende der Apokalypse, und so muss es sich für sie wohl auch anfühlen.

»Mom, geht's dem Baby gut?«, will Eliza wissen.

»Uns geht's beiden gut«, antwortet Taylor gezwungen

fröhlich.

Miles hält ein blaues Ballontier hoch. »Schau mal, was Opa für mich gemacht hat. Das ist ein Elefant. Erkennst du das?«

»Na klar«, sagt Taylor.

»Opa ist so albern.« Miles bemerkt uns und lächelt. »Habt ihr die Kinder dabei?«

»Diesmal nicht, Kumpel«, erwidere ich und versuche, meine Tränen zurückzuhalten.

»Wo ist Daddy?«, fragt Eliza, als ihr auffällt, dass Will nicht bei uns ist.

Taylor legt den beiden jeweils eine Hand auf die Schulter und dirigiert sie zur Haustür. »Lasst uns reingehen und reden.«

Eliza schaut zu ihr hoch und mustert ihre Mutter genauer. Was sie in ihrer Miene liest, behagt ihr nicht. »Was ist los?«

Miles kriegt von allem nichts mit und stürmt vor ihnen ins Haus.

»Mommy«, sagt Eliza.

»Hast du schon Tante Iris und Onkel Gage begrüßt?«, fragt Taylor.

»Oh, sorry«, meint Eliza mit einem kleinen Lächeln für uns. »Hallo.«

»Hallo, Schatz.« Ich umarme das Kind, das ich von klein auf kenne. Wir haben jeden ihrer Geburtstage zusammen gefeiert und hatten im Laufe der Jahre unzählige Spielverabredungen. Seit Taylor und Will geheiratet haben und das Leben für uns beide weitergegangen ist, sind diese Verabredungen seltener geworden, aber Eliza weiß, dass ich eine der besonderen Freundinnen ihrer Mutter bin.

Unsere Kinder mögen sich total gern und freuen sich immer, wenn sie einander treffen.

Miles ist supernett zu Gage und mir und zeigt Gage seine

Lastwagen und den Rennwagen, den sein Daddy ihm zum Geburtstag geschenkt hat.

Zu wissen, was diesen Kindern bevorsteht, ist unerträglich.

Ich würde alles dafür geben, ihnen den Schmerz zu ersparen, der sie erwartet.

$$4$$

Taylor

Das ist das Schlimmste, was ich je tun musste. Meine süßen Kinder. Sie lieben Will so sehr, und er ist der einzige Daddy, den sie je wirklich gekannt haben.

Von der ersten Begegnung an hat er ihnen hundert Prozent seiner Zeit und Aufmerksamkeit geschenkt. Nichts war ihm wichtiger als wir, und das hat er uns in den drei schönen Jahren, die wir mit ihm verbracht haben, jeden Tag spüren lassen.

»Mommy«, sagt Eliza. »Was ist los?«

Miles hört auf, mit seinem neuen Rennwagen zu spielen, und blickt mich an, so wie es sein Vater immer getan hat, wenn er merkte, dass mich etwas aus der Bahn geworfen hat. Greg hat mich dann immer so lange angeschaut, bis ich ihm verraten habe, was mich quälte. Miles hat die gleiche Gabe, mich dazu zu bringen, ihm Dinge zu erzählen, die ich eigentlich lieber für mich behalten würde. Doch das macht mir nichts aus, denn ich liebe es, Greg in ihm zu sehen.

Miles kommt zu mir und setzt sich rechts neben mich, Eliza links.

Meine Eltern stehen in der Nähe. Für mich ist ihre Verzweiflung offensichtlich, aber nicht für die Kinder. Wie schwer muss es für sie gewesen sein, sich zusammenzureißen, bis ich wieder da war!

Iris und Gage entscheiden sich für Plätze auf dem Sofa auf der anderen Seite des Wohnzimmers. Auf diese Weise lassen sie mir Raum, unterstützen mich jedoch durch ihre Anwesenheit.

Ich drücke meine Kleinen fest an mich, während mir Tränen über die Wangen laufen. Auf einem Tisch steht unser wunderschönes Hochzeitsfoto: Will und ich schauen uns an, jeder von uns hält eins der Kinder im Arm. Wir alle lächeln und sind glücklich und können es nicht erwarten, unser gemeinsames Abenteuer zu beginnen.

Uns waren nur zwei Jahre Ehe vergönnt und drei Jahre zusammen. Das ist bei Weitem nicht genug.

»Mommy …« Elizas Stimme bebt, als wüsste sie schon, was ich ihnen gleich mitteilen werde.

»Letzte Nacht gab es einen Unfall bei Daddys Arbeit.«

Miles versteift sich in meinen Armen und versucht, sich loszumachen.

Ich halte ihn fest, denn er muss das hören, auch wenn er es nicht will.

»Daddy ist auf der Baustelle von ganz weit oben in die Tiefe gestürzt und gestorben.«

Elizas Schrei wird für immer in meinem Kopf nachhallen.

»Nein«, sagt Miles. »Daddy geht es gut. Wir wollten heute Nachmittag Ball spielen. Das hat er versprochen.«

»Es tut mir so leid, mein Schatz. Daddy hätte nichts lieber getan, als heute mit dir Ball zu spielen.«

Miles fängt an zu weinen, und als er sich dieses Mal von

mir losreißt, lasse ich es zu, weil mein Vater direkt da ist, um ihn hochzuheben und zu halten, während ich mich um Eliza kümmere.

»Ich will nicht, dass Daddy im Himmel ist.« Es bricht mir das Herz, dass sie in ihrem Alter bereits so gut mit der Sprache der Trauer vertraut ist. »Ich brauche ihn hier.«

»Ich weiß, Süße. Das geht mir genauso, und er würde auch viel lieber hier bei uns sein.«

»Heißt das, dass wir jetzt kein Baby mehr bekommen?«, fragt sie.

Ihr kleines Gesicht ist tränenüberströmt, als neuer Kummer in ihr aufsteigt.

»Nein, natürlich nicht. Das Baby kommt trotzdem, und wir werden es von ganzem Herzen lieben. Und wir werden über Daddy reden, damit das Baby ihn auch kennenlernt.«

»Das ist nicht fair«, stößt Eliza hervor, während ihr kleiner Körper von Schluchzern geschüttelt wird.

»Nein, ist es nicht.«

»Hat es wehgetan?«, fragt sie. »Daddys Unfall?«

»Ich glaube nicht. Die Ärzte im Krankenhaus haben gesagt, er sei sofort tot gewesen.«

Meine Mutter wischt sich mit einem Taschentuch die Wangen ab und reicht mir dann die Packung weiter. Ich nehme eins für mich und eins für Eliza, während ich meinen Vater und Miles im Auge behalte. Gott sei Dank hab ich meine Eltern, denke ich zum millionsten Mal, seit Gregs Diagnose feststand.

Meine Schwester Amanda kommt aus dem Garten herein und bleibt stehen, als sie mich mit den Kindern reden sieht.

Normalerweise würde sie sofort alles übernehmen, aber ausnahmsweise hält sie sich zurück und lässt uns Raum.

»Was machen wir jetzt, Mommy?«, fragt Eliza. »Was sollen wir nur tun?«

Ich schaue zu Iris, die ebenfalls mit den Tränen kämpft.

Sie steht auf und hockt sich vor uns auf den Boden, umfasst Elizas Hand und streichelt sie. »Du wirst weiterhin all die Dinge tun, die du liebst – zur Schule gehen, deine Freunde treffen, Softball und Lacrosse spielen. Das würde dein Daddy wollen. Er würde wollen, dass du alles tust, was dich glücklich macht, mit den Menschen, die du liebst.«

»Ist er bei meinem anderen Dad?«

»Ich bin mir sicher, dass sie sich im Himmel gefunden haben und darüber reden, wie sehr sie dich und Miles und deine Mom lieben.«

Ihr Kinn zittert, als sie versucht, ihre Traurigkeit zu verbergen. »Glaubst du das wirklich?«

»Davon bin ich überzeugt.«

Mein Handy vibriert ununterbrochen, weil so viele Leute sich mit Textnachrichten oder Anrufen melden, daher entsperre ich es und reiche es Iris.

»Ich kümmere mich darum und schreibe allen.«

»Danke. Ich kann das gerade nicht.«

»Ich weiß.«

Ich erinnere mich noch gut daran, dass ich nach Gregs Tod mit Nachrichten überhäuft wurde und nicht die Kraft hatte, irgendjemandem zu antworten, nicht mal unseren engsten Freunden oder der Familie.

Meine große Schwester Amanda setzt sich zu mir und zieht mich an sich. »Es tut mir so leid, Tay.«

Ich lehne meinen Kopf an ihre Schulter, während meine Eltern mit den Kindern kuscheln. »Danke, dass du gekommen bist.« Nach Gregs Tod ist sie einen Monat bei mir geblieben und hat viele Nächte neben mir im Ehebett gelegen, damit ich nicht allein war. Ich liebe sie von ganzem Herzen, allerdings hat sie manchmal eine ausgeprägte Meinung zu Dingen, die sie nichts angehen, wie zum Beispiel zu Will. Als ich anfing, mich mit ihm zu treffen, dachte sie, es sei zu früh, obwohl Gregs Tod da schon mehrere Jahre zurücklag. Ich habe lange gebraucht, um ihr zu verzeihen, dass sie das damals mir gegenüber ausgesprochen hat.

»Ist doch selbstverständlich. Wie kann ich dir helfen?«

»Ich muss mit seinen Eltern klären, was sie sich für die Trauerfeier wünschen.«

»Soll ich das übernehmen?«

»Nein, schon gut. Das mach ich selbst.«

Als ich sehr jung war, wurde ich einmal bei einem Familienurlaub am Strand von Ocean City in Maryland von einer Strömung erfasst. Ich kann mich noch genau daran erinnern, wie ich gegen diese Strömung angekämpft hab, die mich ins Meer hinausziehen wollte, bevor mich ein Rettungsschwimmer gerade rechtzeitig erreicht hat.

Seit ich heute Morgen aufgewacht bin, habe ich das gleiche Gefühl, als müsste ich gegen eine Strömung ankämpfen, die mich ins Verderben ziehen will. Ich wünschte, dieses Gefühl wäre mir nicht so vertraut, aber es ist genau wie damals, als Greg gestorben ist. Nur dieses Mal ist da auch Schock dabei. Verwitwete sind sich nicht einig darüber, was schwieriger ist – einen Ehepartner durch eine furchtbare Krankheit zu begleiten oder ihn ohne Vorwarnung zu verlieren. Ich war immer der Ansicht, eine tödliche Krankheit sei schlimmer, das lange Leiden, das man hilflos mit ansehen muss, die Arzttermine, bei denen es nie gute Nachrichten gibt …

Ich habe mich getäuscht.

Ein ganz normaler Tag in einem ganz normalen Leben, an dem aus heiterem Himmel der Blitz einschlägt und dir den einen Menschen entreißt, den du am meisten brauchst. Ich werde Monate, vielleicht Jahre benötigen, um zu begreifen, dass Will nie wieder heimkommen wird.

Er wird nie wieder durch die Tür ins Zimmer treten und

den Duft von frischer Luft und harter Arbeit mit sich bringen.

Er wird mich nie wieder von hinten umarmen, während ich am Spülbecken oder am Herd stehe, mich nie mehr auf den Nacken küssen und mir sagen, wie sehr er mich den Tag über vermisst hat.

Er wird mich nie wieder im Bett in seine Arme ziehen oder mit mir schlafen oder mit unserem Baby über all die Dinge reden, die sie zusammen machen werden.

Er wird nie wieder mit Miles raufen oder sich von Eliza die Nägel lackieren lassen.

Er wird nie das Baby kennenlernen, das er sich so sehr gewünscht hat, dass ich mich einverstanden erklärt habe, noch ein Kind zu kriegen, nur für ihn.

Als wüsste der Kleine, dass ich an ihn denke, meldet er sich mit einem kräftigen Tritt in meine Rippen.

Will hat es geliebt, die Bewegungen des Babys in mir zu verfolgen. Er war unendlich fasziniert von allem, was sein Kind betraf, und hat die Tage bis zum Geburtstermin gezählt, der jetzt nur noch etwas mehr als einen Monat entfernt ist.

Ich ertrage den Gedanken daran nicht, dass er den kleinen Jungen, auf den er sich so gefreut hat, niemals kennenlernen wird.

»Ich muss duschen.«

»Soll ich dir helfen?«, fragt Amanda.

»Nein, danke. Bleib bitte bei den Kindern.«

»Ich bin hier, solange du mich brauchst.«

Ich drücke ihr den Arm und stehe auf, auch wenn meine Beine ganz wackelig sind.

»Wohin gehst du, Mommy?«, fragt Eliza.

»Ich muss duschen. Keine Sorge, ich bin gleich wieder zurück. Tante Amanda und Grandpa und Grandma sind da, falls irgendwas ist.«

»Ich möchte mit«, verkündet Eliza.

»Lass Mommy kurz in Ruhe duschen«, schaltet sich meine Mutter ein. »Es wird nicht lange dauern.«

Eliza gefällt das nicht, doch sie sagt nichts, als ich nach oben ins Schlafzimmer laufe, das Will und ich renoviert und komplett neu eingerichtet haben, um es zu unserem zu machen. Wir hatten beschlossen, in dem Haus wohnen zu bleiben, das Greg und ich zusammen gekauft hatten, weil es das Beste für die Kinder war. Jetzt ist das Elternschlafzimmer in einem Marineblau gestrichen, das ich für zu dunkel hielt. Aber Will hat sich nicht davon abbringen lassen, dass es toll aussehen würde, und er hat wie so oft recht behalten.

Die Tapete in unserem Badezimmer über der halbhohen Holzverkleidung, die Will selbst angebracht hat, ist marineblau und weiß gestreift. Ich fahre mit der Hand über das glänzende weiße Holz und erinnere mich an das Wochenende, an dem wir das Badezimmer renoviert haben, während meine Eltern auf die Kinder aufgepasst haben. Mit Will hat alles Spaß gemacht, sogar Aufgaben, die ich normalerweise hasse, wie zum Beispiel Streichen.

Nachdem er die Fliesen verlegt hatte, die ich ausgesucht hatte, haben wir uns direkt auf dem Boden geliebt.

Ich sinke auf den weichen dunkelblauen Teppich und weine, weil mir klar wird, dass ich nicht in diesem Haus bleiben kann, das nun schon zweimal von einer Tragödie heimgesucht wurde.

Ich werde umziehen müssen.

Iris

Ich hab auf die Fragen von Taylors Freunden und Verwandten geantwortet. Alle stehen unter Schock und machen sich Sorgen um sie und die Kinder und fragen, wie sie helfen können. Ich verspreche, dass sich jemand bei ihnen melden wird, sobald alles etwas klarer ist. Eine Freundin aus der Schule der Kinder bietet an, einen Essensdienst zu organisieren, und ich erwidere, dass das Taylor sicher freuen würde.

Ich hoffe, das stimmt. Hauptsache, ihre Eltern sind da, um das Essen entgegenzunehmen. Ich will nicht, dass sie mit Leuten interagieren muss, bevor sie dazu bereit ist.

»Wäre es vielleicht besser, wenn du heimfährst, um nach den Kindern zu schauen?«, frage ich Gage.

»Das wollte ich gerade vorschlagen, sofern es dir recht ist.«

»Alles gut. Meine Mutter kann wahrscheinlich eine Pause gebrauchen. Wirst du ihnen sagen, was passiert ist?«

»Willst du nicht, dass wir das gemeinsam tun?«

»Was denkst du, was besser wäre?« Ich liebe es, wieder jemanden zu haben, mit dem ich mich beraten kann, vor allem, da er meist instinktiv weiß, was das Richtige ist. Gage ist einer der klügsten Menschen, die ich kenne, auch wenn ein Großteil dieser Weisheit durch schreckliche Verluste errungen wurde.

»Ich glaub, es wäre okay, wenn ich es ihnen erzähle. Sie haben Will zwar nicht so gut gekannt, werden jedoch mit Eliza und Miles mitfühlen.«

»Ganz bestimmt. Versprich ihnen, dass sie die beiden bald sehen können. Und vielleicht können sie ihnen eine Karte basteln oder so was.«

»Das ist eine gute Idee. Ich werde das vorschlagen. Was machen wir mit den Wilden Witwen?«

»Ich hab ein wenig Angst davor, sie darüber zu informieren.«

»Verstehe ich, empfinde ich genauso.«

»Aber wir können nicht zulassen, dass sie es von jemand anderem erfahren.«

»Vielleicht solltest du Christy anrufen und mit ihr besprechen, wie man am besten damit umgeht.«

»Das ist eine sehr gute Idee. Das werde ich tun.«

Er steht auf und beugt sich vor, um mich zu küssen. »Du rufst mich an, wenn was ist, okay?«

Ich nehme seine Hand. »Immer.«

Wir blicken einander tief in die Augen, während mir tausend Gedanken über das Leben, die Liebe, den Verlust und die Unsicherheit all dessen durch den Kopf schießen.

»Bitte fahr vorsichtig«, sage ich zu ihm und möchte ihn eigentlich gar nicht weglassen.

»Das werde ich.«

»Ich liebe dich.«

»Ich liebe dich auch.«

Mir wäre es lieber, er müsste nicht fort, aber die Kinder brauchen einen von uns, und Taylor braucht mich. Ich lasse ihn widerstrebend los, damit er zu den dreien kann. Sie lieben ihren Daddy Gage so sehr und werden sich freuen, ihn zu sehen.

Nachdem er aufgebrochen ist, rufe ich Christy an.

»Hey, ich wollte mich heute ohnehin bei dir melden. Du wirst nicht glauben, was passiert ist.«

»Christy.«

»Was? Iris, was ist los?«

»Taylors Mann Will ist bei einem Unfall ums Leben gekommen.«

Sie stößt einen gequälten Laut aus, der mir nur allzu vertraut ist. »Nein.«

»Er ist gestern bei der Arbeit von einem Gerüst gestürzt.«

»Oh mein Gott, dazu war was in den Nachrichten. Und sie steht kurz vor der Geburt …«

»Es ist schrecklich.«

»Iris … Wie um alles in der Welt kann ihr das erneut passieren?«

»Das haben wir uns die ganze Nacht gefragt. Es ist unfassbar.«

»Was braucht sie? Was brauchst du?«

»Ich muss die anderen informieren, weiß aber nicht, wie ich das am besten tun soll. Wir reden ständig über Hoffnung und Optimismus. Wenn sie von Wills Unfall erfahren, könnte das ihren Glauben daran zerstören. Selbst mir fällt es schwer, nicht ins Grübeln zu geraten, obwohl Gage die ganze Nacht an meiner Seite war.«

»Mir wird übel, wenn ich bloß daran denke.«

»Mir auch. Was soll ich den anderen sagen?«

»Genau das, was du mir gesagt hast. Und erinnere sie daran, dass Will zwar einen schrecklichen Unfall hatte, das jedoch kein Grund ist, die Hoffnung oder den Optimismus für alle Zukunft aufzugeben.«

»Nicht sehr überzeugend.«

»Das fand ich auch, als ich es ausgesprochen hab, aber das ist es, was sie hören müssen.«

»Meine Zuversicht ist definitiv erschüttert. Bis ins Mark.«

»Das ist mir klar, nur … Iris, du bist unser Leitstern, unsere furchtlose Anführerin, unsere erste Anlaufstelle in guten wie in schlechten Zeiten … So schwer es dir auch fällt, da du Taylor am längsten kennst, du musst für die anderen stark sein. Du musst ihnen zeigen, dass du dich davon nicht unterkriegen lässt, selbst wenn das gar nicht stimmt.«

Sie hat recht. »Ich werde mein Bestes geben.«

»Das tust du immer. Und es tut mir leid, dass du diejenige bist, die diese Last trägt. Doch so ist nun mal das wirkliche Leben.«

»Ich weiß.«

»Soll ich dir mit den Anrufen helfen?«

»Hast du Zeit dafür?«

»Die nehm ich mir.«

Wir teilen die Liste auf, suchen uns die aus, denen wir

am nächsten stehen. Ich bekomme Roni und Derek, Wynter und Adrian und Lexi, während Christy Joy, Brielle, Hallie, Kinsley und Naomi kriegt.

»Ich sollte wohl auch Aurora eine Nachricht schicken.« Sie ist Teil unserer Gruppe geworden, nachdem ihr Mann wegen Vergewaltigung angeklagt worden war, aber sie war schon eine Weile nicht mehr bei einem Treffen. »Früher hat sie Taylor gut gekannt.«

»Ja, richtig. Sag Bescheid, wenn ich was für dich tun kann.«

»Du auch.«

»Richte Taylor aus … Richte ihr aus, dass ich sie liebe und für sie da bin.«

»Das werde ich. Das wird ihr viel bedeuten.«

»So ein Mist, Iris. So ein verdammter Drecksmist.«

»Ja, absolut.«

Wir vereinbaren, später noch mal zu reden, und beenden das Gespräch, damit wir den anderen Wilden Witwen die traurige Neuigkeit mitteilen können. Ich fürchte mich vor jedem einzelnen dieser Anrufe.

Christy

»Wer war das?«, fragt mein Partner Trey, nachdem ich aufgelegt habe. »Ist was passiert?«

»Das war Iris. Unsere Freundin Taylor von den Wilden Witwen, die die Gruppe mit uns zusammen gegründet hat, hat ihren zweiten Mann durch einen Unfall verloren.«

Auf seinen attraktiven Zügen malt sich Schock. »Oh mein Gott. Das gibt's doch nicht.«

Ich zittere, und mir ist übel.

Er kommt zu mir, legt mir die Hände auf die Schultern und schaut mir direkt in die Augen. »Was brauchst du?«

»Ich … Ich weiß es nicht.« Aus irgendeinem seltsamen Grund möchte ich, dass er mich in Ruhe lässt, zum ersten Mal, seit ich mir erlaubt habe, mich in ihn zu verlieben. Normalerweise kann ich gar nicht genug von ihm kriegen.

Wir haben einen seltenen Samstag ohne meine Kinder, weil sie bei Freunden übernachten. »Wir hatten Pläne … Ich weiß einfach nicht …«

»Keine Sorge. Ich ruf an und storniere die Reservierung. Wir holen das ein andermal nach.«

»Tut mir leid.«

»Du musst dich nicht entschuldigen. Ich verstehe das.«

Es ist unmöglich, dass er versteht, wie sich das anfühlt, aber ich liebe ihn dafür, dass er es versucht. Er beugt sich zu mir herunter, um mich zu umarmen. Ich lasse ihn, obwohl alles in mir danach schreit, ihn wegzustoßen und ihm zu verbieten, mich zu berühren, insgesamt damit aufzuhören, sich für mich unentbehrlich zu machen, jetzt, wo ich begreife, wie leicht ich auch ihn verlieren könnte.

»Christy …«

»Ja?« Ich bin steif wie ein Brett und bebe am ganzen Körper, als wäre Taylors Tragödie mir selbst widerfahren oder so was Lächerliches.

»Sieh mich an.«

Ich zwinge meine Muskeln, mir zu gehorchen, und hebe mein Kinn, um seinen Blick zu erwidern.

»Du jagst mir Angst ein. Geht es dir gut?«

»Ich … Ich weiß es nicht.« Ich zittere so stark, dass meine Zähne klappern. Das Ganze erinnert mich an jenen schrecklichen Tag, als Wes mit verwirrtem Gesichtsausdruck und der Hand auf der Brust ins Haus kam, kurz bevor er vor mir zusammenbrach und zu meinen Füßen starb – an einer Aortendissektion. Wie immer schrecke ich vor diesen Erinnerungen zurück.

»Babe … Sprich mit mir.«

»Ich … Das hat mich getriggert.« Ich schlucke schwer gegen den riesigen Kloß in meiner Kehle an. »Das wird schon wieder.«

»Was kann ich tun?«

Es ist so lange her, dass ich mich so gefühlt habe, dass ich mich nicht mehr daran erinnere, wie ich es hinter mir lassen kann. Wenn man so etwas überlebt hat, will man nicht darüber nachdenken, wie man das geschafft hat. Man will einfach nur, dass man nie wieder so ein Trauma, einen solchen Schock und solche Trauer erleben muss. Und jetzt ist meine liebe Freundin erneut in diesen Albtraum gestürzt worden, nachdem sie bereits ihren ersten Mann verloren hatte. Das ist unfassbar.

Mir wird klar, dass Trey auf eine Antwort wartet. »Wir können nichts anderes tun, als unsere gemeinsamen Freunde anzurufen und ihnen die Nachricht zu überbringen. Später würde ich gern zu Taylor, wenn sie dazu bereit ist.«

»Was immer du möchtest, Schatz. Ich bin für dich da.«

»Danke.«

Ich kann ihm nicht sagen, dass ich mich im Bett zusammenrollen, mir die Decke über den Kopf ziehen und für immer alles und jeden ausblenden möchte. Denn nur so kann mich nichts mehr derart verletzen wie der plötzliche und traumatische Tod von Wes.

Es ist irgendwie ein Segen, dass meine Kinder Will nicht so gut gekannt haben. Taylors Kinder sind um einiges jünger als meine, deshalb treffen wir uns nicht so oft mit ihnen. Zumindest wird Wills Tod für sie kein weiterer großer Verlust sein. Für Taylors Kinder jedoch … Sie haben Will so sehr geliebt, und er war so toll zu ihnen. Die armen Kleinen – und das neue Baby auch.

Mein Gott, was für eine verdammte Tragödie.

Mein Kopf fühlt sich zu schwer an, um ihn hochzuhalten, während mich eine plötzliche Welle der Erschöpfung überrollt, die mich an die frühe Trauer kurz nach Wes' Tod erinnert. Das ist eine weitere Sache, die mir seit einer Ewigkeit nicht mehr passiert ist. Ich stehe auf und gehe wie ein Zombie zur Treppe.

Ich merke, dass Trey mir folgt, aber ich spüre keine Verbindung mehr zu ihm, als wäre er in den letzten Minuten zu einem Fremden geworden. Vor einer Stunde hätte mich so eine Empfindung noch total erschreckt. Jetzt kann ich mich nicht mehr um so unwichtige Dinge wie meine zweite Chance auf die Liebe kümmern.

Ich höre, wie Trey mit jemandem redet, doch ich weiß nicht, mit wem.

Wen kümmert das schon?

Wen kümmert überhaupt irgendwas?

Roni

Maeve und Dylan sitzen auf dem Boden des Spielzimmers in unserem neuen Zuhause in Alexandria, umgeben von ihren ganzen Sachen. Sie haben so viel Freude aneinander, und ich bin Maeve unglaublich dankbar für all die Aufmerksamkeit, die sie ihm schenkt. Mit ihren vier Jahren ist sie ein entzückendes kleines Mädchen, und es macht mich glücklich, dass ich mithelfen darf, sie großzuziehen.

Dylan ist jetzt achtzehn Monate alt und rennt überall herum. Es ist keine Kleinigkeit, das Kind eines anderen anzunehmen, aber Derek und ich sind voll füreinander da – und für sie. Außerdem ist es schön, endlich in Räumen zu wohnen, die wir gemeinsam ausgesucht und eingerichtet haben.

Wir haben ein wunderschönes altes Haus im Craftsman-Stil gefunden, das vom Vorbesitzer komplett renoviert wurde, und zwar genau so, wie ich es mir selbst ausgesucht hätte.

Derek und ich sind total verliebt in unser neues Zuhause und genießen es, Freunde und Familie zu uns einzuladen.

Allerdings war es viel schwieriger als erwartet, das Heim zu verlassen, das ich mit meinem verstorbenen Mann Patrick geschaffen hatte – selbst zwei Jahre nach seinem Tod. Der Übergang von damals zu heute, von der ersten Liebe zu meiner neuen, von meinem Zuhause mit ihm zu meinem neuen mit Derek … Jede dieser Veränderungen ist ein wichtiger Schritt auf meiner Reise als Witwe, doch die Gefühle, die mit jeder Phase einhergehen, können manchmal überwältigend sein.

Es ist ein heikler Balanceakt, Platz für eine Zukunft mit Derek zu schaffen und gleichzeitig meine Vergangenheit mit Patrick zu würdigen, zumal ich mit einem so wichtigen Teil meiner Geschichte mit Patrick abschließen musste. Wir haben unser Zuhause in Washington geliebt und die meisten Wochenenden damit verbracht, auf Flohmärkten und in Läden nach Antiquitäten und anderen Schätzen zu stöbern. Von unseren Funden ist nun ein Großteil verkauft oder woanders untergebracht worden.

»Herzschmerz auf Herzschmerz« – so hat Derek beschrieben, wie es war, sich von den Besitztümern aus unseren ersten Ehen zu trennen, um gemeinsam in unser neues Leben zu starten. Diese Monate waren voll von schwierigen Entscheidungen und jeder Menge Tränen, während wir unser neues Glück fest im Blick hatten.

Ich hab ein paar Dinge behalten, von denen ich mich nicht trennen kann, wie einige unserer meistgehörten Schallplatten, Patricks Lieblings-Baseballkappen, seine Autogrammkarte von Cal Ripken und einige der Auszeichnungen, die er für seine Arbeit erhalten hat, und habe ihnen einen Ehrenplatz in dem Raum gegeben, den ich als mein Homeoffice nutze. Derek hat eine ähnliche Sammlung von Victorias besonderen Gegenständen in seinem Büro. Wir haben außerdem in Dylans Zimmer gerahmte Fotos von Patrick und in Maeves welche von Victoria aufgehängt.

Wir reden ständig mit den Kindern über die beiden, damit sie ihnen präsent sind, auch wenn ich jeden Tag mehr zu Maeves Mutter werde, während Derek der einzige Vater ist, den Dylan jemals kennen wird. Das Leben ist so seltsam und schmerzhaft und wunderbar – oft gleichzeitig, was manchmal turbulent werden kann.

Derek kommt ins Zimmer, ohne Hemd, unrasiert, mit zerzausten Haaren, und mein Herz macht einen glücklichen kleinen Hüpfer, als ich ihn sehe. Ich liebe seinen sogenannten Gammel-Look, der sich stark von seinem gepflegten Erscheinungsbild unter der Woche unterscheidet, wenn er der stellvertretende Stabschef von Präsident Cappuano ist. Als einer der wichtigsten Berater des mächtigsten Mannes der freien Welt arbeitet er oft auch am Samstag und Sonntag, daher bin ich grundsätzlich dankbar für jedes bisschen Zeit, das wir zusammen verbringen können.

Er lässt sich neben mir aufs Sofa fallen. »Guten Morgen. Küss mich.«

»Du bist heute aber sehr autoritär«, erwidere ich lächelnd, ehe ich gehorsam meine Lippen auf seine presse.

»Danke, dass du mich hast ausschlafen lassen. Ich kann mich nicht erinnern, wann mir das das letzte Mal vergönnt war.«

»Ist jedenfalls schon eine Weile her.«

»Morgen bist du dran.«

»Da sage ich nicht Nein.«

Maeve rollt sich auf den Rücken. »Daddy, Dylan und ich spielen, wer den anderen länger anschauen kann, ohne zu blinzeln, und er gewinnt immer.«

»Seine Augen sind jünger als deine. Deshalb schlägst du darin auch immer mich.«

»Dann wird er das immer besser können?«

»Möglicherweise. Doch du wirst ihn bei anderen Dingen ausstechen, und er wird dein bester Kumpel sein.«

»Das ist er schon.« Maeve dreht sich wieder zu Dylan und schiebt ihm sein Spielzeug hin. Sie ist so lieb und aufmerksam, und wir behaupten gerne, dass sie uns mit Dylan eine echte Hilfe ist.

Ich lege mir eine Hand auf die Brust. »Mein Herz.«

Derek lächelt viel in letzter Zeit, ganz anders als damals, als ich ihn kennengelernt hab. Damals war er überwältigt von der Verantwortung, als alleinerziehender Vater für Maeve zu sorgen, während er einen anspruchsvollen Job hatte und mit der anhaltenden Trauer nach der Ermordung seiner Frau fertigwerden musste. Nach ihrem Tod hatte er zudem erfahren, dass seine Ehe von langer Hand geplant gewesen war, um einen Spitzel in das Team des damaligen Präsidenten Nelson einzuschleusen.

Gott sei Dank hatte ihm Victoria einen Brief hinterlassen, in dem sie ihm ihre Liebe gestand, die sie trotz der Umstände, unter denen alles angefangen hatte, für ihn empfunden hatte. Ihre Weigerung, weiter an dem perfiden Täuschungsmanöver mitzuwirken, hatte sie mit dem Leben bezahlt. Der Prozess gegen ihren Mörder und dessen Hintermänner, zu denen auch der ehemalige Präsidentschaftskandidat Arnie Patterson und seine Söhne Christian und Colton gehören, findet im neuen Jahr statt. Ich hab ein wenig Angst davor und hoffe, dass es Derek bei der Bewältigung seines furchtbaren Verlusts nicht zurückwirft.

Ich werde ihm während des gesamten Gerichtsverfahrens zur Seite stehen, während er dafür kämpft, dass die Schuldigen zur Rechenschaft gezogen werden. Trotzdem finde ich es schrecklich, dass er diese Wunde erneut aufreißen muss. Und letztendlich steht mir ja etwas Ähnliches bevor, wenn der Mann, der unabsichtlich für Patricks Tod verantwortlich war, vor Gericht gestellt wird. Wie Derek habe ich an jeder

der Vorverhandlungen teilgenommen und werde so lange dabeibleiben, bis der Kerl, der mir meinen geliebten Mann genommen hat, seine gerechte Strafe erhält.

So schwer es war, ich habe ihm verziehen. Denn auch sein Leben ist durch die Ereignisse dieses Tages zerstört worden. Vor einiger Zeit hat er mir einen Brief geschrieben, in dem er seine Reue wegen Patricks sinnlosem Tod zum Ausdruck gebracht hat, eine Geste, die ich sehr zu schätzen wusste. Während er auf seinen Prozess wartet, sitzt er im Gefängnis, denn er ist nicht auf Kaution freigekommen. Er ist also von seiner Freundin und seinen kleinen Kindern getrennt. Ich möchte eigentlich kein Mitleid mit ihm empfinden, aber ich tue es. Ein einziger Moment des Wahnsinns hat so viele Leben ruiniert.

Derek hat sich zu den Kindern auf den Boden gesetzt, und ich bin so froh über diese neue Familie, die wir uns aus den Trümmern unseres früheren Lebens aufgebaut haben. Ich hatte »Glück«. Ich hab nach Patricks Tod eine zweite Liebe gefunden, ohne danach gesucht zu haben. Er war plötzlich da, in meinem Lieblingscafé – und dann an meinem Arbeitsplatz, nachdem ich als Kommunikationschefin der First Lady angefangen hatte. Er hat verstanden, was ich durchgemacht habe, wie es sonst niemand in meinem Umfeld getan hat. In vielerlei Hinsicht hat mir seine Freundschaft – und die unserer Freundinnen und Freunde von den Wilden Witwen – geholfen, Patricks Tod zu überstehen.

Mein Handy klingelt. Es ist Iris, und ich lächle, als ich mich melde. Sie gehört definitiv zu dem Besten, was mir im Laufe meiner Witwenschaft widerfahren ist. Ich liebe sie wie eine Schwester. »Hey, wie läuft's bei dir?«

»Es ging mir schon besser.«

Die Art, wie sie das sagt, lässt mich erschreckt aufhorchen. »Was ist los?«

»Taylors Mann Will hatte gestern Abend einen Arbeitsunfall und ist gestorben.«

»Nein.« Ich habe Taylor und Will zweimal bei Iris getroffen und bin sofort untröstlich für sie und ihre Kinder. Oh Gott, bald bekommt sie ihr Baby …

Derek schaut mich mit gerunzelter Stirn an, bereit für die sich anbahnende Katastrophe.

»Womit können wir ihr helfen?«

»Das weiß ich noch nicht.«

»Wenn wir irgendwas tun können …«

»Ich halte euch auf dem Laufenden.«

»Und wie können wir dich unterstützen?«

»Könntest du für heute Nacht meine Kids nehmen? Freunde meiner Eltern feiern Hochzeit, und ich …«

»Natürlich können sie zu uns. Soll ich sie abholen?«

»Ich bringe sie vorbei, wenn ich wieder zu Taylor fahre, wenn das okay ist.«

»Wir sind den ganzen Tag hier.«

»Danke, Roni. Das ist total lieb und hilft mir sehr.«

»Bitte sag mir, was du brauchst, denn ich weiß, dass du alles tust, um Taylor zu helfen. Dafür halte ich dir den Rücken frei.«

»Danke. Das bedeutet mir viel.«

»Ich hab dich lieb.«

»Ich dich auch. Ich schreib dir eine Nachricht, wenn wir unterwegs sind.«

»Klingt gut.«

Ich beende das Telefonat.

»Was ist passiert?«, fragt Derek mit besorgter Miene.

»Taylors Mann Will hatte gestern Abend einen tödlichen Arbeitsunfall.«

»Oh nein. Das haben wir in den Nachrichten gesehen … Das war er.«

Gestern kam ein Bericht über einen namentlich nicht

genannten Bauunternehmer, der aus über fünfzehn Metern Höhe in den Tod gestürzt ist.

»Kriegt sie nicht bald ein Baby?«

»Der Geburtstermin ist nächsten Monat.«

»Mein Gott.«

Maeve zieht an Dereks Arm. »Daddy, weiterspielen.«

»Gleich, meine Süße.«

Während sie sich wieder ihren Spielsachen zuwendet, greift Derek nach meiner Hand.

Diese Nachricht hat mich wie ein Schlag in die Magengrube getroffen. Auch wenn ich Taylor nicht besonders gut kenne, weiß ich doch genau, wie es ist, plötzlich seinen Mann zu verlieren. Zum zweiten Mal verwitwet. Die meisten von uns in der Gruppe gehen davon aus, dass wir unseren großen Herzschmerz hinter uns haben, unsere Schuld dem Schicksal gegenüber beglichen haben und uns entspannt zurücklehnen können, im Vertrauen auf die unausgesprochene Zusicherung des Universums, dass wir von nun an in Sicherheit sind.

Diese Nachricht ist der Beweis dafür, dass das nicht stimmt. Keiner von uns ist vor irgendetwas sicher, vor allem nicht vor Tragödien.

»Roni.«

Ich merke, dass Derek mit mir spricht. »Entschuldige. Was hast du gesagt?«

»Geht es dir gut? Du warst gerade für einen Moment mit den Gedanken ganz woanders.«

»Ich kann das nicht glauben. Wie ist das möglich?«

Er steht vom Boden auf, setzt sich aufs Sofa und legt die Arme um mich.

Ich atme den Duft ein, der für mich gleichbedeutend ist mit Zuhause, Familie, Liebe und Geborgenheit … Der Gedanke, dass auch er aus meinem Leben gerissen werden könnte ... Er arbeitet immerhin für den Präsidenten ... Ein verirrter Schuss könnte ihn jederzeit töten.

»Roni.«

Ich bin so tief in düsteren Zukunftsszenarien versunken, dass Derek mich an den Schultern rütteln muss, um mich aus der Spirale in den Abgrund herauszureißen.

Und dann weine ich so heftig, dass die Kinder Angst bekommen.

Derek holt Dylan, und Maeve klettert auf meinen Schoß, schlingt mir ihre Ärmchen um den Hals und flüstert mir tröstende Worte zu, so wie ich es bei ihr mache, wenn sie traurig ist.

»Es ist okay, Mommy«, sagt sie leise. »Alles wird gut.«

Sie hat erst vor Kurzem angefangen, mich so zu nennen, und jedes Mal, wenn sie es tut, wird mir ganz warm ums Herz. Ich klammere mich an sie und an den Zuspruch, den ich gerade so dringend brauche. »Danke, Süße. Mir geht es gut.«

Es ist ein großer Schock, zu erkennen, dass dieses neue Leben, das ich mir mit so viel Mühe aufgebaut habe, wie ein Kartenhaus in sich zusammenfallen könnte.

Dylan weint, also tauschen Derek und ich die Kinder, und ich kuschele mit meinem Sohn. Stumme Tränen laufen mir über das Gesicht, während ich ihn anschaue, das Ebenbild meines verstorbenen Mannes.

Das ist alles so verdammt unfair.

Um Taylors willen möchte ich schreien. Wie um alles in der Welt konnte das passieren? Dass sie ein weiteres Mal als Witwe von vorn anfangen muss – und jetzt mit drei Kindern? Sie war so glücklich mit Will. Das habe ich selbst gesehen, und es hat mich mit Hoffnung erfüllt, als ich gemerkt hab, dass aus meiner Freundschaft mit Derek mehr werden könnte, etwas wie das, was Taylor mit Will hatte.

Auch ihre Kinder haben ihn geliebt. Diese armen Kleinen, die in ihrer Kindheit zwei Väter verloren haben, und das Baby, das seinen Vater nie kennenlernen wird.

Dylan schläft in meinen Armen ein.

Derek nimmt ihn mir ab, legt ihn für seinen Mittagsschlaf hin und bringt Maeve in ihrem Zimmer zur »Ruhezeit«. Das führt zwar oft auch zu einem Schläfchen, aber verlassen können wir uns nicht mehr darauf.

Dann kommt er zurück, um mir aufzuhelfen.

Ich lasse mich von ihm in unser Zimmer führen, wo er sich mit mir in unser Bett legt und seine Arme um mich schlingt.

»Was immer du denkst, hör auf damit. Hör einfach auf. Mir geht es gut, dir geht es gut, den Kindern geht es gut, und das wird auch so bleiben.«

»Was sie gerade durchmachen muss …«

»Wir werden für sie da sein. Bei jedem Schritt auf ihrem Weg.«

Ich nicke, weil das alles ist, wozu ich im Moment in der Lage bin. Ich leide mit Taylor, da ich nur zu gut weiß, was in den nächsten Tagen, Wochen, Monaten und Jahren vor ihr liegt.

5

Iris

Zu Hause packe ich rasch die Sachen für die Kids, für die Nacht bei Tante Roni, Onkel Derek und deren Kindern, die sie sehr mögen. Es war mir unangenehm, unsere Freunde darum zu bitten, doch ich wusste, dass die Kinder sich darüber freuen würden. Ich möchte mir sicher sein, dass sie Spaß haben, damit ich mich ganz auf Taylor und ihre Bedürfnisse konzentrieren kann.

Ich bin in Sophias und Laneys Zimmer und suche ihre Sachen zusammen, während mir tausend andere Dinge durch den Kopf schießen. Es bringt mich um, es den anderen Wilden Witwen erzählen zu müssen, aber ich kann nicht zulassen, dass sie es anderweitig erfahren. Wills Unfall war in allen Nachrichten, und es ist nicht besonders schwierig, eine Verbindung zwischen der Meldung und Taylor herzustellen.

Wynter ruft mich zurück, als ich gerade den Reißverschluss an der Tasche zuziehe. Als ich rangehe, höre ich sie lachen. »Xavier hat eben ›Scheiße‹ gesagt, und Adrian dreht völlig durch.«

Normalerweise würde ich in ihr Lachen einfallen. Sie ist eine der größten Erfolgsgeschichten der Wilden Witwen. Doch im Moment kämpfe ich eher damit, nicht in Tränen auszubrechen.

»Was ist los, Iris?«

»Ich fürchte, ich habe eine sehr traurige Nachricht über eine aus unserem Kreis. Erinnerst du dich an Taylor und Will? Du hast sie letzten Sommer bei meiner Party kennengelernt.«

»Natürlich. Sie bekommt bald noch ein Baby, oder?«

»Ja, genau.« Gott, das ist so schrecklich. Wynters junger Ehemann Jaden hatte Krebs, und es hat ewig gedauert, bis sie sich auf unsere Grundprinzipien Hoffnung und Optimismus eingelassen und daran geglaubt hat, dass sie mit ihrem Leben weitermachen kann. Jetzt ist sie glücklich mit Adrian verheiratet, mit dem zusammen sie seinen Sohn Xavier und ihre und Jadens Tochter Willow großzieht.

»Ist mit dem Baby alles in Ordnung?«

»Jaja, aber, Süße … Will hatte gestern Abend einen tödlichen Arbeitsunfall.«

»Was?« Das Wort strömt wie ein langer Seufzer aus ihr heraus. »Ist sie … Die Kinder … Verdammt.«

»Ja, es ist ein Albtraum. Ich wollte nicht, dass du es in den Nachrichten hörst.«

»Adrian hat Basketball mit einem Bekannten gespielt, der erwähnt hat, einer seiner Freunde sei gestorben und dass er bald Vater geworden wäre. Ich hab das natürlich nicht mit Taylor in Verbindung gebracht … Mein Gott, Iris.«

»Ich weiß.«

»Was können wir tun?«

»Für sie da sein, wenn sie dazu bereit ist.«

»Sie wird mit uns und unserer ganzen Positivität nichts anfangen können.«

»Zu Beginn vielleicht, aber irgendwann wird sie das schon.«

»Trotzdem ... Welchen Grund hätte sie, noch an solchen Blödsinn zu glauben? Warum sollte irgendjemand von uns noch daran glauben, wenn so was passiert?«

»Wie Gage immer sagt: Es ist wahrscheinlicher, vom Blitz getroffen zu werden oder einen Millionengewinn im Lotto einzustreichen, als zweimal im Leben Witwe zu werden.«

»Ich weiß nicht ... Das ist wirklich das Letzte, was ich gebraucht habe. Und ausgerechnet jetzt, wo ich gerade wieder etwas Vertrauen in die Zukunft gefasst hatte.«

»Sicher, Süße. Es tut mir leid, dass ich dir die Nachricht überbringen muss. Aber ich wollte, dass du es von mir hörst, und ich möchte dir noch Folgendes mit auf den Weg geben ... Wenn Taylor und ich über die Wilden Witwen sprechen, was wir ab und zu tun, obwohl sie nicht mehr bei uns aktiv ist, sind wir uns immer einig, dass du unsere größte Erfolgsgeschichte bist. Das freut uns so sehr.«

»Was? Ich? Warum das denn? Sie kennt mich doch kaum!«

»Ach, Wynter«, seufze ich. »Ich wünschte, ich hätte ein Video von dir, wie du warst, als du frisch bei uns warst, damit ich dir zeigen könnte, wie sehr du dich weiterentwickelt hast. Du warst so wütend und verbittert und hattest Selbstmordgedanken und warst generell davon überzeugt, dass dein Leben nach Jadens Tod vorbei sei.« Sie schweigt, also fahre ich fort. »Und jetzt hast du den Mut gefunden, Willow zu bekommen und Adrian und Xavier zu lieben und dir ein neues Leben aufzubauen.«

»Das wird mir alles nichts nützen, wenn sie am Ende auch sterben.«

»Ach, Wynter ... So darfst du nicht denken. Wir dürfen die Hoffnung nicht aufgeben, selbst in Zeiten wie diesen, in denen alles sinnlos erscheinen mag. Bitte lass dich davon nicht zurückwerfen, wo du es schon so weit gebracht hast.«

»Ich versuche es, aber das wird nicht leicht. Ich halte schon jetzt jedes Mal den Atem an, wenn Adrian mit den Kindern ohne mich irgendwohin geht.«

»Ich versteh das, glaub mir. Gage hat mir erzählt, er empfindet exakt genauso, wenn die Kinder und ich ohne ihn unterwegs sind. Obwohl er ja weiß, dass mit uns alles in Ordnung ist, macht er sich Sorgen um uns.«

»Wie sollen wir so leben, Iris? Ich meine, ganz ehrlich … Wie?«

»Eine Minute nach der anderen, Süße. Wir hoffen auf das Beste und geben uns Mühe, nicht ständig mit dem Schlimmsten zu rechnen. Das ist alles, was wir tun können, denn so vieles liegt nicht in unserer Hand.«

»Das ist der Teil, mit dem ich nicht fertigwerde.«

»Doch, das schaffst du. Bislang kriegst du das großartig hin, und wir sind sehr stolz auf dich.«

Sie schnieft, und mir wird klar, dass sie weint. »Ohne dich und die Gruppe, die ihr drei gegründet habt, wäre das alles nicht möglich gewesen. Ihr habt mir buchstäblich das Leben gerettet. Sag mir, was ich tun kann, um ihr zu helfen.«

»Ich melde mich bei dir, wenn ich was hab.«

»Bitte tu das. Adrian wird ebenfalls seinen Beitrag leisten wollen.«

»Wie wir alle wissen, hat sie einen weiten Weg vor sich und wird uns noch lange Zeit bei allem Möglichen brauchen. Es wird viele Gelegenheiten geben, ihr unter die Arme zu greifen. Jedenfalls bin ich mir sicher, dass sie dein freundliches Angebot zu schätzen wissen wird.«

»Sag ihr … Sag ihr, dass wir sie lieb haben, selbst wenn ich sie kaum kenne. Das spielt keine Rolle. Ich werde für sie da sein und Adrian auch.«

»Das geb ich an sie weiter, und es wird ihr viel bedeuten.

Ich halt euch über das Treffen nächste Woche auf dem Laufenden, und wenn sich was ändert, erfahrt ihr es von mir.«

»Hey … Iris … Wie geht's dir denn überhaupt damit? Du springst jedes Mal ein, wenn es irgendwie brennt. Manchmal mach ich mir Sorgen, dass dich das alles zu stark belasten könnte.«

Die Wynter von früher hätte diese Frage nie gestellt, was ein weiterer Grund ist, stolz auf sie zu sein. »Bei mir ist alles im Lot, Süße. Ich bin genauso erschüttert wie ihr anderen, aber ich tue alles in meiner Macht Stehende für Taylor und ihre Kinder, denn das ist im Moment das Einzige, was zählt.«

»Du bist uns unglaublich wichtig. Pass auf dich auf, während du dich um alle anderen kümmerst, okay?«

»Das werd ich. Versprochen. Wir reden bald wieder. Ich hab dich lieb.«

»Ich dich auch.«

Ich wische mir gerade die Tränen von den Wangen, als Gage auf der Suche nach mir reinkommt.

»Was ist jetzt passiert?«

»Nichts. Ich hab nur mit Wynter gesprochen.«

»Wie hat sie es aufgenommen?«

»Nicht wirklich gut. Doch sie will Taylor helfen, obwohl sie sie ja kaum kennt.«

»Sie hat es sehr weit gebracht, unsere Wynter.«

»Genau das ist es, was mich zu Tränen gerührt hat.«

»Tyler hat alles gepackt und kann es kaum erwarten, zu Derek zu fahren, damit sie Videospiele spielen können.«

»Danke, dass du ihm geholfen hast.« Ich schnappe mir die Tasche mit den wichtigsten Decken und Stofftieren. »Dann lass uns aufbrechen.«

Gage stellt sich vor mich und legt mir die Hände auf die Schultern. »Du läufst ja bloß noch auf Adrenalin, Babe. Solltest du dich nicht vielleicht etwas ausruhen, bevor wir zurückfahren?«

Er war ebenfalls die ganze Nacht lang wach, aber wie immer sorgt er sich nur um mich. »Ich möchte zurück zu Taylor, um zu helfen, wo ich kann. Für ein Nickerchen ist später noch Zeit. Du musst nicht mitkommen, wenn du zu müde bist.«

»Wenn du gehst, gehe ich auch.«

Ich bin so froh darüber, ihn an meiner Seite zu haben, vor allem an Tagen wie diesen. »Danke.«

Er umarmt mich. »Stütz dich auf mich, wenn es zu viel wird, okay?«

Er weiß immer genau, was ich brauche, was für mich unfassbar wertvoll ist. »Ich bin dir stets unermesslich dankbar, doch in solch schwierigen Zeiten mehr denn je.«

»Ich bin für dich da. Für immer und ewig.«

»Gott sei Dank.«

Wynter

Ich weiß nicht, was ich nach dem Anruf von Iris mit mir anfangen soll. Eigentlich hatte ich vor, Xaviers Kleidung zu sortieren und alles, was ihm zu klein geworden ist, einzupacken und auf den Dachboden zu bringen. Schließlich ist es nicht ausgeschlossen, dass Adrian und ich uns eines Tages entscheiden, noch ein Kind zu kriegen, auch wenn wir derzeit keine Pläne in der Richtung haben. Trotzdem weiß man ja nie, was passieren kann, besonders jetzt, wo wir verheiratet sind. Nach unserem Eheversprechen scheint alles möglich zu sein.

Aber nach dem Gespräch mit Iris sitze ich einfach in Xaviers Zimmer, während er und Willow nebenan schlafen, starre an die Wand und denke darüber nach, was Taylor wohl gerade durchmacht.

Meine Gedanken drehen sich darum, wie es sich anfühlen würde, Adrian zu verlieren, nachdem wir beide so viele Hindernisse überwunden haben, bevor wir zueinandergefunden haben. Trotz seiner großen Angst vor der Entbindung – durchaus nachvollziehbar, nachdem seine Frau Sadie bei der Geburt von Xavier gestorben ist – hat er mich unterstützt, als ich beschloss, Jadens Kind zu bekommen. Das war dank künstlicher Befruchtung möglich, da Jaden ohne mein Wissen vor seiner Krebsbehandlung Sperma hatte einfrieren lassen.

Obwohl ich ihn von ganzem Herzen geliebt habe, ist meine Beziehung zu Adrian anders. Als Jaden und ich uns verliebt haben, waren wir praktisch noch Kinder. Und dann hat uns das Leben, bevor wir erwachsen waren, mit seiner Krebsdiagnose einen schweren Schlag versetzt. Mit Adrian ist es anders, unser Verhältnis ist reifer, geerdet in Trauer und konzentriert auf unsere Kinder, denen wir die bestmöglichen Eltern sein wollen.

Ich versuche mir vorzustellen, wie es wäre, Xavier und Willow ohne Adrian großzuziehen, doch das kann ich nicht. Es geht einfach nicht. Allein der Gedanke daran sorgt dafür, dass mir übel wird und ich am ganzen Körper zittere.

Ich sitze immer noch auf dem Boden von Xaviers Zimmer, als Adrian vom Laufen zurückkommt. »Da bist du ja.«

Er ist verschwitzt und lächelt, wie er es immer tut, wenn er mich sieht, selbst nach der kürzesten Trennung. Dann betrachtet er mich eindringlich. »Was ist los? Warum bist du so blass?«

Ich will es ihm nicht erzählen, denn dann weiß auch er, dass sich so eine Tragödie durchaus wiederholen kann. Ich möchte nicht, dass er das hört, aber natürlich kann ich es nicht ewig vor ihm geheim halten. Irgendwann muss er es erfahren.

»Also, äh … Iris hat angerufen, während du weg warst.«

Er wischt sich mit dem Saum seines ärmellosen Shirts den Schweiß vom Gesicht und entblößt dabei seine definierten Bauchmuskeln, von denen ich endlos fasziniert bin. »Ist alles in Ordnung?«

»Sie hat mir mitgeteilt, dass Taylors Ehemann Will bei einem Arbeitsunfall gestorben ist. «

Ich mustere ihn so eindringlich, dass ich den genauen Moment erkenne, in dem meine Worte – und ihre Bedeutung – zu ihm durchdringen.

»Das glaub ich nicht. Nein. Moment mal. Sie erwarten doch in Kürze ein Baby, oder?«

Ich nicke. »Nächsten Monat.«

Adrian sinkt neben mir auf die Knie. »Das ist ja furchtbar.«

»Mehr als das.«

Lange sitzen wir nebeneinander, ohne uns zu berühren, verbunden in Mitgefühl für Taylor und unserer gemeinsamen Trauer um Will – und um uns selbst. Dass so etwas jemandem passiert, den wir kennen, ist unerträglich. Und die Tatsache, dass sie bald das Baby kriegt, macht es noch schlimmer.

»Hat Iris was dazu gesagt, wie es ihr geht? Taylor, meine ich …«

»Nicht gut. Ich hab ihr erklärt, dass wir gerne helfen wollen …«

»Mit allem, was uns zur Verfügung steht.«

»Ich frage mich, ob sie wieder zu den Gruppentreffen kommen wird.«

»Ich weiß nicht, was ich darauf erwidern soll. Ich bin sprachlos.«

»Verständlich. Mein Gehirn hat nach dem Anruf von Iris einfach abgeschaltet.«

»Das bringt alles wieder zurück, oder?«

»Ja. Es hat mir echt den Atem verschlagen.«

»Mir auch.«

Ich habe keine Ahnung, wie lange wir dort in Xaviers Zimmer auf dem Boden sitzen, diese Nachricht verarbeiten und mit tiefster Verzweiflung kämpfen, und das wegen jemandem, der praktisch eine Fremde für uns ist. Wir haben Taylor – und Will – ein paarmal bei Iris zu Hause getroffen, aber wir kennen sie nicht so gut wie die anderen Witwen, mit denen wir eng befreundet sind. Das spielt allerdings keine Rolle. Wir verstehen, was sie durchmacht ... Nun, irgendwie ... Wir können natürlich nicht wissen, wie es ist, wenn einen so was *zweimal* im Leben heimsucht.

»Ich werde ... Ich werde irgendwelches Essen für sie zubereiten«, sage ich schließlich nach langem Schweigen.

»Das ist nie verkehrt.«

»Es fühlt sich unbedeutend an.«

»Was können wir anderes tun, als für sie da zu sein und ihr so viel Unterstützung wie möglich anzubieten?«

»Richtig. Ich fühle mich nur ...«

»Am Boden zerstört.«

»Ja, genau.«

Er greift nach meiner Hand. »Uns wird das nicht passieren.«

»Woher willst du das wissen?«

»Nein, wirklich, Wynter. Wird es nicht.«

Meine Kehle ist zugeschnürt von der Anstrengung, nicht in lautes Schluchzen auszubrechen, sodass ich bloß stumm nicken kann. Ich möchte so gerne glauben, dass er recht hat, aber wir wissen besser als die meisten, dass es solche Garantien nicht gibt.

Ich räuspere mich. »Was meinst du, was ich ihnen kochen soll?«

»Lieben ihre Kinder nicht die Käse-Makkaroni von Iris?«

»Ja, richtig. Das ist eine gute Idee.«

»Heb was für unseren Jungen auf. Das ist auch sein Lieblingsessen.«

»Mach ich.«

Er steht auf und zieht mich auf die Füße. »Man fühlt sich immer besser, wenn man etwas tun kann, um zu helfen.«

Ich schlinge die Arme um ihn, was ich sonst nie tue, wenn er verschwitzt ist, doch was kümmern mich solche Dinge in einer Zeit wie dieser?

Er hält mich fest und küsst mich auf den Scheitel. »Bei uns ist alles gut, Baby. Ich schwöre es. Alles ist in Ordnung. Eine Freundin leidet, und wir werden für sie da sein, aber bei uns ist alles okay.«

Ich klammere mich an seine Worte, denn was bleibt mir auch anderes übrig? Ich verrate ihm nicht, dass Jaden einmal genau dasselbe zu mir gesagt hat, und man sieht ja, wie das ausgegangen ist.

6

Lexi

Tom hat für uns einen romantischen Tag geplant, der mit einem Frühstück in unserem Lieblingsrestaurant begonnen hat, gefolgt von einer langen, gemütlichen Fahrt in die Berge zu einer Wanderung auf dem Skyline Drive, einem meiner Lieblingsorte, den ich oft mit meinem verstorbenen Mann Jim besucht habe. Tom weiß das und hat mir geholfen, mir etwas, was ich früher geliebt habe, mit ihm gemeinsam zurückzuerobern und neue Erinnerungen zu schaffen.

In der Hinsicht ist er sehr aufmerksam und bezieht Jim immer in das Leben mit ein, das wir uns miteinander aufbauen, weil er versteht, dass Jim stets ein Teil von uns sein wird. Das macht ihn zum perfekten Partner für mich – trotz meiner anhaltenden Bedenken wegen seiner Herzerkrankung.

Wenn ich an den Abend denke, an dem ich in das Haus zurückgekehrt bin, in dem wir damals zusammen gewohnt – und schon heftig geflirtet – haben, und ihn bewusstlos auf dem Wohnzimmerboden vorgefunden habe, möchte ich weiter schreiend davonlaufen.

Aber seitdem hat er alles geändert, von seiner Ernährung bis hin zu seinem Fitnessprogramm. Er trinkt fast keinen Alkohol mehr und achtet beinah fanatisch auf seinen Cholesterinspiegel und andere Risikofaktoren.

Er tut alles Menschenmögliche, was mir Mut macht, obwohl die Angst nach so einem Vorfall lange nachwirkt – vor allem bei meiner Geschichte, denn ich hab meinen ersten Mann durch ALS verloren.

Wir haben einen wunderschönen Spätherbsttag erwischt, und abgesehen von etwas Verkehr, weil andere die gleiche Idee wie Tom hatten, genießen wir die Fahrt durch die Wälder mit noch immer farbenprächtigem Laub. Wir hatten dieses Jahr einen ungewöhnlich kühlen Herbst, sodass die Blätter länger als sonst bunt geblieben sind.

Tom hat in seiner Musik-App eine Classic-Rock-Playlist eingestellt und singt zu Foreigner mit, während wir uns dem Wanderparkplatz nähern.

Als wir die ersten Male zusammen hierhergekommen sind, haben mich Erinnerungen an Jim überfallen und mich noch mehrere Tage lang nicht losgelassen. Tom hat mich ermutigt, darüber zu sprechen, statt zu versuchen, den Schmerz zu verdrängen, und ich war überrascht, wie sehr es mir geholfen hat, meine Trauer mit ihm zu teilen. Es war, als hätte er mir etwas von der Last abgenommen, einfach indem er mir zugehört hat, während ich von Jim erzählt und darüber geredet habe, wie sehr ich ihn noch immer vermisse. Ich bin dankbar, dass Tom sich nie dadurch bedroht fühlt, dass ich den Mann weiterhin liebe, den ich durch eine grausame Krankheit verloren habe.

Nachdem wir das Auto abgestellt haben, schnallen wir uns Gürtel um, an denen Wasserflaschen und Erste-Hilfe-Utensilien befestigt sind. Vor unserem Aufbruch haben wir zu Hause Sonnencreme aufgetragen und haben für alle Fälle mehr dabei.

Tom zieht meine Capitals-Baseballkappe tiefer, um meine Augen zu schützen. »Bereit?«

»Klar.«

Er ergreift meine Hand, geht mit mir zum Beginn des Wanderwegs und lässt sie nicht los, außer wenn wir andere Wanderer überholen und hintereinander laufen müssen. Danach nimmt er sie jedes Mal sofort wieder.

Seine Liebe und die meiner engen Freunde und meiner Familie haben mir geholfen, wieder Lebensfreude zu empfinden, was mir nach Jims Tod zunächst nicht möglich erschien. Lange Zeit dachte ich, ich würde nicht weitermachen können. Seine schreckliche Krankheit, gefolgt vom Trauma seines Sterbens, hatte mir alle Energie geraubt. Wenn ich jetzt an diese Zeit zurückdenke, ist sie wie ein verschwommener Fleck in meinem Gedächtnis. Zwar kann ich mich nicht an Details erinnern, doch ich weiß noch genau, wie schmerzhaft es war, zu glauben, mein Leben sei vorbei, weil seins zu Ende war.

In vielerlei Hinsicht ist Tom das Beste, was mir je passiert ist, denn er hat mir gezeigt, dass das nicht stimmt, sosehr es auch mal so ausgesehen haben mag.

Der Weg zum Gipfel wird steiler und anstrengender, aber oben belohnt uns die spektakuläre Aussicht auf die Blue Ridge Mountains und das Shenandoah Valley für unsere Mühe.

»Ah, schau nur, wie wunderschön.«

Tom küsst mich. »Ja, das bist du.«

»Klar bin ich das, in meiner ganzen verschwitzten, rotgesichtigen Pracht.«

»Wenn ich sage, dass du schön bist, darfst du mir nicht widersprechen.«

»Ist das eine weitere neue Regel?«

Er denkt sich dauernd lustige Regeln für uns aus, wie zum Beispiel, dass wir niemals ins Bett gehen dürfen, ohne dass ich ihm mindestens drei Küsse gegeben habe, und dass wir am Wochenende vor dem Morgenkaffee Sex haben müssen.

»Ich glaube, die werde ich der Liste hinzufügen.«

Ich betrachte die atemberaubende Landschaft, die sich vor mir erstreckt, und als ich zu ihm hinüberblicke, bleibt mir meine schlagfertige Antwort im Hals stecken, da ich sehe, dass er sich vor mir auf ein Knie niedergelassen hat. Was geschieht hier gerade?

Er nimmt meine Hand und schaut mich mit all der Liebe an, die er mir jeden Tag zeigt, seit wir uns wiedergefunden haben, Jahre nach der Highschool, woher wir uns eigentlich kennen.

Meine Augen füllen sich mit Tränen, während ich aus dem Augenwinkel bemerke, dass wir eine Gruppe anderer Wanderer als Publikum gewonnen haben. »Tom …«

»Meine süße Lexi, ich liebe dich so sehr, und ich liebe das Leben, das wir uns aufbauen. Du hast mich in jeder Hinsicht gerettet, und ich möchte den Rest meiner Tage mit dir verbringen. Willst du mich heiraten?«

Nach Jims Tod hatte ich verkündet, dass eine neue Ehe für mich ausgeschlossen sei, doch Tom hat meine Meinung über viele Dinge geändert, darunter auch eine erneute Hochzeit.

»Ja«, flüstere ich, während ich ebenfalls auf die Knie sinke, um ihn zu küssen. »Ja, ich will dich heiraten.«

Unser Publikum jubelt uns zu.

»Ich habe es für euch auf Video aufgenommen«, meint einer von ihnen.

Tom umarmt mich fest. »Danke, dass du Ja gesagt hast.«

Ich lache, obwohl mir Tränen über die Wangen laufen. »Danke, dass du mich gefragt hast.«

»Ich war mir nicht sicher, ob ich es wirklich tun sollte, aber ich dachte, einen Versuch wäre es wert.«

»Es war perfekt, und danke, dass du dir genau diesen Ort dafür ausgesucht hast.«

»Vorher hab ich mich kurz mit Jim abgestimmt. Ich hab ihm versprochen, dass ich mich so um dich kümmern werde, wie er es getan hat, und dass ich dich genug für uns beide lieben werde.«

Dieser Mann … Dieser liebe, sexy, lustige, wunderbare Mann.

»Danke, dass du es verstehst. Dass du ihn zu einem Teil hiervon und von uns gemacht hast, nun ja, zu einem Teil von allem.«

»Er ist immer bei uns, Lex. Mir ist bewusst, dass du ihn verlieren musstest, um zu mir zu finden, und das werde ich auch nie vergessen.«

Wir umarmen uns lange, bis der Mann, der das Video gedreht hat, ungeduldig wird.

»Also wollt ihr das Video nun haben oder nicht?«

Ich wische mir die Tränen von den Wangen und lache. »Wir wollen es. Wir wollen es auf jeden Fall.«

Angela

Seit Spencer nicht mehr da ist, sind die Samstage anders. Was früher Familienzeit war, ist für mich jetzt nur ein weiterer Tag, den ich irgendwie überstehen muss, wenn mein ältestes Kind keine Schule hat, mein mittleres Kind schlecht drauf ist und das Baby gerade zahnt und sich einfach nicht beruhigen lässt, egal, was ich ausprobiere.

Mit zwei Kindern, die ihren Vater, den »lustigen« Elternteil, verzweifelt vermissen, und einem weiteren, siebzehn Monate alten, das sich weigert, zum Mittagsschlaf im Bett liegen zu bleiben, zu Hause festzusitzen, ist die Hölle. Und ja, ich liebe meine Kinder von ganzem Herzen, genau wie ich es getan habe, bevor ihr Vater an einer unwissentlich eingenommenen Überdosis Fentanyl gestorben ist.

Doch seit Spence' Tod haben sich meine Gefühle ihnen – und allem anderen – gegenüber verändert. Die alleinige Verantwortung für drei kleine Wesen lastet auf mir wie ein tausend Kilo schwerer Felsbrocken, den ich fast zwanzig Jahre lang nicht mehr loswerde, wenn überhaupt je wieder. Dieser Gedanke hält mich nachts wach, sogar wenn das Baby schläft und ich endlich Ruhe finden könnte.

Ich mühe mich gerade damit ab, Joshua zu füttern, als eine Textnachricht von meinem Freund Brad Albright eintrifft, dessen Frau Mary Alice durch das gleiche verunreinigte Fentanyl gestorben ist, das auch Spencer das Leben gekostet hat. Nachdem meine Schwester Sam uns bei einer der Anhörungen gegen die Täter miteinander bekannt gemacht hat, sind wir uns über unseren gemeinsamen Verlust nähergekommen und Freunde geworden. Wie ich muss er sich ebenfalls erst an das Leben als Alleinerziehender gewöhnen.

Meine Kinder treiben mich in den Wahnsinn. Wollen wir uns im Park treffen?

Ich schnappe mir mein Handy, während ich das Baby füttere, und schreibe zurück: *Ja, klar. Wir sind dabei. Wann?*

Um zwei?

Passt gut. Bis dann.

Das ist das dritte Mal, dass wir uns mit Brad und seinen Kindern im Park verabreden. Letztes Wochenende haben wir danach noch Pizza gegessen, was bei meinem aufgeweckten, klugen Sohn Jack, der acht Jahre alt ist und immer noch sehr um seinen Vater trauert, viele Fragen ausgelöst hat.

»Ist Mr Brad dein neuer Freund?«

»Wirst du ihn heiraten?«

»Wird er unser neuer Daddy?«

Ich hab das alles mit Nein beantwortet. »Mr Brads Frau ist an der gleichen Sache gestorben wie Daddy. Er ist ein Freund, der versteht, was wir durchmachen. Das ist alles.«

»Wirst du wieder heiraten?«

»Ich bin noch lange nicht bereit, über so was auch nur nachzudenken. Im Moment konzentriere ich mich auf dich, Ella und Josh und arbeite an der Stiftung, die wir gegründet haben, um anderen Menschen zu helfen, die wie Daddy von Opioiden abhängig geworden sind. Das ist alles, woran ich denken kann.«

»Wenn du einen Freund hast, wirst du es mir dann sagen?«

»Wenn es so weit ist, werde ich es dir sagen, allerdings wird das nicht so bald geschehen, wenn überhaupt je.«

»Du solltest nicht für immer allein bleiben. Daddy würde das nicht wollen.«

»Woher weißt du das?«

»Das hat er mir erzählt.«

»Was? Wann?«

»Als wir letzten Sommer angeln waren, oder vielleicht war es sogar im vorletzten. Er hat gemeint, wenn ihm jemals etwas zustoßen sollte, würde er sich wünschen, dass wir glücklich sind.«

Das geht mir jetzt die ganze Zeit im Kopf herum, während ich mit jedem Tag, den ich ohne Spencer verbringen muss, wütender auf ihn werde. Dass er Jack mit so was belastet hat und ihm gegenüber angesprochen hat, dass seinem Vater etwas zustoßen könnte, lange bevor es tatsächlich passiert ist … Das ist unfassbar und ein weiterer Beweis dafür, dass Spencer schon weit vor seinem Tod nicht mehr er selbst war.

Und das alles wegen der Rückenverletzung von einem Footballspiel mit seinen Collegefreunden, von dem ich ihm abgeraten hatte, genau weil ich schon befürchtet hatte, er könnte sich verletzen. Ich hätte mir nie vorstellen können, was für verhängnisvolle Folgen es haben würde, wenn er dem Impuls nachgab, seine vergeudete Jugend wieder aufleben zu lassen. Hätte er nur auf mich gehört … Dann wäre er jetzt noch bei uns und hätte keinen Grund gehabt, mit Jack darüber zu reden, was er sich für seine Familie gewünscht hat, falls er sterben sollte.

Diese Enthüllung von Jack war so schockierend, dass ich bisher niemandem davon erzählt habe. Stattdessen habe ich tagelang darüber nachgedacht und verarbeitet, was das alles bedeutet. Ich werde es auch Jacks Therapeut vor dem Termin nächste Woche sagen.

Die Wut auf den Mann, den ich mehr als mein Leben geliebt habe, verkompliziert alles. Wenn ich meinen Kindern beim Baden, Anziehen, Essen, Spielen, Auf-die-Toilette-Gehen, Einschlafen oder was immer sie brauchen, helfe, brennt diese Wut in mir. Es wird beständig schwieriger, sie vor den Kids zu verbergen. Aber in letzter Zeit spreche ich mit jemandem über diese Gefühle – mit der einzigen Person, die mich wirklich versteht.

Brad Albright.

Er ist ebenfalls wütend auf seine tote Frau.

Natürlich ist uns klar, dass Sucht eine Krankheit ist und als solche behandelt werden sollte, doch er hatte nicht die geringste Ahnung, dass seine Frau Mary Alice abhängig war, bis es zu spät war. Zwar haben wir alles getan, um Spencer zu helfen, haben sogar eine Hypothek auf unser Haus aufgenommen, um seine mehrmaligen Entziehungskuren zu finanzieren, die letzten Endes alle nichts gebracht haben. Dank meiner Schwester, der First Lady, und meinem Schwager, dem Präsidenten, habe ich nach Spencers Tod Millionen an Spenden erhalten, sodass ich mich immerhin keine Geldsorgen plagen. Damit stehe ich entschieden besser da als viele andere in einer Lage wie meiner – und eben auch Brad.

Leider lehnt er es vehement ab, sich von mir unter die Arme greifen zu lassen, aber ich werde ihm so lange finanzielle Unterstützung anbieten, bis er es zulässt. Ich habe vor, den größten Teil des Geldes für die Stiftung zu verwenden, die ich in Spencers Andenken gegründet habe, um Menschen wie Brad zu helfen, deren Leben durch Opioidabhängigkeit ruiniert worden ist.

Joshua Charles – Charles nach meinem verstorbenen Vater – ist beim Füttern eingeschlafen, also lege ich ihn in sein Bettchen, bevor ich für Jack und Ella eine Kleinigkeit zu essen zubereite.

»Mr Brad hat vorgeschlagen, dass wir uns heute mit ihnen im Park treffen«, sage ich den beiden, während ich Erdnussbutter-Marmelade-Sandwiches in Quadrate schneide und sie ihnen mit Apfelscheiben serviere. »Klingt das nicht toll?«

»Ich liebe den Spielplatz im Park«, erklärt Ella.

»Ich will da nicht hin«, erwidert Jack. »Lass uns einfach zu Hause bleiben.«

Bevor er so plötzlich seinen Vater verloren hat, seinen Lieblingsmenschen und seine wichtigste Bezugsperson, hätte Jack einen Ausflug in den Park niemals abgelehnt.

»Es wird Spaß machen«, versichere ich ihm, »und wir kommen aus dem Haus raus und an die frische Luft.«

»Ich will keine frische Luft.«

Er steuert geradewegs auf einen Wutanfall zu, also tue ich, was sein Therapeut vorgeschlagen hat, und ziehe mich vorerst zurück, während ich alles fertig mache, um mit zwei kleinen Kindern und einem Baby das Haus zu verlassen. Ich packe eine Tasche für die Älteren und eine weitere für Josh. Ich nehme Getränke, Snacks und Wechselkleidung mit für den Fall, dass irgendjemand nass oder schmutzig wird, was bei solchen Ausflügen regelmäßig passiert.

Als alles bereit ist, setze ich Josh in den Kindersitz und helfe Ella in ihre Jacke. »Du musst nicht im Park spielen, Jack, aber du musst mitkommen, damit wir anderen gehen können.«

Das gefällt ihm überhaupt nicht, doch er schnappt sich stumm sein Sweatshirt und marschiert zum Auto. In letzter Zeit regt ihn alles auf, und das kann ich ihm nicht verübeln. Er hat natürlich seine Gründe dafür, und ich versuche seine Gefühle zu respektieren, während ich mich gleichzeitig bemühe, dass unser Leben irgendwie weiterläuft. Das ist selbst an guten Tagen ein echter Balanceakt und an den Wochenenden, an denen die Abwesenheit seines Vaters besonders deutlich zu spüren ist, noch viel schwieriger.

Es tut mir für uns alle so furchtbar leid, aber am meisten für ihn.

Ella ist zwar traurig, dass ihr Vater gestorben ist, doch mit dreieinhalb Jahren ist sie fast zu jung, um die Auswirkungen des endgültigen Verlusts eines Menschen vollständig zu begreifen. Jack hingegen ist sich nur allzu bewusst, was »für immer« bedeutet, und sein kleines Herz ist gebrochen.

Brad und ich haben viel darüber gesprochen, wie herausfordernd es ist, unsere Kinder in ihrer Trauer zu begleiten. Seine siebenjährige Tochter Daphne ist für ihr Alter ungewöhnlich einfühlsam und hat große Probleme, mit der Abwesenheit ihrer Mutter zurechtzukommen. Sein vierjähriger Sohn Drake ist traurig und launisch und neigt mit einem Mal zu Wutanfällen, scheint aber nicht wirklich zu verstehen, was mit seiner Mom passiert ist. Er verlangt jeden Abend vor dem Zubettgehen nach ihr und weint. Dann fühlt sich Brad ganz hilflos, und er muss ja gleichzeitig auch noch mit seiner eigenen lähmenden Trauer fertigwerden.

Nichts in unserem Leben hat uns auf diese Herausforderungen vorbereitet, also verlassen wir uns aufeinander, während wir uns vorantasten.

Auf der Fahrt zum Park blicke ich mehrmals im Rückspiegel zu Jack, der mit unbewegter Miene zum Seitenfenster hinausstarrt.

»Mommy, lass uns was singen«, bittet Ella.

»Bloß nicht«, wehrt Jack in dem gereizten Tonfall ab, den er sich nach dem Unglück zugelegt hat.

»Warum nicht?«, fragt Ella.

Ich kann fast hören, wie ihr Kinn bebt, während sie mit den Tränen kämpft. Sie hat sich noch nicht daran gewöhnt, dass Jack gemein zu ihr ist, was er vor dem Tod ihres Vaters nie war. Früher hat er sie praktisch auf Händen getragen und ihr mehr oder weniger jeden Wunsch von den Augen abgelesen. Jetzt ist er zunehmend ungeduldig mit ihr, was für meine süße kleine Tochter schwierig zu begreifen ist.

»Ich bin für Singen.« Ich starte Ellas Lieblingssoundtrack, den von *Vaiana*, und drehe die Lautstärke hoch, um mich am fröhlichen Klang ihrer Stimme zu erfreuen. Sie singt aus voller Kehle mit, worüber Jack früher stets gelacht hat.

Jetzt nicht mehr.

Als ich das nächste Mal zu Jack schaue, sehe ich, dass sein Gesicht vor Wut rot geworden ist.

Ich wünschte, ich wüsste einen Weg, wie ich ihm helfen kann.

7

Brad

Die Kinder sind völlig aus dem Häuschen, weil sie ihre neuen Freunde treffen werden. Wenn es einen Lichtblick nach dem plötzlichen, schockierenden Tod ihrer Mutter gibt, dann ist es die überwältigende Liebe und Unterstützung, die wir von so vielen Menschen in unserem Leben erfahren haben. Doch sosehr sie sich auch bemühen, keiner von ihnen kann die Hölle, in der wir uns befinden, besser nachvollziehen als Angela und ihre Kinder, die uns auf dieser Reise begleiten, die keiner von uns unternehmen wollte.

Wir treffen uns im Stead Park in der Nähe des Dupont Circle. Die Parkplatzsuche kann ein Problem sein, aber wir haben Glück und finden eine Lücke am Straßenrand, etwa drei Blocks entfernt. Nicht schlecht für einen sonnigen Samstag im Herbst.

Ich muss joggen, um mit den Kindern Schritt zu halten, die zum Spielplatz rennen. Es ist schön, mitzuerleben, wie sehr sie sich freuen, und zu wissen, dass sie nicht nur für die nächsten ein oder zwei Stunden beschäftigt, sondern später auch müde vom Toben sein werden. Das wird das Zubettbringen einfacher machen als sonst.

Während ich ihnen beim Spielen zusehe und nach Angela und ihren Kindern Ausschau halte, wird mir wieder mal klar, wie oft ich meine Frau als selbstverständlich betrachtet habe. Sie war es, die sich meistens darum gekümmert hat, dass die Kleinen rechtzeitig ins Bett kommen – eigentlich um alles mit den Kindern –, während ich, wann immer ich konnte, zusätzliche Schichten bei der Feuerwehr übernommen habe, damit wir unsere Rechnungen bezahlen konnten. Ich habe mich so darauf konzentriert, finanziell für meine Familie zu sorgen, dass ich kostbare Zeit mit meiner Frau und meinen Kindern geopfert habe, die mir niemand zurückgeben kann.

Schuldgefühle nagen an mir. Ich wusste, dass ihr Knie ihr fast ein Jahr nach der Operation immer noch Probleme bereitet hat, doch ich bin überhaupt nicht auf den Gedanken gekommen, dass sie süchtig nach Schmerzmitteln geworden sein könnte. Oder dass sie sich das Zeug auf der Straße besorgen würde, nachdem ihr Arzt sich geweigert hatte, es ihr weiter zu verschreiben. Um ehrlich zu sein, hatte ich es ziemlich satt, ständig von ihrem verdammten Knie zu hören. Ich dachte, sie würde es als Ausrede benutzen, um weniger im Haushalt zu tun. Das setzt mir zu, seit mir klar geworden ist, wie schlimm es gewesen sein muss, dass meine sonst so gesetzestreue Frau sich illegal Drogen besorgt hat, um die Schmerzen aushalten zu können.

Ich habe sie im Stich gelassen, indem ich ihre Beschwerden nicht ernst genug genommen habe. Hätte ich ihr nur zugehört, als sie mir erklärt hat, es sei so schlimm, dass sie fast wahnsinnig würde. Ich dachte, sie würde übertreiben, wie sie es manchmal tat. Ich hab ihre Klagen abgetan und mein Leben weitergelebt, ohne zu bemerken, wie sie zu kämpfen hatte, weil selbst der Mensch, der ihr am nächsten stand, das Ausmaß des Problems nicht verstehen wollte.

Wenn ich darüber nachdenke, wälze ich mich nachts von einer Seite auf die andere, lange nachdem meine Kinder eingeschlafen sind. Was ich nicht vergessen kann, ist, dass ich als ausgebildeter Rettungssanitäter hätte erkennen müssen, dass sie in eine Sucht abrutscht. Aber ich hab nicht das Geringste bemerkt. Um ehrlich zu sein, hab ich nicht genau genug hingeschaut, weil ich bei der Arbeit so viel zu tun hatte. Und so habe ich einfach nicht mitbekommen, was eigentlich los war.

Ich habe jegliche Veränderung, die mir aufgefallen ist, auf den Stress zurückgeführt, zwei kleine Kinder zu versorgen und für all ihre Bedürfnisse da zu sein, während sie gleichzeitig mit knappen Mitteln den Haushalt schmeißen musste und zudem ein kaputtes Knie hatte. Das hätte schließlich jedem zugesetzt. Jetzt weiß ich, dass es viel mehr als das war, und ich hab es nicht erkannt, bis es zu spät und die Katastrophe eingetreten war.

Ich hab Albträume davon, wie sie an dem Morgen aussah, als ich sie in unserem Bett entdeckt hab. Mir war sofort klar, dass es aussichtslos war, doch ich hab trotzdem versucht, sie wiederzubeleben. Schließlich bin ich dafür ausgebildet. Aber nichts, was ich getan hab, konnte etwas an der Realität ändern. Als ich sie fand, war sie tot, und das schon mehrere Stunden lang.

Also fühle ich mich zusätzlich zu der Trauer über den Verlust der Frau, die ich geliebt habe, und der Mutter meiner Kinder schuldig, weil ich nicht viel früher durchschaut habe, was eigentlich los war. Dass sie mit einem Monster gerungen hat, das unser Leben unterwandert hat, ohne dass ich was davon geahnt hab. Und ich fühle mich außerdem dafür schuldig, dass ich wütend auf sie bin, weil sie es hat geschehen lassen.

Und ja, ich weiß, dass sie nichts hat »geschehen lassen«, doch ich kann nichts daran ändern, wie ich empfinde. Warum hat sie nicht Alarm geschlagen, dass sie ein Problem hatte und regelmäßig das verdammte Gesetz brach, um seiner Herr zu werden? Warum hat sie mir nicht gesagt, dass sie in Schwierigkeiten steckte? Ich werde nie verstehen, warum sie das nicht getan hat – und deshalb bin ich immer noch unfassbar wütend auf sie, auch wenn ich sie vermisse, manchmal so sehr, dass ich glaube, ich werde es nicht überleben.

Angela ist die einzige Person, die versteht, wie es ist, wenn man von Liebe, Trauer und Wut auf den Menschen, den man verloren hat, überwältigt ist. An manchen Tagen ist die Wut so groß, dass ich vergesse, wie es war, sie zu lieben. Dann fällt mir irgendwas aus der Vergangenheit ein, und es ist wieder da und erinnert mich daran, dass es vor der Trauer und der Wut diese Liebe gab, dass sie echt war und mein Leben komplett verändert hat.

Vor Mary Alice war ich ein egoistischer Idiot, der sich nur für seine Arbeit, Basketball und Softball, Partys mit meinen Kumpels und One-Night-Stands interessiert hat und um alles, was mit Verpflichtungen zu tun hatte, einen großen Bogen gemacht hat. Sie war die erste Frau, die ich getroffen habe, die mich dazu gebracht hat, ein besserer Mensch sein zu wollen. Ich wollte *für sie* besser sein. Nach unserem zweiten Date war ich in sie verliebt, und nach dem vierten war ich bereit, mein gesamtes Leben umzukrempeln, um ihr und unserer Beziehung eine Chance zu geben. Sechs Monate nach unserem Kennenlernen haben wir uns verlobt und ein Jahr später geheiratet.

Ich hab es nie bereut, mich ändern zu müssen, um sie in meinem Leben zu haben, und alles lief super zwischen uns, bis sie sich bei einem Fünf-Kilometer-Lauf das Knie verletzt hat. Nach einer missglückten Operation zur Korrektur eines

Kreuzbandrisses anderthalb Jahre vor ihrem Tod geriet unser Alltag total aus den Fugen. Sie hatte ständig unerträgliche Schmerzen, und jeder Arzt, bei dem sie deswegen war, hatte die gleiche Antwort: Sie brauchte ein künstliches Kniegelenk. Doch sie hatte solche Angst vor einer weiteren OP, dass sie den Termin dafür immer wieder verschoben hat.

Dann hab ich bemerkt, dass sich ihr Zustand besserte, und ich begann Hoffnung zu schöpfen. Jetzt weiß ich, dass sie sich auf der Straße Opioide besorgt hatte, um die Schmerzen auszuhalten, nachdem ihr Arzt ihr kein Rezept mehr ausstellen wollte. Selbst in meinen wildesten Träumen sehe ich nicht, wie sie rausgefunden hat, wo sie sich die Medikamente illegal beschaffen konnte. Ich habe ihr Handy von oben bis unten durchleuchtet und keinen einzigen Hinweis darauf gefunden, dass sie es für diese Erkundigungen benutzt hat. Also muss sie Tipps von einem Freund oder Bekannten oder so erhalten haben.

In den Monaten seit ihrem Tod hat sich niemand gemeldet, um seine Mitwirkung zu gestehen, und ich rechne auch nicht mehr damit. Wer immer es war, ich hoffe, dass er oder sie von Schuldgefühlen geplagt wird, weil der Betreffende eine unschuldige Frau in den Tod getrieben hat.

Ja, also … Meine Wut geht weit über Mary Alice hinaus und richtet sich gegen diese namenlose, gesichtslose Person, die ihr gesagt hat, wo sie die Drogen bekommen kann, die ihr den Tod gebracht haben. Zwar konnte der oder die Schuldige nicht wissen, dass das Zeug mit Fentanyl versetzt sein würde, aber mal ehrlich: Jeder weiß, dass es riskant ist, Medikamente einzunehmen, die nicht aus der Apotheke stammen.

Drake läuft, so schnell er nur kann, zu der Bank, auf der ich sitze. »Papa, da sind sie! Da ist Ella!« Er ist total verrückt nach Angelas Tochter, die bloß ein paar Monate jünger ist als er. Ellas großer Bruder Jack ist zurückhaltender und nicht so aufgeschlossen meinen Kindern gegenüber wie seine Schwester. Angela hat mir erzählt, dass ihn der Tod seines Vaters schwer getroffen hat, da die beiden ein sehr enges Verhältnis hatten. Er tut mir echt leid. Er ist ein liebes Kind, soweit ich das beurteilen kann, doch er leidet offenkundig sehr.

Ich wünschte, ich könnte etwas für ihn tun, aber vorerst überlasse ich ihm die Initiative und hoffe, dass wir irgendwann gute Freunde werden, so wie ich mit seiner Mutter und Ella befreundet bin. Der kleine Joshua ist bezaubernd und immer fröhlich.

Ich stehe auf, um Angela das Baby abzunehmen, und setze den Kleinen an einen schattigen Platz auf der Bank, während Ella losläuft, um mit Daphne und Drake zu spielen.

»Ist Jack heute nicht da?«, frage ich, als Angela sich neben mir niederlässt.

»Er ist im Auto.« Sie zeigt auf den roten Minivan, den sie von hier aus sehen kann. »Er hat gemeint, er kommt vielleicht später zum Spielen raus, doch er ist sich nicht sicher, ob er Lust dazu hat.«

»Der Arme. Er tut mir so leid.«

»Mir auch«, erklärt sie mit einem Seufzer. »Ich wünschte, ich wüsste, was ich sagen oder tun kann, damit er sich besser fühlt.«

»Ich will nicht auf ein abgedroschenes Klischee zurückgreifen, aber mit der Zeit wird er vielleicht anfangen, es zu akzeptieren, und weitermachen können.«

»Vielleicht, trotzdem fürchte ich fast, dass er nie mehr der unbeschwerte, lustige, süße Junge sein wird, der er war, bevor sein Vater gestorben ist.«

»Möglich, doch man darf die Hoffnung nicht aufgeben, dass er es eines Tages verwindet und wieder anfangen kann, das Leben zu genießen. Zwar hab ich seinen Vater nicht gekannt, dennoch bin ich mir sicher, dass er das für ihn wollen würde.«

»Das würde er auf jeden Fall. Spence und Jack waren die besten Kumpel. Er würde wollen, dass Jack lächelt und lacht und all die Dinge genießt, die ihm vor der Katastrophe Freude bereitet haben. Ich hoffe, dass wir irgendwann wieder dahin kommen, aber heute wird das nicht passieren. Er ist gerade echt schlecht drauf.«

»Was meinst du, würde es helfen, wenn ich versuche, mit ihm zu reden, oder macht es das schlimmer? Ich könnte ihn fragen, ob er Fangen üben will oder so. Ich hab einen Football dabei, falls Drake spielen möchte.«

»Ich denke, es kann nicht schaden. Er hat es satt, dass ich ständig wie eine Glucke über ihn wache. Bist du sicher, dass es dir nicht zu viel wird?«

»Überhaupt nicht. Solange du auf Daphne und Drake aufpassen kannst.«

Sie gibt mir die Schlüssel für ihr Auto. »Ich kümmere mich um sie.«

Ich schnappe mir den Ball. »Bin gleich zurück.«

»Hey, Brad?«

Ich drehe mich zu ihr um.

»Es tut mir leid, sollte er unhöflich zu dir sein.«

»Alles gut. Er trauert. Ich nehm ihm nichts übel, und er hat alle Freiheiten.«

»Im Moment. Nicht für alle Ewigkeit.«

»Lass uns einfach nur heute schaffen. Über die Ewigkeit können wir uns ein anderes Mal den Kopf zerbrechen.«

Ich bringe sie gerne zum Lachen. Das verändert sie komplett und gewährt mir einen Blick darauf, wie sie sein könnte, wenn sie nicht mit erdrückender Traurigkeit zu kämpfen hätte. Es hat uns beide überrascht und enttäuscht, festzustellen, dass das zweite Jahr nach dem Tod des Partners in vielerlei Hinsicht schwieriger ist als das erste. Die intensive anfängliche Trauer ist einer Realität gewichen, die eher schwerer als leichter zu bewältigen zu sein scheint.

Ich jogge über den Rasen zu Angelas Wagen.

Jack sitzt auf dem Beifahrersitz und starrt durch die Windschutzscheibe ins Leere. Das Display des Tablets auf seinem Schoß ist dunkel.

Ich klopfe leicht an das Fenster, um ihn nicht zu erschrecken.

Er dreht den Kopf zu mir und schaut mich an.

Ich halte den Football hoch und lege den Kopf schief, frage ihn so wortlos, ob er aussteigen und ein bisschen mit mir spielen möchte.

Lange Zeit reagiert er nicht.

Während ich abwarte, wie er sich entscheidet, werfe ich den Ball von einer Hand in die andere. Als ich danebengreife und mich bücken muss, um ihn aufzuheben, sehe ich beim Aufrichten, dass er lächelt. Ich schließe das Auto auf und öffne die Schiebetür. »Ich könnte eindeutig etwas Übung gebrauchen. Was meinst du?«

»Hat meine Mom Sie geschickt?«

»Eigentlich hab ich sie gefragt, ob ich zu dir gehen darf. Drake kriegt noch keinen ordentlichen Spiralwurf hin, aber du kannst das bestimmt, oder?«

»Äh, ja. Das konnte ich schon, als ich vier war.«

»Das glaub ich nicht. Zeig es mir.«

Sein tiefer Seufzer bricht mir das Herz. Er will nicht mit mir Football spielen. Er will seinen Vater, und ich würde alles tun, um ihm das zu ermöglichen. Da ich im Moment allerdings alles bin, was er hat, bin ich froh, als er den Sicherheitsgurt löst und aus dem Auto klettert.

Ich werfe ihm den Football zu. »Dann zeig mir mal, was du draufhast.«

»Dazu brauch ich Platz.«

Während ich über die Grasfläche jogge, schaue ich zu Angela hinüber, die mit der Hand auf dem Herzen zusieht, wie Jack einen perfekten Spiralwurf in meine Richtung ausführt.

Taylor

Der Tag scheint aus einer endlosen Abfolge von Besuchern, Essen, Mitgefühl und Tränen zu bestehen. Meine ältere Schwester Laura ist aus North Carolina angereist und übernimmt die Leitung des Ganzen. Sie notiert genau, wer was mitgebracht hat, damit wir später Dankeskarten verschicken können. Das alles haben wir schon einmal gemacht. Wir wissen genau, wie es läuft und wie man das organisatorisch am besten bewältigt. Vielleicht sollte ich ein Unternehmen namens »Widows 'R' Us« oder so gründen, um Leute in diesen ersten schrecklichen Tagen nach dem Tod eines geliebten Menschen zu unterstützen. Schließlich bin ich inzwischen praktisch Profi darin.

Es kommen Blumen, Obstkörbe und mehr Mahlzeiten, als wir in einem Monat verzehren könnten. Zum Glück sind jede Menge Freunde und Familienmitglieder zu Besuch, also bitte ich Laura und Amanda, ihnen das Essen hinzustellen.

Ich hab mich aufs Sofa im Wohnzimmer zurückgezogen und die Füße hochgelegt, in der Hoffnung, dass meine Knöchel dadurch abschwellen. Nachdem meine Hebamme in den Nachrichten von Wills Tod erfahren hatte, war sie hier bei mir zu Hause, um nach mir zu sehen. Sie war etwas besorgt wegen der dicken Knöchel, daher will sie morgen wiederkommen, um zu schauen, ob es besser geworden ist.

Wenn nicht, könnte es sein, dass die Entbindung früher als geplant stattfinden muss. Ich hoffe wirklich, dass das nicht passiert. Ich bin mir nicht sicher, ob ich mich gerade zusätzlich zu allem anderen auch noch um ein neues Baby kümmern kann. Doch natürlich will ich das Beste für mich und das Baby, also werde ich tun, was nötig ist.

Meine Kinder haben vorhin bei mir im Bett gelegen, und ich konnte ihre kleinen Körper vom Weinen beben spüren. Ich war fast die ganze letzte Nacht wach, mir schwirrte der Kopf, und mein Herz war ganz wund vor Trauer um meinen geliebten Will. Ich vermisse ihn so sehr. Ich möchte ihn fragen, was ich tun soll, aber er ist nicht da und wird das auch nie wieder sein.

Das ist für mich schwer zu fassen, wo er vorgestern noch hier war und mich – und meinen Babybauch – zum Abschied geküsst hat, bevor er zu seiner Doppelschicht aufgebrochen ist. Weil sie auf der Baustelle wegen eines ungewohnt verregneten Herbstes stark ins Hintertreffen geraten sind, hat er viel gearbeitet, um die verlorene Zeit aufzuholen.

Es ist unmöglich, zu glauben, dass ich sein lächelndes Gesicht nie wieder sehen werde. Ich habe mich daran gewöhnt, ohne Greg zu leben, so schwer das auch war, doch dieses Mal ... Will sollte mein Happy End sein, meine Belohnung dafür, dass ich den Verlust meiner ersten Liebe und des Vaters meiner Kinder überstanden habe. Wir hätten für immer zusammenbleiben sollen.

Was soll ich jetzt bloß tun?

Sobald es möglich ist, möchte ich aus diesem Haus ausziehen, in dem ich mit zwei Männern gelebt habe, die beide gestorben sind. Dieser Ort ist verflucht, und niemand wird mich je vom Gegenteil überzeugen. Ich möchte mich und meine Kinder von hier wegbringen, aber natürlich ist das nicht so einfach, da ich bald ein Baby bekomme, ganz zu schweigen davon, dass es das einzige Zuhause ist, das Eliza und Miles je gekannt haben. Wenn wir hier weggehen, wird alles nur noch schlimmer für sie.

Trotzdem kann ich hier nicht bleiben. Es war schon schwer, nach Gregs Tod weiter in diesem Haus zu leben.

Dieses Mal wird es noch schwieriger, da die Kinder alt genug sind, dass sie Will von ganzem Herzen geliebt haben. Ihn zu verlieren, ist verheerend für sie. Sie sind heute sehr still, nehmen die überschwängliche Liebe der Menschen in unserem Leben auf und kommen alle paar Minuten, um nach mir zu sehen, als müssten sie sich mit eigenen Augen davon überzeugen, dass ich noch da bin.

Meine armen, armen Kinder.

Iris betritt das Zimmer und bringt mir eine dampfende Tasse des koffeinfreien Tees, den ich während der Schwangerschaft trinke. Er ist kein Ersatz für Kaffee, doch besser als nichts.

Sie setzt sich auf den Couchtisch und reicht mir die Tasse. »Ich habe etwas Honig hineingetan.«

»Danke.«

Sie wirft einen Blick auf meine Füße. »Was machen die Knöchel?«

»Immer noch dick, aber möglicherweise etwas besser als vorher.«

»Möchtest du was essen?«

»Ich glaube nicht, dass ich das schaffe.«

»Ich sag das nur ungern, doch du solltest wirklich irgendeine Kleinigkeit zu dir nehmen.«

»Vielleicht etwas Suppe oder so. Ich hab da diesen Kloß im Hals …« Ich reibe mir die Stelle. »Was anderes krieg ich nicht runter.«

»Ich erinnere mich an diesen Kloß und daran, wie schwer es war, zu essen.«

»Als Greg gestorben ist, hatte ich ihn nicht. Ich hatte ihn, als er die Diagnose bekam, und er tauchte während seiner Krankheit oft auf. Aber als er dann tatsächlich tot war, war der Kloß weg.« Ich schaue sie an. »So schrecklich es klingt, damals war ich erleichtert, weil er frei war – und ich auch. Es klingt furchtbar, das laut auszusprechen …«

»Ich verstehe das. Ich hab von anderen Witwen das Gleiche gehört, nachdem sie ihren Ehepartner während einer unheilbaren Krankheit gepflegt hatten. Lexi redet viel über die Erleichterung – und die damit verbundenen Schuldgefühle –, die sie nach Jims Tod durch ALS hatte.«

»Das ist eine weitere Sache, die ich niemandem wünsche.«

»Absolut.« Sie greift nach meiner freien Hand. »Ich hab dir nichts davon gewünscht. Keiner von uns hat das.«

»Danke, dass du hier bist. Wo sind deine Kinder?«

»Roni und Derek haben sie zum Übernachten eingeladen.«

»Das ist sehr nett von ihnen.«

»Sie lassen dich grüßen und haben mich gebeten, dir auszurichten, dass sie für dich und die Kinder da sind. Was immer du brauchst. Alle Wilden Witwen, mit denen ich gesprochen habe, haben das gesagt.«

»Das ist so lieb von ihnen, dabei kennen mich die meisten von ihnen ja kaum. Ich bin in mein glückliches neues Leben gerannt, ohne auch nur einen Blick zurückzuwerfen.«

»Niemand macht dir deswegen Vorwürfe, Taylor. Wir tun alle das, was nötig ist, um zu überleben.«

»Trotzdem … Ich hätte hier und da ein wenig zurückgeben können, so wie du das tust.«

»Das war nicht nötig. Uns geht es gut – also, so gut es einer Gruppe von Witwen und Witwern eben gehen kann.«

Ich lächle leicht. »Jetzt bin ich erneut Witwe. Ich muss es immer mal wieder laut aussprechen, weil es so unglaublich ist, dass einem so was zweimal im Leben passieren kann.«

»Es ist jedenfalls unglaublich unfair.«

»Was soll ich bloß tun, Iris? Ich kann nur daran denken, dass ich so schnell wie möglich von hier wegziehen will.

Dieses Haus ist verflucht oder so. Doch das würde die Kinder bloß noch mehr belasten.«

»Vergiss nicht, was wir immer sagen … Keine großen Entscheidungen im ersten Jahr.«

»Wie soll ich bleiben, nachdem ich zwei Ehemänner verloren habe, die mit mir hier gelebt haben?«

»Warum wartest du nicht ein oder zwei Wochen, bevor du diese Entscheidung triffst?«

»Ja, das ist wohl das Beste.«

Als Wills jüngerer Bruder Matt ins Zimmer kommt, steht Iris auf. »Ich kümmere mich um die Suppe.«

»Danke.«

8

Taylor

Matt nimmt Iris' Platz auf dem Couchtisch ein. Während Will dunkle Haare und braune Augen hatte, gerät Matt mit seinem rotbraunen Haar und den blauen Augen eher nach seiner Mutter. »Brauchst du was?«

»Nein, danke.«

Sein Kiefer spannt sich, als würde Matt mit seinen Gefühlen kämpfen.

Will hat immer behauptet, Matt hätte gar keine Gefühle und hätte sich die meiste Zeit seines Lebens über einzig um sich selbst gekümmert, daher ist es irgendwie schockierend, Tränen in seinen Augen zu entdecken. »Ich kann nicht glauben, dass er tot ist.«

»Ich weiß. Es ist ein schrecklicher Schock für uns alle.«

»Er hat sich so sehr auf das Baby gefreut. Er hat von nichts anderem mehr geredet.«

»Ja, das stimmt.« Genau in diesem Moment versetzt mir das Baby einen kräftigen Tritt in die Rippen.

»Oh, wow. Das hab ich gesehen. Das muss sich komisch anfühlen.«

»Mittlerweile hab ich mich dran gewöhnt. Ich mach das ja schon zum dritten Mal mit.«

»Klar. Also, ich wollte dir sagen … Ich … ähm … Ich möchte für dich und die Kinder da sein. Für alle, so wie Will es war. Das würde er von mir erwarten.«

»Das weiß ich zu schätzen, Matt, aber wir kommen schon klar. Natürlich kannst du das Baby jederzeit besuchen.«

»Es geht mir auch um Eliza und Miles. Sie gehören nach all der Zeit zu unserer Familie. Ich will nicht, dass sie glauben, wir hätten sie vergessen. Meine Eltern empfinden genauso.«

»Es ist nett von euch, dass ihr an sie denkt.«

»Will war so glücklich mit dir und den Kindern.«

»Wir waren auch glücklich mit ihm. Ich weiß nicht, wie wir ohne ihn weitermachen sollen. Er war alles für uns.«

»Ruf mich an, wenn ich irgendwas tun kann. Ich will helfen. Das ist mein Ernst, Taylor. Ich weiß, dass ich in der Vergangenheit nicht immer der Zuverlässigste gewesen bin, doch ich möchte dir und den Kindern beistehen und euch unterstützen, so wie Will es sich gewünscht hätte.«

Ich bin mir nicht sicher, ob Will das tatsächlich gewollt hätte, aber ich bringe es nicht übers Herz, ihm das zu sagen. »Danke, Matt. Ich weiß das zu schätzen.«

»Du hast meine Handynummer, oder?«

»Ja.« Und ich weiß, dass er der Letzte ist, den ich in einer Krise anrufen würde. Also in einer *weiteren* Krise.

Iris kehrt mit der Suppe zurück, die sie für mich gekocht hat, was Matt einen Grund gibt, sich dorthin zurückzuziehen, wo er war, bevor er zu mir gekommen ist. »Alles okay?«

»Ja, nur Wills verkorkster kleiner Bruder, der beteuert, für mich da sein zu wollen, wenn ich irgendwas brauche.«

»Ach, wie nett von ihm.«

»Das Lustige ist, dass ich die Angebote dieses Mal als das erkenne, was sie sind, während ich, als Greg starb, dachte, alle meinten genau das, was sie gesagt haben. Jetzt weiß ich es besser, denn ich bin eine erfahrene Witwe.«

Iris' Lippen zittern, als versuchte sie, ein Lachen zu unterdrücken.

»Es ist okay, über die ganze verrückte Situation zu lachen.«

»Nur ist es eben nicht lustig.«

»Denk daran, was wir immer sagen: Wir müssen lachen, sonst hören wir nie auf zu weinen.«

Sie reicht mir eine Tasse mit Hühnersuppe, die so gut riecht, dass mir der Magen knurrt.

»Danke.«

»Hier sind auch ein paar Cracker.«

»Du bist die Beste.« Nachdem ich einige Schlucke von der köstlichen Suppe genommen habe, schaue ich Iris an. »Ich bin mir sicher, dass du und Gage wichtige Dinge zu erledigen habt.«

»Wir sind genau da, wo wir sein wollen.«

»Wills Mutter hat mir eine Textnachricht geschickt, dass wir ins Bestattungsinstitut müssen …«

»Sollen wir für dich hingehen?«

»Das kann ich nicht von euch verlangen.«

»Hast du ja nicht. Ich hab es angeboten.«

»Das ist zu viel, Iris. Das ist der letzte Ort, an dem du oder Gage sein solltet.«

»Das ist der letzte Ort, an dem *du* sein solltest. Bleib zu Hause bei deinen Kindern. Wir treffen uns dort mit Wills Eltern.«

Es scheint mir nicht richtig, ein Paar, bei dem beide verwitwet sind, zu bitten, sich mit den Details einer Beerdigung auseinanderzusetzen, obwohl der Verstorbene kein

Angehöriger von ihnen war. »Bist du dir sicher? Bitte überleg es dir genau. Ich möchte auf keinen Fall, dass meine Tragödie euch zurückwirft.«

»Uns geht es gut, und wir kümmern uns um alles, was du brauchst. Hast du eine Idee, was er gewollt hätte?«

Resigniert und erleichtert, ihr freundliches Angebot anzunehmen, sage ich: »Er hat mir erklärt, er wolle nicht so viel Platz beanspruchen, wie bei einer Erdbestattung nötig wäre, und ich hab ihm beigepflichtet, daher soll es eine Feuerbestattung werden. Seine Mutter wird eine große katholische Beerdigung wollen, auch wenn er nicht mehr in der Kirche war, und sie kann tun, was sie will, solange er danach eingeäschert wird.« Ich kann nicht glauben, dass ich darüber rede, meinen geliebten Will in Asche zu verwandeln, wo er doch gerade noch hier war.

Verdammte Tränen. Wie kann ich noch welche haben, nachdem ich *zwei* Ehemänner verloren habe? Ich tupfe sie mit der Serviette ab, die Iris mir reicht.

»Wie kann es sein, dass ich mich erneut mit den Details einer Bestattung befassen muss? Das ist total surreal.«

»Es ist mehr als surreal.« Sie wirft einen Blick auf das Foto von Will und mir zusammen mit den Kindern an unserem Hochzeitstag, dem Tag, an dem wir offiziell eine Familie geworden sind. In vielerlei Hinsicht war das der glücklichste Tag meines Lebens, denn er war der Beweis dafür, dass ich den Verlust von Greg überstanden hatte.

Moment, meinte das Universum offenbar. *Nicht so schnell.*

»Ich muss in meinem früheren Leben jemanden wirklich ernsthaft gegen mich aufgebracht haben.«

»Unsinn.«

»Wie sonst lässt sich das erklären?«

»Das weiß ich nicht, aber es hat nichts mit dem zu tun, was du getan oder nicht getan hast – in keinem Leben. Ich weigere mich, das zu glauben. Weder Greg noch Will würden wollen, dass du so was denkst.«

»Wie kann das mein Leben sein, Iris? Wie?«

»Ich weiß es nicht, Liebes. Doch ich glaube, dass deine Geschichte noch lange nicht vorbei und dies bloß ein weiteres Kapitel ist, sicherlich nicht das Ende.«

»Es fühlt sich aber wie das Ende von allem Guten an.«

»Du weißt doch, dass dieses Gefühl mit der Zeit vergeht, selbst wenn die Trauer bleibt.«

»Ich sehe nur einen langen, dunklen Tunnel vor mir, ohne Licht am Ende.«

»Das Licht wird zurückkommen. Das verspreche ich dir. Und in der Zwischenzeit bin ich für dich da, genau wie die Wilden Witwen, solange du uns brauchst.«

»Ich würde mich nicht wohl dabei fühlen, zur Gruppe zurückzukehren, nachdem ich sie verlassen habe, sobald ich mein neues Glück gefunden hatte.«

»Sei nicht albern. Diese Gruppe existiert zum großen Teil deinetwegen, und du würdest von allen mit offenen Armen empfangen werden.«

»Ich weiß nicht. Aber ich denk drüber nach.«

»Du musst dich weder heute noch morgen entscheiden. Konzentrier dich einfach darauf, eine Stunde nach der anderen zu überstehen, und wir reden später über alles.«

Ich höre die Türklingel läuten, und ein paar Minuten später kommt Christy herein, geht direkt auf mich und Iris zu und umarmt uns beide. Es ist offensichtlich, dass sie geweint hat.

»Es tut mir so, so leid, Tay.«

»Danke, dass du gekommen bist.«

»Ich hab was zu essen mitgebracht. Ich wusste nicht, was ihr braucht.«

»Das ist sehr nett von dir.«

Sie setzt sich neben Iris auf den Couchtisch und legt einen Arm um sie. »Was kann ich tun?«

»Ich habe Taylor gerade gesagt, dass wir für sie da sein werden, selbst wenn sie nicht mehr aktiv in der Gruppe mitmacht.«

»Natürlich sind wir das. Das steht überhaupt nicht zur Debatte.«

»Ich liebe euch«, erwidere ich, während mir wieder verdammte Tränen in die Augen steigen.

»Wir lieben dich auch.«

Iris

In einem Punkt hat Taylor recht: Ein Bestattungsinstitut ist tatsächlich der letzte Ort, an dem Gage oder ich sein wollen. Doch wir nehmen es ihr trotzdem ab, damit sie sich ausruhen kann. Hoffentlich schwellen ihre Knöchel ab, sodass die Gefahr einer vorzeitigen Geburt geringer wird.

Wir haben Wills Lieblingshemd und seine Lieblingsjeans dabei, die Taylor rausgesucht hat. Ihr dabei zu helfen, war echt hart. Jedes Kleidungsstück hat eine weitere Erinnerung an den Mann geweckt, der jetzt nicht mehr unter uns weilt.

Wir haben Wills Eltern Claire und Frank gestern Abend kennengelernt, und sie bedanken sich bei uns für unser Kommen und bitten uns an den Tisch, auf dem der Bestatter Erfrischungen bereitgestellt hat, die keiner von uns will.

Wir gehen die Details der Trauerfeier durch und erklären ihnen, dass Taylor den Text für die Trauerrede selbst verfassen will, aber gerne Anregungen von ihnen entgegennimmt.

Wir sprechen über die Sargträger, wählen Lieder und Lesungen aus, und unter der behutsamen Anleitung des

Bestatters nimmt der Ablauf der Trauerfeier langsam Gestalt an.

»Taylor hat uns gesagt, dass Will eingeäschert werden wollte.«

»Oh!« Claire ist sichtlich schockiert. »Das hat er uns gegenüber nie erwähnt. Wir dachten, er würde im Familiengrab beigesetzt werden.«

»Er hat mit Taylor darüber gesprochen, dass er keinen Platz beanspruchen wollte und eine Feuerbestattung wünschte.«

»Das … Das ist nicht das, was wir wollen.«

»Es ist aber das, was *er* wollte, Mrs Lonergan, und es ist das, was seine Frau will.«

Das ist ihr egal, doch ich schaue nicht weg, bis sie es tut. Ich hoffe, sie versteht, dass Taylors – und Wills – Wünsche Vorrang vor ihren haben. Nicht, dass ich nicht mit ihnen leide, denn das tue ich. Lieber Gott, sein erwachsenes Kind in der Blüte seines Lebens einfach so zu verlieren, gehört ganz klar zu den schlimmsten Dingen, die ich mir vorstellen kann. Andererseits war Will ein erwachsener Mann mit einer eigenen Frau und Familie. Wenn nötig, werde ich seine Eltern daran erinnern, dass Wills Frau mit der katholischen Totenmesse einverstanden ist, die Will nicht gewollt hätte, aber dafür auf der Einäscherung besteht.

Zum Glück gibt Claire in dem Punkt ohne weitere Diskussion nach, und dann sind wir endlich fertig. Die Totenwache ist für Sonntag von sechzehn bis zwanzig Uhr angesetzt, und das Requiem findet am nächsten Vormittag in der St. James Catholic Church in Falls Church statt.

Draußen atme ich tief die kalte Luft ein, während Gage mir die Beifahrertür seines Autos aufhält. »Wohin?«

»Zurück zu Taylor, denke ich.«

»Ich finde, wir sollten nach Hause fahren und uns etwas

ausruhen. Du bist ihr keine Hilfe, wenn du krank wirst oder vor Erschöpfung zusammenbrichst.«

Er weiß, dass ich schneller ermüde als vor meiner Brustkrebsbehandlung, und passt darauf auf, dass ich auf mich achte. Ich möchte bei Taylor sein, doch er hat recht. Nach der schlaflosen Nacht und dem langen, anstrengenden Tag bin ich fix und fertig. »Okay.«

»Das war einfacher, als ich erwartet hatte.«

»Ich bin eben eine fügsame Frau.«

Bei seinem schnaubenden Lachen muss ich grinsen. »Klar bist du das.«

Nachdem er hinter dem Steuer Platz genommen hat, greife ich nach seiner Hand. »Danke, dass du mich bei dieser schrecklichen Aufgabe begleitet hast. Das geht weit über deine Pflichten hinaus.«

»Nichts, was du brauchst, geht über meine Pflicht hinaus, Liebling, nicht mal ein Besuch im Bestattungsinstitut. Ich bin mir nicht sicher, ob Taylor die Kraft gehabt hätte, so wie du für das zu kämpfen, was Will gewollt hätte.«

»Trotzdem hat mir Wills Mutter leidgetan, schließlich hat sie gerade ihren Sohn verloren.«

»Das ändert nichts daran, dass Wills Wünsche respektiert werden müssen. Du hast dafür gesorgt, dass das geschieht.«

»Was für eine schreckliche Situation.«

»Aber echt.«

Auf dem Heimweg bekomme ich eine Textnachricht von meiner Witwenfreundin Joy. *Oh Gott, Iris, ich habe gerade durch Christy von dem Unfall von Taylors Mann erfahren. Wie unglaublich furchtbar für sie. Was kann ich tun?*

Joy ist etwa sechs Monate vor Taylors letztem Treffen zur Gruppe gestoßen.

Ich rufe sie an. »Hey, Joy. Leider können wir nicht viel tun, außer für sie da zu sein. Die Totenwache ist am Sonntag und der Trauergottesdienst am Montag.«

»Ich werde an beiden teilnehmen und ihr in ein oder zwei Wochen, wenn der erste Andrang nachlässt, etwas zu essen vorbeibringen.«

»Das wird sie bestimmt freuen.«

»Meine Güte, Iris. Wie kann einem so etwas zweimal passieren?«

»Es ist unfassbar.«

»Und das auch noch, wo das Baby jeden Moment kommen kann.«

»Ja, wirklich.«

»Ich weiß nicht, ob du in der letzten Stunde auf dein Handy geschaut hast, aber Lexi hat ein Foto von sich und Tom geschickt. Sie haben sich heute verlobt.«

»Oh, wow. Das sind fantastische Neuigkeiten.« Ich nehme das Telefon vom Ohr, um es Gage zu sagen, der breit grinst. »Ich schreibe ihr, wenn ich zu Hause bin.«

»Gut möglich, dass sie noch nichts von Taylor weiß.«

»Ich hatte bisher keine Gelegenheit, sie anzurufen, und ich bezweifle, dass Christy oder eine der anderen ihr heute etwas davon erzählen wird. Morgen ist früh genug.«

»Ja, sicher. Was für ein Tag voller Höhen und Tiefen.«

»Stimmt.«

»Wie geht es dir? Ich bin mir sicher, dass du, seitdem du die Nachricht erhalten hast, an ihrer Seite bist.«

»Gage und ich waren fast durchgehend bei ihr, erst gestern im Krankenhaus und heute bei ihr zu Hause. Sie steht natürlich unter Schock und hat jetzt leider ein paar Probleme mit der Schwangerschaft.«

»Klar, dass immer alles auf einmal kommt … Ich werde für sie und ihre Kids beten.«

»Danke, Joy. Ich versorg dich mit Infos und melde mich, sobald ich morgen mit Lexi gesprochen habe.«

»Gib mir Bescheid, wenn ich irgendwas für Taylor oder für dich tun kann. Was auch immer, Iris.«

»Danke, Liebes. Ich werde Taylor ausrichten, dass du für sie und die Kinder betest.«

»Ja, bitte tu das. Und pass gut auf dich auf, während du dich um alle anderen kümmerst.«

»Mach ich. Versprochen.«

»Treffen wir uns nächste Woche?«

»Ich denke, das sollten wir auf jeden Fall. Diese Nachricht erschüttert uns alle, da müssen wir enger zusammenrücken und uns gegenseitig stützen.«

»Da stimme ich dir voll und ganz zu. Ich werde da sein.«

»Ich hab dich lieb.«

»Ich dich auch. Sag Gage, dass ich ihn ebenfalls liebe.«

»Wird erledigt.«

Ich seufze, nachdem ich das Gespräch beendet hab.

»Tolle Neuigkeiten von Lexi und Tom«, bemerkt Gage.

»Ja, auf jeden Fall. Ich wünschte, ich müsste ihr nicht von Taylor erzählen, wo sie gerade so glücklich ist.«

»Sie würde es wissen wollen.«

»Ja, das würde sie.«

Gage drückt meine Hand. »Ich hab mitgekriegt, was Mama Joy gesagt hat. Dass du dich um dich selbst kümmern sollst, während du alles wuppst. Ich werde dafür sorgen, dass du das auch wirklich tust.«

»Danke, dass du mein größter Unterstützer bist. Ich muss dauernd daran denken, wie ich mich fühlen würde, wenn ich an Taylors Stelle wäre.« Ich blicke ihn an. »Du solltest mir das besser nie antun, hörst du?«

»Hab ich vernommen, und keine Sorge, so schnell wirst du mich nicht los.«

Ich möchte, dass er mir das schwört, doch das wäre nicht fair. Wir wissen beide nur zu gut, dass es im Leben keine Garantien gibt.

9

Angela

Als es zu regnen beginnt, lädt Brad uns zu selbst gemachter Pizza zu sich nach Hause ein. Da sich Jacks Miene bei dem Wort »Pizza« sichtlich aufhellt, nehme ich die Einladung dankend an. Dabei fühle ich mich irgendwie schuldig, weil ich die Zeit mit Brad und seinen Kindern so sehr genieße, obwohl ich eigentlich noch um meinen verstorbenen Mann trauern sollte.

Während ich Jack und Brad beim Football zugeschaut habe, hat mich Trauer für meinen Sohn erfasst, der es so sehr geliebt hat, mit seinem Vater zu spielen. Egal, was sie unternommen haben, Jack war von allem begeistert, was Spencer gesagt und getan hat. Mein kleiner Junge sehnt sich nach der männlichen Aufmerksamkeit, die er früher jeden Tag von Spence bekommen hat. Brad hat ihm gegeben, was er braucht, während ich auf die anderen Kinder aufgepasst habe, und danach war Jack lebhafter und mehr wie früher.

Außerdem hab ich Schuldgefühle, weil ich Brad attraktiv und nett und, nun ja, sexy finde. Ich liebe es, ihm dabei zuzusehen, wie er sich um seine Kinder kümmert. Ich weiß genau, wie viel Geduld man braucht, um kleine Kinder, die damit überfordert sind, zu begreifen, was mit ihrem verstorbenen Elternteil passiert ist, durch ihre Trauer zu begleiten. Die Fragen sind unerbittlich.

»Warum konnte Mom nicht bei uns bleiben?«

»Wird Dad da sein, wenn wir nach Hause kommen?«

»Kann ich Mom anrufen?«

»Glaubst du, Dad vermisst mich?«

Gerade wenn man denkt, sie hätten alle schmerzhaften Fragen gestellt, die sie haben, kommt eine weitere, die einen schier zerreißt.

Wir sind dazu übergegangen, uns diese Fragen gegenseitig per Textnachricht zu schicken, dem anderen Menschen, der gerade genau das Gleiche durchmacht.

Ich erwische ihn immer wieder dabei, wie er mich beobachtet, wenn er denkt, ich sei mit etwas anderem beschäftigt, und jedes Mal, wenn das geschieht, durchzuckt es mich heiß, und meine Wangen röten sich, was er unmöglich übersehen kann.

Stört mich das? Nicht so sehr, wie es sollte. Diese ganze Situation hat mich deutlich abstumpfen lassen gegenüber Dingen, die vor dem plötzlichen Tod meines Mannes undenkbar gewesen wären. Das Einzige, was mich interessiert, ist, mich und meine Kinder durch den Tag zu bringen und dann aufzustehen und es am nächsten Tag wieder zu tun. Alles andere ist egal.

Doch Brad Albright fasziniert mich, und ehrlich gesagt fühlt sich das besser an als alles andere seit dem Unglück.

Er ist groß, blond und muskulös. Der Anflug von Bartstoppeln auf seinem Gesicht ist verdammt sexy, genau wie die Art und Weise, wie seine verwaschenen Jeans seinen Hintern betonen.

Ich werde direkt in der Hölle landen, weil ich so kurz

nach dem Tod meines Mannes, den ich über zehn Jahre lang geliebt habe, die Vorzüge eines anderen wahrnehme. Anderthalb Jahre später habe ich das Gefühl, dass ich mich langsam aus dem Zustand tiefer Betäubung befreie, in dem ich mich seit jenem schrecklichen Tag in Camp David befinde, als Spencer einfach nicht mehr aufgewacht ist.

Insgeheim frage ich mich, ob meine Verknalltheit eine direkte Folge dieser Katastrophe ist. Manchmal habe ich das Gefühl, dass Brad und ich die einzigen beiden erwachsenen Überlebenden einer Apokalypse sind, die mit fünf Kindern zurückgelassen wurden, denen wir allein dabei helfen müssen, das Unvorstellbare zu verarbeiten. Wir sind beide mit enormer familiärer Unterstützung und Freunden gesegnet, die uns seit unserem Verlust zur Seite stehen, aber am Ende des Tages sind wir eben doch mit unseren Kindern allein in dem Zuhause, das wir uns früher mit unseren Ehepartnern geteilt haben.

Die Einsamkeit dieser langen Nächte muss man erlebt haben, um es zu verstehen.

Brad versteht es wie kein anderer, und ich merke, dass ich mich immer häufiger an ihn wende, wenn etwas schiefläuft — was viel zu oft passiert. Wie zum Beispiel letzte Woche, als Jack es irgendwie geschafft hat, die Toilette im ersten Stock zu verstopfen, und das Wasser in alarmierender Geschwindigkeit überlief.

Ich habe Brad angerufen, der mir erklärt hat, ich müsse als Erstes das Wasser abdrehen, worauf ich in meiner Panik nicht von allein gekommen bin. Dann, während seine Kinder in der Schule beziehungsweise der Kita waren, ist er hergefahren und hat es repariert.

Das ist weit mehr, als man von einem relativ neuen Freund erwarten kann, aber er ist für mich da, genau wie ich es für ihn bin. Als Daphne vor ein paar Wochen plötzlich hohes Fieber hatte, hat er Drake bei mir gelassen, während er sie in die Notaufnahme gebracht hat.

Irgendwann im letzten Jahr sind wir zu der jeweils wichtigsten Bezugsperson füreinander geworden.

Ich sitze an der Kücheninsel und halte Josh im Arm, während Brad die vier übrigen Kinder dabei beaufsichtigt, wie sie ihre Pizza mit Peperoni belegen. Dann holt er eine Dose Ananas aus dem Kühlschrank, die er Jack reicht.

Jack lächelt, als er sie entgegennimmt. »Sie haben sich daran erinnert.«

»Na klar.«

Der Blick, den die beiden wechseln, trifft mich direkt ins Herz.

»Was sagt man, Jack?«

»Danke, Mr Albright.«

»Du solltest mich Brad nennen. Das ›Mr‹ ist zu formell unter guten Freunden wie uns.«

»Meine Mom ermahnt uns immer dazu, Erwachsenen gegenüber respektvoll zu sein.«

»Das ist natürlich richtig, es sei denn, ein Erwachsener erlaubt dir ausdrücklich, ihn zu duzen.«

Jack schaut mich hoffnungsvoll an. »Wäre das okay, Mom?«

»Da Brad es vorgeschlagen hat, ja.«

Brad hält Jack die Hand hin, die er ergreift und schüttelt. »Sieht so aus, als hätten wir eine Abmachung, Kumpel.«

Tränen steigen mir in die Augen, doch davon dürfen die Kinder auf keinen Fall was mitkriegen. Also stehe ich auf und ziehe mich mit Josh ins Wohnzimmer zurück, um mit ihm zu schmusen.

Ein paar Minuten später gesellt sich Brad zu uns. »Die Pizzen sind im Ofen, und die Kinder malen.« Er setzt sich neben mich aufs Sofa und legt die Füße auf den Couchtisch.

Es gibt überall im Haus Fotos seiner verstorbenen Frau, aber das von ihrer Hochzeit, das auf dem Beistelltisch steht, berührt mich jedes Mal aufs Neue. Sie waren so ein wunderschönes Paar.

»Danke, dass du Ananas besorgt hast. Das war wirklich nett von dir.«

»Ich hab mich daran erinnert, dass er diese Kombi mag.«

»Ich weiß gar nicht mehr, wo er das zum ersten Mal gegessen hat, doch er liebt es.«

»Alles klar bei dir?«

»Ja. Es ist nur … ihn lächeln zu sehen. Vielen Dank für heute. Mit dir Ball zu spielen und dass du Ananas besorgt hattest, war so wichtig für ihn. Ganz zu schweigen davon, dass er dich mit deinem Vornamen anreden darf.«

»Vermutlich hätte ich dich erst fragen sollen.«

»Nein, überhaupt nicht. Genau so war es perfekt.«

Er fährt sich mit einer Hand durchs Haar, das danach ganz zerzaust ist, und seufzt. »Der heutige Tag hat echt schlecht angefangen, sich dann allerdings noch ganz gut entwickelt.«

Ich möchte mich zu ihm hinüberbeugen und ihm das Haar glatt streichen, doch ich wage es nicht, ihn zu berühren. Wer weiß, wohin das führen würde, und wir haben fünf kleine Kinder um uns herum. Keiner von uns ist bereit für mehr als das, was wir gerade haben.

Freundschaft. Trost. Verständnis.

Und dazu noch einen Hauch Anziehung.

Ich komme direkt in die Hölle.

Lexi

Der heutige Tag war ein Traum. Tom hat jede Minute genau geplant, bis hin zum Candle-Light-Dinner in dem Restaurant, an dessen Bar wir uns wiedergetroffen haben, nachdem wir uns nach der Highschool aus den Augen verloren hatten. An diesem Abend hatte er mir spontan eine Bleibe angeboten, was es mir ermöglicht hat, aus dem Keller meiner Eltern auszuziehen, wo ich mit meinem Mann Jim nach seiner ALS-Diagnose gelebt hab.

Mehr als ein Jahr nach Jims Tod saß ich noch an dem Ort fest, an dem sich mein schlimmster Albtraum abgespielt hatte, denn infolge seiner Krankheit hatte ich einen erdrückenden Berg Schulden abzuzahlen. Jetzt bin ich in Tom verliebt, und meine Freundin Joy hat ein Hilfsprogramm für Menschen ausfindig gemacht, die wie ich durch die Krankheit eines Angehörigen in eine finanzielle Notlage geraten sind. Daher bin ich die Schulden jetzt los, und plötzlich ist das Leben wieder schön – und wird immer schöner.

Ich hatte nicht die geringste Ahnung, dass Tom vorhatte, mir heute einen Heiratsantrag zu machen. Ich dachte, es wäre einfach nur ein weiterer Samstag im Herbst, an dem wir etwas an der frischen Luft unternehmen. Jedes Wochenende ist ein neues Abenteuer. Wir waren bei einer Reihe von Herbstfestivals, mehreren ausgedehnten Wanderungen und bei einem Kürbisschnitzkurs in einem Gartencenter. Als er heute den Ausflug zum Skyline Drive vorgeschlagen hat, hab ich mir nichts dabei gedacht, außer dass wir einen netten Tag in wunderschöner Landschaft verbringen würden.

Auf der Heimfahrt vom Restaurant kann ich nicht aufhören, meinen Ring zu bestaunen, der das Licht jeder Straßenlaterne reflektiert, an der wir vorbeikommen. Natürlich hab ich es den Witwen erzählt, aber ich muss noch meinen Eltern Bescheid geben, die sich riesig für uns beide freuen werden. Tom muss seine Schwestern informieren, doch das tun wir morgen persönlich.

Aber das kann alles warten.

Nach Jims schrecklicher Krankheit und seinem vorzeitigen Tod hätte ich ehrlich gesagt nie erwartet, dass ich jemals wieder so glücklich sein würde. Ich dachte, das wäre für mich vorbei, und in gewisser Weise war das auch okay für mich, denn meine Beziehung zu Jim war in jeder Hinsicht außergewöhnlich. Ich hatte meine große Liebe gefunden und war dankbar für jede Minute mit ihm, und das galt selbst für die schwierigen Wochen und Tage am Ende.

Aber dann ist Tom in mein Leben getreten und hat mir gezeigt, dass ich immer noch eine großartige, wunderschöne Zeit vor mir habe und dass Freude und Liebe möglich sind.

Er legt seine Hand auf meine, und sein Daumen streicht über den atemberaubenden Diamantring, den er mir vorhin angesteckt hat. »Wie fühlst du dich, Schatz?«

»Aufgeregt, begeistert, überwältigt, glücklich.«

»Alles gute Dinge, oder?«

»Die besten. Danke für diesen wundervollen Tag.«

»Heute Morgen war ich ein Nervenbündel. Es überrascht mich, dass du davon nichts bemerkt hast.«

»Warum warst du denn nervös? Schließlich hast du doch gewusst, dass ich Ja sagen würde.«

»Ich war mir nicht sicher, ob ich es am Skyline Drive tun sollte. Ich hab mir endlos den Kopf darüber zerbrochen, aber mein Bauchgefühl hat mich darin bestärkt. Ich wollte, dass Jim dabei ist. Das war mir wichtig.«

»Es war perfekt, und die Tatsache, dass du an ihn gedacht hast, macht dich perfekt für mich.«

»Er wird immer ein Teil von uns sein. Das verspreche ich dir.«

»Meine Witwenfreundinnen erzählen mir, dass sie immer wieder Männer treffen, die sich dadurch bedroht fühlen, dass sie ihre verstorbenen Ehemänner immer noch lieben. Diese Männer halten es nicht aus, dass sie sie mit jemandem teilen müssen, selbst wenn dieser Jemand tot ist. Es bedeutet mir sehr viel, dass du kein Problem damit hast, meine Liebe zu Jim als Teil unserer Beziehung zu akzeptieren.«

»Natürlich nicht. Er ist ein Teil von dir, und ich liebe dich in deiner Gesamtheit.«

»Was für ein Glück hab ich?«

»Was für ein Glück haben *wir*?«

»Sehr viel. Ich werde das niemals als selbstverständlich betrachten.«

»Ich auch nicht.«

Seit seinem Herzinfarkt ernährt er sich strikt cholesterinarm und hat bis zum Abschluss unermüdlich an der Herzreha teilgenommen. Jetzt ist er mindestens viermal die Woche im Fitnessstudio, um die Übungen aus der Reha fortzusetzen. Er hat fast acht Kilo an Gewicht verloren und ist infolge der Veränderungen seines Lebensstils schlanker, fitter und muskulöser geworden.

Ich fand ihn schon vorher sexy, doch jetzt ist er es noch mehr, vor allem weil seine Bemühungen um mehr Fitness es wahrscheinlicher machen, dass er lange an meiner Seite sein wird. Das ist auch für mein Wohlbefinden entscheidend, denn ich kann nicht ständig in der Furcht verharren, ihn plötzlich zu verlieren, so wie ich es nach seinem Herzinfarkt eine Zeit lang getan habe.

Ich bin wieder bei dem Therapeuten gewesen, zu dem ich nach Jims Tod gegangen bin, und habe meine Ängste um Toms Gesundheit aufgearbeitet. Es hat nicht geholfen, dass sein Vater und dessen Geschwister alle in ihren Vierzigern an Herzinfarkten gestorben sind. Trotz meiner Erfahrungen mit medizinischen Katastrophen bin ich entschlossen, optimistisch in die Zukunft zu sehen und mich nicht auf das Negative zu konzentrieren. So kann man einfach nicht leben.

Tom tut alles, was er kann, um gesund zu bleiben, und

das ist das Wichtigste. Wenn er plötzlich tot umfallen sollte, dann nicht, weil er die Risiken nicht ernst genommen hat. Der Therapeut hat mich daran erinnert, dass der Tod letztendlich unausweichlich ist und dass wir uns nicht wegen etwas verrückt machen sollen, das vielleicht erst in ein paar Jahrzehnten passieren wird.

Zu Hause fährt Tom seinen Pick-up in die Garage neben mein Auto. Ich kann immer noch nicht glauben, dass ich hier lebe, dass ich jeden Tag mit ihm zusammen sein und jede Nacht mit ihm schlafen darf. Vor ein paar Monaten haben wir meine Sachen aus meinem ehemaligen Zimmer über der Garage in das große Schlafzimmer umgeräumt, das ich jetzt mit ihm teile.

Als ich in die Küche komme, finde ich ein Dutzend rote Rosen, Glückwunschballons und Champagner, der in einem Kübel auf der Arbeitsplatte gekühlt wird. Ich drehe mich um und sehe ihn lächelnd hinter mir stehen. »Wie hast du das geschafft?«

»Mit ein wenig Hilfe von Cora«, erklärt er und meint damit seine Schwester. »Gut, dass du Ja gesagt hast, sonst wäre das peinlich geworden.«

Ich lache über die Grimasse, die er dabei zieht. »Sie war also in deine Pläne eingeweiht?«

»Sie hat mir bei der Auswahl des Rings geholfen. Ich habe mir nicht zugetraut, das allein richtig hinzukriegen.«

»Das hat sie toll hingekriegt, genau wie du.« Ich schlinge ihm die Arme um den Hals. »Ich liebe den Ring und auch alles andere. Danke, dass du dir solche Mühe gegeben hast, um diesen Tag zu einem unvergesslichen Erlebnis zu machen.«

»Ich werde ihn ebenfalls nie vergessen. Es geschieht nicht jeden Tag, dass ein Mann sich zum ersten Mal verlobt, noch dazu mit seiner Traumfrau aus der Highschool.«

»Das Leben ist so seltsam.«

»Und wunderbar.«

Ich lege meinen Kopf an seine Brust und spüre den starken Schlag seines Herzens unter meinem Ohr. »Das auch. Vor allem in letzter Zeit.«

»Lass uns diesen Tag stilvoll zu Ende bringen, Liebste.«

»Was hast du vor?«

»Das wirst du schon merken.«

Er fasst mich an der Hand und führt mich in unser Schlafzimmer, das in Kerzenlicht getaucht ist, und auf der Bettdecke liegen verstreute Rosenblätter.

»Du hast deine Schwester nicht ernsthaft gebeten, Rosenblätter auf unser Bett zu streuen!«

»Ich hab sie lediglich gebeten, die Kerzen anzuzünden, bevor wir am Restaurant losgefahren sind. Die Rosenblätter müssen ihre eigene Idee gewesen sein.«

»Es ist wunderschön.«

»Genau wie du.« Er zieht mich in seine Arme und küsst mich zuerst zärtlich, dann immer leidenschaftlicher, während das gewohnte Verlangen zwischen uns aufflammt. Seine Hände gleiten drängender über meinen Rücken, während er mir das Oberteil auszieht und danach den Knopf meiner Jeans öffnet. Gleichzeitig streife ich ihm das Hemd ab.

»Egal, wie oft wir das tun, egal, wie viele Tage wir zusammen verbringen, ich kann gar nicht genug von dir bekommen, Lexi.« Er lehnt seinen Kopf an meine Schulter. »Manchmal kann ich immer noch nicht glauben, dass ich dich für den Rest meines Lebens lieben darf.«

»Glaub es. Ich bin hier, und solange du mich liebst, geh ich nirgendwohin.«

»Das wird sehr lang sein.« Er zieht mich sanft aufs Bett und legt sich auf mich.

Der betörende Duft der Rosen und das Kerzenlicht schaffen eine romantische Atmosphäre, während wir zum ersten Mal als verlobtes Paar miteinander schlafen. Tom ist immer ein zärtlicher, großzügiger Liebhaber, aber heute Abend ist der Sex mit ihm irgendwie noch viel mehr.

Überall, wo er mich berührt, durchströmen mich elektrisierende Gefühle, die bis in jede Faser meines Körpers gelangen. Er bringt mich bis kurz vor den Höhepunkt, bevor er sich zurückzieht und von vorn beginnt, bis ich ihn anflehe, endlich weiterzumachen.

Er lacht leise, während er in mich eindringt, ganz langsam, um die maximale Wirkung zu erzielen. »Etwas mehr Geduld bitte.«

»Ich habe sehr viel Geduld bewiesen. Jetzt muss es mal vorangehen.«

Er gibt mir genau das, was ich will – und mehr. Zwei Orgasmen in zehn Minuten, und er ist noch nicht fertig.

Früher dachte ich, ich würde das nie wieder tun, doch es brauchte nur den richtigen Mann zur richtigen Zeit, als ich bereit war, erneut zu lieben.

»Tom.«

»Was, Süße?«

»Ich möchte …«

Er stützt sich auf seine muskulösen Arme. »Was möchtest du?«

»Ich möchte dir danken. Nicht nur für heute, sondern für alles.«

»Oh Gott, Lex. *Ich* sollte *dir* danken. Ich dachte, mein Leben wäre großartig, bis ich dich in jener Nacht getroffen und festgestellt habe, dass ich bloß gerade so existierte, obwohl es so viel mehr gab.« Seine Lippen finden meine in einem hungrigen, verzweifelten Kuss, bei dem wir uns aneinanderklammern, während wir uns gemeinsam auf einen weiteren Höhepunkt zubewegen, der diesmal auch ihn mitreißt.

Danach bleiben wir noch lange ineinander verschlungen liegen, pulsierend im Nachbeben und trunken vor Glück.

»Ich liebe dich so sehr«, flüstert er. »Mehr, als ich jemals gedacht hätte, jemanden lieben zu können.«

»Ich liebe dich genauso sehr. Ich kann es kaum erwarten, deine Frau zu werden.«

»Lass uns lieber früher als später heiraten.«

»Es ist dein erstes Mal. Willst du keine große Feier?«

»Gott, nein. Ich brauche nur dich und unsere engsten Freunde. Wäre das okay für dich?«

»Auf jeden Fall. Ich habe schon eine große Hochzeit in Weiß hinter mir, wäre allerdings wieder dazu bereit, wenn du das möchtest.«

»Nein, das ist nicht nötig. Lass es uns schlicht halten – und Hauptsache, bald.«

»Ich freu mich schon darauf, es meinen Eltern zu erzählen. Sie werden überglücklich sein.«

»Den Eindruck hatte ich auch, als ich letzte Woche mit ihnen gesprochen habe.«

»Danke, dass du das gemacht hast. Ich bin sicher, das hat ihnen viel bedeutet.«

»Deine Mutter hat geweint. Sie freut sich so für dich – und auch für mich. Doch vor allem für dich.«

»Ich freue mich für *sie*. Für sie ist es eine Erleichterung, dass ich die dunkle Wolke der Trauer hinter mir lasse und wieder ins Leben finde.«

»Das hast du ganz allein geschafft, schon bevor wir uns wiederbegegnet sind. Wenn du das nicht getan hättest, wärst du gar nicht bereit für mich und all das hier gewesen.«

»Es ist schön, mit jemandem zusammen zu sein, der sich aufrichtig darum bemüht, das Witwendasein zu verstehen. Ich weiß das sehr zu schätzen.«

»Ich hab nicht mal eine vage Vorstellung davon, was du durchgemacht hast, aber ich sehe, wie hart du daran gearbeitet hast, dir ein neues Leben aufzubauen. Ich bin stolz auf dich, und Jim wäre das ebenfalls.«

»Es bedeutet mir sehr viel, dass du das denkst.«

»Ich *denke* das nicht, ich *weiß* es. Du hast dir das Recht auf dein Happy End verdient, Lex. Jetzt sorgen wir dafür, dass du es auch bekommst, okay?«

Ich ziehe ihn fester an mich. »Ich habe es ja bereits. Alles andere ist nur noch das Sahnehäubchen obendrauf.«

10

Iris

Gage rüttelt mich an der Schulter. »Aufwachen, Dornröschen, wir sind zu Hause.«

Offenbar bin ich auf dem Heimweg eingeschlafen, nachdem wir im Anschluss an den Termin im Bestattungsinstitut erneut bei Taylor und ihren Kindern vorbeigeschaut haben. Zum Glück hat Gage noch einen klaren Kopf, denn meiner ist mittlerweile wie leer gefegt.

»Wow, ich war total weggetreten.«

»Du bist praktisch mitten im Satz eingeschlafen.«

»Was hab ich gesagt?«

»Etwas über das nächste Treffen der Wilden Witwen.«

»Ich fürchte, langsam verliere ich den Verstand.«

»Du bist einfach erschöpft, Süße. Zeit für eine ausgedehnte Nachtruhe.«

»Da hast du recht.«

»Das hab ich meistens.«

»Meine Güte, da bin ich ja wirklich mit Anlauf reingetappt.«

Er lacht, als er vor dem Auto auf mich wartet und seinen Arm um meine Schultern legt, bevor wir gemeinsam zur Küchentür gehen. Im Vorraum ziehen wir unsere Mäntel aus und hängen sie neben die leeren Haken, die für die Jacken der Kinder vorgesehen sind.

Es ist seltsam, in ein Haus zurückzukehren, in dem sonst niemand ist.

»Ich hasse es, wenn die Kids nicht da sind«, meint Gage und spricht mir wie so oft aus der Seele.

Sosehr ich Mike geliebt habe – und ich habe ihn *sehr* geliebt –, meine Beziehung zu Gage ist tiefer, geprägt von Verlust und Trauer und dem Verständnis, das nur jemand haben kann, der etwas Ähnliches hinter sich hat.

»Ich auch. Selbst wenn sie im Bett wären und schliefen, würden wir ihre Anwesenheit trotzdem spüren.«

»Gleich morgen früh hole ich sie ab und bringe sie dahin zurück, wo sie hingehören.«

Ich drehe mich zu ihm um und lege meine Hände auf seine Brust. »Danke für alles heute – und letzte Nacht. Ich weiß es zu schätzen, dass du dich so für meine Freundin eingesetzt hast.«

Er küsst mich auf die Nasenspitze. »Was immer du brauchst. Und was immer Taylor braucht. Wir werden dafür sorgen, dass sie alle Unterstützung kriegt, die wir ihr bieten können.«

»Denkst du …«

»Was?«

»Ich sprech es nur ungern aus.«

Er runzelt die Stirn. »Was beschäftigt dich, Babe?«

»Sollten wir die Hochzeit verschieben?«

Wir haben die Tage bis zum Samstag des Thanksgiving-Wochenendes gezählt, an dem wir heiraten wollen. Nächste Woche kommen Freunde und Familie aus allen Teilen des Landes her, um mit uns zu feiern. Mir wird ganz mulmig, wenn ich daran denke, meine zweite Chance auf ein glückliches Leben zu genießen, während Taylors gerade so brutal zu Ende gegangen ist.

Gage scheint mein Vorschlag kalt zu erwischen. »Äh, nun … Ich denke, das musst du entscheiden. Wenn du meinst, dass du das nicht durchziehen kannst …«

Ich fühle mich schrecklich, weil ich überhaupt die Idee in den Raum stelle, die Hochzeit zu verschieben, wo wir uns so darauf gefreut haben. Auch die Kinder können es kaum erwarten, ihren Daddy Gage zu heiraten. »Nicht wegen dir oder uns. Du weißt, dass das nicht der Grund ist. Ich frage mich nur, ob es so kurz nach dieser Tragödie angemessen ist.«

Er schließt mich in die Arme. »Lass dir ein paar Tage Zeit, das Für und Wider abzuwägen, und schau, wie es dann aussieht. Es ist jetzt noch ganz frisch, und die Emotionen kochen hoch.«

»Das stimmt.« Ich lehne meinen Kopf an seine Brust. »Danke, dass du immer die Stimme der Vernunft bist.«

»Deine Stimme ist auch ziemlich vernünftig. Aber wie wir immer sagen: keine großen Entscheidungen direkt nach einem schweren Verlust. Selbst wenn es der schwere Verlust von jemand anderem ist.«

»Danke, dass du so bist, wie du bist, dass du immer weißt, was wir alle brauchen, und versuchst, es für uns zu bekommen. Wir haben solches Glück, dass wir dich in unserem Leben haben.«

»Ich bin derjenige, der Glück hat. Bringen wir dich ins Bett, bevor du im Stehen einschläfst.«

Er überrumpelt mich, indem er mich hochhebt und die Treppe hinaufträgt.

Ich fächele mir Luft zu. »Sexy.«

»Haha, du bist heute Abend zu müde für ›sexy‹.«

»Woher willst du das wissen? Ich habe im Auto ein

schönes Nickerchen gemacht. Jetzt hab ich einen ganzen Schwung neue Energie.«

»Dein Tank ist leer, und wir haben ein paar lange Tage vor uns. Du brauchst Schlaf mehr als mich.«

»Nur damit das klar ist: Ich brauche nichts mehr als dich – selbst wenn du gemein zu mir bist.«

Ich liebe es, ihn zum Lachen zu bringen. Das gelingt mir mittlerweile viel öfter als zu Beginn unserer Beziehung, als er noch mit dem schrecklichen Verlust seiner Frau und seiner Zwillingstöchter zu kämpfen hatte. Trotzdem fühlt sich jedes Lachen, das ich ihm entlocken kann, auch nach all dieser Zeit wie ein Sieg an.

Im Bett schmiege ich mich an ihn, während er mich hält. »Manchmal ist es einfach alles zu viel.«

»Nur manchmal?«

»Die meiste Zeit.«

»Darf ich etwas sagen, das vielleicht kontrovers ist?«, erkundigt er sich.

»Was denn?«

»Wir müssen uns nicht immer so stark bei den Wilden Witwen engagieren wie jetzt. Niemand würde es uns vorwerfen, wenn wir einen Gang zurückschalten, um uns mehr auf die Zukunft als auf die Vergangenheit zu konzentrieren.«

»Ich bin mir nicht sicher, ob ich mich aus der Arbeit in der Gruppe zurückziehen könnte.«

»Ich weiß, dass du so empfindest, doch vielleicht solltest du darüber nachdenken. Ja, wir tun viel Gutes für Menschen, die uns wirklich brauchen. Aber es ist schon eine ganz schöne Belastung, ständig in die Trauer anderer einzutauchen, nachdem wir so hart daran gearbeitet haben, unsere eigenen Verluste zu verwinden.«

Ich stütze mich auf einen Ellbogen und schaue in sein attraktives Gesicht. »Willst *du* dich zurückziehen?«

»Nicht unbedingt. Doch vielleicht sollten wir es tun. Ist

es gut für uns, immer die Ersten zu sein, die angerufen werden, wenn jemand einen tragischen Verlust erlitten hat? Ist es in unserem Interesse, ständig an vorderster Front neuer Tragödien zu stehen?«

»Ich kann mir nicht vorstellen, Menschen im Stich zu lassen, die uns so dringend brauchen.«

»Es müssen nicht immer wir sein, die helfen. Ich möchte nur, dass du das im Hinterkopf behältst.«

»Das ist alles richtig, aber es gibt mir ein gutes Gefühl, für andere da zu sein. Immer wenn ich denke, dass es zu viel wird, erinnere ich mich daran, wie wir Wynter kennengelernt haben und wie weit sie seit dieser entsetzlich unglücklichen Zeit gekommen ist. Sie ist der beste Beweis dafür, dass wir für Menschen, die es dringend brauchen, wirklich etwas bewegen.«

»Daran gibt es keinen Zweifel. Doch ist dir aufgefallen, dass ich auf Instagram in letzter Zeit mehr über die Erziehung der Kinder meiner neuen Partnerin schreibe als über den Verlust meiner eigenen?«

»Das ist mir aufgefallen, und ich liebe deine Posts über dein Leben als Daddy Gage.«

»Worauf ich hinauswill, ist, dass das Leben weitergeht und Trauer sich verändert – genau wie wir auch. Ich konzentriere mich jetzt mehr auf das, was ich gewonnen habe, als auf das, was ich verloren habe, auch wenn ich jeden Tag an Nat und die Mädchen denke und mich an etwas Lustiges oder Süßes von ihnen erinnere. Aber diese Erinnerungen sind endlich. Die, die ich mit dir und den Kindern schaffe … die sind unendlich. Zumindest hoffe ich das.«

Ich bette meinen Kopf wieder auf seine Brust, während mich seine Worte weiter beschäftigen und ich überlege, wie recht er hat – wie immer.

»Was denkst du?«, fragt er nach einer längeren Pause.

»Meine Arbeit mit Witwen und Witwern ist ein wichtiger Teil des Menschen, der ich jetzt bin. Ich weiß nicht, wie mein Leben ohne sie aussehen würde.«

»Ich sage ja nicht, dass du ganz damit aufhören musst, oder auch nur, dass du es solltest. Ich möchte lediglich, dass dir bewusst ist: Manchmal kann ich erkennen, wie sehr dich das belastet. Du nimmst den Schmerz so vieler anderer Menschen in dich auf und trägst ihn mit. Ich mach mir Sorgen, dass das auf Dauer nicht gut für dich sein könnte, doch natürlich musst du selbst beurteilen, ob das der Fall ist.«

»Du hast mir auf jeden Fall viel Stoff zum Nachdenken geliefert.«

»Ich will dir zusätzlich zu dem mit Taylor nicht noch mehr aufbürden, und natürlich muss nichts davon sofort entschieden werden.«

»Ich weiß, aber du hast gute Argumente, und dabei hast du bisher nicht erwähnt, dass unser Haus der Treffpunkt für die Wilden Witwen ist.«

»Das auch.«

»Sie sind zu meiner Familie geworden.«

»Und das werden sie immer bleiben, egal was passiert.«

Ich bin so müde, dass ich kaum noch die Augen offen halten kann. Doch während ich erschöpft einschlafe, kann ich nicht leugnen, dass Gage etwas wirklich Wichtiges angesprochen hat.

Adrian

Ich wache um drei Uhr morgens allein im Bett auf. Nachdem ich auf der Toilette war, suche ich nach Wynter und schaue zuerst in Willows Zimmer nach, weil ich denke, dass sie die Kleine vielleicht stillt. Allerdings ist sie da nicht, und weil ich in der Küche Licht sehe, gehe ich nach unten.

Wynter liegt auf den Knien und schrubbt das Innere des Kühlschranks, der komplett ausgeräumt ist.

»Süße, was machst du da?«

»Ich putze diesen ekligen Kühlschrank. Wenn das Gesundheitsamt uns kontrollieren würde, würden sie uns schließen. Die Tacos, die du vor einer Woche mitgebracht hast, waren immer noch drin. Igitt. Warum bin ich eigentlich die Einzige, die sich um so was kümmert?«

»Ich werde Xavier sagen, dass er da von jetzt an aufmerksamer sein muss.«

»Das ist nicht witzig, sondern widerwärtig.«

»Muss das denn unbedingt um drei Uhr morgens erledigt werden?«

»Ich war wach, also dachte ich mir, warum nicht?«

»Kann ich dir helfen?«

»Nein, du bist das Problem.«

Ich würde ja lachen, aber sie ist nicht zu Scherzen aufgelegt. »Ich entschuldige mich für meine Angewohnheit, Essensreste liegen zu lassen, und verspreche, mich in Zukunft zu bessern.«

Sie wirft mir einen genervten Blick zu. »Hör auf, mir so gönnerhaft recht zu geben.«

»Würde ich dir gegenüber je gönnerhaft sein?«

Ich setz mich auf den Boden, damit sie nicht weiter zu mir hochschauen muss.

»Ja, ich glaube, das würdest du.«

»Lass dir helfen, damit du wieder ins Bett kommen kannst.«

»Ich kann ohnehin nicht schlafen, also bringt es nichts, im Bett zu bleiben.«

»Man kann dort schließlich auch andere Sachen tun.«

»Dazu bin ich nicht in der Stimmung.«

»Seit wann? Du bist doch sonst immer in der Stimmung dafür.«

»Im Moment aber nicht.« Sie schrubbt kräftiger. »Wir müssen das hier besser sauber halten, bevor einer von uns an einer Lebensmittelvergiftung stirbt.«

»So schlimm ist es nun auch wieder nicht.«

Sie starrt mich wieder an, diesmal mit Tränen in den Augen. »Doch, ist es!«

Als ich zu ihr rutsche, um meinen Arm um sie zu legen, versteift sie sich.

»Was ist hier wirklich los, Liebste?«

»Das hab ich dir ja gerade erklärt. Der Kühlschrank ist eklig. Er musste dringend gereinigt werden. Ich will mir gar nicht vorstellen, dass deine Schwester zu Besuch hier ist und sich daraus etwas holen will.«

»Das bisschen Schmutz wäre ihr völlig egal.«

»Oh nein, garantiert nicht. Sie würde hier nie wieder was essen.«

»Wynter, red mit mir.«

»Ich hab nichts zu sagen.«

»Seit wann hast du mal nichts zu sagen?«

»Im Moment habe ich absolut nichts zu sagen.«

»Ist es wegen dem, was Taylor passiert ist?«

»Ich kenne sie ja kaum.«

»Natürlich kennst du sie, und du hast auch Will gekannt. Es ist furchtbar. Ich muss ständig an ihre Kinder und das kleine Baby denken, das sein ganzes Leben lang ohne einen seiner leiblichen Elternteile auskommen muss, so wie Xavier und Willow.«

»Das ist einfach so verdammt unfair. Sie hat bereits einen Ehemann verloren und ihre Kinder *zwei* Väter.«

»Du hast recht. Das ist nicht fair.«

Plötzlich scheint alle Kraft sie zu verlassen, die sie eben noch beim Reinigen des Kühlschranks gezeigt hat.

»Ich helf dir, das Chaos hier zu beseitigen, der Kühlschrank ist blitzblank. Man könnte darin problemlos jemanden operieren.«

Das entlockt ihr ein kleines Lachen.

Ich stehe auf, ziehe sie hoch und räume mit ihr zusammen alles wieder zurück, was da reingehört. Danach bleibt immer noch ein beachtlich großer Haufen Behälter auf der Arbeitsplatte neben der Spüle. »Darum kümmere ich mich morgen früh.«

»Ja, das wirst du, denn das ist alles dein Zeug.«

»Ich entsorge das und werde mir in Zukunft mehr Mühe geben, dass es nicht wieder so viel wird. Können wir jetzt zurück ins Bett? Unsere Kinder werden in etwa zweieinhalb Stunden aufwachen.«

»Ich denke schon.«

Sie lässt sich von mir die Treppe hinaufführen und ins Bett bringen, wo ich sie zudecke, bevor ich mich neben sie lege, mich auf die Seite drehe und an sie schmiege.

»Willst du darüber reden?«

»Nicht wirklich.«

»Es ist blöd, wenn wir mitkriegen, dass anderen Menschen Schlimmes widerfährt, das unsere eigenen Traumata wieder aufleben lässt.«

»Ich hab doch gesagt, dass ich nicht darüber reden will.«

»Ich weiß. Ich möchte nur darauf hinweisen: Es ist normal, dass man sich deswegen aufregt.«

»Danke, dass du mich davon in Kenntnis gesetzt hast.«

Mittlerweile weiß ich, dass Wynter gern mal in beißenden Sarkasmus verfällt, wenn sie Angst hat oder nervös ist. Ich versuche, mich davon nicht irritieren zu lassen, weil ich verstehe, warum sie so reagiert. Es macht mir nichts aus, wenn sie es an mir auslässt. Dafür bin ich ja da.

Wir schweigen lange, so lange, dass ich mich frage, ob sie eingeschlafen ist.

»Wenn du mir wegstirbst, werde ich dir das nie verzeihen. Das sollst du einfach wissen.«

Ich beiße mir auf die Lippe, um nicht zu lachen, denn natürlich ist daran nichts lustig.

»Danke für die Inkenntnissetzung.«

»Das ist mein Ernst.«

»Schon klar.« Ich ziehe sie näher zu mir. »Komm her.«

»Ich bin hier.«

»Aber nicht nah genug.«

Sie seufzt übertrieben und reibt sich sexy an mir, was sofort die übliche Reaktion auslöst. »Steck das Ding weg.«

Ich lache laut auf. »Er kann nichts dafür. Wenn du da bist, ist er auch da.«

»Wie soll sie das bloß schaffen?«

»Was? Wer?«

»Taylor. Wie soll sie sich ihr Leben ein zweites Mal neu aufbauen?«

»Sie wird einen Weg finden. Ihr bleibt nichts anderes übrig, schließlich muss sie es für ihre Kinder tun.«

»Ich könnte das nicht.«

»Doch, selbstverständlich.«

»Nein, ich könnte es wirklich nicht. Irgendwie hab ich es geschafft, den Verlust von Jaden zu überstehen. Aber du … Wenn dir was passieren würde … Ich würde das nicht verkraften.«

»Für die Kinder würdest du einen Weg finden. Ganz bestimmt.«

»Da bin ich mir nicht sicher. Nicht weil ich eine hilflose Frau wäre, die ohne Mann nicht funktionieren kann. Das meine ich nicht. Ich meine, dass ich *ohne dich* nicht funktionieren kann.«

»Ach, Babe, das ist echt süß von dir.«

»Das ist nicht süß. Ich meine es ernst. Wir haben uns aus der Asche erhoben und uns ein Leben aufgebaut, das wir beide lieben. Ich sage nur, dass ich mir nicht vorstellen kann, das noch einmal zu schaffen.«

»Ich auch nicht, also geh bitte nirgendwo hin.«

»Ich werde es versuchen.«

Ich streiche ihr über den Rücken und hoffe, dass sie sich entspannt und etwas Schlaf findet, bevor die Kinder aufwachen und uns einen weiteren Tag lang auf Trab halten.

»Adrian?«

»Ja, Süße?«

»Ich möchte, dass du weißt, dass ich Jaden wirklich sehr geliebt habe. Ich habe ihn so sehr geliebt.«

»Ich weiß.«

»Doch das hier ... Nach allem, was wir durchgestanden haben, um diesen Punkt zu erreichen ... Ich habe keine Ahnung, wie ich es überleben sollte, dich zu verlieren. Und ehrlich gesagt, ich hätte nie gedacht, dass so etwas passieren könnte, bis ich das von Taylors Ehemann gehört habe.«

»Wir alle haben ein Verfallsdatum. Manche bekommen einfach mehr Zeit als andere. Gage meint ja immer, das Leben sei eine tödliche Krankheit.«

»Den Spruch mag ich nicht.«

»Ich auch nicht, aber er ist wahr. Deshalb müssen wir das Beste aus der Zeit machen, die wir haben. Wir können nie sicher sein, wann sie abgelaufen ist.«

»Das ist eine beschissene Art, zu leben.«

»Diese Dinge wurden schon lange vor unserer Ankunft auf diesem Planeten entschieden. Leider sind wir an das System gebunden, in das wir hineingeboren wurden.«

»Ich möchte wissen, wo ich Einspruch erheben kann.«

»Ich werde mich darum kümmern.«

Ihre Hand gleitet von meiner Brust über meinen Bauch zu meiner immer noch pochenden Erektion.

»Ich dachte, du hättest gesagt, du seist nicht in Stimmung.«

»Das war ich auch nicht, bis du mich daran erinnert hast, dass jede Minute zählt.«

»Dann muss ich das wohl häufiger tun.«

Ihr leises Lachen fühlt sich wie eine Art Sieg an – und erleichtert mich. Ihre düsteren Verstimmungen treten nicht mehr so oft auf wie früher, können jedoch tagelang andauern. Gewöhnlich hat sie sie um Jadens Geburtstag herum oder am Jahrestag seines Todes.

Als sie sich auf mich setzt, lege ich die Arme um sie und ziehe sie fest an meine Brust. »Ich bin hier, Liebes, und ich gehe nirgendwohin, solange ich dich und unsere Kinder habe.«

»Schlaf mit mir, Adrian.«

»Nichts lieber als das.« Ich ziehe ihr das Tanktop über den Kopf, werfe es zur Seite und fahre mit meinen Händen von ihren schmalen Hüften über ihre Rippen zu ihren vollen Brüsten. Ich liebe es, wie sie reagiert, wenn ich mit meinen Daumen über ihre Brustspitzen streiche, wie sie sich an meine Erektion drückt und mich auf eine Weise verrückt macht, wie nur sie es kann.

Sie ist unglaublich sexy, empfänglich und zu allem bereit im Bett, was lediglich drei der vielen Gründe sind, warum ich ihr mit Haut und Haar verfallen bin.

Bevor sie die Kontrolle übernehmen kann, rolle ich mich mit ihr herum, sodass ich oben bin, und beginne, jeden Zentimeter ihrer weichen Haut zu küssen, den ich erreichen kann. Ich sauge an ihren Brustspitzen, bis sie sich aufrichten, und vergrabe mein Gesicht in ihrem Busen, um den betörenden Geruch der Frau einzuatmen, die ich liebe.

Nach Sadies Tod konnte ich mir nicht vorstellen, jemals wieder eine so innige Verbindung mit einer anderen Frau zu haben, aber Wynter hat mir gezeigt, dass selbst nach einer Katastrophe noch alles möglich ist. Trotzdem hat sie recht, wenn sie sagt, dass der Verlust unserer Beziehung eine ganz andere Dimension hätte, weil es so viel gekostet hat, an einen Punkt zu gelangen, an dem wir nicht nur bereit waren, wieder zu lieben, sondern auch dazu, alle damit verbundenen Risiken einzugehen.

Doch es ist nicht ganz ehrlich von ihr, zu behaupten, ihr sei nie in den Sinn gekommen, dass sie mich ebenfalls verlieren könnte. Natürlich ist es das. Man überlebt so etwas nicht, ohne dass einem eine gesunde Portion Realität vor Augen geführt wird, die einen nicht mehr vergessen lässt, dass nichts und niemand sicher ist. Taylors Tragödie ist lediglich die jüngste Erinnerung daran, was das Schicksal einem aus heiterem Himmel vor die Brust knallen kann – und das ohne jede Möglichkeit, sich irgendwie darauf vorzubereiten.

Ich ziehe ihr das Stück Stoff aus, das sie Höschen nennt, und schiebe mich zwischen ihre Schenkel. Das macht sie wild, und ich kann einfach nicht genug von der Art und Weise bekommen, wie sie auf mich reagiert. Ich liebe es, wenn sie mir den Rücken zerkratzt, an meinen Haaren zerrt und mich um mehr anbettelt. Sie will immer mehr, und ich gebe es ihr gerne.

Als ich in sie eindringe, ist sie schon zweimal gekommen, und ich stehe kurz davor. Sie ist so eng und feucht, dass ich mich echt beherrschen muss, damit ich nicht zu heftig werde und ihr am Ende wehtue. Trotz ihrer Tapferkeit ist sie auf eine Weise zerbrechlich, die Leute überraschen würde, die sie nicht so gut kennen wie ich, und der Gedanke, ihr Schmerzen zu bereiten, stößt mich ab.

»Ich will es schnell und hart«, erklärt sie und keucht von der Anstrengung, mich in sich aufzunehmen.

»Du kriegst alles, was du willst, wenn du bereit bist.«

»Ich *bin* bereit.«

»Nein, bist du nicht.«

Meine Wynter kann wegen absolut allem einen Streit

anfangen, sogar wegen dem hier. »Wüsste ich das nicht besser als du?«

»Absolut nicht.«

»Genau, weil du so ein Experte bist.«

»Ich bin tatsächlich Experte in Bezug auf dich. Und wenn ich mich einfach bis zum Anschlag in dich stoße, wird es wehtun, also halt die Klappe, und lass mich mein Ding machen.«

»Na gut.«

»Sag ich ja.«

»Weck mich, wenn es losgeht.«

Ich geb ihr einen leichten Klaps auf den Hintern, woraufhin sich ihre Muskeln um mich zusammenziehen, was mein Eindringen erschwert. »Du bist so eine Göre.«

»Das wusstest du, bevor du dich auf mich eingelassen hast.«

»Ich versuche, mich auf dich einzulassen, aber wenn du mich weiter so fest umklammerst, kommen wir nie ans Ziel.«

Sie breitet die Arme aus und spreizt ihre Beine. »Mach, wie du willst.«

»Versuch ich ja. Doch du musst ja wieder schwierig sein.«

Sie hat einen Orgasmus nach dem anderen, während ich tiefer in sie eindringe, bis ich endlich ganz in ihr bin und alles in meiner Macht Stehende tue, um meinen Höhepunkt zurückzuhalten, bevor ich sie auf den wilden Ritt mitnehme, den sie sich gewünscht hat. Ich verharre mindestens zwei Minuten lang völlig reglos in ihr, während sie sich unter mir windet und versucht, die Dinge voranzutreiben.

Es gibt nichts auf dieser Welt, was mit dem Liebesspiel mit meiner Wynter vergleichbar wäre.

Ihre Fingernägel kratzen über meinen Rücken und meinen Hintern, und das Wissen, dass danach Spuren zurückbleiben werden, turnt mich nur weiter an.

Sie stöhnt. »Werd bloß nicht noch größer.«

»Daran bist allein du schuld, du kleine Hexe.«

»Klar, schieb nur alles auf mich …«

»Halt dich fest, wir nehmen Fahrt auf.«

Ich liebe es, wie sie ihre Arme und Beine um mich schlingt. Ich liebe die Laute, die sie von sich gibt, und dass der Orgasmus so heftig ist, dass ich Sterne sehe, während ich versuche, so lange wie möglich durchzuhalten, weil es sich so verdammt gut anfühlt.

Sie schnappt überrascht nach Luft, als ich mich abrupt zurückziehe, sie umdrehe und sie von hinten nehme. Inzwischen bin ich mir ziemlich sicher, dass sie nicht mehr daran denkt, was Taylor passiert ist, oder an ihre Angst, mich zu verlieren, oder an irgendetwas anderes als die unglaubliche Lust, die mich und sie durchströmt. Ich greife um sie herum, um sie zwischen den Beinen zu streicheln, und bringe sie ein letztes Mal zum Höhepunkt, bevor ich mir die Zügel schießen lasse.

»Mmm«, macht sie. »Genau das hab ich gemeint.«

Da ich weiter tief in ihr bin, bewege ich mich noch ein bisschen, um die Nachbeben zu genießen, die fast so gut sind wie der Hauptakt.

Ich beiße ihr zärtlich in die Schulter. »Ich liebe dich.«

Sie erbebt. »Ich liebe dich ebenfalls.«

»Alles wird gut. Versprochen.«

»Wenn du das sagst.«

»Ich sag es, und du musst mir glauben, weil ich dich liebe.«

»Ich liebe dich auch.«

11

Angela

Okay, ich weiß nicht genau, wie es passiert ist, aber um neun Uhr abends sitzen Brad und ich in seiner Küche und reden, während meine drei Kinder alle auf dem Sofa eingeschlafen sind.

Wir sind einfach nicht gegangen.

Wie zum Teufel konnte das geschehen?

»Äh, ich … Ich muss jetzt los.«

»Das musst du nicht. Ihr könnt gern hier übernachten. Wir haben ein Gästezimmer für Mary Alice' Eltern, wenn sie zu Besuch kommen.«

Ich kann unmöglich hierbleiben. Das wäre verrückt! Und völlig unangebracht. Und noch eine Million andere Dinge. Doch der Gedanke, meine schlafenden Kinder zu wecken, nach Hause zu fahren und sie ins Bett zu bringen, ist so abschreckend, dass ich Brads freundliches Angebot allen Ernstes in Betracht ziehe. »Jack und Ella werden die ganze Nacht hellwach sein, wenn ich sie jetzt wecke.«

»Meine beiden auch. Also bleibst du?«

»Es ist komisch, oder? Wenn ich das tue?«

»Wieso? Wir sind Freunde, deine Kinder schlafen, und es wäre schwierig, sie jetzt noch wach zu kriegen. Also ganz normal.«

»Richtig. Ganz normal.«

»Ich hol ein paar Decken für die beiden Großen und mach dir und Josh das Bett im Gästezimmer fertig.«

»Danke.«

Während er nach oben geht, schreibe ich meiner Schwester Tracy eine Textnachricht. *Hey, nur zur Info, wir übernachten heute bei einem Freund. Damit du Bescheid weißt und nicht in Panik gerätst, wenn du morgen früh vorbeikommst und wir nicht da sind.*

Danke für die Info. Bei welchem Freund?

Ich überlege einen Moment, bevor ich ihr antworte, weil ich weiß, dass alles, was ich schreibe, weitere Fragen nach sich ziehen wird. *Einem neuen.*

Bisher hab ich niemandem, nicht mal meinen Schwestern, von meiner wachsenden Freundschaft zu Brad erzählt. Seit Sam uns bei einer der Anhörungen im Strafverfahren gegen den Dealer einander vorgestellt hat, stehen wir in engem Kontakt. Mehr oder weniger heimlich. Ich ertrage den Gedanken nicht, dass Tracy oder Sam denken könnten, es sei zu früh für mich, um mich mit einem Mann anzufreunden. Ich weiß, dass das nicht rational ist, denn sie wollen beide nur das Beste für mich, aber aus irgendeinem Grund hab ich es bislang für mich behalten.

Darf ich Fragen stellen?

Nicht jetzt!

Na gut. Dann morgen. Es wird Fragen geben.

Danke für die Warnung. Jetzt sei still.

Hey, Ang?

WAS?

Wenn du glücklich bist, bin ich glücklich. Viel Spaß.

Nur ein Freund. Entspann dich.

Hab dich lieb.

Ich dich auch, du Topfguckerin.

Meine Schwestern sind meine besten Freundinnen, und ohne sie und ihre Familien wäre ich nach Spencers Tod niemals so klargekommen, wie ich das getan hab. Allerdings ist die unvermeidliche Begleiterscheinung ihrer wunderbaren Unterstützung eine rege Anteilnahme daran, wie es für mich und meine Kinder weitergeht. Trotzdem: Das Letzte, wozu ich bereit bin, ist eine neue romantische Beziehung.

Ich bin gerne mit Brad zusammen. Wir können über alles reden, und er macht das Gleiche durch wie ich. Das ist alles.

Ich bin gerade zurück im Wohnzimmer, um nach den Kindern zu sehen, als mein Handy erneut vibriert. Das ist wahrscheinlich eine weitere Textnachricht von Tracy, die wie ein Bluthund sein kann, wenn sie eine Fährte gewittert hat.

Doch da hab ich mich geirrt. Es ist nicht Tracy, sondern Luke, der Arzt und verwitwete Vater von vier Kindern, den ich bei den Wilden Witwen kennengelernt habe. *Hey, hast du Zeit, zu chatten? Es war ein verrückter Tag hier. Ich müsste mich mal richtig auskotzen.*

Seit wir uns kennengelernt haben, haben wir uns viel geschrieben, und er hat mich gefragt, ob wir mal zusammen einen Kaffee trinken wollen. Dazu ist es bisher aber nicht gekommen.

Heute Abend ist es schlecht. Vielleicht morgen?

Klar, das passt. Schönen Abend noch.

Dir auch.

Kaum habe ich die Nachricht abgeschickt, kehrt Brad zurück, den Arm voller Decken, die er über meine schlafenden Kinder breitet, und mit einem zusammengerollten Stoffbündel, das er mir reicht.

»Eine Jogginghose und ein T-Shirt zum Schlafen. Dank

Mary Alice' Umsicht und guter Planung haben wir sogar frische Zahnbürsten.«

»Wow, das ist ja Fünf-Sterne-Service. Danke.«

»Keine Ursache. Es ist schön, mal erwachsene Gesellschaft zu haben.«

Ich folge ihm in die Küche und lege das Bündel mit den Sachen auf einen Stuhl.

»Wie wäre es mit einem Glas Wein, da du jetzt nicht mehr fahren musst?«

Ich habe seit Ewigkeiten nichts mehr getrunken, nicht seit ich mit Josh schwanger war. Ein Glas Wein kann wohl nicht schaden. »Was hättest du denn da?«

Er geht zum Schrank über seinem Kühlschrank und schaut nach. »Meine Schwestern waren kürzlich hier, also habe ich Rosé und Chardonnay.« Er öffnet die Klappe über dem Herd. »Und Pinot noir.«

»Rosé, bitte.«

»Kommt sofort.« Während er Gläser holt und einen Korkenzieher sucht, beobachte ich, wie sein weiches graues T-Shirt sich an seinen muskulösen Oberkörper schmiegt. Und warum fasziniert es mich, wie sein T-Shirt an ihm sitzt?

Er dreht sich um, um mich etwas zu fragen, und erwischt mich dabei, wie ich ihn anstarre.

Ein langsames Lächeln breitet sich über sein attraktives Gesicht. »Was guckst du denn so?«

Es ist mir peinlich, dass er mich ertappt hat. »Ich, ähm, ich war nur in Gedanken versunken.«

Er lächelt, während er den Wein einschenkt und ihn zum Tisch bringt. »Das ist schön.«

»Was genau?«

»Dass deine und meine Kinder schlafen und du hier bist, um mit mir abzuhängen. Das ist oft die schwierigste Zeit des Tages für mich, wenn alles erledigt ist und mir wieder einmal bewusst wird, wie allein ich bin.«

»Versteh ich. Es ist die Stille, wenn die Kids endlich schlafen.«

»Niemand, mit dem man einen Serienmarathon gucken oder reden oder einfach … irgendwas machen kann. Es ist so eine seltsame Leere, nachdem man so viele Jahre verheiratet war.«

Wir haben schon einmal darüber gesprochen, dass er sieben Jahre mit Mary Alice verheiratet war und ich noch länger mit Spencer.

»Ganz zu schweigen von den Jahren, die wir schon vor der Hochzeit zusammen waren«, füge ich hinzu.

»Genau.« Er nimmt einen Schluck Wein und sieht mir dann über den Tisch hinweg in die Augen. »Ich versuche herauszufinden, wer ich als Single bin. Es ist total komisch, zu akzeptieren, dass ich kein Ehemann mehr bin. Ich kann mich verabreden, wenn ich will. Nicht, dass ich das wollte. Nicht wirklich.«

»Irgendwann wirst du dafür bereit sein.«

»Was ist mit dir? Denkst du darüber nach?«

Das Thema ist noch nie zwischen uns aufgekommen. Die meisten unserer Gespräche drehen sich darum, wie man den Kindern am besten über den plötzlichen, traumatischen Tod eines Elternteils hinweghelfen und den Alltag ohne die Unterstützung eines Partners meistern kann. Wir reden auch über die Wut. Davon hatten wir beide gar nicht mal so wenig in uns, vor allem wegen der Art und Weise, wie sie gestorben sind, selbst wenn wir ihnen nicht die Schuld daran geben. Jedenfalls meistens.

»Manchmal. Doch mit drei kleinen Kindern, darunter ein gerade mal siebzehn Monate altes, bin ich nicht gerade eine ideale Partnerin.«

»Verkauf dich nicht unter Wert. Du bist eine schöne, lustige, kluge und fürsorgliche Frau. Jeder Mann, mit dem du zusammen sein möchtest, könnte sich glücklich schätzen.«

»Oh … Na ja … Danke.«

»Ich wollte dich nicht in Verlegenheit bringen.«

»Nein, alles gut. Ich hab nur schon lange nicht mehr so von mir gedacht. Ich war sehr, sehr verheiratet.«

»Ja, ich auch. Es ist unglaublich seltsam, das jetzt nicht mehr zu sein.«

»Spielst du manchmal mit dem Gedanken, deinen Ring abzunehmen?«

»Jeden Tag. Ich überlege immer wieder, warum ich ihn noch trage, obwohl sie schon seit anderthalb Jahren tot ist, und was es bedeuten würde, wenn ich ihn mir vom Finger ziehe.«

Ich schaue auf meinen atemberaubenden Diamantring und den dazu passenden Ehering. »Ich liebe meine Ringe so sehr. Ich hasse die Vorstellung, sie nicht mehr an meiner Hand zu sehen.«

»Könntest du sie nicht vielleicht an der anderen Hand tragen?«

»Darüber hab ich schon nachgedacht. Vielleicht werde ich das wirklich irgendwann machen.«

»Es fühlt sich verdammt endgültig an, den Ring abzuziehen, selbst wenn man ihn nur an die andere Hand steckt, oder?«

»Absolut. Obwohl es sich schon seit einer Weile verdammt endgültig anfühlt. Manchmal kann ich nicht glauben, dass es tatsächlich passiert ist.«

Er verzieht das Gesicht. »Und jetzt steht uns auch noch dieser verdammte Prozess bevor.«

Wir sind beide von der Staatsanwaltschaft informiert worden, dass wir als Zeugen aussagen müssen.

»Elender Drecksmist.«

Er lacht. »Elender Drecksmist, verdammt noch mal.«

Wir genießen gerade unseren Wein, als ich höre, dass sich Josh nebenan rührt. Ich haste zum Sofa, um ihn zu holen, bevor er Jack und Ella weckt, und komme mit ihm zurück in die Küche, wo Brad für uns das Licht gedimmt hat.

Josh ist gefüttert und gewickelt, also will er nur ein bisschen mit Mommy kuscheln, ein Wunsch, den ich ihm gern erfülle.

»Er ist ein süßer kleiner Kerl.«

»Ich bin so froh, dass ich nach dem Verlust von Spence ein pflegeleichtes Baby habe. Wenn er eine Ella 2.0 wäre, wäre ich längst in der Irrenanstalt. Sie hatte Koliken, war daher ein Schreibaby und hat im ersten Jahr kaum geschlafen.«

»Oje.«

»Es war schwierig, aber ich hatte Hilfe. Spence ist über sich hinausgewachsen. Er hat unzählige Nächte damit verbracht, sie herumzutragen und zu beruhigen, damit ich auch mal ein Auge zumachen konnte.«

»Drake war genauso. Ich habe nachts gearbeitet, also war Mary Alice diejenige, die die Hauptlast davon zu tragen hatte. Das hat wirklich an der Substanz gezehrt.«

»Was gibt es bei dir Neues bezüglich der Rückkehr zur Arbeit?«

Er war in verlängerter Freistellung, während er sich an das Leben als Alleinerziehender gewöhnt hat. »Am ersten Januar geht es wieder los. Doch ich werde in der Tagschicht eingesetzt, damit sich meine Arbeitszeit mit den Betreuungszeiten der Kinder in Einklang bringen lässt, was toll ist. Aber auf der anderen Seite hab ich jede Menge neue Kollegen und bin möglicherweise in einer anderen Feuerwache – und muss trotzdem gelegentliche Nachtschichten einplanen, von denen sich niemand ausnehmen kann.« Er zuckt die Achseln. »Das hätte ich mir so nicht ausgesucht, doch nichts hiervon ist meine Entscheidung.«

»Zur Erinnerung: Die GoFundMe-Kampagne, die meine Freunde nach Spence' Tod für mich gestartet haben, hat dank der Bekanntheit meiner Schwester und meines Schwagers eine Menge Geld in meine Kasse gespült. Ich teile das gerne mit meinen Witwenfreunden.«

Mary Alice hatte keine Lebensversicherung, und obwohl es Spendenaktionen für ihn und seine Kinder gegeben hat, die ihn während seiner Freistellung unterstützt haben, ist dabei nicht annähernd so viel Geld eingegangen wie bei meiner. Ich bin Sam und Nick auf ewig dankbar für ihre Hilfe und für die Spendenaktion, die Sams Partner Freddie ins Leben gerufen hat. Bevor er gestorben ist, hatte Spencer seinen Job und damit auch seine betriebliche Lebensversicherung verloren, sodass ich ohne die Spenden völlig mittellos und restlos aufgeschmissen gewesen wäre.

»Du wirst dieses Geld selbst brauchen, Angela. Gib es nicht weg.«

»Ich werde nur einen Bruchteil der gesammelten Summe brauchen, und wenn ich damit dein Leben genau wie das anderer junger Witwer oder Witwen erleichtern kann, warum sollte ich das dann nicht tun?«

»Ich würde mich nicht wohl dabei fühlen, Geld von einer Freundin anzunehmen.«

»Das sind keine normalen Zeiten, Brad. Denk in Ruhe darüber nach, wie viel einfacher es dein Leben in dieser schwierigen Übergangsphase machen könnte. Du könntest Teilzeit arbeiten oder ganz neu anfangen. Was auch immer für dich und deine Familie am besten ist.«

»Es ist lieb von dir, mir helfen zu wollen.«

»Ich möchte allen helfen, die Hilfe benötigen. Junge Witwenschaft ist schwierig genug, besonders für Familien wie unsere, bei denen es keine Lebensversicherung gab.«

»Wer verschwendet in seinen Zwanzigern oder frühen Dreißigern schon Gedanken an so was?«

»Ich nicht. Spence war über seinen Job abgesichert, bis ihm gekündigt wurde, und wir sind nie auf die Idee gekommen, für mich eine zu besorgen.«

»Bei mir ist es genauso. Ich hab eine über meine Arbeit, aber für Mary Alice haben wir nie eine abgeschlossen, weil sie Hausfrau und Mutter war. Offensichtlich haben wir uns nicht vorstellen können, dass sie jung sterben und unsere Familie darüber in eine finanziell schwierige Lage geraten könnte.«

Ich strecke meine Hand aus und lege sie auf seine. »Bitte lass dir von mir unter die Arme greifen.«

Er starrt lange auf unsere verschränkten Hände. »Ich werde darüber nachdenken.«

»Es würde mich freuen, wenn ich dir helfen darf. Diese schreckliche Tragödie hat uns neue Freunde beschert, und wir werden das gemeinsam schaffen.«

Brad blinzelt ein paar Tränen weg, die ihn offenbar überraschen. »Das macht es erträglicher … Zu wissen, dass wir das gemeinsam durchstehen.«

»Natürlich werden wir das. Nach alldem sind wir für immer Freunde.«

»Für immer Freunde«, bestätigt er mit rauer Stimme.

Taylor

Ich liege im Bett, meine Kinder schlafen rechts und links neben mir, und das Baby spielt ein wildes Fußballspiel in meinem Bauch, während ich an die Decke starre. Ich muss mal, doch ich kann mich nicht bewegen, ohne die Kinder zu wecken. Es hat Stunden gedauert, sie nach einem weiteren schrecklichen Tag zum Einschlafen zu bringen. Sie haben tausend Fragen darüber, was mit ihrem Vater passiert ist, wo er jetzt ist, wie es weitergeht, ob er uns noch sehen kann, ob er das Baby vor seiner Geburt kennenlernen wird.

Jede einzelne Frage ist wie ein Stich in mein blutendes Herz.

Ich weiß nicht, was ich ihnen sagen soll, weil ich selbst keine Antworten hab.

Die Liebe und Unterstützung von Verwandten, Freunden und Bekannten ist überwältigend. Es gibt jede Menge Essen, Blumen und Angebote, mir mit den Kindern und allem anderen zu helfen, was wir brauchen könnten. Sosehr ich auch alle schätze, es weckt Erinnerungen an die ersten Tage nach Gregs Tod, eine Zeit, die ich nie wieder erleben wollte.

Trotzdem bin ich wieder genau da gelandet und drohe unter dem doppelten Schicksalsschlag, zwei Ehemänner verloren zu haben, zu zerbrechen. Wie kann uns das passiert sein?

Was soll ich mit zwei verzweifelten Kindern und einem Neugeborenen machen, um die ich mich allein kümmern muss? Der Weg vor mir erscheint mir dunkel und hoffnungslos. Aber in all dem Wahnsinn gab es immerhin einen Lichtblick: Wills Versicherungsgesellschaft hat mir mitgeteilt, dass sie sich bemühen, seine Lebensversicherung schnell auszuzahlen. Das wird mir zumindest finanziell Luft verschaffen, während ich rausfinde, wie ich ohne ihn klarkomme.

Ich wünsche mir so sehr, dass Will durch die Tür tritt, mit seinem unwiderstehlichen sexy Lächeln, und mir versichert, dass alles gut wird, so wie er es immer getan hat, wenn meine Ängste mich zu überwältigen drohten. Doch er ist für immer fort, und ich bin mir nicht sicher, ob alles gut werden wird. Nicht dieses Mal.

Ich sehne mich nach ihm, nach seiner Berührung, seiner Großherzigkeit und seiner unermesslichen Liebe zu mir und den Kindern. Er hat mein Leben mit Hoffnung, Optimismus und dem Glauben erfüllt, dass meine besten Tage noch vor mir liegen und nicht hinter mir, wie ich es nach Gregs Tod geglaubt hatte.

Was nun?

Meine Blase ist kurz vorm Platzen, als ich mich endlich zwischen den Kindern rausschlängele und versuche, das Bett zu verlassen, ohne sie zu wecken. Bevor mir das allerdings gelingt, hebt Miles den Kopf.

»Was ist los?«

»Nichts, Schatz«, flüstere ich und hoffe, dass Eliza nicht ebenfalls aufwacht. »Ich muss nur kurz auf die Toilette. Schlaf weiter.«

»Kommst du gleich wieder?«

»Ja, versprochen.«

Er legt seinen Kopf zurück auf das Kissen und seufzt. Ich stelle mir vor, dass ihm – wieder einmal – eingefallen ist, dass Will tot ist und er selbst deshalb in unserem Bett liegt.

Meinem Bett. Es ist jetzt mein Bett.

Ich schaffe es gerade noch rechtzeitig ins Badezimmer und sitze auf dem Klo, während mir Tränen über das Gesicht laufen, die sich anfühlen, als würden sie nie mehr versiegen. Mein Kopf scheint zu schwer zu sein, um ihn hochzuhalten, also stütze ich ihn in meine Hände und beiße mir auf die Lippe, um nicht laut zu schluchzen. Ich wünschte, ich müsste das nicht tun, aber alles andere würde meine ohnehin verstörten Kinder erschrecken, und ich möchte ihre Trauer nicht weiter verstärken, indem ich ihnen zusätzlich noch Sorgen um mich aufbürde.

Da ich schon einmal an diesem Punkt war und das alles bereits durchgemacht habe, ist mir klar, dass ich keine andere Wahl habe, als auch Wills Tod zu überstehen. Ich hab keine andere Wahl, als mich für meine bald drei Kinder zusammenzureißen und weiter einen Fuß vor den anderen zu setzen, so wie ich es getan hab, nachdem Greg gestorben war. Doch ich will das wirklich, wirklich, wirklich nicht tun.

Wenn ich nur für mich verantwortlich wäre, würde ich mich ins Bett verkriechen, mir die Decke über den Kopf ziehen und so lange wie möglich dort bleiben, bis der brennende Schmerz in meiner Brust so weit nachlässt, dass ich wieder frei atmen kann.

Das wird aber nicht passieren.

Was passieren wird, ist, dass morgens die Sonne aufgeht, die Kinder aufwachen und zu mir schauen, um zu lernen, wie sie diesen schrecklichen Verlust verkraften sollen. Ich werde für sie da sein, bei jedem Schritt auf ihrem Weg.

Weil ich keine andere Wahl habe.

12

Hallie

Ich hab mich auf die Polsterliege auf der Terrasse zurückgezogen und blicke hoch zum Sternenhimmel, denke über Leben und Sterben und die Launen des Schicksals nach, als meine Lebenspartnerin Robin mit einem Bourbon für mich und Wein für sich aus dem Haus tritt. Dass ihr klar ist, ich brauche heute Abend einen stärkeren Drink, ist nur einer von vielen Gründen, warum sie perfekt für mich ist. Sie wohnt bei mir, wenn ihre Kinder bei ihrem Vater sind, und wir freuen uns immer auf die Zeit, die wir allein miteinander verbringen können.

Ich nehme ihr das Glas ab und richte mich ein wenig auf, um daraus zu trinken. »Danke, Süße.« Sie ist groß, blond und so schön, dass es mir den Atem raubt, besonders wenn sie lächelt.

»Wie geht es dir?«

Seit Joy mich angerufen und mir das von Taylors Ehemann erzählt hat, kommen meine Gedanken nicht zur Ruhe. Ich kenne Taylor nicht sehr gut und habe Will nur einmal getroffen, doch die Nachricht von seinem Tod – zudem so kurz vor der Geburt ihres Babys – hat mich zutiefst getroffen. »Ich bin … na ja, du weißt schon … verunsichert.«

Stärker als sonst, sollte ich hinzufügen. Robin hat Brustkrebs im Stadium IV. Ihr Zustand ist im Moment stabil, aber die Ungewissheit ist für mich schwer zu ertragen, nachdem ich meine Frau Gwen durch Selbstmord verloren habe.

»Hast du was von Iris gehört?«

»Sie hat mir geschrieben, dass es Taylor und den Kindern so gut geht, wie man es erwarten kann. Ich glaub, sie und Gage waren gestern Abend und den größten Teil des heutigen Tags über bei ihnen.«

»Die beiden sind einfach richtig gute Menschen.«

»Auf jeden Fall. Sie sind immer für uns da.« Ich schwenke den Bourbon im Glas. »Ich muss unablässig an Taylor denken und daran, wie sie sich wohl fühlt. Bei den wenigen Malen, bei denen ich sie getroffen hab, wirkte sie so glücklich und zufrieden. Sie hatte mit ihrem Leben als Witwe abgeschlossen, was nicht heißt, dass sie nicht mehr um ihren verstorbenen Mann getrauert hat, denn das hat sie zweifellos. Doch sie lebte nicht mehr wie wir anderen alle in Witwenstadt.«

»Witwenstadt?«, fragt Robin mit einem Lachen.

»So nennen wir im übertragenen Sinn den Ort, wo die Menschen leben, die aus eigener Erfahrung wissen, wie es ist, wenn der Ehepartner stirbt, und in unserem Fall ein junger Ehepartner, der viel zu früh von uns gegangen ist. Iris und Gage sind die Bürgermeister.«

»Es tröstet mich, zu wissen, dass sie für dich da sein werden, wenn du sie wieder brauchst.«

Ich schaue sie überrascht an, denn wir versuchen, niemals darüber zu sprechen, wohin diese »Situationship«, wie wir es nennen, führen wird. Ich möchte gerne glauben, dass es noch Jahre hin ist, bis ich mir Gedanken darüber machen muss, sie zu verlieren, aber ehrlich gesagt haben wir keine Ahnung, wie viel Zeit uns bleibt. Und ja, ich weiß, wie verrückt es ist, dass ich mich auf jemanden einlasse, der an einer tödlichen Krankheit leidet. Doch dass ich diese Zeit mit ihr verbringen darf, ist das Risiko wert.

Zumindest versuche ich mir das einzureden. Bis etwas wie das mit Taylors Ehemann passiert und mich daran erinnert, was mir bevorsteht. Ich bemühe mich, nicht an Robins Lebensende zu denken, sondern konzentriere mich vielmehr darauf, jede Minute zu genießen, die ich mit ihr habe.

»Es tut mir leid, dass ich heute Abend so eine Spaßbremse bin.«

»Bitte entschuldige dich nicht. Natürlich hat dich diese Nachricht aufgewühlt. Mich hat das auch aufgewühlt, und ich kenne Taylor überhaupt nicht.«

»Ich muss immer daran denken, wie sehr ihre Kinder Will geliebt haben und dass sie bald noch ein Baby bekommt. Es ist einfach unfassbar, dass so etwas geschehen konnte.«

»Ich weiß. Es ist schrecklich.«

»Die gute Nachricht dabei ist vermutlich, dass ihr diesmal Ressourcen zur Verfügung stehen, die sie letztes Mal nicht hatte. Dank der Initiative von ihr, Iris und Christy hat sie die Wilden Witwen an ihrer Seite.«

»Ihr werdet ihr dabei helfen, das durchzustehen.«

»Wir werden zumindest unser Bestes geben. Joy hat eben erwähnt, sie selbst würde deswegen alles infrage stellen.«

»Trifft sie sich weiter mit diesem Typen? Wie heißt er noch gleich?«

»Bernie. Ja, und soweit ich weiß, läuft es gut, aber sie sagte, jetzt überlege sie ernsthaft, nie wieder das Haus zu verlassen.«

»Ihr ist klar, dass man so nicht leben kann.«

»Natürlich. Doch die Versuchung ist groß.«

»Für dich auch?«

Ich schaue zu ihr hinüber und bemerke, dass sie mich mit diesem allwissenden Blick betrachtet, der mir normalerweise Trost spendet. Heute Abend fürchte ich allerdings, dass sie viel zu viel sieht. »Nein.«

»Lügnerin«, erwidert sie mit einem Lachen.

»Ich möchte mich nicht so fühlen.«

»Doch angesichts unserer besonderen Situation kannst du nicht anders, als dir zu wünschen, wegzulaufen und dich zu verstecken.«

»So was in der Art.«

»Es ist okay, Hal. Du musst mich nicht schonen, wenn es um schwierige Themen geht. Ich bin für dich da, egal was passiert.«

Ich greife nach ihrer Hand und fühle mich durch die Berührung sofort getröstet. »Ich scheue vor dem Gedanken zurück, dass du einmal nicht mehr da sein wirst.«

»Ich auch. Ich meine, es ist unwahrscheinlich, aber ich könnte dich verlieren, bevor du mich verlierst.«

Ich schneide eine Grimasse.

Sie lacht. »Was? Es ist wahr. Schau dir das mit Will an. Das Haus zu verlassen, kann gefährlich sein.«

»Zum Glück muss ich in meinem Job nicht auf einem Baugerüst herumklettern.«

»Und dafür sind wir alle dankbar.«

Ich bin notorisch tollpatschig und sollte mich grundsätzlich nicht irgendwo oben aufhalten. »Ich denke immer wieder darüber nach, was ihm während des Sturzes durch den Kopf geschossen ist, als er wusste, dass er wahrscheinlich sterben würde.«

»Ich bin sicher, dass seine Gedanken allein Taylor und den Kindern gegolten haben.«

»Ganz bestimmt.«

»Würdest du etwas für mich tun, während du dieses schreckliche Unglück verarbeitest?«

»Ja, natürlich. Was?«

»Sprich mit mir darüber. Verkriech dich nicht, und versuch nicht, allein damit fertigzuwerden. Das funktioniert nicht und macht alles nur noch schlimmer.«

»Okay, ich werd mit dir darüber reden, doch ich habe vielleicht nicht viel zu sagen.«

»Das ist völlig in Ordnung. Solange du es nicht verdrängst und denkst, es würde von selbst verschwinden, denn das wird es nicht. Es wird nur weiter in dir gären.«

»Ich weiß.« Ich seufze. »Leider ist mir das bloß allzu vertraut. Wenn ich mir vorstelle, wie es Taylor gerade gehen muss, kommt das mit Gwen wieder hoch. Der furchtbare Schock, die ersten Tage, die Menschen, die Mahlzeiten, die mir vorbeigebracht wurden, die Fassungslosigkeit. So intensiv hab ich schon lange nicht mehr daran gedacht.«

»Es tut mir leid, dass dich das so mitnimmt.«

»Ich schaff das schon. Sorg dich nicht um mich.«

»Ich kann nicht anders. Ich liebe dich und hasse es, dich derart leiden zu sehen.«

»Ist es seltsam, so zu leiden, obwohl ich sie kaum kenne?«

»Du verstehst eben, wie es für sie ist. Das ist der Grund für deine Anteilnahme. Du weißt, wie hart sie gearbeitet hat, um mit Will dahin zu kommen, wo sie war, nur um jetzt erneut als Witwe wieder ganz von vorne anzufangen.«

»Genau so ist es. Du bist gut darin.«

»Worin?«, fragt sie lachend.

»Es auf den Punkt zu bringen und mich zu trösten, weil ich mit der Freundin einer Freundin trauere.«

»Sie ist eine Mitreisende. Darum fühlst du mit ihr.«

»Ich hoffe, sie kehrt in die Gruppe zurück.«

»Vielleicht beschließt sie auch, dass sie das zu sehr an ihr erstes Mal erinnert und sie jetzt was anderes braucht.«

»Möglich. Aber ich hoffe trotzdem, dass wir ihr irgendwie helfen können.«

»Ich bewundere, dass das immer dein erster Gedanke ist: Wie kann ich helfen?«

»So sind wir alle bei den Wilden Witwen. Das ist es, was wir tun.«

»Nun, es ist jedenfalls was Wunderbares, doch trotzdem musst du auch auf dich achten.«

»Ich verstehe, was du meinst, und ich achte auf mich. Versprochen. Das heute war echt schwer zu verkraften, und ich brauch einen Moment, um das zu verarbeiten. Es tut mir leid, dass das unsere gemeinsame Zeit überschattet.«

»Du musst dich nicht dafür entschuldigen, dass du aufgebracht bist.« Sie rutscht näher zu mir, legt die Arme um mich und zieht meinen Kopf an ihre Schulter. »Eine der Sachen, die ich am meisten an dir liebe, ist, wie sehr dir die Menschen in deinem Leben am Herzen liegen. Du hast Gwen so sehr geliebt, dass du auch nach all den Jahren noch um sie trauerst. Du sorgst dich so sehr um deine Witwen, selbst um diejenigen, die du nicht gut kennst, dass ihr Schmerz zu deinem wird.«

»Das klingt eher nach einer Krankheit als nach einer positiven Eigenschaft.«

»Sei still«, antwortet sie mit einem kleinen Lachen. »Dein großes Herz ist was ganz Wunderbares, und ich hoffe, dass du dich nie ändern wirst. Aber …«

»Es gibt immer ein Aber.«

»Nicht immer, diesmal allerdings schon. Ich möchte, dass du mit deinem großen Herzen vorsichtig bist. Du empfindest so tief mit Taylor, doch du bist nicht verpflichtet, für sie da zu sein, auch wenn ich mir sicher bin, dass du es versuchen wirst.«

»Wie könnte ich das nicht?«

»Das darfst du ja auch, du solltest nur ihre Trauer nicht

mittragen. Du hast schon genug mit deiner eigenen zu tun. Und dazu gehört auch die vorweggenommene Trauer, die dadurch entsteht, dass du weißt, ich werde wahrscheinlich früher abtreten, als wir beide es uns wünschen.«

»Sei still. Du gehst nirgendwohin.«

»Hallie.«

»Robin.« Ich hebe meinen Kopf von ihrer Schulter und schaue ihr in die Augen. »Halt einfach die Klappe.«

»Na gut. Aber ich hoffe bloß, du hast den Rest von dem gehört, was ich gesagt habe.«

»Ich habe es gehört, und ich weiß es zu schätzen. Du hast wie immer recht. Ich möchte die Kavallerie sein, die Taylor hilft, doch das ist in dieser Situation nicht meine Aufgabe. Ich werde für sie da sein, so gut ich kann, allerdings ohne deswegen komplett durchzudrehen. Versprochen.« Ich streichle ihren Handrücken und bewundere wie jeden Tag die samtweichste Haut, die ich je berührt habe. »Danke, dass ich dir so wichtig bin.«

»Das ist ganz einfach, und ich ertrag es nicht, dich leiden zu sehen.«

Ihr langer Seufzer bestätigt mir, was ich nicht wahrhaben will – dass ich eines Tages wahrscheinlich ihretwegen entsetzlich leiden werde. Aber sie ist es wert. Jede Minute mit ihr ist ein Geschenk.

Ich ziehe leicht an ihrer Hand. »Lass uns ins Bett gehen.«

Joy

Heute war ein echt langer Tag. Ich bin am Boden zerstört wegen Taylor und ihrer Kinder. Und wegen des armen Will, der so ein netter Kerl war. Wie er sich um sie und ihre Kids gekümmert hat, hat dafür gesorgt, dass wir alle, die wir

Taylor schon kannten, bevor sie ihm begegnet ist, ihn ins Herz geschlossen haben.

Bernie und ich liegen im Bett und schauen einen Film, doch ich habe vor einer Stunde den Faden verloren und habe keine Lust, mich wieder einzuklinken. Wie ich mich seit Christys Anruf fühle, erinnert mich zu sehr an den Tag, an dem ich aufgewacht bin und feststellen musste, dass mein Mann Craig im Schlaf gestorben war.

Das ist nach wie vor der mit Abstand schockierendste Moment meines Lebens. Am Abend zuvor war alles noch ganz normal gewesen. Wir hatten uns mit Freunden zum Essen getroffen, waren ins Bett gegangen, hatten uns geliebt und waren eingeschlafen. Am nächsten Morgen ist nur einer von uns aufgewacht. Zwei Autopsien waren »ergebnislos«, und sein Tod wurde als »natürlich« eingestuft. Was auch immer das heißen soll.

Ich kann mich viel zu gut in Taylors Lage versetzen, und stundenlang darin festzuhängen, hat mich völlig fertiggemacht.

»Das war großartig«, sagt Bernie, als der Film zu Ende ist. »Ich fand ihn toll. Wie hat er dir gefallen?«

»Gut.«

»Du hast nicht das Geringste mitbekommen, Joyful.«

Ich liebe es, dass er mir einen Spitznamen gegeben hat, den außer meiner Großmutter bisher niemand für mich benutzt hat. Er ist ein umwerfender Mann mit glatter hellbrauner Haut, warmen braunen Augen und einem atemberaubenden Lächeln. Dieses Lächeln war das Erste, was mich an ihm fasziniert hat, und es berührt mich immer noch jedes Mal, wenn er es mir schenkt.

»Entschuldige. Ich bin einfach abgelenkt.«

»Denkst du an deine Freundin?«

»Ja, und an ihre Kinder und die anderen Witwen, weil es sie schwerer treffen wird als die meisten anderen in Taylors

Leben – selbst die von uns, die sie kaum gekannt haben. Wir bauen uns unerschrocken ein neues Leben für uns und unsere Kinder mit neuen Partnern auf. Das hier führt uns unmissverständlich vor Augen, dass keiner von uns vor einer erneuten Katastrophe gefeit ist.«

»Gilt das auch für dich?«

»Was meinst du?«

»Baust du dir unerschrocken ein neues Leben mit einem neuen Partner auf und hast dabei Angst, dass das Unglück erneut zuschlagen könnte?«

Als mir klar wird, was er mich fragt, werfe ich ihm einen Seitenblick zu. Wir sind seit über einem Jahr zusammen. Er ist der erste Mann, mit dem ich seit Craigs Tod geschlafen habe. Ich genieße seine Gesellschaft, bin allerdings noch nicht bereit, dem Ganzen einen Namen zu geben.

»Das ist eine wirklich lange Pause nach einer Frage.«

»Ich habe überlegt, wie ich am nettesten sagen kann, dass ich mir nicht sicher bin, was das hier ist. Es tut mir so leid, wenn das nicht das ist, was du hören willst.«

Er nimmt meine Hand und drückt mir einen Kuss auf den Handrücken. »Das ist okay. Ich habe es nicht eilig, eine Bezeichnung für unsere Beziehung zu finden. Ich möchte nur, dass du weißt, wie sehr ich die Zeit mit dir liebe.«

»Danke, gleichfalls.«

»Also gut, dann machen wir einfach weiter wie bisher. Aber darf ich dich um eine Sache bitten?«

»Klar.«

»Zieh aus dem, was deiner verwitweten Freundin widerfahren ist, nicht den voreiligen Schluss, dass es einfacher wäre, allein zu bleiben, als deinem Herzen eine neue Chance zu geben.«

Ich lege meine Hand auf seine muskulöse Brust. Er trainiert jeden Tag, und das kann man sehen. Ich war noch nie mit einem Mann zusammen, der einen echten Sixpack hat, wobei seiner sogar eher ein Twelvepack ist.

»Es wäre eine Schande, etwas Großartiges wegen etwas aufzugeben, das anderen Menschen zugestoßen ist«, fügt er hinzu.

»Ich weiß.«

»Dann lass uns das nicht tun, okay?«

»Ich bemüh mich.«

»Ich verstehe, dass so etwas alles wieder hochkommen lässt …«

»Das stimmt.«

»Wirst du mit mir darüber reden? Ich kann nicht wissen, was du durchmachst oder wie solche Nachrichten auf dich wirken, wenn du es mir nicht erzählst. Wirst du das tun?«

»Ich kann es versuchen.«

»Nur wenn du willst. Ich bin für dich da, Joy. Nicht bloß für die schönen Sachen, sondern auch für die schwierigen. Wir haben uns bisher ausschließlich um das Schöne gekümmert. Was toll war, doch wir sind beide schon alt genug, um zu wissen, dass das Leben mehr zu bieten hat als Spaß und Spiel.«

»Richtig. Aber Spaß und Spiel waren genau das, was ich gebraucht habe, daher danke dafür.«

»Ist das alles, was das mit uns sein wird? Spaß und Spiel?«

»Ich … Ich versuche immer noch herauszufinden, wozu ich in diesem ›Danach‹, wie wir das Witwenleben nennen, fähig bin. Ich weiß nicht, ob ich mich erneut voll und ganz darauf einlassen kann oder ob das hier alles ist, was ich zu bieten habe.«

Er rückt näher an mich heran und streichelt mir das Gesicht. »Ich glaube, dass du, meine wunderschöne Joy, zu großer Liebe für die Menschen in deinem Leben fähig bist. Ich glaube, dass sie unfassbar viel Glück haben, von dir geliebt zu werden. Das gilt für alle … und auch für mich.«

Zum Teufel mit ihm und seinen süßen Worten, bei denen mir Tränen in die Augen treten.

»Ich möchte nicht mehr von dir verlangen, als du geben kannst. Mir ist klar, dass das eine große Sache ist, doch ich bin dabei, mich Hals über Kopf in dich zu verlieben. Ich dachte, das solltest du wissen.«

Ich lehne meine Stirn an seine, lächerlich gerührt und gleichzeitig ängstlich wegen der großen Gefühle, die ich schon seit einiger Zeit für ihn habe. Ich war kurz davor, etwas mit diesen großen Gefühlen anzufangen, als ich das mit Will erfahren hab. Seitdem befinde ich mich im freien Fall und komme da nicht wieder raus, egal wie sehr ich mich bemühe.

»Rede mit mir, Joyful. Erzähl mir, was los ist.«

»Die Nachricht vom Unfalltod des Ehemanns meiner Freundin hat mich zutiefst erschüttert. Ich wünschte, das wäre nicht so, denn mein gesunder Menschenverstand sagt mir, dass es albern ist, sich von so etwas so treffen zu lassen, dass all meine alten Verletzungen wieder aufbrechen. Aber der emotionale Teil von mir, mit dem ich meinen Craig von ganzem Herzen geliebt hab und mit dem ich nie darüber hinwegkommen werde, ihn so plötzlich verloren zu haben … Dieser Teil von mir hat heute Abend die Kontrolle übernommen, sosehr ich mir auch wünsche, dass es anders wäre.«

»Das ist völlig verständlich.«

»Ich bin froh, dass du das so siehst, denn mich selbst macht es wütend.«

Ich spüre sein leises Lachen an meinem Ohr, während er mich fest an sich zieht.

»Selbst eine toughe Frau wie du kann hin und wieder einen Rückschlag erleiden.«

»Ich find Rückschläge furchtbar. Sie nerven.«

»Das verstehe ich. Doch Rückschläge haben es an sich, dass sie normalerweise nicht ewig dauern. Es wäre also dumm, Entscheidungen zu treffen, wenn man gerade mit ihnen zu kämpfen hat. Richtig?«

»Ja, das stimmt.«

»Lass uns also dieses Gespräch darüber, wohin das mit uns führen mag, vertagen, bis du dich dafür bereit fühlst, okay?«

»Das wäre gut«, sage ich und seufze erleichtert. »Danke für dein Verständnis.«

»Ich kann das alles unmöglich nachvollziehen, aber ich bin mehr als willig, dir dabei die Führung zu überlassen.«

»Das macht dich zu einem seltenen und besonderen Menschen, Bernard.«

Er runzelt die Stirn. »So nennt mich nur meine Mutter.«

Ich lache zum ersten Mal seit Stunden, als die Anspannung in meinem Bauch etwas nachlässt. Aus irgendeinem seltsamen Grund sammelt sich mein Trauma in meinem Bauch, und wenn es so wie heute die ganze Zeit schmerzt, weckt das Erinnerungen an den schrecklichen Morgen, als ich begriffen hab, dass Craig tatsächlich tot war.

»Willst du, dass ich gehe?«, fragt Bernie. »Ich verspreche dir, dass ich nicht beleidigt bin, wenn du Ja sagst – solange ich wiederkommen darf.«

»Ich will nicht, dass du gehst.«

»Oh, gut. Denn das wäre zu schade gewesen.«

Ich schaue zu ihm hoch und lächle. »Danke.«

»Wofür?«

»Du hast mein emotionales Drama heute genau richtig gehandhabt, und das weiß ich sehr zu schätzen.«

»Verrat mir, was du brauchst, und ich werde mein Bestes tun, um dafür zu sorgen, dass du es erhältst.«

»Eine Frau könnte sich in einen Mann verlieben, der so etwas verspricht.«

»Der Mann, von dem die Rede ist – wenn wir denn von dir und mir sprechen –, hätte absolut nichts dagegen.«

Ebenfalls zum ersten Mal seit Stunden entspanne ich mich und erlaube mir, den Trost anzunehmen, den er mir so bereitwillig bietet. Von Anfang an war er auf all die Arten großartig, die für eine Witwe wichtig sind, die einen Neuanfang wagt.

Er hört lieber zu, als zu reden. Er versucht es zu verstehen, obwohl er weiß, dass er das nie ganz schaffen kann. Er hat mich nie zu mehr gedrängt, als ich zu geben bereit war. Und er bringt mich zum Lachen – sehr oft. Das Letzte ist zusätzlich zu allem anderen ein großartiges Geschenk.

»Bernie …«

»Ja?«

»Danke, dass du so viel Geduld für mich aufbringst.«

»Du musst aufhören, mir für Dinge zu danken, die ich gerne tue.«

»Nicht jeder würde das.«

»Du wärst nicht mit jemandem zusammen, der damit nicht umgehen kann. Du hättest mich schon vor langer Zeit in die Wüste geschickt, wenn ich so wäre.«

»Stimmt. Ich habe im Laufe der Jahre so einige in die Wüste geschickt.«

»Ihr Pech, Süße.«

13

Brielle

Nachdem mein kleiner Sohn Charlie endlich eingeschlafen ist, mache ich es mir mit einem Glas Wein, meinem Handy und der Dating-App, bei der ich mich kürzlich angemeldet habe, auf dem Sofa gemütlich. Ich kann nicht fassen, wie viele Nachrichten seit der Veröffentlichung meines Profils vor vier Tagen eingegangen sind. Jede einzelne der Anfragen enthält irgendwelchen Quatsch, Plattitüden oder Unsinn. Ich habe keine Ahnung, wie ich es schaffen soll, diesen Sumpf voller Mist zu durchforsten, in der von vornherein schwachen Hoffnung, jemanden zu finden, den ich vielleicht kennenlernen möchte.

Ich schreibe meiner verwitweten Freundin Naomi, die mir geholfen hat, das Profil zu erstellen, nachdem sie mich monatelang gedrängt hat, es wenigstens zu versuchen. *Diese App ist lächerlich!*

Sie antwortet mit lachenden Emojis. *Man muss viele Frösche küssen, bevor man einen Prinzen findet.*

Igitt. Dafür bin ich heute Abend nicht in der richtigen Stimmung.

Das kann ich verstehen. Ich war den ganzen Tag praktisch zu nichts zu gebrauchen, dabei kenne ich Taylor ja kaum – und Will eigentlich gar nicht.

Ich muss immer daran denken, wie die arme Lexi das aufnehmen wird, wenn sie es irgendwann erfährt.

Ich weiß. Ich auch. Aber ich bin froh, dass sie diesen Tag hatte. Niemand hat ein Happy End mehr verdient als sie.

Stimmt.

Lexi hat ihren Mann Jim, der an ALS erkrankt war, bis zu seinem Tod aufopferungsvoll gepflegt, und danach stand sie mit einem Riesenberg offener Arzt- und Krankenhausrechnungen da. Dank des Einsatzes unserer Freundin Joy, die ein Förderprogramm für Fälle wie ihren gefunden hat, konnten sie kürzlich beglichen werden. Das war für Lexi echt ein Geschenk des Himmels – was Joy im Übrigen für uns alle ist.

Mittlerweile ist Lexi wieder glücklich verliebt und jetzt frisch mit dem »tollen Tom« verlobt, was genau das ist, was wir anderen heute gebraucht haben, während wir mit der furchtbaren Nachricht von Wills Unfalltod fertigwerden mussten.

Naomi ruft mich an. »Gibt es keinen einzigen Typen, der auch nur das geringste Interesse bei dir weckt?«, will sie wissen.

»Es gibt so viel Furchtbares, dass ich gar nicht weiß, wo ich anfangen soll und wonach ich suchen muss. Ich bin mir nicht mehr sicher, ob das überhaupt das Richtige für mich ist.«

»Brielle, du bist eine alleinerziehende Mutter, die nicht wie die meisten Singles ausgehen und neue Leute kennenlernen kann. Ohne die Apps setzt du noch Schimmel an, bis dein Sohn groß ist.«

Ich verschlucke mich fast an meinem Wein. »Schimmel ansetzen? Ernsthaft?«

»Ich habe gelesen, dass das Jungfernhäutchen nachwachsen kann, wenn es nicht genug Action gibt.«

»Sei still. Das ist kompletter Blödsinn!«

Sie kichert laut.

»Du bist echt so albern.«

»Hab ich unrecht? Sammelst du etwa nicht zu Hause Staub an, während das Leben mit erschreckender Geschwindigkeit weiterläuft?«

Leider hat sie nicht unrecht. Charlie wird bald *vier*, was kaum zu glauben ist, genauso wie die Tatsache, dass sein Vater Mark bereits seit vier Jahren tot ist, ums Leben gekommen bei einem Skiunfall beim Junggesellenabschied seines Bruders. Ich musste unseren Sohn allein zur Welt bringen und großziehen, eine Aufgabe, der ich mich mit ganzer Kraft und Aufmerksamkeit gewidmet habe.

In letzter Zeit spüre ich jedoch, dass ich unter der Einsamkeit zu leiden beginne. Das habe ich Naomi anvertraut, daher die Dating-App.

»Ich verstaube. Du hast recht. Ich kann nicht glauben, dass es schon vier Jahre sind. Wie ist das überhaupt möglich?«

»Ich weiß. Es ist verrückt. Bei David sind es weit über drei Jahre, was schwer zu begreifen ist. Ich hätte nicht gedacht, dass ich einen einzigen Tag ohne ihn überstehen würde, geschweige denn *Jahre*.« Ihr Verlobter ist an Lymphdrüsenkrebs gestorben, und weil sie nie die Chance hatten, zu heiraten, bezeichnet sie sich selbst als »Möchtegern-Witwe« – nicht dass irgendjemand das sein *möchte*. Aber wir versichern ihr regelmäßig, dass sie genauso Witwe ist wie wir anderen alle.

»Du machst das toll, Naomi.«

»Na ja, ich schätze schon. In vielerlei Hinsicht stehe ich nach wie vor am Anfang.«

»Wenigstens gehst du raus, triffst Leute und hast Spaß.«

»Es ist gar nicht so lustig, wie ich es manchmal hinstelle.«

»Wirklich?«

»Nope. Es ist der gleiche Mist, der einem in den Apps unterkommt, nur in Person. In gewisser Weise wird es dadurch noch schlimmer, weil sie einem direkt ins Gesicht lügen, in der Hoffnung, dass sie einen rumkriegen.«

Mit ein paar der Männer war sie tatsächlich im Bett, doch bislang gab es da keine besondere Verbundenheit zu jemandem, daher sucht sie weiter und hofft.

»War das früher auch schon so?«, erkundige ich mich bei ihr.

»Nein, es war definitiv nicht so schlimm. Irgendwie ist es völlig aus dem Ruder gelaufen da draußen. Meine Single-Freundinnen sehen das genauso. Männer sind nicht an Beziehungen interessiert. Sie wollen nur eins – und würden alles sagen und tun, um es zu kriegen.«

»Das ist echt deprimierend.«

»Jap.«

»Was bringt es dann überhaupt, sich die Mühe zu machen, wenn das die neuen Spielregeln sind?«

»Was sollen wir denn sonst tun? Uns unter der Decke zusammenrollen und aufgeben?«

»Das klingt für mich im Moment eigentlich ziemlich verlockend.«

»Heute war ein beschissener Tag, das lässt sich nicht bestreiten. Aber wir dürfen nicht aufgeben.«

»Warum nicht?«

»Darum! Du bist Anfang dreißig, Brielle. Du hast noch Jahrzehnte vor dir und kannst nicht ausschließlich für dein Kind leben, das irgendwann erwachsen wird und auszieht.«

»Mein Charlie wird mich nie verlassen.«

»Wenn du das glaubst … Komm schon, gib dir einen Ruck. Versuch es einfach, okay?«

»Wenn's denn sein muss.«

»Muss es. Und denk dran, viele Leute haben über die Apps einen Partner gefunden. Man braucht nur Zeit und Geduld.«

»Zeit hab ich. Das Problem ist die Geduld.«

»Wer nicht wagt, der nicht gewinnt.«

»Liest du wieder Selbsthilfebücher?«

Naomi lacht. »Immer. Trotzdem ist es die Wahrheit, und das weißt du.«

»Na gut. Ich werde weitersuchen.«

»Es muss da draußen doch irgendwo zumindest *einen* Rohdiamanten geben.«

»Warten wir es ab. Unser Treffen ist nach wie vor am Mittwoch, richtig?«

»Iris hat gesagt, dass es noch gilt«, antwortet Naomi. »Und sie wird uns Bescheid geben, sollte sich etwas ändern.«

»Ich bin mir sicher, dass sie ohne Pause bei Taylor ist. Ich hab die Sorge, dass sie das zu sehr belastet.«

»Sie ist immer für alle da.«

»Genau das bereitet mir Sorge. Irgendwann wird das noch zu viel für sie, weißt du?«

»Ich bin davon überzeugt, dass sie es uns wissen lassen würde, wenn es so wäre.«

»Wirklich?«, frage ich. »Ich glaube viel eher, dass sie weitermachen würde, selbst wenn sie unter der Last zusammenzubrechen droht.«

»Vielleicht sollten wir mal mit ihr darüber reden.«

»Eventuell bietet sich bei dem Treffen am Mittwoch die Gelegenheit dazu. Da wird Taylors Katastrophe bestimmt ganz weit oben auf der Tagesordnung stehen.«

»Auf jeden Fall. Glaubst du, sie wird zur Gruppe zurückkommen?«

»Ich kenne sie nicht gut genug, um das beurteilen zu können. Ich hoffe schon, vor allem wenn sie meint, dass es ihr helfen würde.«

»Richtig. Nun, ich gehe besser ins Bett. Morgen muss ich arbeiten.«

»Danke für deinen Anruf und dafür, dass du mir nicht erlaubst, im Elend zu versinken.«

»Gern geschehen. Schreib mir, wenn es Neuigkeiten gibt.«

»In Ordnung.«

Ich bin so dankbar für Freunde wie Naomi, die verstehen, wie schwer es ist, weiterzumachen, mich aber trotzdem drängen und mir einen Schubs geben, wenn ich ihn brauche. Mark wäre sauer auf mich, weil ich nach seinem Tod so lange im Stillstand verharrt habe, auch wenn ich alle Hände voll damit zu tun hatte, seinen Sohn großzuziehen, den er nie kennengelernt hat. Mein Liebster war ein Mann, der Dinge erledigt hat – Stillstand lag ihm nicht. Manchmal frage ich mich, ob er schon wieder verheiratet wäre, wenn ich gestorben wäre.

Er würde sicher nicht Jahre später hier sitzen, einsam und allein, und zögern und zaudern, bevor er versucht, den ersten Schritt in ein neues Leben zu wagen.

Oder vielleicht doch. Wer weiß? Trauer führt selbst bei den selbstbewusstesten Menschen zu unerwartetem Verhalten. Mark hat mich leidenschaftlich geliebt, also hätte mein Tod ihn vielleicht genauso am Boden zerstört zurückgelassen wie seiner mich. Er war so eine Persönlichkeit, dass ich nach all dieser Zeit immer noch nicht glauben kann, dass er tatsächlich nicht mehr am Leben ist. Wenn man mich vor dem Skiunfall, der ihn getötet hat, gefragt hätte, ob er jung sterben würde, hätte ich bloß gelacht und gesagt: »Auf keinen Fall. Er ist unbesiegbar.«

Natürlich ist niemand unbesiegbar, was wir auf die harte

Tour gelernt haben. Sein armer Bruder … Mark starb auf der Junggesellenparty seines Bruders. Obwohl er und seine Verlobte schließlich mit einer kleineren, zurückgenommenen Hochzeitsfeier geheiratet haben, war die Ehe nicht von Bestand. Sie war von Anfang an durch Trauer und Schuldgefühle belastet und eigentlich zum Scheitern verurteilt. Ich hab immer noch Kontakt zu meiner Ex-Schwägerin, die fast genauso gelitten hat wie ich, weil sie den Mann, den sie liebte, durch die gleiche Tragödie verloren hat, die auch meinen Mann das Leben gekostet hat.

Jetzt aber genug von diesem Mist. Es ist an der Zeit, mich ernsthaft auf die Suche nach meinem zweiten Kapitel zu machen. Mit diesem Gedanken greife ich wieder zu meinem Handy, um die Flut von Nachrichten zu lesen, die ich erhalten habe, in der Hoffnung, den Diamanten zu finden, den Naomi mir versprochen hat.

Kinsley

Ich hab hin und her überlegt, habe jedes Für und Wider erwogen, bis ich fast durchgedreht bin. In letzter Zeit beschäftigt mich nur eine Frage: Soll ich Luke eine Nachricht schreiben, einem der neueren Zugänge bei den Wilden Witwen, oder nicht? Seine Frau und die Mutter seiner vier Kinder ist an Darmkrebs gestorben.

Mein Mann Rory hatte Bauchspeicheldrüsenkrebs, also hab ich eine Vorstellung davon, was Luke hinter sich hat.

Ich möchte ihm versichern, dass ich nachvollziehen kann, wie es ihm ergangen ist, und ihm meine Hilfe bei allem anbieten, wobei er mich braucht.

Gerade heute, wo mich die Nachricht von Taylor so belastet, sollte ich mich um meine eigene kleine Familie kümmern und nicht an Luke und seine Kinder denken.

Doch der Wunsch, Kontakt aufzunehmen, wird von Tag zu Tag stärker und ist durch die tragische Neuigkeit nicht im Geringsten gedämpft worden.

Allerdings gibt es eins, was mich davon abhält.

Na ja, zwei Dinge.

Das erste ist, dass er *vier* Kinder hat. Das älteste ist acht und das jüngste dreieinhalb. Mein Sohn Christian ist acht und seine kleine Schwester Maisy sechs. Das sind zusammen eine Menge kleiner Kinder, die uns zwischen den Füßen herumlaufen.

Das zweite ist … Ich hab mich spontan zu ihm hingezogen gefühlt, als ich ihn vorletzten Sommer bei Iris kennengelernt habe. Das ist mir seit Rorys Tod nicht mehr passiert.

Ich hab bisher nicht mal ansatzweise Interesse an einem anderen Mann verspürt, daher ist es, gelinde gesagt, beunruhigend, dass es mich so heftig erwischt hat.

Luke ist umwerfend attraktiv, hat hellbraunes Haar, das immer so aussieht, als wäre er sich gerade mit den Fingern hindurchgefahren, goldbraune Augen und ein Lächeln, mit dem er problemlos Zahnpastawerbung machen könnte. Von den muskulösen Armen, die sich unter dem Hemd abgezeichnet haben, das er bei Iris' Party getragen hat, will ich gar nicht anfangen. Als Lexis Freund Tom an dem Abend bei Iris umgekippt ist, war Luke sofort da, um ihm zu helfen.

Während sich natürlich alle auf Tom konzentriert haben – der glücklicherweise nichts Schlimmes hatte –, hatte ich allein Augen für Luke, war restlos beeindruckt von seiner Ruhe und Kompetenz sowie seinem Können als Arzt.

Seitdem hat er ein paar Treffen besucht, aber ich habe seit unserer ersten Begegnung jeden Tag an ihn gedacht und mich gefragt, wie er das mit vier kleinen Kindern und einem stressigen Job, der ihn sicher oft lange von zu Hause fernhält, alles unter einen Hut bringt. Ich würde gerne mehr über seine Frau Isabella erfahren – Bella – und wissen, wie sie war.

Er hat uns erzählt, dass sie die Diagnose bekam, als sie mit ihrer jüngsten Tochter Phoebe schwanger war, weshalb sie die Chemotherapie verschoben hat, um ein gesundes Kind zur Welt zu bringen. Sie ist gestorben, als Phoebe eineinhalb Jahre alt war.

Ich habe ihn auf Instagram ausfindig gemacht und seine Posts über den Verlust seiner großen Liebe und das neue Dasein als alleinerziehender Vater förmlich verschlungen. Nachdem ich seine berührenden Texte gelesen hatte, war ich mehr als halbwegs in ihn verliebt, was ein weiterer Grund ist, warum ich mich nicht bei ihm gemeldet habe.

Ich fühle mich wie eine peinliche Stalkerin, die sich in der Highschool in den tollen Typen verguckt hat.

Lächerlich.

Und es wird von Tag zu Tag schlimmer.

Ach, zur Hölle. Ich nehme mein Handy, such die Kontaktdaten, die Iris uns allen nach unserem ersten Treffen geschickt hat, und fange an zu tippen.

Hi, Luke, hier ist Kinsley Davis von den Wilden Witwen. Ich wollte mich als Schicksalsgefährtin – wegen Krebs verwitwet – schon länger bei dir melden. Du hast inzwischen ja viele verschiedene Geschichten von uns gehört, also zur Erinnerung ... Mein Mann Rory ist zweiundvierzig Tage nach der Diagnose an Bauchspeicheldrüsenkrebs gestorben, mit gerade mal achtunddreißig Jahren. Unsere Kinder Christian und Maisy sind jetzt acht und sechs, und nach ein paar schwierigen Jahren geht es nun langsam aufwärts. Wie auch immer, ich wollte dich nicht zutexten, sondern nur mal Hallo sagen und ...

Und was, Kinsley? Was willst du noch? Vielleicht solltest du erwähnen, dass du ihn attraktiv findest und seit Rorys Tod bisher für niemand anderen so empfunden hast. Oder ist das vielleicht ein bisschen zu viel Info für die erste Textnachricht ...?

Ich lache über meine eigene Albernheit und starre

mehrere Minuten lang auf mein Handydisplay, bevor ich den Satz zu Ende schreibe.

... dich wissen lassen, du hast Freunde, die verstehen, was du durchmachst. Hoffentlich sehen wir uns bald bei einem Treffen. Viele Grüße, Kinsley.

Ehe ich es mir anders überlegen kann, schicke ich das ab und nehme dann einen großen Schluck aus meinem Weinglas. Das fühlt sich viel zu sehr wie Highschool an, nicht dass damals Messengerdienste und Smartphones so weit verbreitet gewesen wären – Gott sei Dank. Es war schon schlimm genug ohne Handys und soziale Medien. Ich kann mir gar nicht vorstellen, was für Dramen sich heutzutage abspielen müssen.

Ich schrecke fast aus meiner Haut, als auf meinem Bildschirm Antwortblasen auftauchen. Oh mein Gott, er schreibt mir zurück!

Ich hyperventiliere fast, als seine Erwiderung eintrifft.

Hey, Kinsley, vielen Dank für deine Nachricht. Ich schätze die Unterstützung sehr, die ich von den Wilden Witwen erhalte.

Mir kommt der Gedanke, dass einige der anderen alleinstehenden Frauen aus der Gruppe, die meine engsten Freundinnen im »Danach« sind, ihn vielleicht vor mir erreicht haben. Dieser Gedanke ist so entmutigend wie ein Ballon, der platzt, weil jemand eine Nadel hineinsticht. Sie haben gesehen, was ich gesehen habe, und natürlich sind sie interessiert. Wer wäre das nicht?

Bauchspeicheldrüsenkrebs ist das Schlimmste vom Schlimmen. Es tut mir so leid, dass dein Mann das hatte und ihr, du und deine Familie, ihn dadurch verloren habt. Andererseits freut es mich, zu hören, dass es deinen Kindern mittlerweile besser geht. Bei meinen ist es von Tag zu Tag extrem unterschiedlich, mal besser, mal schlechter. Meine beiden Älteren haben nach Bellas Tod enorm getrauert, während die beiden Jüngeren sich kaum an sie erinnern. Ich bin mir ehrlich gesagt nicht sicher, was herzzerreißender ist.

Aber letzten Endes kommen wir klar, dank der großartigen Unterstützung von Familie und Freunden sowie einer wunderbaren Nanny, die es mir ermöglicht, zu arbeiten, ohne dass ich mir Sorgen darüber machen muss, was zu Hause los ist. Dennoch überlege ich ständig, ob alles in Ordnung ist, und hoffe, dass ich das Richtige für meine Kinder tue. Ich bin sicher, du kannst das nachempfinden.

Wie auch immer, das war jetzt ausführlicher als geplant. Ich bin euch allen für eure Freundschaft und Unterstützung unfassbar dankbar. Es ist so hilfreich, zu wissen, dass ich nicht allein bin. Ich möchte wirklich öfter an den Treffen teilnehmen und hoffe, dich am Mittwoch zu sehen. Also Daumen drücken, dass es keine Katastrophen im Krankenhaus oder privat gibt!

Ich lese seine Nachrichten immer wieder, bis ich sie auswendig kann. Er hofft, mich am Mittwoch zu sehen. Oder vielleicht doch alle? Mir fällt ein, dass er so viele von uns getroffen hat, dass er wahrscheinlich keine Ahnung hat, welche davon überhaupt Kinsley ist.

Jetzt muss ich über meine eigene Dummheit lachen. Er hat keine Ahnung, wer ich bin, und ich habe seit unserer Begegnung vor über einem Jahr jeden Tag an ihn gedacht. Witwe zu sein, hat mich in mehr als einer Hinsicht seltsam werden lassen. Mich wie ein alberner Backfisch aufzuführen, der total verschossen ist, ist nur der neueste Eintrag auf einer deprimierend langen Liste.

»Zeit, ins Bett zu gehen, Kinsley.« Habe ich schon erwähnt, dass ich auch ständig mit mir selbst rede? Ja, ich werde von Tag zu Tag seltsamer. So bin ich eben.

Ich laufe durchs Haus und prüfe, ob die Türen verschlossen sind, was ich zwar vorhin schon mal getan habe, doch man kann ja nicht vorsichtig genug sein, wenn man mit zwei Kindern allein zu Hause ist. Oben schaue ich nach meinen schlafenden Engeln. Sie haben mich gerettet und mir einen Grund geliefert, weiterzumachen, als ich ebenfalls sterben wollte.

Nachdem ich mich hingelegt hab, lese ich noch einmal die Unterhaltung mit Luke durch und frage mich, ob er auf eine Antwort von mir wartet.

Verdammt, starrt er jetzt wie ich zuvor gespannt auf das Display? Oder hat er die Nachricht geschickt und mich dann sofort wieder vergessen?

»Oh mein Gott, Kinsley, ich hasse dich gerade so sehr. Du bist so eine alberne Närrin.«

Das mag stimmen, aber wenn ich nur den Eindruck vergessen könnte, den er bei unserer ersten Begegnung auf mich gemacht hat, und die Erkenntnis, dass ich zum ersten Mal seit dem Tod meines Mannes wieder etwas für einen Mann empfinde. Es war so überwältigend, dass ich nicht einmal meinen Witwenfreundinnen davon erzählt habe, vor allem aus Angst, dass es den anderen Singles unter ihnen genauso ergangen ist wie mir.

Schließlich hat er sich bei diesem denkwürdigen ersten Treffen vor allem mit Angela unterhalten, dem anderen Neuzugang, der an diesem Abend bei uns war. Vielleicht sind sie seitdem zusammen, und ich bin eine totale Idiotin, weil ich dachte, dass ihn sich noch niemand geschnappt hat. Wer würde nicht einen sexy jungen Arzt mit gebrochenem Herzen und vier süßen Kindern wollen, die eine neue Mommy brauchen, die sie liebt? Gut möglich, dass er der begehrteste Junggeselle in ganz Nord-Virginia ist.

Sauer auf mich selbst und auch auf alles andere, lege ich mein Handy auf die Ladestation, ohne Luke zu antworten, und knipse das Licht aus. Der Morgen wird kommen, lange bevor ich bereit bin, mich einem weiteren Tag mit immer dem gleichen Mist zu stellen.

14

Christy

Ich bin vor Trey im Bett, der inzwischen mehr oder weniger bei uns wohnt. Meine Kinder mögen ihn genauso sehr wie ich und freuen sich, wieder eine Vaterfigur zu haben, selbst wenn sie ihren echten Vater stets vermissen und den Tag, an dem wir ihn verloren haben, nie vergessen werden. Diese Erinnerung bleibt uns allen im Gedächtnis, sosehr wir auch versuchen, den Schock zu verwinden, dass er direkt vor unseren Augen gestorben ist.

Wills Tod hat diese Erinnerungen wieder hochkommen lassen. Und ich versuche, mich in Taylors Lage zu versetzen, und frage mich, wie sie es wohl schaffen wird, ihre Kinder durch den Verlust eines weiteren geliebten Menschen zu begleiten. Es ist einfach unvorstellbar, und den ganzen Tag denke ich darüber nach, ob ich das Richtige für meine Kids tue, indem ich zulasse, dass sie Trey lieb gewinnen und eine Beziehung zu ihm aufbauen. Was, wenn er ebenfalls einen tödlichen Unfall hat? Wie würden wir so etwas jemals überstehen, nach allem, was wir schon durchgemacht haben?

Ich bin in einem Teufelskreis der Angst gefangen. Das ist mir klar, doch offenbar bin ich machtlos dagegen.

Seit ich beschlossen habe, mich voll und ganz auf Trey einzulassen, bin ich so glücklich, und meine Kinder sind es auch. Er hat sich solche Mühe gegeben, eine Verbindung zu ihnen zu schaffen, ohne sie zu bedrängen, ihn zu akzeptieren. Wir vier werden langsam zu einer Familie, was Freude in unser Zuhause zurückgebracht hat. Nicht, dass wir einen Mann bräuchten, um komplett zu sein, so ist es nicht. Wenn wir für immer nur zu dritt geblieben wären, wäre das völlig in Ordnung gewesen, und wir hätten auch ohne Trey wieder Freude und Glück empfunden.

Trotzdem bringt er neue Energie, neue Interessen … Einfach alles ist neu.

Ich liebe ihn verzweifelt, wie verrückt und aus tiefster Seele, wodurch ich auf eine Weise verletzlich werde, wie ich es eigentlich nie wieder sein wollte. Aber wenn die Liebe direkt vor einem steht und einen herausfordert, das Risiko einzugehen, was kann man dann anderes tun, als zu leben, zu lieben und auf das Beste zu hoffen?

Trey kommt aus dem Badezimmer, frisch geduscht, pfeift eine fröhliche Melodie und schlendert splitterfasernackt ins Schlafzimmer, das in den letzten Monaten zu unserem geworden ist. Wir haben uns sogar neue Bettwäsche und Handtücher gekauft, die »unsere« sind und die ersetzen, die nur mir gehört haben. Wie bei allem, was wir tun, hat Trey dafür gesorgt, dass es lustig war, indem er Witze über die verschiedenen Muster gemacht hat und schamlos übertrieben hat, als er mir erklärte, welche ausschließlich für Frauen und welche für Frauen mit Männern geeignet seien.

Der Mietvertrag für sein Reihenhaus läuft Ende des nächsten Monats aus, doch er ist schon fast komplett ausgezogen. Trey lebt jetzt bei uns. Er ist Teil unserer Familie. Er hilft mir, meine Kinder großzuziehen. Er fährt sie zum Training und holt sie nach Übernachtungen wieder ab. Er kennt die Namen all ihrer Freunde und hat mit den meisten von ihnen Insiderwitze. Sogar die Hausaufgaben sind erträglicher geworden, weil er bereit ist, zu helfen, wo immer er gebraucht wird. Zum Glück versteht er was von Algebra und Geometrie, was ein Segen ist, denn ich steh damit auf Kriegsfuß.

Als er sich ins Bett legt und an mich schmiegt, ertappe ich mich bei dem Wunsch, er wäre nicht hier – und das ist das erste Mal. Ich weiß genau, warum ich mich heute Abend so fühle, aber das macht es nicht einfacher, damit umzugehen.

Trey merkt natürlich sofort, dass ich heute Abend Probleme habe. »Willst du darüber reden?«

»Nein.«

»Kann ich irgendwas für dich tun?«

»Nein.«

»Willst du, dass ich heute Nacht woanders schlafe?«

Ich schaue ihn an und versuche zu erkennen, ob er sauer ist, doch ich sehe nur die gewohnte liebevolle Unterstützung, die ich immer von ihm bekomme. »Nein.«

»Wenn du mal Abstand von mir und/oder uns brauchst, musst du es bloß sagen. Ich verstehe, dass es Bereiche in deinem Leben gibt, zu denen ich keinen Zutritt habe, und das ist okay. Aber ich bin da, wenn es dir hilft.«

Mein Kinn zittert, und meine Augen füllen sich mit Tränen, weil er wie immer genau das Richtige sagt. »Danke.«

Er nimmt meine Hand und verschränkt seine Finger mit meinen.

Ich muss immer wieder an Taylors Gesicht denken, das vor Schock und Ungläubigkeit wie erstarrt war und mich daran erinnert, wie ich mich an dem Tag gefühlt habe, als Wes gestorben ist. Wenn eine Tragödie ohne Vorwarnung über einen hereinbricht, scheint man mehr Zeit zu benötigen, bis man es akzeptieren kann. Noch Wochen nach Wes' Tod konnte ich nicht glauben, dass er wirklich für immer fort war. Ich hatte keine Monate oder Jahre mit einer unheilbaren Krankheit, in denen ich mich auf sein Ableben hätte vorbereiten können.

Noch am Morgen hatte ich Sex mit meinem völlig gesunden, fast vierzigjährigen Mann gehabt, bevor er am Vormittag im Garten gewerkelt hat. Und dann schleppte er sich plötzlich um Atem ringend ins Haus und brach praktisch sofort tot im Vorraum zusammen. Ich hab laut geschrien, woraufhin die Kids angestürzt kamen. Diesen Schrei bereue ich bis heute. Hätte ich mich zusammenreißen können, hätte ich es ihnen vielleicht ersparen können, den Tod ihres Vaters mit anzusehen. Doch ich hatte buchstäblich nur Sekunden Zeit, um zu begreifen, dass er direkt vor meinen Augen starb.

Es ist eine Weile her, dass ich mich in Gedanken so ausführlich mit den Ereignissen dieses Tages befasst hab. Sie sind gewöhnlich ganz hinten in einer Ecke meines Verstands verstaut, sorgsam weggeschlossen, damit ich nicht ständig erneut traumatisiert wurde, während ich alles dafür tat, uns ein neues Leben ohne Wes zu gestalten. Meiner bescheidenen Meinung nach haben wir das recht gut geschafft, aber Taylors Tragödie hat die alten Wunden wieder aufgerissen, sosehr ich wünschte, dass das nicht der Fall wäre.

Ich habe ein völlig neues Leben, das ich genauso liebe wie mein altes. Ich liebe Trey so innig, wie ich Wes geliebt habe, mit ganzem Herzen und ganzer Seele, und meine Kinder tun das ebenfalls. Unser Leben ist gut, so wie ich es mir einst erträumt habe. Wir haben es geschafft. Wir haben etwas überstanden, das uns alle hätte zerstören können, und mit Mut, Ausdauer und Entschlossenheit ist es uns gelungen, Freude und Optimismus wiederzuentdecken – auch dank der Hilfe vieler Menschen, die dafür gesorgt haben, dass wir für Trey bereit waren, als er in unser Leben getreten ist.

Und jetzt … Meine liebe, liebe Freundin Taylor steht zum zweiten Mal vor einem Scherbenhaufen, wieder ganz am Anfang. Allein der Gedanke daran ist fast mehr, als ich ertrage. Sie ist eine meiner engsten Vertrauten, seit wir uns zu Beginn unserer Witwenschaft über eine gemeinsame Freundin kennengelernt haben, die dachte, es könnte uns guttun, jemanden zum Reden zu haben, der genau versteht, wie es ist, in dieser Situation zu sein.

Oh, wie sehr hat uns das geholfen! Taylor und ich haben uns von unserem ersten Treffen auf eine Tasse Kaffee an perfekt verstanden und sind schnell beste Freundinnen geworden. Ich war eine ihrer Brautjungfern bei ihrer Hochzeit mit Will, den ich übrigens auch sehr gemocht habe. Ich leide mit ihr und ihren Kindern.

Doch besonders mit Taylor. Der Gedanke, dass sie sich zum zweiten Mal wie ein Phönix aus der Asche erheben und ins Leben zurückkämpfen muss, ist für mich so schrecklich, dass ich das Gefühl habe, ich selbst wäre es, der das passiert, so verrückt das klingen mag.

Ein Schluchzen entringt sich meiner Brust.

Trey legt die Arme um mich und hält mich fest, während ich in Trauer und Herzschmerz versinke.

Es ist so verdammt unfair.

Ich wünschte, ich könnte weglaufen und mich vor dieser Situation verkriechen, aber natürlich würde ich meine liebe Freundin in so schweren Stunden niemals im Stich lassen. Also bleibe ich da, um sie bei jedem Schritt auf ihrem Weg zu unterstützen, selbst wenn mein Herz erneut gebrochen ist und so schnell auch nicht wieder heilen wird.

Iris

Ich muss Lexi vor unserem wöchentlichen Treffen heute Abend erzählen, was geschehen ist, aber sie ist seit ihrer Verlobung mit Tom am vergangenen Wochenende so glücklich, dass mir allein vom Gedanken an diesen Anruf schlecht wird.

»Du musst es ihr sagen«, meint Gage beim Morgenkaffee, nachdem er die Kinder zur Schule gebracht hat.

»Das ist mir klar, und ich weiß auch gar nicht, warum ich mich so davor drücke. Sie kennt Taylor ja kaum.«

»Trotzdem wird es sie aufregen, und deshalb schiebst du es vor dir her.« Er beugt sich mit ernster Miene vor. »Merkst du, wie sehr dich das belastet, Süße? Das ist es, was ich meine. Du fühlst dich verpflichtet, Lexi über etwas zu informieren, was für sie niederschmetternd sein wird, und das bedeutet, dass du zuerst selbst für sie niedergeschmettert bist.«

Er ist der Weiseste von uns Wilden Witwen, und er sieht mich auf eine Art, wie Mike das nie getan hat, sosehr ich es hasse, die beiden Männer in meinem Leben miteinander zu vergleichen. Gage hat den »Vorteil«, eine der schlimmsten Tragödien erlebt zu haben, von denen ich je gehört habe, was ihm zu hart errungenem innerem Frieden, Akzeptanz und einem Verständnis für die menschliche Natur verholfen hat, wie es Mike nie hatte.

Mike war seine Familie wichtig und das Fliegen. Das war's. Nach seinem Tod musste ich herausfinden, dass ihm auch noch Eleanor, die Mutter seines anderen Kindes, eines Jungen namens Carter, wichtig war. Seither hab ich die beiden kennengelernt, und wir sind Freunde geworden. Doch Mike konnte Gage in Bezug auf emotionale Intelligenz nie das Wasser reichen.

»Ich weiß, dass du recht hast, aber erst mal muss ich für sie da sein. In vielerlei Hinsicht hat meine Arbeit mit jung

Verwitweten meinem Leben einen Sinn gegeben, den es, bevor ich Mike verloren habe, nie hatte. Ja, Mutter zu sein, ist meine Hauptaufgabe und diejenige, die mir jeden Tag große Befriedigung bringt. Doch meine Witwen … Sie geben mir etwas, das ich vorher nie hatte – das Gefühl, dass ich für diese Arbeit geboren bin, selbst wenn das verrückt klingt. Ich meine, wer ist schon dazu geboren, Witwe zu sein?«

»Ich verstehe dich und weiß, was du meinst. Auch ich hab dieses Gefühl von Sinnhaftigkeit.«

»Bei dir ist das anders, weil du vorher schon eine sehr erfolgreiche Karriere hattest. Ich habe beruflich einige spannende Dinge gemacht, aber ich hatte nie durchschlagenden Erfolg, bis ich mit den beiden anderen die Wilden Witwen gegründet hab. Wir haben damit so viel Gutes bewirkt und so viele Freunde gewonnen, die wie eine Familie für uns sind. Es fühlt sich für mich wie eine echte Berufung an, und der Gedanke, das aufzugeben, weil es manchmal schwer ist, erscheint mir nicht richtig.«

Ich schaue ihn an und zögere, während ich überlege, ob ich ihm das andere erzählen soll, was mich seit einer Weile beschäftigt.

»Was?«, fragt er und zieht die Augenbrauen hoch.

»Ich hab in letzter Zeit tatsächlich darüber nachgedacht …«

»Worüber?«

»Über dein Buch … Ich hab überlegt, ob ich vielleicht irgendwie daran mitwirken könnte. Nicht, dass du mich brauchst, damit es großartig wird, doch unsere Geschichte ist ziemlich cool.«

»Das würdest du gerne tun?«

»Ja, irgendwie schon.«

»Ich würde supergerne mit dir an dem Buch arbeiten, denn im Augenblick komm ich irgendwie nicht so recht voran. Wenn wir es zusammen schreiben würden, könntest du mir vielleicht helfen, bei der Stange zu bleiben.«

Ich stehe auf, um unsere Tassen nachzufüllen. »Ich will nicht, dass du das Gefühl hast, du müsstest mich mitmachen lassen, wenn du das eigentlich gar nicht möchtest.« Als ich an den Tisch zurücktrete, finde ich mich plötzlich auf seinem Schoß wieder und in seinen Armen.

»Wie du weißt, liebe ich es, dich mitmachen zu lassen.« Er unterstreicht diesen Satz mit einem Kuss auf meinen Nacken, unter dem ich erschauere und kichern muss.

»Sei mal ernst.«

»Ich bin todernst.«

»Sag nicht ›todernst‹. Das bringt Unglück, und davon hatten wir schon mehr als genug.«

»Ja, Babe. Und ja, ich will mit dir ein Buch schreiben. Lass uns das tun. Wir haben eine verdammt gute Geschichte zu erzählen.«

»So viel also zum Thema, mich aus der Witwenszene zurückzuziehen.«

»Ich hab verstanden, dass es eine Berufung für dich ist, und ich würde dir dabei niemals im Weg stehen wollen. Meine Sorge wird also sein, dass du auf dich selbst achtest – und mich auf dich achten lässt –, während du dich um alle anderen kümmerst.«

»Danke, dass du dich so sehr *um mich* kümmerst und mich so siehst, wie ich wirklich bin. Das ist ein unglaubliches Geschenk für mich in unserem neuen Leben.«

Er küsst meinen Hals und drückt mich fester. »Ich hasse es, dass vier Menschen sterben mussten, damit wir das haben können, aber ich liebe alles an unserem neuen Leben.«

»Ich auch, und ich spüre jeden Tag dasselbe Wechselspiel zwischen Trauer und Freude wie du.«

»Ich glaube echt nicht, dass ich mit jemandem weitermachen könnte, der nicht ebenfalls verwitwet ist.«

»Das war das Erste, was dich zu mir hingezogen hat? Dass ich Witwe bin?«

»Haha, wie du weißt, war das Erste, was mich zu dir hingezogen hat, dein nackter Hintern in meinem Bett.«

Ich liebe es, wenn er diese Nacht anspricht, über die wir immer noch »streiten«: darüber, ob es ein Versehen war, dass ich bei dem gemeinsamen Wochenende der Wilden Witwen die Zimmer im Ferienhaus verwechselt habe. Was es natürlich nicht war. Ich bin absichtlich zu ihm gegangen, was er auch weiß. Allerdings werde ich das niemals zugeben. »Das war also das erste Mal, dass du dich zu mir hingezogen gefühlt hast?«

»Nicht einmal ansatzweise. Doch das war das erste Mal, dass ich mich nicht davon abhalten konnte, entsprechend zu handeln.«

»Und schau uns jetzt an.«

»Ja, schau uns an.«

»Und was ist mit der Hochzeit?«, frage ich. »Wenn wir sie verschieben wollen, müssten wir uns eher früher als später festlegen, damit wir den Leuten, die anreisen, Bescheid geben können.«

»Ich finde, wir sollten sie nicht verschieben.«

»Aber …«

Er verschließt mir mit einem zärtlichen Kuss die Lippen. »Hör mir zu. Nachdem wir an Wills Beerdigung teilgenommen und alles getan haben, um Taylor und den Kindern in diesen ersten Tagen zur Seite zu stehen, könnte es für alle schön sein, einen Grund zum Feiern zu haben.«

»Ich bin mir nicht sicher, ob ich Taylor das antun kann.«

»Was würde sie von dir erwarten?«

Ich lehne meinen Kopf an seine Schulter. »Sie würde wollen, dass ich die Hochzeit durchziehe, auch wenn sie nicht daran teilnehmen kann.«

»Dann sollten wir das tun. Vielleicht ist es genau das, was

die anderen Witwen brauchen, um ihren Optimismus und den Glauben an die Zukunft wiederzugewinnen.«

»Wie immer hast du recht. Ich möchte nur nicht egoistisch wirken und ein rauschendes Fest schmeißen, während Taylors Trauer so frisch ist.«

»Iris, Liebste … Das ist das Letzte, was jemand, der dich wirklich kennt, jemals von dir denken würde.«

»Es ist nett von dir, das zu sagen.«

»Das ist nichts als die Wahrheit. Du bist die am wenigsten egoistische Person, die es je gegeben hat.«

»Du weißt, dass ich dir längst verfallen bin, oder? Ich werde dich heiraten, also musst du mir nicht mit süßen Nichtigkeiten den Kopf verdrehen.«

»Ich werde dir immer den Kopf verdrehen.«

»Ich bin so froh, dass ich versehentlich nackt in deinem Bett gelandet bin.«

Über sein schnaubendes Lachen muss ich grinsen. »Meine Lippen sind versiegelt, aber versehentlich, klar.«

»An deinen Lippen ist nichts versehentlich. Sie sind ein Kunstwerk.«

»Wenn du meinst.«

»Ja, meine ich, und als deine Frau hab ich immer recht.«

»Ist das so? Vielleicht sollte ich diese Hochzeit doch noch mal überdenken.«

»Wag es ja nicht.«

»Das würde mir nie in den Sinn kommen, Süße. Ich kann es kaum erwarten, mit dir den Bund fürs Leben zu schließen.«

»Ich kann es auch kaum erwarten«, erwidere ich mit einem kleinen Lachen, das ich sofort bereue, als ich daran denke, wie Taylor sich heute fühlen muss.

»Nicht, Iris.«

»Was?«

»Bitte keinerlei Schuldgefühle, weil du glücklich bist. Taylor würde das auf keinen Fall wollen.«

»Hör auf, mich so gut zu kennen. Das macht mich wahnsinnig.«

Das trägt mir ein weiteres lautes Lachen ein, jedes einzelne davon ein Sieg, wenn ich an den schwermütigen Mann zurückdenke, als der er sich unserer Gruppe angeschlossen hat.

»Was sagst du also dazu, mich am Thanksgiving-Wochenende zu heiraten?«

Ich lächle, während ich ihn küsse. »Ich sage Ja.«

15

Taylor

Nach einer weiteren unruhigen Nacht bricht der Morgen mit der sich unwirklich anfühlenden Erkenntnis an, dass Will tot ist.

Will ist tot.

Mein Blick fällt auf seinen Nachttisch und auf das Hochzeitsfoto, das dort steht, auf dem wir beide lächeln und jeweils ein Kind im Arm halten. Eine brandneue Familie und ein Happy End, das nicht annähernd so lange gedauert hat, wie es richtig gewesen wäre.

Ich betrachte sein attraktives Gesicht. Dieses Gesicht … Mein Gott, mit diesem Gesicht hat er mich schon bei unserer ersten Begegnung erobert. Mit den perfekten Wangenknochen, den Lippen, für die man hätte sterben können, und den umwerfend blauen Augen, die immer nur voller Zuneigung und Liebe auf mir geruht haben.

In Gedanken kehre ich zu dem ersten Tag zurück, an dem er hier aufgekreuzt ist, um sich mein Dach anzusehen. Er war mir von einem Freund empfohlen worden, der ihn vorab darüber informiert hatte, dass ich Witwe bin. Das war sehr umsichtig, denn so hat er gar nicht erst nach meinem Mann gefragt, wie es so viele andere Handwerker getan haben, die während Gregs Krankheit oder nach seinem Tod Arbeiten am Haus erledigt haben.

Von dem Moment an, als er eintraf, war er unglaublich hilfsbereit, liebenswürdig und aufrichtig. Ich war sofort beeindruckt – und, um ehrlich zu sein, ein bisschen überwältigt. Es waren vier lange, einsame Jahre verstrichen, seit Greg gestorben war, als Will in mein Haus gekommen ist und anscheinend einfach nicht wieder gegangen ist. In all der Zeit hatte ich nie einen Mann getroffen, bei dem ich dachte: *Hey, den würde ich gerne näher kennenlernen.*

Bis zu ihm.

Es hat sofort gefunkt, als wir über das Dach und andere Reparaturen sprachen, die am Haus durchgeführt werden mussten, Dinge, die ich vernachlässigt hatte, weil ich mich um dringlichere Probleme kümmern musste, wie zum Beispiel meine beiden kleinen, trauernden Kinder. Ganz zu schweigen von meiner eigenen Verzweiflung darüber, meine erste Liebe viel zu früh und nach solchem Leid verloren zu haben.

Das Leid hat mich fertiggemacht. Ich werde nie vergessen, wie hilflos ich mich gefühlt habe, als mir klar wurde, dass ich nichts tun konnte, um Gregs Schmerz oder die Hoffnungslosigkeit zu lindern, die er empfand, weil seine geliebten Kinder ohne ihn aufwachsen würden.

Dieses Leid war der Grund, warum ich mich von den Wilden Witwen zurückgezogen hab, nachdem Will und ich geheiratet hatten. Ich konnte es nicht ertragen, länger als unbedingt nötig in diesem Umfeld zu verweilen.

Ich bewundere Iris, Christy und die anderen sehr dafür, dass sie dabeigeblieben sind, selbst nachdem sie ihr zweites Glück gefunden hatten. Ich konnte das einfach nicht.

Und jetzt bin ich wieder genau dort, wo ich vor sieben langen Jahren angefangen habe. Nur dass ich dieses Mal als alleinerziehende Mutter nicht zwei, sondern drei Kindern gerecht werden muss.

Ich fühle mich so erschöpft, dabei ist es noch nicht einmal eine Woche her, dass das Unglück erneut zugeschlagen hat.

Ich sehne mich nach Will. Er würde mich in seine starken Arme schließen und mir versichern, dass alles gut wird, dass er dafür sorgen wird. Ohne ihn, der mir das sagt – und sich dann darum kümmert, dass es auch so kommt –, fällt es mir schwer, zu glauben, dass jemals wieder alles gut werden wird.

Neben mir rührt sich Miles. Als er die Lider öffnet, kann ich genau den Moment erkennen, in dem er sich daran erinnert, was passiert ist. Innerhalb von Sekunden füllen sich seine Augen mit Tränen, die über seine Wangen laufen. Ich strecke die Arme nach ihm aus, und er kuschelt sich an mich. Sein kleiner Körper wird von Schluchzern geschüttelt, die mir erneut das Herz brechen.

Wie um alles in der Welt soll ich ihm und Eliza Vertrauen in die Zukunft mitgeben, nachdem das Leben schon so unglaublich grausam zu ihnen gewesen ist? Wie finde ich selbst dieses Vertrauen?

Oh, Will … Wir haben dich so sehr geliebt. Du warst alles, was wir gebraucht und uns gewünscht haben, und du bist genau dann zu uns gekommen, als wir bereit für dich waren. Ich hab immer geglaubt, dass Greg dich uns geschickt hat. Ich hoffe, ihr beide habt euch im Himmel gefunden und passt von dort aus auf uns auf.

In diesem Moment versetzt mir das Baby einen kräftigen Tritt, über den Miles kichern muss. »Das ist so seltsam«, flüstert er, da Eliza noch schläft.

»Was glaubst du, wie es für mich ist?«

»Als hätte man einen Außerirdischen in sich?«

»Du warst da früher auch mal drin. Warst du auch ein Alien?«

»Nein«, sagt er lachend. »Ich war nur ein Junge.«

»Dein Bruder wird dich brauchen – du musst ihm alles beibringen.«

»Ich werde der beste große Bruder sein. Das verspreche ich.«

»Ich weiß.«

»Mommy?«

»Was ist, Schatz?«

»Ich fühle mich schlecht, weil ich lache, obwohl Daddy nicht mehr da ist.«

»Oh, Schatz, er würde nicht wollen, dass du dich wegen irgendwas schlecht fühlst. Er hat dich so sehr geliebt. Er würde wollen, dass du lachst und spielst und all die Dinge tust, die dir Freude bereiten.«

»Ich bin so traurig.«

»Ich weiß, ich auch. Aber wir werden das schaffen. Das verspreche ich dir.« Ich habe keine Ahnung, ob das stimmt, doch ich bin sicher, dass es das ist, was er hören muss. Ich nehme an, es ist vermutlich wahr, da wir es schon einmal überstanden haben, selbst wenn uns das damals unmöglich vorkam. Irgendwie haben wir es geschafft, und das werden wir auch wieder tun. Denn was bleibt uns schon anderes übrig?

Der Tag hat gerade erst begonnen, und ich bin bereits erschöpft von den Herausforderungen, die vor uns liegen. Zuallererst müssen wir die Totenwache und die Beerdigung überstehen, vor denen ich mich fürchte, denn die Leute werden dabei die dümmsten Plattitüden äußern.

Wenigstens bist du jung und kannst dich wieder verlieben.

Wenigstens hat er nicht gelitten.

Er ist jetzt an einem besseren Ort.

Was auch immer. Und verpiss dich. Darf ich das laut sagen? Letztes Mal habe ich mich zurückgehalten, als die Leute Dinge von sich gaben wie: *Wenigstens sind die Kinder noch zu klein, um sich an ihn zu erinnern*, als wäre das ein Segen. Dieses Mal werde ich vielleicht nicht so höflich sein. Vielleicht entgegne ich tatsächlich, dass sie sich verpissen und auf Phrasen verzichten sollen, die mehr Schaden anrichten, als sie sich vorstellen können – schließlich haben sie selbst so was noch nicht erlebt.

Der Gedanke an so eine Szene entlockt mir ein Lächeln. Nachdem Will von mir und meinen Freunden gelernt hat, was für Fallstricke das Witwendasein mit sich bringt, würde er eine ordentliche Szene bei seiner Totenwache oder Beerdigung wahrscheinlich gutheißen. Davon bin ich fest überzeugt.

Roni

Am Mittwochmorgen fahren Derek und ich zusammen zum Weißen Haus, nachdem wir die Kinder bei der Tagesmutter abgegeben haben, die die Betreuung übernimmt, während wir arbeiten. Seit wir von Wills Tod erfahren haben, bin ich total durcheinander. Ich fühle mich, als stünde ich am Rand eines Gletschers, ohne richtige Ausrüstung, die den Absturz in die dunkle Schlucht verhindern könnte, oder etwas ähnlich Dramatisches.

Plötzlich fühlt sich alles unsicher an, während ich letzte Woche noch voller Zuversicht auf mein neues Leben mit Derek, seiner Tochter Maeve und meinem Sohn Dylan geschaut habe.

Heute bin ich ein Wrack und befinde mich erneut im Zustand der frühen Trauer, als alles noch ganz frisch, beängstigend und verheerend war. Ich hasse das hier. Und ich hasse es, dass das Übelkeitsgefühl, das monatelang anhielt, nachdem Sam Holland mir mitgeteilt hatte, dass mein Mann erschossen worden war, mit voller Wucht zurück ist, obwohl ich Taylor und Will kaum kenne.

Ich weiß, was sie durchmacht, und ich versuche zu begreifen, wie es wäre, das ein zweites Mal erleben zu müssen.

Derek klopft während der Fahrt im Takt der Musik mit den Fingern aufs Lenkrad. Es ist schwer zu glauben, dass etwas, das Teil meiner täglichen Routine geworden ist – die Fahrt zur Arbeit und sein Trommeln im Takt, zusammen mit all den anderen Dingen, die er in mein neues Leben bringt –, mir genauso plötzlich entrissen werden könnte, wie mir Patrick entrissen wurde.

»Derek.«

»Was gibt's, Süße?«

»Kannst du kurz rechts ranfahren?«

Er wirft mir einen Blick zu und hält dann direkt in einer Parkverbotszone.

Ich öffne die Tür, lehne mich hinaus und übergebe mich.

»Igitt«, sagt ein Mann, der vorbeigeht.

»Roni, oh mein Gott, was ist los?«

Ich würge trocken und schluchze, was sich lächerlich anfühlt. Gleichzeitig trauere ich mit Menschen, die ich kaum kenne.

Derek legt mir eine Hand auf den Rücken. »Was kann ich tun, Süße?«

Ich schüttle den Kopf. Weder er noch sonst jemand kann etwas gegen das Trauma ausrichten, das tief in mir verankert ist und in Momenten wie diesen wieder hoch-kommt, um mich daran zu erinnern, dass ich den Schrecken von dem Mord an Patrick vermutlich nie ganz verwinden werde. Derek hat sich auch die ganze Nacht hin und her gewälzt, was zweifellos von Erinnerungen an Victorias

Ermordung und die düstere Zeit ausgelöst war, die darauf folgte.

»Was hältst du davon, wenn wir uns einfach freinehmen?«

»Zu viel zu tun.« Wir sind beide komplett verplant mit Meetings, die alle verschoben werden müssten.

»Das ist morgen auch noch alles da, und wir haben Leute, die für uns einspringen können. Nehmen wir uns heute frei und genießen einfach den Tag.«

»Okay.«

Während Derek uns im Weißen Haus abmeldet, versuche ich mich zusammenzureißen, wische mir mit einem Taschentuch den Mund ab und trinke einen Schluck kaltes Wasser aus dem Becher, den ich immer mit zur Arbeit nehme. Lilia nennt diesen Becher meinen Assistenten, weil ich ihn stets bei mir habe. Ich hasse es, sie im Stich zu lassen, denn sie ist die beste Chefin, die ich je hatte, und mittlerweile auch eine gute Freundin. Ganz zu schweigen von Sam, die mir den ultimativen Traumjob als Kommunikationschefin der First Lady verschafft hat. Hoffentlich haben sie Verständnis dafür, es ist immerhin mein erster ungeplanter Ausfall, seit ich diesen Job angetreten hab.

Während Derek uns heimfährt, lehne ich meinen Kopf gegen den Sitz und achte ganz bewusst auf meine Atmung. Ein Atemzug nach dem anderen. So habe ich Patricks plötzlichen Tod überstanden, und so habe ich seitdem alles überstanden. Ich erinnere mich an jenen ersten Tag, an dem ich mich gefragt hab, wie ich weiterleben soll, und dass ich mich darauf konzentriert hab, den nächsten Atemzug zu tun und dann den nächsten.

Zu Hause zieht Derek seine Krawatte aus, sobald wir die Tür hinter uns schließen, und wirft sie auf den Küchentisch. Er hängt sein Anzugjackett über einen Stuhl, nimmt meine

Arbeitstasche, räumt das Mittagessen, das ich mir gemacht habe, in den Kühlschrank und stellt die Tasche neben die Tür, für morgen, wenn es wieder zur Arbeit geht. Hoffentlich läuft es dann besser.

Derek nimmt mich bei der Hand und führt mich direkt nach oben, wo er mir hilft, meine Lieblingskleidung für zu Hause anzuziehen – eine Jogginghose und eins von Patricks langärmeligen T-Shirts. Während ich mich ins Badezimmer verziehe, um mir die Zähne zu putzen und den üblen Geschmack aus dem Mund zu spülen, verschwindet er im begehbaren Kleiderschrank, um aus seinem Anzug zu schlüpfen, und kommt in Basketballshorts und einem T-Shirt von einem Fünf-Kilometer-Lauf wieder raus, an dem er letztes Jahr teilgenommen hat.

Er setzt sich neben mich auf das Bett. »Was kann ich tun?«

»Das ist genau das, was ich gebraucht habe. Danke, dass du das ermöglicht hast.«

Er legt einen Arm um mich, und ich bette meinen Kopf auf seine Schulter.

»Ich bin dir immer dankbar, aber nie mehr als in solchen Situationen mit Witwenscheiß.«

»Ich verstehe das.«

»Das weiß ich – und es tut mir leid, dass du das tust.« Wir bleiben eine ganze Weile so sitzen und genießen den Trost, den nur wir einander spenden können. »Ich dachte, solche Rückschläge gehörten der Vergangenheit an.«

»So funktioniert das nicht mit posttraumatischen Belastungsstörungen. Sie bestimmen, wann, was und wie.«

»Das merk ich gerade. Und ich finde es bescheuert.«

Er lacht leise. »Ich auch.«

»Wird es immer so sein? Werde ich noch in zehn Jahren von etwas hören, das jemandem passiert ist, den ich nicht einmal besonders gut kenne, und unaufhaltsam in eine Abwärtsspirale geraten?«

»Ich muss dir leider sagen, dass das wahrscheinlich für den Rest deines Lebens so bleiben wird.«

»Na toll.«

»Weißt du, was die gute Nachricht ist?«

»Es gibt eine gute Nachricht?«

»Immer. Die gute Nachricht ist, dass du Patrick so tief und aufrichtig geliebt hast, dass du für den Rest deines Lebens darunter leiden wirst, ihn verloren zu haben. Viele Menschen erleben eine solche Liebe nie.«

Ich hebe den Kopf, um das Gesicht zu sehen, das nach Patricks Tod zum Mittelpunkt meiner Existenz geworden ist. »Oder eine Liebe wie diese.«

»Wir können uns wirklich glücklich schätzen, dass uns so etwas zweimal geschenkt wurde.«

»Die glücklichsten Menschen haben am meisten zu verlieren.«

»Das stimmt. Das Leben ist eine Reihe von Risiken, aus denen hoffentlich etwas Schönes erwächst.«

»Manchmal kann ich das nicht aushalten. Es geht einfach nicht.«

»Und das ist völlig in Ordnung. Wenn du dich so fühlst, nimm dir die Zeit, die du brauchst, um wieder stärker zu werden. Diese Witwenschaft ist nicht nur die ersten paar Monate nach einem Verlust Mist. Es ist eine lebenslange Strafe, und es wird Tage geben, an denen es zu schwer zu ertragen ist, und andere, an denen es kaum spürbar ist.«

»Ich hätte gern einen Zeitplan, damit ich mich besser darauf vorbereiten kann, wenn es wieder schlimm wird.«

»Wäre das nicht toll? Doch betrachte es mal so: Wenn du einen Zeitplan hättest, würde die Angst vor den bevorstehenden schlechten Tagen dir die Freude an den glücklichen nehmen.«

»Du bist echt gut darin.«

Er lacht. »Vielen Dank. Genau das, was ich immer wollte – ein erfolgreicher Witwer sein.«

»Du bist in erster Linie ein guter Mensch.«

»Ich bin jetzt ein besserer Mensch als damals, als ich mit Vic verheiratet war. Ich schlage mich deswegen durchaus mit Schuldgefühlen herum, das muss ich dir ja nicht erzählen. Aber wir können nur tun, was wir können, stimmt's? Wenn wir es besser wissen, machen wir es besser.«

»Was für eine Art, dazuzulernen.«

»Ja, wenn ich die Wahl gehabt hätte, hätte ich auf diese ganze Mordsache gerne verzichtet.«

»Ich bin da ganz bei dir.«

Er drückt mich fester. »Ich werde immer bei dir sein – und bei Dylan und Maeve und vielleicht irgendwann noch einem weiteren Kind. Und wann immer die blöde posttraumatische Belastungsstörung ihr hässliches Haupt hebt, werden wir sie gemeinsam überwinden.«

»Das ist ein großer Trost.«

»Für mich auch.«

Ich strecke meine Hand aus, lege sie an sein Gesicht und ziehe ihn zu mir heran, um ihn zu küssen. »Ich liebe dich.«

»Ich liebe dich ebenfalls, sogar sehr. Und ich hasse es, dich leiden zu sehen.«

»Auch das wird vorübergehen.«

»Ja, das wird es. Und in der Zwischenzeit haben wir einen ganzen Tag ohne Kinder, an dem wir tun und lassen können, was wir wollen. Was sollen wir machen?«

»Mir fällt nichts ein. Dir?«

Seine Hand kreist langsam auf meinem Rücken. »Ich hätte da ein paar Ideen.«

»Sind das dieselben Ideen, die du fast jeden Abend und am Wochenende auch während unseres Mittagsnickerchens hast?«

»In vielerlei Hinsicht sehr ähnlich, mit dem einzigen Unterschied, dass wir den ganzen Tag nackt sein können.«

Ich lache und schmiege mich an ihn. »Hört sich gut an.«

16

Iris

Taylor überlässt die Gestaltung der Trauermesse Wills Familie, da es seinen gläubigen Eltern ihrer Ansicht nach wichtiger ist als ihr. Sie konzentriert sich weiter auf ihre Kinder und bereitet sich auf die Geburt des neuen Babys vor. Glücklicherweise ist die Schwellung an ihren Knöcheln zurückgegangen, und sie fühlt sich insgesamt besser.

Heute ließ es sich nicht länger aufschieben: Ich musste Lexi anrufen und ihr erzählen, was passiert ist, während sie ihre Verlobung gefeiert hat.

»Oh mein Gott«, keucht sie. »Ich fühle mich wie eine komplette Idiotin.«

»Was? Nein! Wir freuen uns ungeheuer für dich und Tom. Bitte mach dir keine Vorwürfe. Du konntest das ja nicht wissen, und keiner von uns wollte dir deine verdiente Freude verderben. Glaub mir, deine Nachricht war ein echter Lichtblick an einem ansonsten dunklen Wochenende.«

»Ich trau mich gar nicht zu fragen, wie es Taylor und den Kindern geht …«

»Es ist hart, aber sie halten sich wacker.«

»Und dann kriegt sie ja auch noch bald ihr Baby.«

»Das ist alles so tragisch.«

»Es ist unfassbar traurig für sie und die Kinder und alle, die Will geliebt haben.«

»Ja, das stimmt.«

Am Mittwochabend herrscht bei unserem Treffen in meinem Wohnzimmer eine bedrückte Stimmung. Keine Spur von dem freundlichen Geplänkel und Gelächter, das sonst bei uns üblich ist.

»Wie geht es euch?«, frage ich, als wir im Kreis sitzen, jeder mit einem Teller mit Häppchen, die Joy und Christy mitgebracht haben.

Sie schauen einander unsicher an, bevor Lexi erwidert: »Es tut mir so leid für alle, die Taylor und Will besser kennen als ich.«

Christy tupft sich mit einem Taschentuch die Augen ab. »Es war schwer.«

»Sehr, sehr schwer«, bestätigt Joy.

»Auch wenn ich sie nur ein paarmal getroffen hab«, erklärt Roni, »hatte ich trotzdem die schlimmsten Tage seit langer Zeit – und fühle mich schuldig dabei, das überhaupt zu sagen, weil ich hier ja gar nicht im Mittelpunkt stehe.«

»Wir alle sind wichtig«, widerspricht Gage. »Taylors Verlust erinnert uns auf schmerzhafte Weise daran, dass wir in diesem Leben nie ganz aus dem Schneider sind.«

Das beschreibt sehr passend, was wir alle fühlen.

»Ich bin so verdammt wütend auf das Schicksal«, meldet sich Wynter. »Was bildet es sich ein, das zweimal zu tun?«

»Das ist eine sehr gute Frage, Wynter«, meint Brielle, »und eine, die mir – und sicherlich euch allen – nicht mehr aus dem Kopf will, seit ich es erfahren hab. Es ist entsetzlich unfair.«

»Wie geht es ihr, Iris?«, will Naomi wissen.

»Das ändert sich ständig, doch sie hofft, die Trauerfeier und die Beerdigung irgendwie zu überstehen und dann ihr Kind auf die Welt zu bringen.«

»Das ist alles zu viel«, stellt Joy unter Tränen fest. »Einfach zu viel.«

»Glaubst du, sie wird zu unserer Gruppe zurückkehren?«, erkundigt sich Adrian.

Das habe ich mich ebenfalls gefragt. »Ich weiß es nicht. Was ich weiß, ist, dass wir für sie da sein werden, wenn sie irgendwann das Gefühl hat, dass es ihr helfen könnte.«

»Es ist erschreckend, wenn man hört, dass jemandem so was zum zweiten Mal passiert«, bemerkt Angela.

»Genau«, pflichtet ihr Luke bei.

Sie sind zwei unserer neueren Mitglieder, und das ist wirklich das Letzte, was sie hören mussten. Verdammt, das ist das Letzte, was wir *alle* hören mussten. Und das, wo wir alle so froh gewesen sind, dass Luke heute Abend da ist, weil er nur selten an unseren wöchentlichen Treffen teilnehmen kann.

»Die Sache ist die, Leute«, fasst Gage zusammen. »Wie wir schon oft festgestellt haben: Keiner von uns kommt hier lebend raus. Einige haben mehr Zeit als andere, das ist eine einfache Tatsache.«

»Anfangs, als ich gerade erst zu euch gestoßen war und mir angehört habe, was ihr zu sagen hattet«, beginnt Wynter zögerlich, »hatte ich die Vorstellung, dass ich Jadens Tod irgendwann überwinden und mit jemand anderem oder alleine weiterleben würde. So oder so würde ich mit der Vergangenheit abschließen. Es fiel mir schwer, mich damit abzufinden, dass das so nicht funktioniert.«

»Ich hab diese Woche das Gleiche gedacht«, gibt Roni zu. »Derek und ich haben viel über PTBS gesprochen und darüber, dass, egal wie sehr wir uns bemühen, damit fertigzuwerden und weiterzumachen, es immer wieder aus dem

Nichts auftaucht und uns daran erinnert, dass wir nie wieder so sein werden, wie wir vor der Katastrophe waren.«

»Ich hasse das«, bricht es aus Hallie heraus. »Ich hasse es für uns alle – und ich hasse es ganz besonders für Taylor.«

»Sie hat mich gebeten, euch für die überwältigende Unterstützung zu danken, das viele Essen und all die anderen Dinge, die ihr getan habt. Sie meinte, niemand kümmert sich so um eine Witwe wie andere Witwen.«

»Wir wünschten, es gäbe mehr, womit wir helfen können«, seufzt Christy.

»Sie wird langfristig Unterstützung brauchen«, erinnere ich sie. »Es wird noch viele Gelegenheiten geben, für sie und ihre Kinder da zu sein. Und ich möchte ein weiteres Mal in aller Ernsthaftigkeit daran erinnern: Diejenigen unter euch, die Taylor und Will nicht gut kennen – und sie ein- oder zweimal hier getroffen zu haben, zählt nicht als ›jemanden gut kennen‹ –, sind in keiner Weise verpflichtet, an der Trauerfeier teilzunehmen.«

»Iris hat recht«, bestätigt Gage und fügt hinzu: »Und das sage ich nicht nur, weil ich mit ihr schlafe.«

Darüber lachen alle, was zweifellos seine Absicht war, und es vertreibt etwas von der ungewohnt düsteren Stimmung, die über uns liegt.

»Bitte, Leute«, spreche ich weiter, »achtet auf euch und eure eigene psychische Gesundheit und sorgt euch nicht um Taylor. Sie hat eine Armee von Freunden und Familienmitgliedern an ihrer Seite.«

»Danke für die klaren Worte, Iris«, schaltet sich Lexi ein. »Ich habe überlegt, hinzugehen, war mir aber nicht sicher.«

»Tu es nicht. Sei später für sie da, für was auch immer vor ihr liegt. Das ist das Wichtigste.«

»Lasst uns über etwas Erfreulicheres reden, okay?«, schlägt Gage vor. »Zunächst einmal gratulieren wir Lexi und dem tollen Tom zu ihrer Verlobung. Wir sind überglücklich.«

Die anderen klatschen und jubeln Lexi zu, die alles mit einem breiten Lächeln hinnimmt, auch wenn in ihren Augen eine gewisse Trauer liegt. Die Nachricht von Wills Tod ist für sie noch neu und frisch, während wir anderen jetzt schon ein paar Tage Zeit hatten, uns damit auseinanderzusetzen.

»Danke, Leute«, sagt Lexi. »Ich kann gar nicht genug betonen, wie sehr ihr alle dazu beigetragen habt, dass ich bereit für diesen nächsten Schritt war. Zumindest dachte ich, ich wäre bereit, bis Iris vorhin angerufen hat.«

»Du bist bereit, Lex«, betont Joy energisch. »Du hast die Hauptarbeit geleistet und dir Zeit zum Heilen gelassen. Das ist dein Moment mit Tom, und du verdienst dieses Glück. Bitte lass dir das durch nichts vermiesen.«

»Ich werde es versuchen. Doch es ist schwer, sich zu freuen, wenn jemand anders leidet.«

»Es gibt immer jemanden, der leidet, deshalb müssen wir die schönen Momente ganz besonders genießen«, stellt Gage fest.

»Stimmt, danke für die Erinnerung.«

»Wann immer du es brauchst.«

»Wann soll die Hochzeit sein?«, will Kinsley wissen.

»Wir hoffen, nächsten Sommer. Eine schöne und entspannte Angelegenheit bei uns zu Hause. Tom legt keinen gesteigerten Wert auf ein großes Fest, und ich hatte das schon einmal, also halten wir es einfach.«

»Wir können es kaum erwarten, mit euch zu feiern«, verkündet Roni. »Wir sind echt stolz auf dich, Lex.«

»Ach, danke.«

»Wie läuft es mit dem neuen Job?«, erkundigt sich Derek.

Lexi hat kürzlich eine Stelle als Koordinatorin der ehrenamtlichen Helfer bei der ALS Association in Nord-Virginia angetreten. Wir waren alle etwas besorgt, wie sie damit zurechtkommen würde, täglich mit der schrecklichen

Krankheit zu tun zu haben, an der ihr Mann Jim gestorben ist.

»Bis jetzt läuft es gut. Ich mag meine Kollegen sehr und habe schon einige Familien aus der Gegend kennengelernt, die auf unsere Hilfe angewiesen sind. Das Gefühl zu haben, dass ich mit meiner Arbeit tatsächlich etwas bewirken kann, ist herrlich. Das ist eine gewaltige Verbesserung gegenüber meinem früheren Job als Datentypistin.«

»Gegenüber dem Job ist *alles* eine Verbesserung«, antwortet Naomi.

»Hat noch jemand gute Nachrichten?«, frage ich.

»Ich, äh, ich hab nach rechts gewischt«, sagt Brielle und errötet. »Zum ersten Mal.«

Die Nachricht wird mit Applaus quittiert, was Brielles Verlegenheit nur vergrößert.

»Ach, lasst das. Das ist keine große Sache.«

»Ist es wohl«, entgegnet Naomi. »Und wir sind sehr stolz auf dich.«

»Freut euch nicht zu früh. Bisher ist noch nicht viel passiert. Wir haben lediglich ein bisschen hin- und hergeschrieben. Ich bin nicht so gut darin wie du, Nai. Auf jeden Fall danke für die stetige Ermutigung. Das hat mir wirklich geholfen.«

»Ach was … Ich bin ja keine Expertin oder so.«

»Du hältst uns auf dem Laufenden, oder?«, wendet sich Joy an Brielle.

»Wenn es etwas zu berichten gibt, seid ihr die Ersten, die es erfahren.«

»Ausgezeichnet«, erwidert Joy lächelnd. »Und du wirst dich nie mit ihm oder irgendwem anders treffen, ohne dass du irgendwo hinterlässt, mit wem genau du wo bist, richtig?«

»Ja, Mama Joy, ich werde vorsichtig sein. Versprochen.«

»Ich hab gute Nachrichten«, erklärt Hallie. »Robin hatte

diese Woche eine Untersuchung, und ihr Krebs ist stabil. Jetzt schon vier Monate in Folge.«

»Das sind ganz wunderbare Neuigkeiten«, meint Roni. »Wir freuen uns für euch beide.«

»Habt ihr diesen ganzen Mist nicht irgendwann mal satt?«, will Wynter so heftig wissen, dass es uns alle überrascht.

»Welchen ganzen Mist genau?«, frage ich sie.

»Diesen Witwen-Mist. Das ständige Jubeln über winzige Fortschritte. Den lächerlichen Optimismus in einer Welt, in der jemand auf tragische Weise *zwei* Ehemänner verlieren kann. Die Plattitüden, den Unsinn, dass auch das vorübergehen wird, obwohl wir alle wissen, dass das nicht stimmt. Es wird immer da sein. Für mich fühlt sich das langsam wie totaler Blödsinn an.«

Auf ihren Ausbruch folgt fassungslose Stille.

Ich habe keine Ahnung, was ich darauf antworten soll.

»Lasst mich«, sagt Gage zu uns anderen. Dann sieht er Wynter direkt an. »Ja, das ist alles totaler Blödsinn. Jedes einzelne Wort davon. Die Tragik des Ganzen, der Mist, den Leute von sich geben, die es nicht besser wissen und denken, sie würden helfen. Die Sprüche, die Plattitüden, das Jubeln über kleine Erfolge. Jedes einzelne Wort davon ist Blödsinn.«

Er macht mich nervös. »Gage …«

»Aber es ist ja nun mal so.« Er blinzelt nicht einmal, während er Wynter seine volle Aufmerksamkeit schenkt. »Was ist die Alternative? Für den Rest unseres Lebens allein in einem dunklen Raum zu sitzen, zusammengekauert und gefangen an dem Ort, an dem wir waren, als es frisch passiert war? Ich weiß nicht, wie es dir geht, doch ich möchte nie wieder dorthin zurück und hoffe bei Gott, dass keiner von uns jemals erneut dort landet. Ich leide mit Taylor, Will und ihren Kindern. Aber dieser Schmerz hindert mich nicht daran, Iris und unsere Kinder zu lieben oder mich auf unsere Hochzeit und all die schönen

Dinge zu freuen, die die Zukunft für uns bereithält. Was bleibt uns denn verdammt noch mal anderes übrig, Wynter?«

Als er fertig ist, wische ich mir über die feuchten Wangen, genau wie die meisten anderen auch, einschließlich Wynter selbst.

»Wie immer sehr treffend zusammengefasst, Gage«, stellt Derek fest, während auch er ein paar Tränen wegblinzelt.

Adrian legt einen Arm um Wynter.

»Ich hab das alles nie gewollt«, flüstert sie unter Tränen.

Ich werfe einen Blick zu Angela und Luke, die zu Boden schauen.

»Keiner von uns hat das gewollt, Süße«, erwidert Gage. »Doch das ist die Situation, in der wir eben sind, und ich finde, dass wir das verflucht gut meistern. Wir haben zwei Paare in dieser Gruppe, die sich ein neues Leben für sich und ihre Kinder aufbauen. Lexi ist mit dem tollen Tom verlobt. Christy und Trey gründen eine neue Familie. Joy hat ihren Dr. Bernie, und Hallie hat ihre Robin. Naomi hat Dates, und Brielle hat nach rechts gewischt. Kinsley spricht häufiger als früher darüber, sich vielleicht auf etwas Neues einzulassen. Angela und Luke sind wiedergekommen, nachdem sie Zeit hatten, darüber nachzudenken, ob sie das, was wir ihnen anbieten, wollen oder nicht.«

»Es tut mir leid«, wendet sich Wynter an Angela und Luke. »Ich hätte mich nicht so vergessen dürfen.«

»Warum nicht?«, fragt Angela. »Alles, was du gesagt hast, ist wahr. An manchen Tagen habe ich das Gefühl, ich stecke bis zu den Hüften in einem Haufen Mist. Um ehrlich zu sein, ist das sogar fast jeden Tag so.«

»Geht mir genauso«, bestätigt Luke. »Ich bin dir für deine Ehrlichkeit dankbar, Wynter. Es ist jetzt etwas über zwei Jahre her, aber ich bin immer noch so wütend, dass meiner Familie das passiert ist – und Bella, die es absolut nicht verdient hatte, so zu leiden, wie sie es musste. Obwohl wir so viel Liebe und Unterstützung von allen Menschen in unserem Leben erfahren, ist jede Minute ein Kampf, und das ist unglaublich kräftezehrend.«

Die anderen nicken zustimmend.

»Trotzdem«, spricht Luke weiter, »habe ich mich auf heute Abend gefreut, darauf, mit Menschen zusammen zu sein, die mich verstehen, denn das macht einen großen Unterschied. Diese Gruppe ist unglaublich wertvoll, und ich für meinen Teil bin dankbar für dieses Ventil.«

»Ich auch«, pflichtet ihm Angela bei. »Ich wünschte, ich wäre früher zu euch gestoßen.«

»Du bist gekommen, als du bereit warst«, erkläre ich mit einem Lächeln. »Also … wie wäre es mit Dessert?«

Alle stehen auf, außer Wynter und Adrian, die sitzen bleiben und sich mit gesenkten Köpfen leise unterhalten.

Ich folge den anderen in die Küche und gehe direkt zu Gage, der mich kommen sieht und mich in die Arme schließt. »Das war heftig.«

»Ja, doch es war wichtig, auch mal die Wut anzusprechen. Das tun wir nicht sehr oft.«

»Ich hab nur die Sorge, dass sie das zurückwirft. Sie schlägt sich so gut …«

»Ich weiß.«

»Du warst großartig.«

»Ach, danke. Ich bin einfach meinem Gefühl gefolgt.«

»Dein Gefühl weiß, was es tut.«

Er lacht, und schon bald sind wir von anderen umringt, die Umarmungen und Zuspruch brauchen und alles andere, was wir ihnen geben können.

»Guck dich nur an, du hast nach rechts gewischt«, sage ich zu Brielle.

»Freu dich nicht zu früh. Das ist furchtbar.«

Ich beobachte, wie Kinsleys Blick auf Luke ruht, während er mit Roni und Derek redet. Interessant …

Sie sieht mich gerade noch rechtzeitig an, um zu merken, dass mir aufgefallen ist, wen sie angeschaut hat. »Mach bitte keine große Sache daraus.«

»Ist es das denn nicht?«

»Keine Ahnung, was es ist. Ich stelle fest, dass ich oft an ihn und seine Kinder denken muss.«

»Daran ist nichts falsch.«

»Das ist mir bewusst.«

»Geh und sprich mit ihm. Du bist unter Freunden.«

»Ich will nicht komisch rüberkommen.«

»Ach bitte, das tust du nicht, und PS: Wir sind alle ein bisschen komisch hier in Witwenstadt.« Ich geb ihr einen leichten Schubs. »Nun geh schon. Was hast du zu verlieren?«

»Ist das eine Multiple-Choice-Frage?«

»Haha. Er sieht zu uns rüber.«

»Nein, tut er nicht.«

»Doch, tut er.«

Sie späht vorsichtig zu ihm, und als sich ihre Blicke treffen, springt ein Funke zwischen ihnen über.

»Oh mein Gott«, sage ich. Sie scheint wie erstarrt zu sein. »Er kommt her. Ich verschwinde dann mal.«

»Nein, Iris … Bleib da.«

»Bin schon weg.«

17

Kinsley

Verdammt! Und ich dachte, sie sei meine Freundin! Ich hab etwa zwei Sekunden Zeit, mich vorzubereiten. Er hat einen kleinen Teller mit ein paar von Naomis Chocolate-Chip-Cookies in der Hand und hält ihn mir hin.

Ich nehme mir einen Keks. »Danke.«

»Die sind unfassbar lecker.«

»Die stammen von Naomi. Wir können gar nicht genug davon bekommen.«

»Ich verstehe, warum.« Er deutet mit dem Kinn in Richtung Wohnzimmer, wo Wynter und Adrian immer noch sitzen und leise miteinander reden. »Wird sie sich wieder beruhigen?«

»Da bin ich zuversichtlich. Als wir sie kennengelernt haben, war sie die ganze Zeit so. Seitdem hat sie riesige Fortschritte gemacht, und wir sind total stolz auf sie – und auf Adrian.«

»Sie scheinen ein tolles Paar zu sein.«

»Das sind sie.«

Er richtet seinen Blick wieder auf mich, und ich fühle mich, als hätte ich direkt in die Sonne geschaut. Was soll das?

»Ich hab mich über deine Nachricht neulich Abend sehr gefreut. Du konntest das natürlich nicht ahnen, doch sie ist genau in einem Moment gekommen, als ich es wirklich gebraucht habe. Also danke dafür.«

»Oh, äh, klar. Ich hab oft an dich gedacht und wollte mich schon die ganze Zeit bei dir melden. Krebs ist was echt Übles als Gemeinsamkeit mit jemandem.« *Halt einfach den Mund, Kinsley.*

»Ja, das stimmt. Hättest du Lust, mal einen Kaffee mit mir zu trinken oder vielleicht zu Mittag zu essen?«

»Sehr gerne. Wann immer du willst.«

Er lächelt, und ich bin fertig. Komplett durch. »Ich schick dir eine Textnachricht.«

»Okay.« Wie soll ich bis zu dieser Nachricht überleben, und wann bin ich bitte in meine Teenagerzeit zurückgebeamt worden?

»Ich möchte dich etwas fragen …«

»Klar.«

»War das mit Taylors Ehemann für euch alle …« Er gestikuliert mit der Hand, als würde er nach dem richtigen Wort suchen.

»Ein Schlag unter die Gürtellinie?«

Er lacht. »Ja. Genau.«

»Und wie. Das ist für uns alle sehr schwer.«

»Also bin ich nicht der Einzige, der um jemanden trauert, den er nicht mal gekannt hat?«

»Überhaupt nicht. Nach allem, was wir hinter uns haben, kann man gar nicht anders, als sich in ihre Lage zu versetzen … und dann so schnell wie möglich Reißaus zu nehmen.«

»Und schon hast du mich wieder getröstet.«

»Oh, na ja …« Ich kann mich nicht erinnern, wann ich das letzte Mal rot geworden bin. Das ist eher Brielles Ding, nicht meins, aber verdammt, meine Wangen fühlen sich heiß an.

Roni und Derek wollen sich von mir verabschieden, sodass ich mich auf etwas anderes als Luke konzentrieren muss, was ich als echte Erleichterung empfinde. Seine Nähe ist auf die bestmögliche Weise überwältigend.

»Wartet, ich muss auch los «, erklärt er. »Vielleicht schaffe ich es rechtzeitig nach Hause, um das Zubettgehen zu überwachen. Danke, Iris und Gage, für die Einladung. Ich weiß die Unterstützung dieser Gruppe wirklich sehr zu schätzen.«

Nachdem er sich von den anderen verabschiedet hat, kommt er noch mal zu mir zurück. »Wir hören bald voneinander?«

»Klingt gut.«

Ich blicke ihm hinterher und kann nicht umhin, zu bemerken, wie gut seine ausgewaschene Jeans sitzt.

Iris taucht wieder neben mir auf. »Und …?«

»Wir treffen uns auf einen Kaffee. Bald.«

Sie quietscht aufgeregt, sodass sich die anderen zu uns umdrehen. »Hier gibt es nichts zu sehen, Leute. Nur Luke, der Kinsley auf einen Kaffee einlädt.«

»Iris!«

»Oh, sorry, hab ich das laut gesagt? Das wollte ich nicht.«

»Doch, natürlich wolltest du das.«

Sie lacht, und ich kann nicht anders, als mit einzufallen, weil es so ansteckend ist.

»Na, mischt sich Iris wieder in die Angelegenheiten anderer Leute ein?«, fragt Gage, während er einen Arm um sie legt.

»Du musst dringend etwas dagegen unternehmen.«

»Ich hab's versucht, aber ich fürchte, sie ist unverbesserlich.«

»Tut mir leid, Kinsley«, meint Iris. »Ich konnte mich

nicht bremsen. Wir brauchen hier dringend gute Nachrichten.«

»Es ist nur ein Kaffee.«

»Okay.«

»Iris!«

»Was? Ich habe doch ›Okay‹ gesagt.«

Ich schüttle belustigt den Kopf und hole den Teller, auf dem ich Brownies mitgebracht hatte, die alle aufgegessen sind. Gut, dass ich ein paar für die Kinder zurückbehalten habe, die mit meiner Mom als Babysitter zu Hause sind.

Ich verabschiede mich, weiche Fragen und Kommentaren zu Luke aus und gehe zu meinem Auto, während ich überlege, wie lange ich wohl warten muss, bis ich von ihm höre.

Angela

Ich fahre nach Hause in Richtung Innenstadt und denke über Wynters Ausbruch nach und darüber, wie sehr sie recht hatte mit dem, was sie gesagt hat. Ich bin noch nicht lange Teil der Gruppe, doch ich weiß bereits, dass Wynters Sicht nicht zu der passt, die sie verbreiten. Bei den Wilden Witwen geht es darum, mit Optimismus, Mut und Hoffnung weiterzuleben.

An den meisten Tagen sehe ich das so wie Wynter. Das ist alles Blödsinn. Das Gerede von Optimismus und Hoffnung verliert schnell an Überzeugungskraft, wenn man sich um drei kleine Kinder kümmern muss, ohne den Menschen an seiner Seite, der eigentlich da sein sollte. Hoffnung ist das Letzte, was ich verspüre, wenn ich ein hungriges Baby, ein weinendes Kleinkind und einen kleinen Jungen habe, der unter einer enormen Trauer leidet, die mit der Zeit eher schlimmer zu werden scheint, statt sich zu bessern.

Ich bin so aufgewühlt, dass ich beschließe, Brad anzurufen, weil er genau verstehen wird, wie mir zumute ist.

»Hey«, meldet er sich. »Wie war das Treffen?«

»Gut. Allerdings auch schwieriger als sonst, weil wir über Taylor und Will gesprochen haben. Die, die mit ihnen befreundet waren, sind zutiefst erschüttert, und selbst die, die sie nur flüchtig kannten, sind traumatisiert von der Nachricht.«

»Das versteh ich. Ich hab sie gar nicht gekannt, aber seit du mir davon erzählt hast, muss ich dauernd dran denken. Ich habe Berichte über den Unfall in der Presse gelesen, und das hat nicht geholfen.«

»Warum hast du das getan?«

»Berufliche Neugier, schätze ich.«

»Das war dumm.«

Er lacht leise. »Das hab ich auch ziemlich schnell gemerkt.«

»Eine von den jüngeren Mitgliedern hat sich heute darüber ausgelassen, dass einem so etwas klarmacht, dass das Gepredige von Hoffnung und Optimismus totaler Blödsinn ist.«

»Ach herrje. Und wie wurde das aufgenommen?«

»Da ist dieser eine Typ namens Gage, der etwas älter ist als wir anderen. Er hat seine Frau und seine Zwillingstöchter bei einem Unfall verloren, den ein betrunkener Autofahrer verursacht hatte.«

Brad atmet hörbar ein.

»Er räumt ein, dass das mit dem Blödsinn stimmt. Doch dann hat er etwas gesagt in der Art von: Was bleibt uns anderes übrig, als zumindest zu versuchen, was aus dem Leben zu machen, das noch vor uns liegt? Er hat es viel besser ausgedrückt als ich, aber das war der Kern seiner Worte.«

»Das ist der, der diese Instagram-Posts schreibt, richtig?«

»Genau.«

»Ich hab neulich mal alles von ihm gelesen. Wenn er meint, dass wir etwas aus dem Leben machen müssen, das uns bleibt, dann bin ich dabei. Der Mann durchdringt das alles wie kein anderer, den ich seitdem getroffen habe.«

»Er ist großartig, doch das sind sie alle. Ich finde immer noch, du solltest mich mal zu einem Treffen begleiten. Heute Abend war eine Ausnahme, normalerweise gehe ich mit einem guten Gefühl und voller Energie für die kommenden Tage nach Hause. Das hält zwar nicht lange an, doch ich nehme jedes Hoch, das ich kriegen kann.«

»Ich hab schon darüber nachgedacht, mal vorbeizuschauen.«

»Es kann nicht schaden, es wenigstens mal zu probieren, damit du es aus erster Hand erlebst. Nächste Woche?«

»Mal sehen, wie ich mich fühle.«

»Klingt gut. Ich will dich nicht unter Druck setzen.«

»Schon okay. Ich mag es, wenn du mich unter Druck setzt.«

Ich kann mir ein nervöses Lachen nicht verkneifen. »Was immer das heißen mag.«

»Ich genieße deine Gesellschaft, Angela, und das nicht nur, weil du wie niemand sonst auf der Welt verstehen kannst, was ich gerade durchmache.«

»Oh, na ja … Also ich genieße das Zusammensein mit dir auch, und das nicht nur wegen der Art und Weise, wie wir uns kennengelernt haben.«

»Würdest du in Betracht ziehen …«

»Was?«, frage ich und fühle mich so atemlos, wie ich klinge.

»Es ist wahrscheinlich noch zu früh.«

»Wofür, Brad?«

»Um dich um ein richtiges Date zu bitten. Ohne die Kinder, nur wir beide.«

»Äh …«

»Es *ist* zu früh, ich weiß. Trotzdem bist du für mich wie ein helles Licht in dieser höllischen Situation, und alles, was ich gerade zu wollen scheine, ist mehr Zeit mit dir.« Nach einer längeren Pause fügt er hinzu: »Und jetzt hab ich zu viel gesagt, sodass sich zwischen uns ein seltsamer Ton eingeschlichen hat.«

Ich lache, denn wie könnte ich das nicht? Er ist zu witzig. »Du bist für mich ebenfalls ein Lichtblick, und ich frage mich ständig, was du wohl über das denkst, was gerade zwischen uns passiert.«

»Also bin ich nicht der Einzige?«

»Auf keinen Fall.«

»Nun, da bin ich aber erleichtert.« Es folgt eine weitere lange Pause. »Doch es ist noch zu früh, oder?«

»Die Wilden Witwen haben mir beigebracht, dass es so was wie ›zu früh‹ oder ›nicht genug‹ oder ›zu viel‹ oder was auch immer der Rest der Welt über das Witwendasein zu wissen glaubt, nicht gibt. Unsere Reise müssen wir allein machen, und wir sind nicht an Regeln gebunden, die uns von Menschen übergestülpt werden, die nicht in unseren Schuhen stecken – und die Glück haben, dass sie nicht wissen, wie es ist.«

»Ich wünschte, ich hätte mitgeschrieben. Das hast du sehr gut ausgedrückt.«

»Ich kann mir die weisen Worte der Wilden Witwen nicht als Verdienst anrechnen. Es ist bestätigend – und befreiend –, von ihnen zu hören, dass es keine Regeln, keine Erwartungen und keine Notwendigkeit gibt, die Anforderungen anderer zu erfüllen.«

»Das gefällt mir.«

»Mir auch. Deshalb gehe ich immer wieder hin. Ich möchte darin bekräftigt werden, dass ich das auf meine Art machen darf und nicht so, wie jemand anders es für richtig hält.«

»Die Schwester meiner Frau erlaubt sich ein Urteil zu allem. Sie hat tatsächlich zu mir gesagt: ›Wenn du mit jemandem ausgehst, will ich es nicht wissen. Ich ertrage die Vorstellung nicht, dass du mit einer anderen als Mary Alice zusammen bist.‹ Na toll, danke für die Unterstützung. Das war das Letzte, was ich von ihr gebraucht habe.«

»Das ist ihre eigene Trauer, die da spricht. Sie ist so darin verstrickt, dass sie den Wald vor lauter Bäumen nicht sieht. Ich bin fest davon überzeugt, könnte sie klar denken, hätte sie so etwas niemals dir gegenüber geäußert.«

»Das würde ich gern glauben, aber wer weiß das schon? Vielleicht ist sie tatsächlich der Meinung, dass ich für den Rest meines Lebens allein bleiben sollte, als eine Art Tribut an Mary Alice.«

»Wenn sie dich wirklich gernhat, denkt sie sicher nicht so.«

»Genug von ihr. Beantwortest du jetzt meine Frage, oder lässt du mich im Ungewissen schmoren wie einen Achtklässler, der das hübscheste Mädchen der Schule zum Abschlussball eingeladen und keine Antwort bekommen hat?«

»Ist dir das passiert?«

»Weitere Ausflüchte, Angela.«

Apropos Teenagerzeiten: Mein nervöses Kichern stammt direkt aus der siebten Klasse, nur dass ich damals nie etwas so Aufregendes erlebt hab. »Ich würde gerne mal ohne Kinder mit dir ausgehen.«

»Puh. Das war eine lange Wartezeit zwischen Frage und Antwort.«

»Es war eine ziemlich gewichtige Frage.«

»Stimmt, lass es uns jedoch nicht so hoch hängen, wie es alle anderen tun werden. Lass uns einfach Spaß haben. Fällt dir ein Paar ein, das das mehr verdient hätte als wir?«

Ich biege in die Einfahrt zu meinem Haus ein, stelle den Motor ab und schalte die Scheinwerfer aus. »Nein, absolut nicht.«

»Hast du jemanden, der auf deine Kinder aufpassen kann, ohne dich über jedes Detail auszuquetschen, wohin du willst und mit wem?«

»Ich kann meiner Schwester Tracy sagen, dass ich mich mit Freunden treffe. Sie wird froh sein, dass ich mal rauskomme. Sie und Sam machen sich Sorgen um mich.«

»Sie lieben dich. Das ist der Grund dafür.«

»Ich weiß, dennoch kann selbst das manchmal zu viel sein. Sie wollen von mir hören, dass es mir gut geht, dass alles in Ordnung ist, dass sich die Dinge wieder ›normalisieren‹. Was auch immer das jetzt heißen soll. Was ich von Iris und Gage und den anderen Witwen gelernt habe, ist, dass ich nie wieder so sein werde, wie ich vor Spencers Tod war, und ich hab noch nicht herausgefunden, wie mein neues Ich aussieht.«

»Wieder habe ich das Gefühl, ich sollte besser mitschreiben, weil es mir bislang nicht gelungen ist, das den Menschen in meinem Leben zu erklären. Sie bleiben auf Abstand, bis es wieder sicher ist, Kontakt zu mir aufzunehmen. Sie warten auf mein altes Ich, den Mann, der ich früher war, und haben noch nicht begriffen, dass der zusammen mit Mary Alice gestorben ist.«

»Ja, genau, und jetzt bemüht sich der neue Brad, den Rest seines Lebens zu meistern.«

»Er versucht es jedenfalls. Was wollen wir an unserem großen Abend tun?«

»Lass uns keinen Druck aufbauen, indem wir es als ›groß‹ bezeichnen.«

»Okay«, stimmt er mit einem Lachen zu. »Was wollen wir machen?«

»Ich hätte Lust auf ein Dinner, bei dem ich niemandem das Essen klein schneiden oder das Gesicht abwischen muss.«

»Das wäre schön, oder?«

»Mhm.«

»Du hast mal gesagt, du liebst mexikanisches Essen.«

»Das ist richtig.«

»Es gibt ein Restaurant, in dem wir früher oft waren … bevor alles passiert ist. Das Essen ist echt gut, und es geht dort ruhiger zu. Wir könnten es ausprobieren.«

»Stört es dich nicht, wo zu sein, wo du früher häufig mit ihr warst?«

»Ich glaube nicht. Ich war schon an einigen ›unserer‹ Orte, und das war okay. Trotzdem danke, dass du danach fragst.«

»Es sind die kleinen Dinge, die wichtig sind, wenn ein Ausflug für Verwitwete gut werden soll.«

»Unser Leben ist ein Minenfeld.«

»Ja, aber wirklich. Hoffentlich sind die Minen nicht automatisch scharf.«

»Das wäre schön.«

»Ich bin jetzt zu Hause angekommen und muss meine Schwester ablösen. Kann ich dich später zurückrufen?«

»Ich bin die ganze Nacht hier.«

Ich lache über den Satz, der mittlerweile so was wie eine stehende Redewendung zwischen uns ist. Ohne Partner, auf den wir uns verlassen können, müssen wir abends dableiben, auch nachdem die Kinder im Bett sind.

»Okay, bis bald.«

»Ich freu mich schon.«

Das Herz schlägt mir bis zum Hals, als ich das Gespräch beende und aus dem Auto steige. Also, es ist passiert. Er hat mich zum Essen eingeladen, und ich habe Ja gesagt. Eigentlich steuern wir schon seit Monaten darauf zu. Nicht dass ich ihn aktiv als potenziellen Partner in Betracht gezogen hätte.

Ich war zu sehr damit beschäftigt, jeden einzelnen Tag mit zwei traumatisierten Kindern und einem Säugling zu überstehen. Wer hat da schon Zeit für Romantik?

Doch ein Telefonat nach dem anderen, eine Spielverabredung mit den Kindern nach der anderen und über tausend Textnachrichten hinweg hat sich aus Freundschaft die Möglichkeit für … mehr entwickelt.

Bin ich bereit dafür? Wahrscheinlich nicht, aber wann werde ich jemals bereit sein? Bis Spencer so tragisch verstorben ist, hab ich es für ausgeschlossen gehalten, dass ich jemals mit einem anderen ausgehe. Dass ich mit einem anderen Mann neu anfangen müsste – oder auch nicht. Wenn ich für immer Single bleiben würde, wäre das für mich auch in Ordnung. Es ist nicht so, dass ich einen Mann brauche, um mich vollständig zu fühlen. So eine Frau war ich nie. Ich habe *Spencer* gebraucht, nicht irgendeinen Mann.

Aber jetzt, wo ich am Rande dessen stehe, was auch immer das mit Brad sein mag, frag ich mich, ob ich vielleicht doch zu einer Frau geworden bin, die nicht ohne Mann leben kann – nicht, dass ich das je verurteilen würde. Das würde ich niemals tun. Ich hätte nur einfach nie gedacht, dass ich zu ihnen gehören könnte. Aber vielleicht tue ich das jetzt.

Und wenn schon?

Ich mag Brad. Ich mag es, mit jemandem zu reden, der mich in dieser seltsamen Zeit nach der Katastrophe verdammt noch mal versteht. Unser beider Leben ist durch dieselben Kriminellen aus der Spur gekickt worden.

Bauen wir etwas Echtes für uns auf, oder ist es ein Kartenhaus, das auf einer gemeinsamen Katastrophe errichtet ist? Und wie soll ich an diesem Punkt den Unterschied erkennen?

Angela

Als ich durch die Hintertür in die Küche komme, höre ich Josh weinen, also lasse ich meine Tasche auf den Tisch fallen und gehe, um Tracy abzulösen.

»Da ist deine Mommy, Kumpel«, sagt meine älteste Schwester, als sie mich bemerkt.

Josh beruhigt sich sofort, als er mich sieht. Er ist das süßeste, pflegeleichteste Baby, das man sich nur wünschen kann, und ich bin so dankbar, dass er da ist und uns allen etwas Neues und Aufregendes gibt, mit dem wir uns beschäftigen können.

»Wie war es?«, frage ich Tracy, während Josh sich glücklich in meine Arme schmiegt und sofort wieder einschläft.

»Vor dem Zubettgehen flossen ein paar Tränchen, doch ansonsten völlig problemlos. Wir haben das Leiterspiel und zwei Runden ›Candy Land‹ gespielt. Die zweite Runde hat Ella gewonnen, sehr zum Leidwesen von Jack.«

Ich muss lachen, als ich mir vorstelle, wie mein ehrgeiziger Sohn sich darüber aufregt, dass seine kleine Schwester ihn besiegt hat. »Ich hoffe, er war nicht gemein zu ihr.«

»Nein, er war ein fairer Verlierer.«

»Wirklich? Im Ernst?«

»Na ja, nicht wirklich, aber Tanten petzen nicht.«

»Ah, verstehe. Vielen Dank, dass du mir immer so bereitwillig aus der Patsche hilfst.«

»Ich genieße jede Minute mit ihnen. Wie war das Treffen?«

»Diese Woche war es schwierig, weil eine der Gründerinnen der Wilden Witwen gerade ihren zweiten Mann verloren hat.«

»Ach herrje.«

»Hast du in den Nachrichten von dem Bauarbeiter gehört, der vom Gerüst gestürzt ist?«

Tracy nickt. »Ja. Es hieß, er sei Familienvater mit zwei Kindern gewesen und ein weiteres Baby sei unterwegs.«

»Kommt dir das zufällig bekannt vor?«

»Nur zu gut. Haben sie gesagt, wie es der Frau geht? Das klingt wie eine selten dumme Frage, nachdem ich sie ausgesprochen hab.«

»Wie man es erwarten kann. Das ist echt hart, und die Nachricht hat einige der Witwen in der Gruppe wie ein Schlag in die Magengrube getroffen.«

»Verständlich. Wie geht es dir damit?«

»Für mich ist das nicht schlimmer als alles andere. Ich glaube, ich bin in gewisser Weise immer noch wie betäubt. Ich reagiere nicht mehr so wie früher auf Dinge. Wer weiß, ob ich das jemals wieder tun werde?«

»Das wirst du. Irgendwann.«

»Neulich ist was passiert, das mich richtig wütend gemacht hat.«

»Was denn?«

»Jack hat mir gegenüber erwähnt, dass Spencer ihm mal

erklärt hat, er wünsche sich, dass wir wieder glücklich werden, sollte ihm jemals etwas zustoßen.«

Tracy schnappt nach Luft. »Wann war das denn?«

»Vorletzten Sommer, als sie gemeinsam angeln waren. Ich bin so wütend, dass er Jack das aufgebürdet hat. Überleg nur, wie besorgt der Kleine um seinen Vater gewesen sein muss, nachdem er ihm so was gesagt hat.«

»Ja, das ist eine ganz schöne Belastung für ein kleines Kind. Hattest du den Eindruck, es hat ihn aufgebracht?«

»Überhaupt nicht. Er ist irgendwie ganz nüchtern damit umgegangen, als hätte er viel Zeit gehabt, das zu verarbeiten, und als wäre das keine große Sache mehr. Zumindest hoffe ich, dass es so ist. Wir werden sehen.«

»Es tut mir leid, dass Jack das hören musste, aber es ist ein weiterer Beweis dafür, wie krank Spencer gewesen sein muss. Sonst hätte er so was niemals ausgesprochen.«

»Nein, das hätte er nicht.« Ich schweige kurz, bevor ich entscheide, ihr von Brad zu erzählen. »Außerdem ist heute Abend etwas Interessantes passiert.«

»Oh, was denn?«

»Mein verwitweter Freund Brad hat mich um ein Date gebeten.«

Tracys Augen leuchten erfreut auf. »Jetzt möchte ich dringend hören, dass du dich darauf eingelassen hast.«

»Hab ich.«

Sie stößt einen Jubelschrei aus, bei dem Josh erschreckt zusammenzuckt.

»Entschuldige, mein Kleiner«, meint Tracy lachend, während ich das Baby beruhigend im Arm wiege. »Deine Mom hat mir nur gerade die beste Neuigkeit überhaupt verraten.«

»Bitte erwähn es niemandem gegenüber, nicht einmal vor Mike. Ich möchte nicht, dass es für die ganze Familie das Gesprächsthema wird.«

»Keine Sorge, dein Geheimnis ist bei mir sicher, versprochen. Allerdings werde ich kein Hehl daraus machen, wie sehr ich mich für dich freue und wie stolz ich darauf bin, wie großartig du das Unvorstellbare für dich und deine Kinder managst.«

»Das ist lieb von dir. An den meisten Tagen fühlt es sich wie im Inneren einer Wurstfabrik an. Niemand sollte zu genau hinschauen, was hier vor sich geht.«

»Deine Kinder sind sauber, gut genährt und werden geliebt. Du meisterst das alles super.«

»Nur wegen der Spendenaktion, die mein dringendstes Problem gelöst hat. Brad hat finanzielle Engpässe, will jedoch auf keinen Fall etwas von dem Geld annehmen.«

»Finde einen Weg, es ihm zukommen zu lassen, ohne dass er erfährt, woher es stammt.«

»Er würde wissen, dass ich es war.«

»Ich empfehle Lügen und Abstreiten.«

Ich lache darüber, wie sie das sagt, ohne jede Spur von Ironie. »Das sollte auf einem Autoaufkleber stehen.«

»Wenn es funktioniert.«

»Ich werde darüber nachdenken, wie sich das bewerkstelligen ließe.«

»Und bitte darüber, was du zu deinem Date anziehen willst.«

»Ach, einfach Jeans oder so. Jedenfalls werde ich mich nicht auftakeln.«

»Gib dir wenigstens ein bisschen Mühe.«

»Er kriegt mich ständig im Mommy-Modus zu sehen und weiß, was ihn erwartet.«

»Umso mehr Grund, ihn ein bisschen zu beeindrucken.«

»Ich bin mir nicht sicher, ob ich ihn beeindrucken will.« Plötzlich füllen sich meine Augen mit Tränen, die ich schnell wegwische. »Ich möchte nicht, dass du denkst …«

»Was denn, Liebes?«

»Dass ich Spence vergessen habe oder über ihn oder das, was passiert ist, hinweggekommen bin, denn das stimmt nicht. Ganz und gar nicht.«

»Das würde ich nie denken, und das tut auch sonst niemand, der dich kennt.«

»Ich mach mir Sorgen darüber, was seine Familie davon hält, wenn sie erfahren, dass ich mich verabrede.«

»Wie sollten sie das erfahren?«

Ich zucke die Achseln. »Die Leute wissen wegen Sam, wer wir sind. Was ist, wenn mich jemand erkennt und es postet oder so?«

»Das ist sehr unwahrscheinlich.«

»Aber es könnte passieren.«

»Ja, könnte es. Trotzdem wird es eher nicht passieren, und du solltest dir deswegen nicht den Kopf zerbrechen, denn du tust nichts Falsches, wenn du mit einem Freund zu Abend isst.«

»Du weißt, wie die Leute solche Sachen aufbauschen.«

»Angela, Süße, solange du selbst weißt, dass du nichts Falsches machst – was du nicht tust –, solltest du keinen Gedanken daran verschwenden, was andere davon halten. Niemand sonst darf sich ein Urteil darüber erlauben. Wenn sie meinen, sie müssen dich kritisieren, sollen sie sich verpissen. Und du kannst ihnen gerne mitteilen, dass deine ältere Schwester gesagt hat, es sei völlig in Ordnung, das so auszudrücken.«

Sie bringt mich immer zum Lachen. »Verstanden, danke.«

»Du solltest besser mich bitten, an diesem Abend zu babysitten.«

»Wen sollte ich denn sonst fragen?«

»Mom, Celia, Sam …«

»Ich würde mich immer zuerst an dich wenden.«

»Und ich werde immer alles versuchen, damit ich zur Verfügung stehe.«

Gott sei Dank gibt es Schwestern und Freunde, die mich verstehen, und süße Babys, die mir einen Grund liefern, nicht aufzugeben. Trotz der Schwermütigkeit bei dem Treffen heute Abend bin ich optimistischer als seit jenem schrecklichen Morgen in Camp David, als mein bisheriges Leben ein jähes Ende fand und ungewollt und unerwartet ein ganz neues begann.

Kinsley

Ich bin fast zu Hause, als Luke mich anruft. Als ich seinen Namen auf dem Display sehe, drück ich ihn in meiner Aufregung beinahe weg.

»Hey«, melde ich mich und denke, dass ich ziemlich ruhig und gelassen klinge, obwohl ich total nervös bin, weil der Typ, für den ich schwärme, mich angerufen hat. *Du bist eine Idiotin, Kinsley.*

»Hey«, erwidert er. »Bist du schon zu Hause?«

»Noch nicht ganz.«

»Wo wohnst du?«

»In Lorton. Und du?«

»Ein paar Blocks von Iris und Gage entfernt. Mein Beckham ist in derselben Klasse wie ihr Tyler.«

»Ah, verstehe. Wie geht es dir nach dem Treffen?«

»Um ehrlich zu sein, bin ich etwas erschüttert. Es war schon schwierig, davon zu erfahren, dass eine der frühen Wilden Witwen auch ihren zweiten Ehemann vorzeitig und auf tragische Weise verloren hat. Und dann noch so kurz vor der Geburt des gemeinsamen Kindes.«

»Mehrere Mitglieder aus unserer Gruppe haben nach dem Tod ihrer Ehemänner Babys zur Welt gebracht. Brielle beispielsweise ihren Charlie und Angela ihren Joshua. Roni hat Dylan bekommen, nachdem ihr Patrick gestorben war. Bei seinem Tod wusste sie nicht mal, dass sie schwanger war.«

»Das ist alles so traurig.«

»Ja. Trotzdem geht es ihnen gut, und sie machen nach dem Tod ihres Partners das Beste aus ihrem Leben.«

»Es heißt, das zweite Jahr sei schwieriger, was meiner Ansicht nach stimmt. Die Menschen um uns herum haben den Tod unseres Partners verwunden, wobei ich nichts anderes erwartet hab. Ich würde mich vermutlich nicht anders verhalten.«

»Leute, die es nicht besser wissen, denken, dass alles besser wird, wenn man das erste Jahr überstanden hat. Einige meiner Witwenfreundinnen meinen, dass das zweite, dritte und vierte Jahr die wirklich schlimme Zeit waren. Ich fand das zweite Jahr in vielerlei Hinsicht ebenfalls schwieriger als das erste.«

»Ach, es wird also noch schlimmer, bevor es besser wird?«

»Nach dem, was du erzählt hast, scheint es bei dir und deinen Kindern so gut zu laufen, wie man es erwarten kann. Oder willst du nur, dass wir das denken?«

»Nein, das ist so. Trotzdem gibt es immer noch furchtbare Tage. Meine beiden Ältesten erinnern sich an Bella und vermissen sie schrecklich, während die beiden Jüngeren zwar wissen, dass jemand fehlt, aber keine genauen Details kennen. Das stimmt mich sehr traurig für sie. Gott sei Dank gibt es Videos und Briefe und all die Dinge, die Bella vor ihrem Tod noch erledigt hat, um ihnen eine Art Verbindung zu hinterlassen. Sie hat ihnen Briefe für ihren Schulabschluss, ihre Hochzeit und die Geburt ihres ersten Kindes geschrieben, sodass sie gewissermaßen bei allen wichtigen Momenten dabei sein wird.«

»Mein Rory hat das ebenfalls gemacht. Ich bewahre das alles in einem feuersicheren Safe auf.«

»So einen muss ich mir unbedingt auch zulegen. Momentan ist es in einem Metallaktenschrank.«

»Das reicht nicht.«

»Ist mir klar. Ich werde morgen einen Safe kaufen. Danke für den Tipp.«

»Du könntest die Briefe außerdem einscannen, damit du sie auf jeden Fall digital gespeichert hast.«

»Ich will nicht, dass jemand anders da draufschaut. Die sind etwas Privates zwischen den Kindern und ihrer Mutter. Verstehst du das?«

»Ja, na klar. Aus dem gleichen Grund habe ich Rorys Briefe an die Kinder nicht geöffnet.«

»Ich hätte nie geglaubt, dass es mal meine Aufgabe sein würde, die letzten Briefe meiner Frau an meine Kinder zu beschützen. Verdammter Krebs.«

»Absolut. Ich hasse Krebs mehr als alles andere. Diese Krankheit hat so vielen Menschen alles genommen.«

»Wenn es einen Lichtblick gibt, dann dass sie zumindest die Möglichkeit hatten, die Briefe zu schreiben und die Videos aufzunehmen, und dass wir Zeit hatten, uns darauf vorzubereiten, dass sie von uns gehen würden.«

»Ich hatte zweiundvierzig Tage Zeit, und das kommt mir immer noch unwirklich kurz vor. Erst hatte er Gelbsucht, und zweiundvierzig Tage später war er tot.«

»Unfassbar.«

»Das war es wirklich. Er war bei bester Gesundheit, bis er plötzlich Probleme beim Essen hatte und ohne ersichtlichen Grund Gewicht verlor.«

»Das zählt zu den klassischen Anzeichen für beginnenden Bauchspeicheldrüsenkrebs.«

»Wir haben es aufs Älterwerden geschoben und dachten, dass sich bestimmte Sachen natürlicherweise verändern. Wir haben uns weiter keine Sorgen gemacht, bis die Gelbsucht auftrat.«

»Und dann ist es normalerweise schon zu spät, um noch viel zu tun.«

»Genau das war bei uns der Fall. Sie sagten, er könne nicht operiert werden, weil der Krebs bereits auf die Leber übergegriffen hatte.«

»Das muss ein großer Schock gewesen sein.«

»Ich glaube, ich stand ein ganzes Jahr lang unter Schock. Ich habe echte Erinnerungslücken.«

»Für mich ist das alles auch ganz verschwommen. Am Anfang ist man im Überlebensmodus, und die Tage fließen ineinander.«

»Ja, stimmt.«

»Wie alt waren deine Kinder bei Rorys Tod?«

»Zwei und vier.«

»Dann erinnern sie sich nicht an ihn?«

»Christian hat ein paar Erinnerungen, allerdings nicht viele. Maisy erinnert sich überhaupt nicht an ihn. Ich weiß ehrlich gesagt nicht, was schlimmer ist – das Kind, das ein paar Erinnerungen hat, an denen es verzweifelt festhält, oder das, das keinerlei Erinnerungen an jemanden hat, der von Rechts wegen in seinem Leben präsent sein sollte.«

»Beides ist schlimm und so unfair. Mein Herz bricht jeden Tag für meine Kinder. Ich sehe, wie die älteren sich an die Mütter ihrer Freunde klammern, und das macht mich einfach so traurig. Bella war eine wunderbare Mutter, die eigentlich hier bei ihnen sein sollte.«

»Mir geht es genauso, doch so ist nun mal das Leben.«

»Und das ist beschissen.«

»In vielerlei Hinsicht ja, aber andererseits hat es mir auch ein paar wunderbare neue Menschen beschert, die mir sehr wichtig geworden sind. Meine Witwen gehören zu den besten Freundinnen, die ich je hatte.«

»In dieser Gruppe gibt es echt viele enge Bindungen.«

»Ich bin mir nicht sicher, ob ich ohne sie überlebt hätte.

Jedenfalls bin ich Iris, Christy und Gage so dankbar, dass sie uns den Rahmen bieten und damit für Zusammenhalt sorgen, obwohl es ihnen niemand übel nehmen würde, wenn sie sich jetzt zurückziehen würden.«

»Iris hat mir mal erklärt, dass es für sie eine Art Berufung ist.«

»Ja, ganz sicher. Sie und Gage sind unsere Yodas.«

»Wynter hat mir heute Abend so leidgetan. Das hat sie irgendwie völlig aus der Bahn geworfen.«

»Sie hat eine schwere Zeit hinter sich, weil sie noch so jung war, als Jaden gestorben ist. Ich glaub, sie war nicht mal zwanzig, obwohl sie schon jahrelang zusammen waren.«

»Das ist hart.«

»Ich wünschte, du hättest miterlebt, wie sie am Anfang drauf war. Trotz ihres Ausbruchs heute hat sie im Vergleich dazu riesige Fortschritte gemacht.«

»Sie und Adrian scheinen ein tolles Paar zu sein.«

»Das sind sie. Doch wie alles im Leben von jemandem, der verwitwet ist, war auch das für keinen von beiden einfach.«

»Das glaub ich gern. Bist du schon zu Hause?«

»Seit etwa zehn Minuten.«

»Wer ist bei deinen Kindern?«

»Meine Mutter.«

»Wohnt sie in der Nähe?«

»Gleich um die Ecke. Ich weiß nicht, was ich ohne sie und meinen Vater täte. Sie sind immer da und stets zur Stelle, um mir zu helfen.«

»Zu meinen und zu Bellas Eltern ist es ebenfalls nicht weit. Sie sind ein Geschenk des Himmels.«

»Es ist schön, Menschen in unserem Leben zu haben, die die Kinder genauso lieben wie wir.«

»Auf jeden Fall, das ist der entscheidende Unterschied. Arbeitest du auch noch?«

»In Teilzeit von zu Hause aus für eine gemeinnützige Organisation. Ich bin im Bereich Social Media und Online-Marketing tätig. Ich kann meine Arbeit erledigen, während die Kinder in der Schule sind, was für uns perfekt ist. Ich hatte Glück – Rory hatte über seinen Arbeitgeber eine gute Lebensversicherung, sodass ich nicht in eine verzweifelte Lage geraten bin wie manche meiner verwitweten Freundinnen.«

»Das ist in der Tat ein großer Segen. Bella hatte auch eine Lebensversicherung. Wir haben einen Freund, der Finanzberater ist und uns dringend geraten hat, eine abzuschließen, als unser erstes Kind unterwegs war. Er hat uns erklärt, dass ich, selbst wenn Bella Hausfrau und Mutter bliebe, teure Hilfe brauchen würde, falls ihr etwas zustieße. Ich kann dir gar nicht sagen, wie dankbar ich jeden Tag für diesen Rat bin.«

»Das kann ich mir vorstellen. Wenn man jung ist und das ganze Leben noch vor sich hat – oder das zumindest glaubt –, denkt man nicht an solche Sachen.«

»Nein, tut man nicht.«

»Warum auch?«

»Ja, genau. Nun, dieses Gespräch hat eine etwas morbide Richtung eingeschlagen«, meint er lachend.

»Bei den Wilden Witwen hab ich gelernt, dass es gesund ist, darüber zu sprechen. Wenn man es in sich hineinfrisst, wird man nur wütend und verliert die Hoffnung.«

»Da erscheint es deutlich besser, es laut auszusprechen.«

»Es hilft, mit Leuten zusammen zu sein, die die Schwierigkeiten verstehen und keine dummen Sachen von sich geben wie: ›Er oder sie ist jetzt an einem besseren Ort.‹«

»Oh mein Gott, ich muss echt aufpassen, dass ich nicht dem Nächsten eine runterhaue, der das zu mir sagt.«

»Tu das bitte nicht.«

»Keine Sorge. Aber die Versuchung ist groß.«

»Da bin ich ganz deiner Meinung. Das und ›Es ist Gottes Wille‹ stehen ganz oben auf meiner Liste der meistgehassten Plattitüden. Wie könnte Gott das für uns gewollt haben?«

»Exakt. Es ist ärgerlich, diesen Mist von Leuten zu hören, die keine Ahnung haben, wie es ist, weil sie das Glück hatten, es nicht selbst erleben zu müssen.«

»Joy gegenüber wurde sogar so was wie ›Wenigstens hattet du und Craig keine Kinder‹ geäußert, als ob es das irgendwie besser machen würde, dass ihr junger, gesunder Mann gestorben ist.«

»Unmöglich.«

»Sie antwortet darauf immer, dass das nicht hilft und der Betreffende nachdenken sollte, bevor er etwas derart Dummes zu einer Witwe sagt.«

»Einfach ganz offen und unverblümt ins Gesicht?«

»Ja. Nachdem sie sich jahrelang auf die Zunge gebissen hat, tut sie das jetzt nicht mehr.«

»Gut für sie.«

»Stimmt. Warum sollte sie sich diesen Mist unwidersprochen anhören müssen?«

»Niemand sollte das.« Nach einer kleinen Pause fragt er: »Also, äh, hast du vielleicht Lust, diese Woche mal zusammen zu Mittag zu essen?«

Er will sich mit mir verabreden, und ich bin hin und weg. Gut, dass ich sitze, sonst wäre ich womöglich in Ohnmacht gefallen.

»Kinsley, bist du noch da?«

Sag was, du Dummkopf. »Entschuldigung. Ja, ich würde sehr gern mit dir zu Mittag essen.«

»Super. Ich muss kurz in meinen Kalender schauen und schicke dir dann eine Nachricht, um Zeit und Ort zu vereinbaren. Ist das okay?«

»Perfekt. Ich freu mich darauf.«

»Ich mich auch. Ich bin echt froh, dass du dich gemeldet hast.«

»Ich auch. Bis bald.«

»Ja, bis bald.«

Nachdem wir bei Iris über Taylors Verlust gesprochen hatten, bin ich traurig und irgendwie beunruhigt aufgebrochen, doch als ich jetzt aus dem Auto steige, um ins Haus zu gehen, bin ich aufgeregt und freu mich.

»Da bist du ja«, begrüßt mich meine Mutter. »Ich hab schon vor einer Weile das Garagentor gehört und wollte bloß schnell meine Sendung zu Ende sehen.«

»Ich hab noch telefoniert.«

»So was hab ich mir gedacht.«

»Ich habe mit einem Typen telefoniert, der mich um ein Date gebeten hat.«

Die Augen meiner Mutter werden groß, und ihr Gesicht strahlt auf, als sich ein breites Lächeln darauf ausbreitet. »Ich will alles über den Jungen wissen.«

»Nun, eigentlich ist er ein erwachsener Mann – ein Arzt, um genau zu sein – und, nachdem seine Frau vor zwei Jahren an Darmkrebs gestorben ist, alleinerziehender Vater von vier Kindern unter acht Jahren.«

»Oje. Das ist eine Menge.«

»Ja, absolut.«

»Wie heißt er?«

»Luke.«

»Was für ein Arzt ist er?«

»Internist.«

»Sehr interessant. Aber vier Kinder. Puh.«

Ich übergehe diese Bemerkung, weil ich mit ihm zu Mittag esse und nicht angeboten habe, seine mutterlosen Kinder großzuziehen. »Apropos Kinder, wie sind meine so gewesen?«

»Wie immer entzückend, auch wenn Maisy das Zubettgehen so lange wie möglich hinausgezögert hat.«

»Das wird immer schlimmer. Offenbar kommt sie mit sehr wenig Schlaf aus, was für ihre Mutter, die acht Stunden braucht, alles andere als ideal ist.«

»So bist du schon als kleines Mädchen gewesen. Du warst diejenige, die am schnellsten durchgeschlafen und abends am wenigsten Theater gemacht hat.«

»Ich schlafe nun mal wirklich gern. Das zählt zu meinen Lieblingsbeschäftigungen.«

»Erinnerst du dich, dass du zu deiner Teenagerzeit, wenn du nicht früh rausmusstest, bis Mittag im Bett geblieben bist? Und wenn ich dich geweckt hab, warst du selbst dann immer noch völlig verpennt.«

»Ah, die guten alten Zeiten, als ich den ganzen Tag wegdösen konnte. Die sind leider längst Geschichte.«

»Nun gut, ich sollte besser nach Hause, bevor Dad einen Suchtrupp losschickt.«

»Wie geht es ihm?« Er ist seit über einer Woche ziemlich erkältet.

»Viel besser. Seine Nase ist nicht mehr so verstopft wie gestern. Er will unbedingt wieder zu den Kindern.«

»Sie haben ihn beim Abholen von der Schule vermisst.«

»Ihm fehlt das auch, aber er ist ja bald wieder dabei.«

An der Tür umarme ich sie. »Vielen Dank für alles. Für all die Zeit. Jeden Tag. Ohne euch würde ich das nicht schaffen.«

»Wir genießen jede Minute mit dir und den Kindern.«

»Ich möchte euch nur sagen, wie dankbar ich euch bin. Nicht jeder hat so viel Unterstützung wie ich, und ich nehme das nie als selbstverständlich hin. Wie ihr euer Leben aufgegeben habt und hergezogen seid, um mir zu helfen …«

»Das war für uns selbstverständlich, Süße. Es war das Beste, was wir je getan haben.«

»Danke.«

Sie umarmt mich noch einmal. »Ich liebe dich. Ich liebe deine Kinder. Ich habe deinen Rory geliebt. Und ich finde es toll, dass du dich mit Luke verabredet hast.«

»Erzähl es bitte niemandem, okay? Ich möchte nicht, dass mich alle danach fragen.«

»Ich werde kein Wort darüber verlieren. Versprochen.« Mit einem Seitenblick fügt sie hinzu: »Solange du mir brühwarm alles berichtest.«

»Haha, sehr witzig. Gute Nacht, Mom.«

»Gute Nacht, Tochter.«

Nachdem sie weg ist, schließ ich ab, mach das Licht aus und geh nach oben, um nach meinen schlafenden Kindern zu sehen.

Ich genieße es, ihnen mit den Fingern über das weiche Haar zu streichen und ihre niedlichen Gesichter zu küssen. Wenn sie wach sind, sind sie immer in Bewegung, und Kuscheln mit Mommy steht nicht gerade oben auf ihrer To-do-Liste.

»Ich liebe euch bis zum Mond und zurück«, flüstere ich jedem der beiden zu, während ich die Decken zurechtziehe und ihnen süße Träume wünsche.

Ihre Schlafzimmer haben ein Badezimmer in der Mitte, das sie sich teilen, und ich finde es total rührend, dass sie nachts die Türen zwischen ihren Zimmern offen lassen. Das wird nicht ewig so bleiben, doch im Moment finden sie Trost in der Nähe des anderen. Mir ist klar, dass ihre unbelastete und positive Beziehung wahrscheinlich nicht bis ins Teenageralter andauern wird, aber ich denke, dass sie einander aufgrund des frühen Traumas, das die meisten Geschwister glücklicherweise nie erleben müssen, immer nahestehen werden.

Obwohl sie sehr jung waren, als Rory krank wurde und starb, erinnern sie sich an diese Zeit und stellen oft Fragen dazu, was passiert ist und warum, als wollten sie die Erinnerungen wachhalten, obwohl es inzwischen schon Jahre her ist.

Als ich fünfzehn Minuten später im Bett liege, schaue ich wie jeden Abend seit seinem Tod auf Rorys Seite des Bettes und suche nach seinem freundlichen Gesicht. Er hat stets mit einem Lächeln darauf gewartet, dass ich mich zu ihm lege. Ich war immer die Letzte, die ins Bett gegangen ist, weil ich noch den Lunch für die Kids vorbereiten musste, Kleidung zusammenlegen oder irgendwas anderes tun, damit wir alle ohne Probleme den nächsten Tag beginnen konnten. Er war ein wunderbarer, engagierter Vater, doch er war nicht geübt darin, sich um die Organisation des Alltags der Kinder zu kümmern.

Das war okay. Er hat hart gearbeitet, um für uns zu sorgen, und ich hab die meisten »häuslichen« Dinge erledigt und hatte einen Teilzeitjob. Bevor er krank wurde, hat er oft gescherzt, dass er in großen Schwierigkeiten stecken würde, wenn mir jemals etwas zustoßen würde. »Tu mir das bloß nicht an«, hat er immer verlangt, und ich hab dann stets geantwortet: »Keine Sorge, hab ich nicht vor. Zumindest solange du es auch nicht tust.« Jedes Mal, wenn das Thema zur Sprache kam, haben wir unseren Deal mit einem Kuss besiegelt.

Er hat es so oft gesagt, dass ich mich frage, ob er gespürt hat, dass einer von uns früh sterben würde, oder ob er eine Vorahnung bezüglich seiner eigenen Gesundheit hatte. Seine Krankheit und sein Tod kamen so schnell, dass ich nie daran gedacht habe, ihn danach zu fragen. Wir waren so überwältigt von der Geschwindigkeit, mit der sich sein Zustand verschlechterte, dass wir in diesen surrealen zweiundvierzig Tagen wie vor den Kopf geschlagen waren.

Aber er hat immer wieder erklärt, wie sehr er mich und die Kinder liebt und wie leid es ihm tut, dass er mich mit ihnen allein lässt. Es hat ihm das Herz gebrochen, uns zu verlassen. Daran hab ich nie gezweifelt.

Ich bin überrascht, als ich aus diesen schmerzhaften Erinnerungen auftauche und Tränen auf meinem Gesicht bemerke. Eine Zeit lang nach seinem Tod dachte ich, ich würde nie aufhören zu weinen, doch nun ist es schon eine Weile her, dass ich wegen Rorys Tod Tränen vergossen habe. Als mir das klar wird, fühle ich mich schuldig, aber ich schiebe das Gefühl energisch beiseite. Schließlich tue ich genau das, was er sich für mich gewünscht hätte.

Und ich weigere mich, mich schuldig zu fühlen, weil ich mich mit Luke zum Essen treffe.

Zum ersten Mal seit einer gefühlten Ewigkeit drehen sich meine letzten Gedanken vor dem Einschlafen nicht um Rory. Nein, ich schlafe mit einem Lächeln auf den Lippen ein und denke an Luke und daran, wie sehr ich mich auf unsere Verabredung freue.

19

Taylor

So fertig war ich nicht mehr seit der Zeit, in der Greg im Hospiz war. Doch ich kann einfach nicht schlafen, egal wie sehr ich mich bemühe, mich aus dem Gedankenkarussell zu befreien. Ich möchte mich darauf konzentrieren, für meine Kinder fit zu sein, vor allem für das, das noch nicht auf der Welt ist und das in allem auf mich angewiesen ist. Das Baby bewegt sich nachts unruhig, als wüsste es, dass sich sein Leben schon vor der Geburt unwiderruflich verändert hat.

Jedes Mal, wenn ich die Augen schließe, sehe ich Will von diesem Gerüst stürzen und versuche mir vorzustellen, was ihm in den Sekundenbruchteilen vor dem Aufprall durch den Kopf gegangen ist. Ich bin mir sicher, dass es mein Gesicht, die Gesichter der Kinder, das Baby und unser gemeinsames Leben waren, weil wir für ihn immer an erster Stelle kamen. Auch wenn ich meinetwegen und wegen meiner Kinder untröstlich bin, ist es unser Baby, das er sich so sehr gewünscht hat, wegen dem sein Unfalltod so besonders unerträglich ist. Die beiden werden nie die Beziehung haben, die ihnen eigentlich zugestanden hätte.

Natürlich werden wir unser Bestes geben, damit das Baby eine Vorstellung davon hat, was für ein Mensch sein Vater gewesen ist. Aber selbstverständlich wird es nicht das Gleiche sein, wie ihn als lebenden, atmenden, liebevollen Vater um sich zu haben.

Seit seinem Tod fühle ich mich vom Schicksal hintergangen, und ich bin mir ehrlich gesagt nicht sicher, ob ich ohne ihn an meiner Seite weitermachen kann. Mir ist klar, dass ich dadurch wie eine schwache, hilflose Frau wirke, die allein nicht überleben kann. Dabei bin ich das überhaupt nicht. Ich hab das schon mal geschafft und nicht nur überlebt, sondern mich jahrelang als alleinerziehende Mutter behauptet, bevor ich Will kennengelernt und der Liebe eine neue Chance gegeben hab.

Es ist nicht so, dass ich es nicht schaffen könnte. Es ist nur so, dass ich es nicht ein weiteres Mal allein schaffen will.

Alleinerziehende Eltern werden oft als Helden gefeiert, und ja, das haben sie verdient. Doch die meisten von uns würden gern darauf verzichten, wenn wir stattdessen einen Partner hätten, der uns bei der Erziehung der Kinder hilft. Ich will keine Heldin sein. Ich will eine Ehefrau und Mutter sein und Teil einer Familie, zu der auch Will gehört.

Wie kann er für immer fort sein? Das ergibt überhaupt keinen Sinn für mich.

Nachdem ich nun beides erlebt hab, finde ich, dass die plötzliche Tragödie viel schlimmer ist als die lange Krankheit. Zumindest hatte Greg die Chance, Videos aufzunehmen und Briefe an die Kinder zu schreiben, um für sie auch in Zukunft präsent zu sein. Er hatte die Gelegenheit, sich von mir und den Kindern zu verabschieden und all die Dinge zu sagen, die wir hören mussten, um den Rest unseres Lebens ohne ihn zu meistern. Will hatte all das nicht, bevor er uns für immer entrissen wurde.

Wir hatten Zeit, uns auf Gregs Ableben vorzubereiten, selbst wenn ich niemandem sein Leiden wünschen würde. Wir wussten seit Monaten, dass er sterben würde, und haben entsprechend geplant, damit schon vor seinem Tod alles so weit wie möglich geregelt war.

Nach unserer Heirat haben Will und ich unsere Nachlassdokumente aktualisiert, um uns gegenseitig als Begünstigte einzusetzen, sollte einem von uns etwas zustoßen. Aber das hat mich in keiner Weise auf seinen viel zu frühen Tod vorbereitet.

Ich drehe mich auf die Seite, um etwas Erleichterung von dem nächtlichen Fußballtraining des Babys zu finden, und blicke direkt auf das gerahmte Hochzeitsfoto auf meinem Nachttisch, beleuchtet von dem Notlicht, das ich anlasse, falls die Kinder mich brauchen, jetzt, wo sie zum ersten Mal seit Wills Tod wieder in ihren eigenen Betten schlafen.

Gott, er war so attraktiv und lustig und sexy und alles. Nachdem ich in den ersten Jahren als Witwe keinerlei Interesse an Männern oder Verabredungen hatte, war ich von Minute eins unserer Begegnung an hin und weg von ihm. Unser Hochzeitstag war einer der glücklichsten Tage in meinem Leben – und im Leben meiner Kinder. Von dem Moment an, als ich sie ihm vorgestellt habe, ein paar Monate nach unserem Kennenlernen, hat er auch ihre Herzen erobert.

Den Heiratsantrag hat er nicht nur mir gemacht, sondern auch ihnen, mit Geschenken für sie und dem aufrichtigen Versprechen, immer für sie da und der bestmögliche Stiefvater überhaupt zu sein.

Wir haben alle, ohne zu zögern, Ja gesagt.

Meine Freunde und meine Familie waren überglücklich für uns, und ich hab mein zweites Kapitel mit großer Aufregung und Vorfreude auf die Zukunft begonnen. Mein Leben als Witwe, zu dem auch die aktive Teilnahme bei den Wilden Witwen und anderen Selbsthilfegruppen gehört hat, hab ich weitgehend hinter mir gelassen, weil ich dachte, dieser Abschnitt sei vorbei.

Wie naiv von mir.

Da ich nicht schlafen kann, beschließe ich, aufzustehen und mich um Sachen zu kümmern, die mich belasten und mich wahrscheinlich daran hindern, die dringend benötigte Ruhe zu finden. Dazu zählt unter anderem die Aufgabe, den Nachruf für meinen Mann zu verfassen. Seine Familie hat angeboten, das zu übernehmen, doch ich habe erklärt, dass ich ihn mit ihrer Hilfe selbst schreiben möchte. Seine Mutter hat mir gestern ihre Notizen geschickt, und da die Trauerfeier am Wochenende stattfindet, muss ich mich darum kümmern, damit die Annonce erscheinen kann und die Leute erfahren, wann und wo die Gedenkfeier stattfinden wird.

Ich nehme meine Wasserflasche und meine Lesebrille mit ins Büro im Erdgeschoss, wo Will immer die Buchhaltung und den restlichen Papierkram für sein Unternehmen erledigt hat. Ich weiß noch nicht, was aus der Firma werden soll, aber darüber kann ich mir später Gedanken machen. Bryan, Wills Vorarbeiter, hat gemeint, ich solle mich melden, wenn ich dazu bereit sei, über die nächsten Schritte zu reden. Das steht auf meiner To-do-Liste, doch erst nach der Beerdigung. Ich vertraue Bryan und Wills anderen Arbeitern, dass sie alles am Laufen halten, bis ich wieder zu Atem gekommen bin.

Alles in diesem Raum erinnert mich an Will. Vom schwachen Duft seines Aftershaves über die Fotos von mir und den Kindern auf dem Schreibtisch bis hin zu den Sportandenken, die er mit solcher Begeisterung gesammelt hat. Mir wird klar, dass ich mich, wann immer ich mich ihm nahe fühlen möchte, nur hier an den Schreibtisch setzen muss, an dem er, wie ich es gern genannt hab, Hof zu halten pflegte.

Ich schalte den Computer ein und öffne die E-Mail von Wills Mutter, die alle wichtigen Punkte aus seinem Leben enthält, sodass ich nicht raussuchen muss, wann er die Highschool und das College abgeschlossen oder seine Firma gegründet hat. Ich nehme die Datei von seiner Mutter und fange an zu schreiben.

William Ellington Lonergan jr., 38, aus Falls Church, verstarb am Freitag, den 12. November, bei einem Arbeitsunfall. Seit fünfzehn Jahren war er stolzer Eigentümer von WE Lonergan Construction. Er hinterlässt seine Frau Taylor Cummings-Lonergan und ihre Kinder Eliza Cummings und Miles Cummings sowie einen geliebten und mit Spannung erwarteten Sohn, der nächsten Monat zur Welt kommen soll. Will war ein wunderbarer Ehemann, Vater, Sohn, Bruder, Onkel, Freund und Arbeitgeber, der von allen, die ihn kannten, sehr gemocht und geschätzt wurde.

Will trat mehrere Jahre nach dem Tod von Taylors erstem Mann und dem Vater ihrer beiden Kinder in das Leben der drei. Er übernahm die Rolle des Ehemanns und Stiefvaters, als wäre er dafür geboren, und zeigte dabei stets großen Respekt vor Gregs Andenken. Wir haben ihn von ganzem Herzen geliebt.

Neben seiner Frau und seinen Kindern hinterlässt Will auch seine Eltern und Großeltern, zwei Schwestern, einen Bruder, vier Nichten und zwei Neffen.

Ich füge die Familienübersicht ein, die meine Schwiegermutter mit den korrekten Schreibweisen der Namen geschickt hat.

Will war zeit seines Lebens treuer Fan aller Sportteams aus der Region Washington sowie seiner geliebten Virginia Tech Hokies.

Ich ergänze die Informationen zu seiner Schullaufbahn

und am Ende noch Zeit und Ort von Totenwache, Trauermesse und Beerdigung.

Nachdem ich fertig bin, schicke ich es seiner Mutter zum Drüberlesen und bitte sie, es mir zurückzusenden, wenn sie damit einverstanden ist.

Es ist nicht so, dass ich ihr nicht vertraue, denn das tue ich. Aber ich habe gelernt, dass Trauer Menschen dazu veranlasst, Dinge zu tun, auf die sie normalerweise niemals kommen würden, wie beispielsweise den von der Schwiegertochter verfassten Nachruf umzuschreiben.

Um das zu vermeiden, erwähne ich noch mal extra, dass ich diejenige sein möchte, die alles zusammen mit dem Foto, das ich ausgesucht habe, dem Bestattungsinstitut zur Verfügung stellt.

Nachdem ich diese gefürchtete Aufgabe so gut wie möglich erledigt habe, verlasse ich das Büro und gehe in die Küche, wo ich die frühen Morgenstunden damit verbringe, für etwas Ordnung zu sorgen.

Zwar haben meine Schwestern jeden Tag aufgeräumt, sodass die Küche eigentlich nicht geputzt werden muss, doch es tröstet mich, eine »normale« Aufgabe zu erledigen, in einer Zeit, in der sich nichts mehr »normal« anfühlt. Was ist das überhaupt? Und warum muss ich es für mich und meine Kinder immer wieder neu definieren, während andere fünfzig oder sechzig Jahre lang denselben Ehemann und Vater haben dürfen?

Wahrscheinlich werde ich den Rest meines Lebens allein verbringen, denn wer möchte schon eine zweimal verwitwete Frau zur Partnerin? Würde man nicht die ganze Zeit Angst haben, dass eine schwarze Wolke über einem schwebt?

Das ist ein morbider und irgendwie auch entmutigender Gedanke, andererseits ... Mal ganz im Ernst, wer möchte schon eine Beziehung mit mir beginnen, nachdem die letzten beiden Männer, die ich geliebt habe, viel zu früh verstorben sind?

Ich fange an zu lachen, und das Geräusch klingt ein bisschen hysterisch, als es von den Wänden der Küche widerhallt, die Will und ich gemeinsam geplant haben, bevor seine Arbeiter alles komplett entkernt und renoviert haben.

Bald verwandelt sich das Lachen in Schluchzen, und ich lehne mich über die Granitarbeitsplatte, die wir gemeinsam ausgesucht haben. Ich erinnere mich an den Tag, den wir »tief in den Eingeweiden« der Steinhandlung verbracht haben, wie er es so treffend ausgedrückt hat.

Unsere Beziehung war nicht perfekt. Bei Unwichtigem waren wir uns oft nicht einig, zum Beispiel bei der Frage, ob das Bett sofort nach dem Aufstehen gemacht werden muss (ich: ja, er: nein) oder wie man den Geschirrspüler belädt oder warum all seine Socken immer auf links gedreht waren. Aber der Rest … Der war so perfekt, wie es bei zwei Personen möglich ist, die eben unvollkommene Menschen sind.

Er wird mir bis zu meinem letzten Tag auf Erden fehlen.

Iris

»Wills Traueranzeige mitsamt Nachruf ist online«, unterrichte ich Gage, als er am Freitagmorgen frisch geduscht die Treppe runterläuft.

Er beugt sich zu mir, um mir einen Guten-Morgen-Kuss zu geben, und ich atme den herrlichen Duft von Duschgel, Rasierschaum und Aftershave ein, der ihm anhaftet.

»Ich hab dir einen Link geschickt.«

»Danke.«

»Taylor hat das echt gut hinbekommen.«

»Ich find es weiter schwer zu fassen, dass sie das zweimal

in ihrem Leben machen musste. Einmal war für mich mehr als genug.«

»Für mich auch.«

»Hast du heute schon von ihr gehört?«

»Nur eine kurze Textnachricht, in der sie mir mitteilt, dass sie noch lebt und atmet, was die Information ist, die ich am dringendsten haben wollte.«

»Ich wünschte, wir könnten mehr für sie und die Kinder tun.«

»Wie wir beide wissen, ist das Wichtigste, was wir tun können, weiterhin für sie da zu sein, insbesondere dann, wenn der ganze Trubel vorbei ist.«

»Genau, und das werden wir sein. Ich habe heute mit Mimi gesprochen«, berichtet er. Mimi ist seine ehemalige Schwiegermutter, die zusammen mit ihrem Mann Stan weiter eine enge Beziehung zu Gage und jetzt auch zu mir und meinen Kindern pflegt. »Sie freuen sich auf nächsten Dienstag, wenn sie herfliegen, um mit uns Thanksgiving und die Hochzeit zu feiern.«

»Ich kann's kaum erwarten, sie zu sehen.«

Er legt seine Arme um mich. »Ich weiß, dass du in jeder Hinsicht erschöpft bist, also erklär mir, wie ich dir helfen kann. Du solltest dich nicht derart belasten in einer Zeit, die für uns alle eigentlich voller Glück und Vorfreude sein sollte.«

»Danke, dass du das sagst, denn ich bin gerade total durcheinander, emotional und körperlich ausgelaugt und habe keine Ahnung, wie ich die nächste Woche mit Gästen, Feiertag und obendrauf einer Hochzeit überstehen soll.«

In einer der seltsamsten Entwicklungen seit dem Tod meines Mannes bin ich Eleanor nahegekommen, der Frau, mit der mein verstorbener Mann Mike einen weiteren Sohn hatte. Mikes Betrug hat mich tief verletzt – genau wie Eleanor, die umgekehrt keine Ahnung von meiner Existenz und der unserer Kinder hatte. Doch wir haben sie und Carter ins Herz geschlossen, und sie sind ein fester Bestandteil unserer Familie geworden. Manchmal ist das Leben echt seltsam – aber auch schön.

Sie wollen herfliegen, und Eleanor hatte eigentlich vor, sich ein Hotelzimmer zu nehmen, weil sie meinte, ich hätte schon genug um die Ohren. Doch davon wollte ich nichts hören und hab darauf bestanden, dass sie bei uns wohnen, damit die Kinder mehr Zeit miteinander verbringen können.

»Sag, wo du Unterstützung brauchst, Iris. Und wende dich auch an die Wilden Witwen. Sie würden alles für dich tun, das weißt du.«

»Sie haben ihre eigenen Familien und Feiertagsstress. Es wäre nicht richtig, sie in einer für alle so turbulenten Zeit um Hilfe zu bitten. Ich bin mir immer noch nicht sicher, ob es richtig ist, in derselben Woche zu heiraten, in der Taylor ihren zweiten Mann beerdigt.«

»Die Hochzeit war schon Monate vor Wills Tod geplant. Taylor weiß das, und sie hat dich lieb, Iris. Sie würde niemals wollen, dass irgendetwas deinem Glück im Weg steht.«

»Nein, das würde sie nicht, das weiß ich ganz sicher. Aber ich hab trotzdem Probleme mit dem Zeitpunkt.«

»Das verstehe ich, Süße. Und es tut mir leid, dass du damit zu kämpfen hast.«

»Ich komm schon klar. Es ist nur ein bisschen viel auf einmal.«

»Ja, natürlich, weshalb wir es gemeinsam bewältigen werden. Ich bin für dich da und werde alles tun, um dir diese Zeit zu erleichtern.«

»Und du fragst dich, warum ich dich so sehr liebe.«

»Eigentlich nicht, nein.«

Ich lache – laut – und fühle mich sofort besser. Er hat diese magische Fähigkeit, mich aufzumuntern, wenn ich es am meisten brauche.

»Tust du mir einen Gefallen?«, erkundigt er sich.

»Selbstverständlich. Alles, was du willst.«

»Versuchst du bitte, die Zeit zu genießen? Ich weiß, dass du wegen Taylor traurig bist, und mir geht es genauso, doch wir haben das hier verdient, Iris. Nach allem, was wir durchgemacht haben, und allem, was wir für andere in der gleichen Situation getan haben … Wir haben es verdient, unsere Liebe zu feiern und voller Freude und Glück gemeinsam in dieses neue Leben zu starten. Ich will nicht, dass dir irgendwas davon genommen wird.«

»Und ich will auch nicht, dass irgendwas – vor allem nicht ich – es dir nimmt. Niemand auf dieser Welt hat ein Happy End mehr verdient als du.«

»Mehr als *wir*.«

»Genau. Wir alle haben das verdient, und es wird eine tolle Woche mit unseren Freunden, unseren Familien, dem Feiertag und unserer Hochzeitsfeier.«

»Ich will nicht, dass du so tust, als wäre alles in Ordnung. Wenn dein Herz schmerzt, will ich, dass du mit mir redest. Versprichst du mir das?«

»Ja. Du sollst nur wissen, Gage: Ich muss niemandem vorspielen, dass ich mit dir glücklich bin. Das weißt du. Und die Kinder sind vor Vorfreude total aus dem Häuschen. Ich werde mich auf dich und sie konzentrieren und den Moment genießen. Mir geht es gut.«

»Ich liebe dich und kann es kaum erwarten, dich und unsere Kinder zu heiraten.«

»Ich empfinde ganz genauso.«

20

Gage

Das Gespräch mit Iris heute Morgen begleitet mich den ganzen Tag, während ich im Büro an meinem Buch arbeite, das ich »Das Unfassbare überleben: Von großem Verlust zu neuer Freude« nenne. Ich hab etwa drei Viertel des ersten Entwurfs fertig, aber es ist alles noch ziemlich chaotisch. Eigentlich hatte ich gehofft, es bis Ende des Jahres abgeschlossen zu haben, doch ich glaub nicht, dass ich das schaffe. Jetzt, da Iris Interesse daran bekundet hat, an dem Projekt mitzuwirken, bin ich gespannt auf ihren Beitrag, auch wenn das Schreiben dadurch komplizierter wird. Trotzdem wird es wie bei allem, was mit ihr zu tun hat, sicher Spaß machen.

Durch meine täglichen Instagram-Posts bin ich es gewohnt, meine innersten Gedanken über den Verlust geliebter Menschen und das Leben als Witwer mit der Welt zu teilen. Aber das Buch geht tiefer darauf ein, als die Posts es tun.

Die intensive Beschäftigung mit alldem hat alte Wunden

wieder aufgerissen und mich gezwungen, mich erneut mit der Trauer der ersten Tage auseinanderzusetzen, damit ich die Tragödie, die ich irgendwie überstanden habe, möglichst treffend wiedergeben kann.

Heute läuft es mit dem Schreiben nicht so gut, weil mich Iris' offensichtlicher Stress ablenkt. Eigentlich befinden wir uns in einer Woche, auf die wir uns seit einem Jahr freuen. Bevor wir unser Happy End bekommen, liegen allerdings noch die Trauerfeier für Will und die Beerdigung vor uns.

Manchmal wird das alles zu viel, und es beunruhigt mich, wenn ich sehe, wie sehr Iris die Belastung zusetzt, vor allem weil sie normalerweise diejenige ist, die uns alle durch die schwierigen Zeiten trägt. Je länger ich darüber nachdenke, desto sicherer bin ich mir, dass unsere engsten Freunde erwarten würden, von mir darüber informiert zu werden, dass Iris diese Woche auf ihre Hilfe und Unterstützung angewiesen ist, während sich unser Hochzeitstag mit Riesenschritten nähert.

Also verfasse ich eine Nachricht an die Wilden Witwen, ohne die offizielle Chatgruppe zu verwenden, und hoffe, dass ich das Richtige tue.

Liebe Freunde, wie ihr wisst, ist nächstes Wochenende unsere Hochzeit, und wir könnten uns nicht mehr freuen, das mit euch allen zu feiern. Vorher müssen wir Taylor jedoch durch Wills Beerdigung helfen. Zudem erwarten wir auch noch Übernachtungsbesuch zum Feiertag. Jetzt erkenne ich erste Anzeichen dafür, dass Iris das alles zu viel zu werden droht, weswegen ich euch um eure Hilfe bitte. Leider weiß ich nicht, was sie braucht – oder wir –, aber vielleicht habt ihr ja Ideen, wodurch wir sie in den nächsten zehn Tagen entlasten können. Sollte sie von dieser Nachricht erfahren, wäre mein Leben keinen Pfifferling mehr wert, daher antwortet ausschließlich hier in diesem Chat. Okay, ich bin dann jetzt mal lieber still und danke euch im Voraus für eure Ideen. Alles Liebe.

Roni schreibt als Erste. *Ich weiß, ich spreche für die gesamte Gruppe, wenn ich dir versichere, dass wir buchstäblich alles für dich und Iris tun würden. Spontan ist mir eingefallen, am Mittwoch bei unserem Treffen ein Friendsgiving zu veranstalten, bei dem wir für das Essen sorgen. Dann habt ihr am nächsten Tag die Reste und könnt euch ausruhen. Was haltet ihr davon?*

Es hagelt Reaktionen, sie finden Ronis Vorschlag großartig. Innerhalb von einer Viertelstunde haben sich alle bereit erklärt, etwas mitzubringen.

Eure Freundlichkeit macht mich ganz demütig.

Ihr habt keine Ahnung, was für eine Freude es für uns ist, endlich mal etwas für euch beide zu tun, die ihr so viel für uns alle tut, meint Joy. *Ich bin so dankbar, dass du dich gemeldet hast. Jetzt können wir auch noch Friendsgiving zusammen feiern und den Tag danach mit unseren eigenen Familien verbringen.*

Als Nächste meldet sich Christy zu Wort. *Ich kann Joys Aussage nur unterstreichen. Ich bin so froh, dass du uns gebeten hast, der lieben Iris unter die Arme zu greifen. Während sie diese Woche Taylor beisteht, tun wir das bei ihr.*

Ich will ja kein Spielverderber sein, wirft Derek ein. *Doch wie verhindern wir, dass sie selbst ein Thanksgiving-Essen kocht?*

Immer der Stimmungskiller, tippt Roni mit witzigen Emojis für ihren Verlobten.

Irgendwer in dieser Gruppe muss schließlich die Stimme der Vernunft sein, entgegnet Derek.

Auf diesen Wortwechsel folgen viele lachende Emojis.

Ich werde meine Schwiegermutter Mimi und meinen Schwiegervater Stan mit ins Boot holen, dann können wir Iris erzählen, dass wir drei uns ums Essen kümmern.

Gute Idee, Gage, lobt Naomi. *Das wird sie glauben – und sich freuen.*

Ihr seid die Besten. Danke euch allen. Iris wird mich

umbringen, weil ich euch da mit reingezogen habe, aber ich gebe alles, damit ihr großer Tag so stressfrei wie möglich für sie wird.

Ich bringe zwei meiner beliebten Frühstücksaufläufe für eure Gäste mit, füge Joy hinzu. *Wir sind für euch da.*

Ihr seid einfach unglaublich.

Ich schicke Mimi eine Textnachricht, um sie und Stan in die kleine Verschwörung einzuweihen.

Das finde ich toll – und es tut mir leid, dass ich nicht darauf gekommen bin. Ich würde Iris niemals zu nahe treten oder mir etwas anmaßen wollen, vor allem nicht als Gast in ihrem Haus.

Iris hat dich fest ins Herz geschlossen, daher ist das unmöglich, antworte ich. *Es ist eine der größten Freuden meines Witwerlebens, zu sehen, wie wunderbar sich meine neue Partnerin mit den Eltern meiner verstorbenen Frau versteht – die ihrerseits Iris' Kinder quasi als ihre Enkelkinder adoptiert haben. Ich kann es kaum erwarten, am Mittwoch mit euch und den Wilden Witwen Friendsgiving zu feiern und dann am Donnerstag einen entspannten Tag für uns alle zu haben, bevor die Hochzeitsfeierlichkeiten beginnen. Kein Einkaufen, kein Kochen, kein Aufräumen.*

Wie schaffen wir es, dass sie uns das abkauft, wenn wir überhaupt nichts vorbereiten?

Beispielsweise könnten wir behaupten, dass wir Essen bestellt haben, das am Donnerstag geliefert wird.

Ja! Perfekt. Sag ihr, dass Stan und ich das organisiert haben. Das finde ich toll! Sie wird sich riesig freuen, wenn ihre Freunde vorbeikommen und alles mitbringen.

Und sie wird mir den Kopf abreißen, weil ich das angeleiert habe, doch das riskier ich.

Sie wird wissen, dass deine Beweggründe Liebe und Fürsorge waren. Wir müssen die ganze Zeit an ihre Freundin denken und daran, wie schwierig das für euch alle sein muss.

Es ist auf jeden Fall eine schwere Zeit. Die Trauerfeier ist am Sonntag und die Beisetzung am Montag.

Meine Gebete gelten dir, Iris und allen, die Will geliebt haben. Wir sind in Gedanken bei euch. Und wir zählen schon die Tage, bis wir euch alle in die Arme schließen können.

Geht uns genauso. Vielen Dank für eure Liebe und Unterstützung. Das bedeutet uns viel.

Wir freuen uns so sehr für dich, Iris und die Kinder. Wir lieben euch über alles.

Ich habe ein ganzes Kapitel über Mimi und Stan geschrieben und darüber, wie der Verlust ihres einzigen Kindes und ihrer beiden Enkelinnen das Ende für sie hätte bedeuten können. Stattdessen sind sie für mich da gewesen und haben mich bei jedem Schritt unterstützt, den ich nach der Tragödie gewagt habe. Das war für mich ein unglaublicher Segen, während ich mir ein neues Leben aufgebaut habe. Ich habe von Verwitweten gehört, deren Schwiegereltern ihnen bei der Abwicklung des Nachlasses ihres verstorbenen Ehepartners immer nur Steine in den Weg gelegt haben. Es gab Auseinandersetzungen und Streit um Geld und darum, ob das Haus verkauft werden soll, in dem der oder die Verstorbene gelebt hat. Sie sind vor Gericht gelandet, um Großeltern in die Schranken zu weisen, die meinten, sie hätten ein Mitspracherecht bei der Erziehung ihrer Enkelkinder. Und so weiter …

Mimi und Stan gehören zu meinen allerbesten Freunden und sind für mich genauso wichtig wie meine eigenen Eltern. Unsere gemeinsame Trauer um Natasha, Ivy und Hazel hat uns bloß fester zusammengeschweißt, statt uns auseinanderzutreiben, und ich werde immer dankbar dafür sein, dass sie Teil meines Lebens sind.

Ich greife nach dem gerahmten Foto meiner Mädchen, das auf meinem Schreibtisch steht, damit ich jeden Tag ihre süßen Gesichter sehen kann. Mit dem Ärmel wische ich den Staub weg, der nur ein weiteres Zeichen für das unerbittliche Fortschreiten der Zeit ist. Meine Töchter wären jetzt Teenager, würden uns wahrscheinlich unglaublich nerven, sodass Nat und ich es gar nicht mehr erwarten könnten, dass wir sie endlich aufs College schicken können. Bald würden wir ihnen das Autofahren beibringen, und sie würden sich um den Wagen streiten, den sie sich teilen müssten. Sie würden überlegen, welches College das richtige für sie ist und was sie mit ihrem Leben anfangen wollen.

Stattdessen sind sie für immer acht Jahre alt, für immer perfekt und lustig und einfühlsam und entzückend und all das, was man sich von Töchtern nur wünschen kann.

Und Nat, meine wunderschöne, erstaunliche, komplizierte Nat … Wie sehr ich sie geliebt habe und das Leben, das wir mit unseren Mädchen hatten. Ich vermisse sie, selbst jetzt noch, wo ich den Tag herbeisehne, an dem ich Iris heirate. Das ist die Achterbahnfahrt der Trauer. Sie ist immer da, selbst in einer Zeit der Freude im Danach.

Ich presse meine Lippen auf die Glasscheibe über ihren hübschen Gesichtern und stelle das Bild wieder an seinen Ehrenplatz auf meinem Schreibtisch. Als ich dieses Foto vor Jahren auf einer Familienreise nach San Francisco aufgenommen habe, hätte ich mir nie vorstellen können, dass das eines Tages alles sein würde, was mir von ihnen bleibt. Zusammen mit den Erinnerungen, die ich für immer im Herzen tragen werde, sind diese Fotos von unschätzbarem Wert.

Mit einem tiefen Seufzer mache ich mich an die Arbeit und stelle fest, dass die Last schwerer wiegt als sonst. Im Hinterkopf sinne ich darüber nach, dass ich bald zur Beerdigung eines Mannes gehen werde, den ich kaum kannte. Ich werde seine Frau und seine Kinder auf jede erdenkliche Weise unterstützen, denn das ist unsere Aufgabe. Aber nichts an meinem Leben als Witwer ist so einfach wie die Dinge, die ich früher für selbstverständlich gehalten habe.

Adrian

Wynter ist seit unserem Treffen mit den Wilden Witwen am Mittwochabend sehr still. Zwar versorgt sie wie gewohnt unsere Kinder, allerdings ohne ihre übliche Begeisterung für alles, was die beiden tun.

Es beunruhigt mich, dass sie jetzt schon seit Tagen so verschlossen ist, und ich hab keine Ahnung, wie ich sie erreichen kann, wenn sie so ist.

Als Folge davon bin ich bei der Arbeit unkonzentriert, und am Freitagnachmittag frage ich meinen Chef Mick, der auch mein Schwager ist, ob ich früher Feierabend machen kann.

»Ist alles in Ordnung? Du bist diese Woche so still gewesen.«

»Im Moment ist es gerade schwierig. Die Freundin einer Freundin, eine der Gründerinnen der Wilden Witwen, hat letzte Woche ihren zweiten Mann bei einem Unfall verloren.«

»Oh Gott, also ist ihr erster ebenfalls gestorben?«

»Ja, vor Jahren an einem Hirntumor.«

»Meine Güte. Das ist ja schrecklich.«

»Sie ist hochschwanger und hat bereits zwei Kinder aus ihrer ersten Ehe, die nun, bevor sie zehn Jahre alt sind, ihren zweiten Vater verloren haben. Wynter nimmt das sehr schwer. Ich glaube, es war ein herber Schlag für sie, zu erkennen, dass so etwas erneut passieren kann, selbst wenn ihr das theoretisch natürlich klar war.«

»Das ist für jeden, der auch nur einen Funken Mitgefühl in sich hat, heftig, und nach dem, was ihr durchgemacht habt, gilt das für euch doppelt.«

Ich reibe mir den Nacken, wo sich der Stress dieser Woche als Verspannung festgesetzt hat. »Es geht nicht um uns, trotzdem ist es schwer, die Tragödie von anderen nicht an sich ranzulassen.«

»Das versteh ich total. Fahr nach Hause zu deiner Familie. Nimm dir auch noch Montag frei. Mit dem Feiertag wird es eine ruhige Woche.«

»Danke für alles, wie immer. Du bist toll.«

»Es ist nur klug, wenn ich dich bei Laune halte. Schließlich bist du mein bester Mitarbeiter.«

»Das kann ich kaum glauben.«

»Es stimmt aber. Ich mein das ernst.«

»Danke. Schön, dass ich hier für etwas gut bin.«

»Die Kunden lieben dich. Ich höre von ihnen ausschließlich Lob über dich, und sie hinterlassen auch begeisterte Bewertungen im Internet.«

»Das freut mich.«

»Ich hab dir das ja schon mehrfach gesagt. Und jetzt los, verschwinde. Nimm dir eine Auszeit. Wir sehen uns am Dienstag. Und richte Wynter liebe Grüße von uns aus.«

»Mach ich. Nochmals vielen Dank.«

»Gern geschehen.«

Auf der Heimfahrt denke ich an Wynter und frage mich, was mich dort wohl erwartet. An einem Tag diese Woche hat sie Xaviers Zimmer auseinandergenommen und jeden Quadratzentimeter geputzt, bevor sie alles an anderer Stelle wieder eingeräumt hat, sodass ich nichts mehr finden konnte. Als ich sie gebeten habe, mir zu zeigen, wo sie die Sachen hingetan hat, hat sie bloß erwidert, ich solle einfach suchen.

Ich verstehe zwar, dass sie gerade viel durchmacht, doch diese Antwort hat mir nicht gefallen. Seitdem halte ich Abstand zu ihr, was notwendig, aber gleichzeitig sehr schmerzhaft ist. Wynter und ich stehen uns nahe, Abstand ist nicht unser Ding.

Diese Woche habe ich Willow kaum auf den Arm nehmen können, weil Wynter sich mit ihr im Kinderzimmer verschanzt hat und die Tür geschlossen hält. Ich kann einen

Hinweis verstehen, auch wenn mir die Botschaft, die sie mir damit sendet, nicht behagt.

Ich fürchte mich irgendwie vor diesem Wochenende. Seit Tagen hoffe ich, dass sie ihre Erbitterung über das, was Taylor zugestoßen ist, überwindet und wir wieder zur Normalität zurückkehren können. Doch das ist nicht geschehen, und langsam gehen mir die Ideen dafür aus, was ich dagegen unternehmen soll. Wenn die Lage zu Hause weiterhin derart angespannt ist, werde ich Xavier vielleicht zu meiner Schwester bringen.

Allerdings ist das Letzte, was ich momentan brauche, dass Nia mich mit Fragen darüber löchert, was zwischen mir und Wynter los ist, zumal ich keine Antworten darauf habe. Ich weiß zwar, was der Auslöser ist, aber ich bin mir nicht sicher, was bei einer durch PTBS ausgelösten Trauerreaktion hilft, die jeden, der das erlebt hat, was wir erlebt haben, jederzeit überfallen kann.

Während Wynter mit Willow schwanger war, war ich die meiste Zeit ein nervliches Wrack, weil ich Angst hatte, dass sie so wie Sadie bei der Geburt an irgendeiner seltenen Komplikation stirbt. Die ganze Zeit über hat Wynter kein einziges Mal die Geduld mit mir verloren. Sie hat versucht, mich zu beruhigen, indem sie mir unermüdlich versichert hat, dass mit ihr und dem Baby alles in Ordnung sei und dass sie in ihrer Seele spürte, dass Jaden über sie wachte und sie beschützte.

Wynter war gut zu mir, obwohl ihr die Geburt und das Muttersein Sorgen bereitet haben. Dennoch hat sie mir in dieser Zeit nie das Gefühl gegeben, dass ich eine zusätzliche Belastung für sie wäre. Ich möchte für sie da sein, so wie sie es für mich gewesen ist, doch sie wehrt mich ab, obwohl ich sie eigentlich nur näher zu mir holen möchte.

Ich könnte verlangen, dass sie mit mir redet … Ja, genau. Ich muss über diesen Gedanken lachen. Niemand kann von

Wynter erfolgreich »verlangen«, etwas zu tun, was sie nicht selbst tun will. Das wird nicht funktionieren. Vielleicht könnte ich sie bitten, mich an sie ranzulassen, damit ich ihr helfen kann. Ich könnte es zumindest versuchen … Ach, ich weiß nicht. Dieses Gefühl, wie auf Eierschalen zu laufen, ist unangenehm und beängstigend.

Nach der doppelten Katastrophe, erst Sadie und dann wenige Monate später auch ihre Mutter zu verlieren, habe ich mich in meinem neuen Leben mit Wynter und unseren Kindern eingerichtet. Wenn sie ihre Meinung über mich – und Xavier – geändert hat, weiß ich nicht, was ich tun soll. Sie und Willow sind ein Teil von mir geworden. Ich brauche sie beide. Ich möchte, dass unsere kleine Familie funktioniert, aber allein schaff ich das nicht.

Als ich drei Stunden früher als gewöhnlich nach Hause komme, ist mein Stresspegel am Anschlag. Die Kinder sollten gerade schlafen, also bemühe ich mich, im Haus leise zu sein, während ich Wynter suche. Ich finde sie oben in unserem Schlafzimmer, wo sie Stapel gefalteter Kleidung auf das Bett legt.

»Hey«, sage ich mit gesenkter Stimme, um sie mit meiner unerwarteten Ankunft nicht zu erschrecken.

Sie dreht sich um und wirkt überrascht, mich zu sehen.

»Ich konnte heute früher aufhören.«

Normalerweise würde sie jetzt lächeln. Sie würde zu mir kommen und sich in meine Arme schmiegen, froh, dass wir ein wenig Zeit für uns haben, während die Kinder schlafen. Doch heute macht sie weiter mit dem, was sie gerade tut, als wäre ich gar nicht da.

»Wynter.«

»Was?«

»Was tust du da?«

»Ich packe ein paar Sachen zusammen.«

»Wofür?«

»Ich dachte, ich könnte mit Willow für ein paar Tage zu meiner Mutter fahren.«

Ihre Mutter hat vor Kurzem geheiratet und ist für einige Wochen bei ihrem neuen Mann in dessen Wohnung in West Palm Beach.

»Was ist mit Xavier?« *Und mit mir*, möchte ich hinzufügen. *Was ist mit mir?*

»Ich dachte, du würdest nicht wollen, dass ich ihn mitnehme.«

Ich trete näher an sie heran und bemerke, dass sie völlig angespannt ist. Ich habe Angst, dass sie zerbricht, wenn ich sie berühre. »Vielleicht könnten wir euch begleiten.«

»Können wir uns das leisten?« Wir versuchen, von meinem Einkommen zu leben und das Geld aus der Lebensversicherung, das sie von Jaden und seinen Eltern erhalten hat, nicht anzurühren.

»Können wir es uns leisten, es nicht zu tun?«

Ihr ausdrucksstarkes Gesicht spiegelt innerhalb von Sekunden mehrere Gedanken wider. »Was meinst du damit?«

»Ich habe Angst vor der Distanz, die du diese Woche zwischen uns aufgebaut hast.«

Sofort füllen sich ihre Augen mit Tränen, und ich fühle mich schuldig, weil ich das einfach so ausgesprochen habe.

Ich gehe den letzten Schritt auf sie zu und stehe nun nah genug, um ihr eine Hand auf die Schulter zu legen. »Ich will keine Distanz zwischen uns. Ich will, dass du zu mir kommst, wenn du verletzt bist, und mich nicht ausschließt.«

»Es ergibt überhaupt keinen Sinn«, flüstert sie rau.

Ich bin erleichtert, dass sie mich nicht wegstößt. »Was ergibt keinen Sinn, Süße?«

»Ich kenne sie kaum«, sagt sie leise. »Und trotzdem fühlt es sich an, als wäre es mir passiert.«

»Du weißt einfach sehr gut, was sie durchmacht.«

»Aber das tue ich ja gar nicht. Es ist ihr zum *zweiten Mal* passiert, Adrian. Wie soll man das überleben?«

»Genau so, wie sie es beim ersten Mal geschafft hat. Eine Minute nach der anderen.«

Sie schüttelt den Kopf. »Ich könnte das nicht noch mal. Das wäre einfach unmöglich.«

»Natürlich könntest du das. Du müsstest es. Für unsere Kinder.«

»Nein.«

»Doch, Wynter, das würdest du. Du würdest sie niemals allein auf der Welt zurücklassen.«

Sie schüttelt immer noch den Kopf und bricht dann in Tränen aus, während ich langsam begreife, warum sie mich in den letzten Tagen auf Abstand gehalten hat. Wenn sie mich dazu bringt, sie zu hassen, muss sie keine Angst haben, mich zu verlieren. Das Problem ist nur, dass ich sie niemals hassen könnte.

Ich ziehe sie an mich. »Ich geh nirgendwohin.«

»Will dachte auch, dass er nirgendwohin gehen würde.«

»Das war ein Unfall. Furchtbares Pech. Die Wahrscheinlichkeit, dass so etwas uns oder einem oder einer der Wilden Witwen passiert, ist vermutlich etwa so hoch wie die, vom Blitz getroffen zu werden. Das wird nicht geschehen.«

»Bitte tu nicht so, als wäre es unmöglich, nur weil das Schicksal schon einmal zugeschlagen hat.«

»Wir können nicht in ständiger Angst davor leben, sonst ruinieren wir die Zeit, die uns bleibt, mit Sorgen wegen etwas, das mutmaßlich nie eintreten wird.«

»›Mutmaßlich‹ reicht mir nicht.«

»Das ist alles, was wir haben. Das ist das Beste, was ich dir an Sicherheiten bieten kann.«

»Wir sollten für Taylor da sein.«

»Nein, sollten wir nicht. Wie du völlig richtig festgestellt hast, kennen wir sie kaum, und wie Iris extra immer wieder betont, sind wir zu nichts verpflichtet. Hoffentlich kehrt sie wieder in die Gruppe zurück und wird unsere Freundin, aber im Moment … Wir gehen nicht zu dieser Beerdigung.«

Sie versteift sich wieder. Meine Liebste mag es nicht, wenn man ihr vorschreibt, was sie tun soll. »Und was, wenn ich hingehen möchte?«

»Es ist nicht gut für dich, und deine Abwesenheit tut ihr in keiner Weise weh.«

Sie seufzt und sinkt gegen mich. »Ich hasse es, wenn du recht hast.«

Das bringt mich zum Lachen. »Mick hat mir für Montag freigegeben. Was hältst du davon, wenn wir das Wochenende für einen Besuch bei Grandma und Grandpa nutzen?«

»Du meinst das wirklich ernst?«

»Ich möchte da sein, wo du bist, und ich denke, ein paar Tage fern von hier würden uns beiden guttun.«

»Ja, ganz bestimmt. Lass uns das machen. Wir nehmen Jadens Geld. Er würde das gutheißen.«

Ich umarme sie fest. »Ich liebe dich mehr als alles andere, und ich ertrag es nicht, wenn du unglücklich bist.«

»Es tut mir leid, dass ich so gemein zu dir gewesen bin.«

»Du hast gelitten, das wusste ich.«

»Trotzdem, ich war gemein, und das hast du nicht verdient.«

»Zum Glück liebe ich dich von ganzem Herzen, sodass ich dir sofort verzeihe, wenn so etwas passiert.«

»Bitte verlass mich niemals. Das würde ich nicht überleben.«

»Ich geh nirgendwohin, außer mit dir und unseren Babys nach Florida.«

21

Taylor

Am Samstagnachmittag sorge ich dafür, dass ich für eine Weile mit den Kindern allein in Elizas Zimmer sein kann. Unser Haus ist voll belegt mit Familie und Freunden, daher schließe ich die Tür und hoffe, dass wir nicht gestört werden.

Meine armen Kleinen blicken mich ängstlich an, weil sie wohl fürchten, dass wieder was passiert ist. Die Sorge räume ich schnell aus, lasse mich auf dem Boden nieder, mit dem Rücken an Elizas Bett gelehnt, und sie setzen sich zu mir.

»Ich möchte mit euch über die Totenwache und die Beerdigung von Daddy sprechen.«

»Was ist eine Totenwache?«, fragt Miles und runzelt dabei auf total süße Art und Weise die Stirn.

»Bei einer Totenwache schauen ganz viele Leute vorbei, um uns zu sagen und zu zeigen, dass sie wie wir traurig über Daddys Tod sind und uns gernhaben. Am Tag danach findet die Trauermesse in der Kirche statt, wo alle für ihn und für uns beten werden.«

Sie verarbeiten diese Informationen schweigend.

»Ich möchte von euch wissen, ob ihr hingehen oder zu Hause bleiben möchtet. Und bevor ihr antwortet, sollt ihr wissen, dass jede Entscheidung richtig ist. Wenn ihr euch nicht wohl dabei fühlt, müsst ihr nicht hin.«

»Was ist, wenn wir es wollen?«, erkundigt sich Eliza.

Ich streiche ihr eine Haarsträhne hinters Ohr. »Dann seid ihr herzlich willkommen. Bevor ihr mir sagt, wozu ihr euch entschlossen habt, möchte ich euch noch mehr über die Totenwache erzählen. Vorn im Raum steht ein Holzsarg. Darin liegt Daddys Leichnam. Manchmal wird der Sarg geöffnet, damit die Menschen sich von dem Verstorbenen verabschieden können, manchmal bleibt er jedoch auch zu. Ich habe darum gebeten, dass er nicht aufgemacht wird, weil es mir so lieber ist. Wenn ihr also mitkommt, müsst ihr nicht seinen Leichnam sehen.«

»Selbst wenn wir das möchten?«, will Miles wissen.

»Ich glaube, das ist keine gute Idee. Es ist viel besser für euch, ihn so in Erinnerung zu behalten, wie er war, als er noch gelebt hat und bei uns war, als dieses andere Bild im Kopf zu haben.«

»Würdest du es uns denn erlauben, wenn wir darum bitten würden?«, fragt Eliza.

Ich denke einen Moment darüber nach. »Ich würde wahrscheinlich Nein sagen, weil ich das besser beurteilen kann als ihr. Denn wenn man etwas Verstörendes sieht, kann das manchmal alle schönen Erinnerungen überlagern. Versteht ihr, was ich meine?«

Sie nicken, während sie meine Worte verdauen.

»Ich bin davon überzeugt, dass es besser für euch ist, ihn nicht zu sehen. Ich möchte, dass ihr mir in dem Punkt vertraut.«

»Okay«, sagt Eliza. »Ist es schwer für dich, zur Totenwache und zur Beerdigung zu gehen?«

»Oh ja, sehr schwer sogar. Weil alle so nett und freundlich sein werden, dabei möchte ich einfach nur zu Hause bei euch und Daddy sein, nicht im Bestattungsinstitut oder in der Kirche.«

»Wir sollten bei dir sein.« Eliza schaut ihren Bruder an, der zustimmend nickt. »Du solltest das nicht allein tun müssen.«

»Ich werde ja nicht allein sein, Süße. Gram und Pop werden mit mir da sein, ebenso wie Tante Laura, Tante Amanda, Tante Kate und Tante Iris sowie Grandma und Grandpa Lonergan und Daddys Geschwister. Und es werden ganz viele Freunde anwesend sein.«

»Ich will mitkommen«, erklärt Miles. »Wir drei sind ein Team, und ein Team macht alles zusammen.«

»Auch die traurigen Dinge«, fügt Eliza hinzu.

»Ihr beiden …« Ich drücke sie. »Ich bin immer so stolz auf euch, aber diese Woche ganz besonders. Es tut mir so leid, dass euch das schon wieder passiert ist. Niemand sollte zwei Väter verlieren müssen.«

»Wir hatten Glück, sie gehabt zu haben«, antwortet Eliza.

Ich blinzele die Tränen weg, die mir, seit ich den Raum betreten hab, ständig in die Augen steigen. »Das ist eine schöne Betrachtungsweise.«

»Manche Kinder haben gar keinen Vater«, sagt Miles. »Wir hatten zwei.«

»Das stimmt.«

Wir sitzen lange zusammen und trösten uns gegenseitig, so wie wir es seit dem Tod von Greg all die Jahre getan haben. »Wenn das Baby kommt, nehmen wir es in unser Team auf und sorgen dafür, dass es weiß, wie sehr sein Daddy es geliebt hat.«

»Er hat sich so darauf gefreut«, meint Eliza. »Er war total aus dem Häuschen.«

Lächelnd erwidere ich: »Ja, das war er wirklich.«

»Wir werden gut auf unseren Bruder aufpassen«, verspricht Miles. »Immer.«

»Ich liebe euch am allermeistesten.«

»Das ist kein richtiges Wort«, verkündet Eliza mit der Verachtung einer Drittklässlerin.

»Es ist ein Wort, wenn ich sage, dass es eins ist«, entgegne ich. »Ich bin schließlich die Mutter.«

»Mommy«, beginnt Eliza zögerlich, »wann dürfen wir wieder in die Schule?«

Diese Woche hab ich sie zu Hause gelassen. »Vielleicht nach den Thanksgiving-Ferien, wenn du dich bereit fühlst.«

Sie nickt. »Meine Freunde fehlen mir.«

»Ich bin mir sicher, dass es ihnen andersherum genauso geht.«

»Was zieht man zur Totenwache und zur Beerdigung an?«, fragt sie.

»Wir schauen mal, was wir haben, und entscheiden dann. Und solltet ihr eure Meinung ändern und doch nicht hinwollen, ist das völlig okay. Daddy erwartet nicht, dass ihr euch das antut, wenn ihr euch nicht dazu in der Lage fühlt – und ich auch nicht.«

»Wir werden unsere Meinung nicht ändern«, verkündet Eliza, während Miles wieder zustimmend nickt.

Ich war noch nie so stolz auf sie.

Derek

Als wir am Sonntag aufstehen, ist Roni während unseres morgendlichen Kaffeerituals und des Frühstücks mit Maeve und Dylan still und nachdenklich.

Maeve bittet Roni darum, eins ihrer albernen Liedchen für sie zu singen, und Roni tut es, doch es hat nicht die übliche Unbeschwertheit.

Später, als Dylan ein Nickerchen macht und Maeve sich mit mehreren Stofftieren und Bilderbüchern in ihr Zimmer zurückgezogen hat, suche ich nach Roni und finde sie in der Waschküche, wo sie damit beschäftigt ist, die Unmengen Wäsche zusammenzulegen, die zwei kleine Kinder produzieren.

»Hey.«

»Hey.«

»Was gibt's?«

»Ich falte Wäsche zusammen. Und du?«

»Geht's dir gut?«

»Ja, warum?«

»Du bist dieses Wochenende irgendwie in dich gekehrter und stiller als sonst.«

»Ich weiß. Tut mir leid. Ich bin nur …«

»Du versuchst, damit klarzukommen. Ich weiß. Ich auch.«

»Ich möchte zur Totenwache und zur Beerdigung.«

»Roni, du hast sie insgesamt zweimal in deinem Leben getroffen.«

»Trotzdem. Ich möchte wegen Iris hin.«

Ich lehne mich an den Trockner, verschränke die Arme und seufze. »Ich versteh das, aber du musst dich dem nicht aussetzen, nicht einmal für sie. Sie hat Gage, Christy und Joy bei sich. Sie schafft das.«

»Abgesehen von dir ist sie meine beste Freundin im Danach, und Taylor ist eine *ihrer* besten Freundinnen. Ich will für sie da sein.«

»Okay, dann fahren wir.«

»Du musst nicht mitkommen.«

Ich will wirklich nicht, doch … »Glaubst du tatsächlich, ich würde dich in so einer Situation allein lassen?«

»Ich werde nicht allein sein, schließlich sind auch die anderen da.«

»Und ich.«

Sie wirft mir den strengen Blick zu, mit dem Frauen Männer seit jeher ansehen.

Ich erwidere ihn so entschlossen, dass sie weiß, ich werde nicht nachgeben.

»Okay.«

»Okay.«

»Was ist mit den Kindern?«

Sie greift nach ihrem Handy. »Ich werde meine Mutter fragen, ob sie auf sie aufpassen kann.«

»Meine würde das auch machen, wenn deine es sich nicht einrichten kann.«

»Bist du sauer auf mich?«

»Was? Nein, ich bin nicht sauer auf dich. Wie könnte ich das sein? Schließlich liebe ich dich und dein großes Herz, das mit Iris und Taylor leidet.«

»Ich leide mit allen. Mit Iris, Christy und Joy, die miterleben mussten, wie Taylor sich in Will verliebt und ein neues, glückliches Leben begonnen hat, nur um es dann so plötzlich wieder zu verlieren. Ich leide mit Taylors Kindern und ihrem und Wills ungeborenem Baby. Es ist alles so furchtbar traurig.«

»Genau. Ich habe das diese Woche genauso empfunden.«

»Ich weiß. Du hast dich jede Nacht hin und her gewälzt.«

»Es bringt alles wieder zurück. Selbst wenn man die Leute nicht gut kennt, versteht man die Erfahrung.«

»Absolut.«

Ihr Handy leuchtet auf, sie hat eine Textnachricht erhalten. »Meine Eltern freuen sich, heute Nachmittag ein paar Stunden mit den Kindern zu verbringen.«

»Hast du ihnen erklärt, was wir vorhaben?«

»Nein. Wir sagen es ihnen erst hinterher, damit sie nicht versuchen, mir das auszureden.«

»Das verrät mir, du weißt selbst, dass das nicht die beste Idee ist, die du je hattest.«

»Haha, ja, stimmt. Aber ich geh trotzdem.«

Ich strecke eine Hand nach ihr aus, und sie kommt zu mir und schmiegt sich in meine Arme. »Ich liebe dich dafür, dass du dich so sehr um deine Freundin sorgst, dass du bereit bist, dein eigenes Wohlbefinden aufs Spiel zu setzen, um für sie da zu sein.«

»Mir wird nichts passieren.«

»Dafür werde ich sorgen.«

Wir vereinbaren mit den anderen, dass wir uns vor der Totenwache am Bestattungsinstitut in Falls Church treffen und zusammen reingehen.

Während ich mich umziehe, trifft eine Textnachricht von Iris ein. *Ich hab den Eindruck, dass Roni kommen will, um mich zu unterstützen, doch das ist wirklich nicht nötig.*

Du kannst gern versuchen, ihr das auszureden.

Seufz.

Bis gleich.

Ich hab euch lieb.

Wir dich auch.

Ich bin grundsätzlich mit wunderbaren Freunden gesegnet, aber die Wilden Witwen sind noch mal eine Klasse für sich. Obwohl ich also an diesem Sonntagnachmittag alles andere lieber machen würde, als zur Totenwache eines Mannes zu gehen, den ich kaum kannte, versteh ich, warum Roni für Iris da sein muss. Und trotz meiner Zurückhaltung möchte ich ebenfalls für sie da sein, so wie sie immer für uns da ist, wenn wir sie brauchen.

Ich entscheide mich gegen eine Krawatte, und während ich in mein Sakko schlüpfe, wandert mein Blick zu dem Foto von Victoria, das auf meiner Kommode steht. Obwohl ich dieses Foto jeden Tag sehe, schaue ich es mir selten so genau an wie damals, als sie gerade getötet worden war und ich verzweifelt nach Antworten auf die Frage gesucht hab, weshalb sie mich verraten hatte. Später fand ich heraus, dass sie das gar nicht getan hatte, dass ihre Loyalität mir gegenüber zu ihrem Tod geführt hatte.

Der schreckliche Tag, an dem ich von einem Wochenende in Camp David mit dem damaligen Präsidenten Nelson nach Hause kam und sie tot auf dem Boden unserer Küche vorfand, liegt jetzt über vier Jahre zurück. Unsere kleine Tochter war damals spurlos verschwunden, sodass die folgenden Tage die dunkelsten meines Lebens waren. Es war so entsetzlich, dass ich lieber tot wäre, als so was noch einmal erleben zu müssen.

Ich kann mir nicht vorstellen, wie Taylor sich wohl fühlt, wie surreal es für sie sein muss, auch ihren zweiten Ehemann verloren zu haben.

Will schien ein toller Typ zu sein, einer, der schnell mit jedem befreundet war. Er hatte ein gewinnendes Lächeln und war schlagfertig. Ich habe die kurze Zeit genossen, die ich bei Iris mit ihm verbracht habe. Das letzte Mal war vergangenen Sommer, als sie an einem heißen Augustsonntag zum Schwimmen im Pool vorbeikamen. Ich erinnere mich, wie gut Will sich mit Taylors Kindern verstanden und dass er ihnen seine ganze Aufmerksamkeit geschenkt hat. Ich erinnere mich an ihren Sohn Miles, der seine Arme um Wills Hals geschlungen hatte, während Will ihn im Pool herumzog und dazu Bootsgeräusche machte, die den kleinen Jungen total begeistert haben.

Es ist so verdammt herzzerreißend.

»Pass heute auf uns auf«, bitte ich Vic. »Es wird schwer werden.«

Unten ist Roni dabei, ihren Eltern alles zu erklären. Maeve liebt die beiden genauso sehr wie meine, und sie haben sie von Anfang an wie ihre eigene Enkeltochter behandelt.

Taylors Tragödie erinnert uns daran, was für einen Dusel wir haben, diese zweite Chance aufs Glück bekommen zu haben.

»Viel Spaß, Kinder«, ruft Ronis Mutter, als wir aufbrechen.

Auf dem Weg nach draußen verziehen Roni und ich beide das Gesicht. Nichts an diesem Ausflug wird »Spaß« machen, denn unsere kinderfreie Zeit ist heute von dem schrecklichen Ereignis überschattet.

Auf der Fahrt nach Falls Church schweigen wir, halten nur die ganze Zeit Händchen und schöpfen Kraft aus unserer Verbindung, so wie wir es von Beginn an getan haben. Sie hat mir eine ganz neue Sicht aufs Leben ermöglicht, von der ich gar nicht wusste, dass ich sie brauchte, bis sie es mir gezeigt hat. Zuerst dachte ich, sie würde mich stalken, was mich aufgrund der bizarren Ereignisse, die zum Mord an meiner Frau geführt hatten, zutiefst beunruhigt hat. Später hat sie mir gestanden, dass ich sie von hinten an ihren verstorbenen Ehemann Patrick erinnert hab, weshalb sie mir nachgelaufen ist, auf der Suche nach etwas, das für immer verloren war.

Dann tauchte sie im Weißen Haus als Kommunikationschefin der First Lady auf, und bei einem Treffen der Wilden Witwen stellte sich heraus, dass wir beide verwitwet waren. Zu diesem Zeitpunkt war ich schon eine Weile Mitglied der Gruppe. Danach war es fast so, als sei das Schicksal entschlossen, uns zusammenzubringen, selbst wenn es für sie viel zu früh war. Für eine lange Zeit waren wir einfach nur gute Freunde, auch noch bei der Geburt von ihrem und Patricks Sohn Dylan, und erst danach wurde unsere Beziehung romantisch.

»Danke«, sagt sie nach einer langen Pause.

»Kein Problem.«

»Klar doch«, erwidert sie lachend.

»Ich bin Iris, Christy und Taylor so dankbar, dass sie die Gruppe gegründet haben, die mich in vielerlei Hinsicht gerettet hat. Ohne sie wäre ich niemals bereit gewesen für dich und das hier. Taylor war schon lange nicht mehr aktiv dabei, als ich dazukam, aber ich bin ihr trotzdem dankbar dafür, dass sie die Gruppe mitbegründet hat, die so entscheidend für mich gewesen ist.«

»In Wahrheit machst du das allerdings für mich.«

»Fünfundneunzig Prozent sind für dich, zwei für Iris und Christy und drei für Taylor.«

»Ist mal wieder typisch, dass du das in eine Rechenaufgabe verwandelst.«

Die witzige Bemerkung passt viel besser zu ihrer üblichen Art, was ich erleichtert zur Kenntnis nehme. »Ich fürchte, ich schaffe es seit fast vierzig Jahren, anderen den Spaß zu verderben.«

»Apropos vierzig, wir müssen eine Party planen.«

»Ganz bestimmt nicht.«

»Oh doch.«

»Nein.«

»Wir werden sehen.«

»Ich mag keine Überraschungen.«

»Wie auch immer.«

»Roni, das ist mein Ernst.«

»Ich hab's gehört.«

Der Unterschied zwischen Vic und Roni ist, dass Vic gehört hätte, was ich gesagt habe, und entsprechend gehandelt hätte. Roni hat ebenfalls gehört, was ich gesagt habe, aber ich bin mir nicht sicher, was sie tun wird. Ich versuche die beiden Frauen aus Prinzip nicht zu vergleichen, weil ich sie beide liebe, doch das Leben mit Roni ist voller Überraschungen, die mir nichts ausmachen, trotz meiner Bemerkung über eine mögliche Party.

Wenn ich aus meinem eigenen Verlust und dem meiner

Freunde etwas gelernt habe, dann dass das Leben gefeiert werden muss, selbst Meilensteine, die wir lieber ignorieren würden. Vic und viele der Partner unserer verwitweten Freunde haben es nie bis zum vierzigsten Geburtstag geschafft. Daher betrachte ich es als Geschenk, auch wenn ich es lieber nicht an die große Glocke hängen möchte.

Zum Glück bin ich nicht allein. Einige meiner engsten Freunde sind in meinem Alter und werden in den nächsten ein oder zwei Jahren die vierzig erreichen.

Und gerade jetzt fahren wir zu einer Totenwache für einen Achtunddreißigjährigen, der ganz sicher nur zu gerne vierzig geworden wäre.

Ich beschwere mich nicht.

22

Roni

Obwohl ich unbedingt herkommen wollte, wachsen meine Zweifel an diesem Entschluss mit jeder Minute, die wir in der ewig langen Schlange vor dem Bestattungsinstitut warten. Es ist ein ungewöhnlich warmer, sonniger Novembertag, und das herrliche Wetter passt überhaupt nicht zu diesem traurigen Anlass.

Als Iris uns entdeckt, wirft sie mir einen »Was zum Teufel machst du denn hier?«-Blick zu, lächelt aber, während sie mich umarmt. »Das hättest du nicht tun müssen.«

»Doch, musste ich.«

Christys Trey und Joys Bernie haben darauf bestanden, ihre Frauen zu begleiten, was ich ihnen hoch anrechne.

Bernie treffen wir heute zum ersten Mal, also schlägt Iris vor, nach der Totenwache noch zusammen was zu essen, um ihn besser kennenzulernen. Auf diese Weise haben wir auch gleich was, auf das wir uns freuen können. An der Tür steht ein Pult, auf dem das Kondolenzbuch liegt und daneben ein Stapel Sterbebildchen. Wir tragen uns in das Buch ein und nehmen ein Kärtchen mit dem attraktiven, lächelnden Gesicht von Will.

Mein Herz schmerzt, als wir eintreten und Taylor und die Kinder mit Wills Familie in der Empfangsreihe stehen sehen, neben dem geschlossenen Sarg.

Das ist gut.

Ich wette, sie haben sich aus Rücksicht auf die Kinder dafür entschieden, den Sarg zuzulassen, da der Anblick des Toten sie am Ende nur stärker traumatisiert hätte.

Taylor sieht wunderschön aus in ihrem schwarzen Kleid, ihr Haar umrahmt in langen Locken ihr hübsches Gesicht, das vom Weinen rot und verquollen ist. In der einen Hand hat sie ein Taschentuch, während sie alle einzeln begrüßt, die ihnen ihr Beileid aussprechen wollen.

Miles, der einen dunkelgrauen Anzug trägt, und Eliza in einem marineblauen Kleid stehen neben ihrer Mutter und schütteln ebenfalls jedem die Hand, der vortritt. Ihre Haltung und ihre innere Kraft sind wirklich beeindruckend.

»Die Kinder«, flüstert Derek mir zu.

»Oh ja, genau das habe ich auch gerade gedacht.«

Vorne halten wir als Gruppe vor dem Sarg inne und beten stumm, betrachten die vielen Blumenarrangements und die Fotos von Will und seinen Lieben.

Das ist echt brutal.

Christy geht als Erste zu Taylor, stellt ihr kurz Trey vor, da sie ihn noch nicht kennengelernt hat.

»Vielen Dank, dass ihr hier seid«, sagt Taylor. »Das bedeutet uns sehr viel.«

Joy und Bernie sind die Nächsten, gefolgt von Iris und Gage.

Iris übernimmt es, Taylor unsere Namen zu nennen und ihr zu erklären, wer wir sind, wofür ich dankbar bin.

»Es ist sehr nett, dass ihr da seid«, bemerkt Taylor, als ich sie umarme.

»Wir haben die ganze Zeit an euch gedacht, seit wir davon erfahren haben. Wir sind für euch da.«

»Das bedeutet mir viel. Ich werde meine Wilden Witwen wahrscheinlich wieder brauchen, selbst wenn ich nie gedacht hätte, dass ich das jemals sagen würde.«

»Was ihr damals ins Leben gerufen habt, ist für so viele von uns die Rettung gewesen. Deshalb werden wir selbstverständlich für dich da sein, wenn du dazu bereit bist.«

»Danke.« Sie umarmt Derek. »Danke, dass ihr gekommen seid. Will und ich fanden es immer schön, wenn wir euch bei Iris getroffen haben.«

»Wir auch«, erwidert Derek.

Wir gehen weiter, um den Kindern die Hand zu geben, die so höflich und gefasst sind, dass es mir die Kehle zuschnürt.

Dann sind wir bei Wills Eltern, seinen Geschwistern und deren Partnern und kondolieren ihnen.

Was für eine verdammte Tragödie.

Ich bin echt dankbar, dass die anderen direkt auf den Ausgang zusteuern, nachdem wir die Begrüßungsreihe hinter uns gebracht haben. Draußen atme ich tief die kühle, frische Luft ein, erleichtert, dass wir da waren, unser Beileid ausgesprochen haben und wieder weg sind.

»Ich weiß nicht, wie es mit euch anderen ist«, sagt Joy, »aber ich brauche jetzt dringend einen großen, starken Drink, und zwar sofort.«

»Da bin ich ganz deiner Meinung«, antwortet Gage.

Iris

Ich bin so gerührt, dass Roni und Derek erschienen sind, um uns, die wir enger mit Taylor und Will verbunden sind, zu unterstützen. Danach landen wir in einem Pub, den Bernie vorgeschlagen hat und in dem es ausgezeichnetes Essen sowie die Drinks gibt, die wir alle so dringend brauchen.

Bernie kennt den Besitzer und erklärt ihm, dass wir nach der Totenwache für jemanden, der viel zu jung gestorben ist, eine Sonderbehandlung benötigen.

Die bestellten Drinks stehen dann auch im Nu vor uns.

Ich erhebe mein Glas zu einem Toast. »Auf Taylor, Will, Eliza, Miles, das Baby und alle, die sie lieben.«

Die anderen stoßen mit mir an.

»Auf das Leben, die Liebe und die Freundschaft«, sagt Joy.

Auch darauf trinken wir gerne.

»Was für ein Albtraum.« Christy tupft sich mit einem Taschentuch die geröteten Augen. »Ein elender Albtraum.«

Alle murmeln etwas Zustimmendes.

»Das hat mich echt fertiggemacht«, meint Christy. »Ich warte immer noch darauf, dass Trey mir mitteilt, dass er nicht bereit ist für dieses Maß an Verzweiflung.«

Trey legt einen Arm um sie. »Ich bin für alles an deiner Seite.«

Sie lehnt ihren Kopf an seine Schulter. »Es fühlt sich falsch und selbstsüchtig an, mich und meine Gefühle so in den Mittelpunkt zu rücken.«

»Adrian hat mir erzählt, dass Wynter genauso empfindet. Doch seit sie für ein paar Tage nach Florida geflogen sind, scheint es ihr besser zu gehen.«

»Es betrifft ja auch uns alle, denn wir können das besser verstehen als jeder andere«, wirft Gage ein.

»Nur wissen wir nicht, wie es ist, wenn man das ein zweites Mal durchmachen muss«, entgegnet Derek. »Gott sei Dank.«

»Ihr seid echt eine tolle Truppe«, stellt Bernie fest. »Ich hab so viel über euch gehört, dass ich das Gefühl habe, euch bereits alle zu kennen.«

»Das ist bloß ein kleiner Teil des großen Ganzen«, antworte ich ihm.

»Es tut mir leid, dass es so eine große Nachfrage nach dem gibt, was ihr anbietet, und natürlich, dass ihr alle erst einen so herben Verlust erleiden musstet, um zusammenzufinden.«

Ich schaue Joy an. »Jemand hat dich gut auf dein erstes Treffen mit den Wilden Witwen vorbereitet.«

Joy war fest entschlossen, ihre Beziehung zu Bernie locker zu handhaben und unverbindlich zu halten, bis sie bereit für mehr ist, weshalb wir ihn bisher noch nicht kennengelernt hatten.

»Dafür ist er ganz allein verantwortlich«, sagt Joy lächelnd. »Er kam schon vorprogrammiert.«

»Umso besser«, erwidert Gage. »Welche Sportarten interessieren euch, und von welche Mannschaften seid ihr Fans?«

Während die Jungs die Chancen der Commanders in dieser Saison diskutieren, sagt Joy: »Ich muss immer wieder an Eliza und Miles in dieser Empfangsreihe denken. Diese armen, süßen Kinder.«

»Ich weiß«, bestätigt Christy. »So tapfer.«

»Taylor hat erwähnt, dass sie ihnen erklärt hat, was eine Totenwache ist, und ihnen die Wahl gelassen hat, ob sie dabei sein wollen«, erzähle ich ihnen.

»Meine Güte«, meint Joy. »Ich bin mir nicht sicher, ob ich das in ihrem Alter geschafft hätte.«

»Aber echt«, pflichtet ihr Christy bei. »Ich hab das als Erwachsene kaum verkraftet.«

»Es war lieb von euch, dass ihr beide gekommen seid«, wendet sich Joy an Roni. »Das hat Taylor viel bedeutet.«

»Und mir auch«, füge ich hinzu, da mir klar ist, dass sie es für mich getan haben.

»Ich hatte selten mit jemandem so großes Mitgefühl wie mit Taylor«, bemerkt Roni. »Es hat mich wirklich hart getroffen, und ich fühle mich schuldig dabei, das überhaupt auszusprechen.«

»Wir waren schon einmal in ihrer Situation und können uns nicht vorstellen, das noch einmal durchzustehen. Deshalb geht es uns allen so nahe.«

Roni schaudert. »Ganz genau. Exakt das.«

»Ich bin froh, zu hören, dass Wynter sich wieder gefangen hat«, stellt Joy fest. »Ich hab mir Sorgen um sie gemacht.«

»Ich weiß«, antworte ich und seufze. »Ich hasse es, sie so niedergedrückt zu sehen. Sie hat es so weit gebracht, seit wir sie kennengelernt haben.«

»Sie wird wieder«, sagt Joy. »Sie braucht nur etwas Zeit, um alles zu verarbeiten, und danach wird sie sich wieder berappeln.«

»Das hoffe ich.« Wynter ist eine meiner stolzesten Errungenschaften bei den Wilden Witwen, und ich wünsche mir so sehr, dass ihr zweites Kapitel mit Adrian gut läuft.

»Es ist echt seltsam«, meint Christy, »dass sich die Tragödie eines anderen für uns alle so persönlich anfühlt. Ich war die ganze Woche am Boden zerstört. Der arme Trey wird um sein Leben rennen.«

Trey lehnt sich zu ihr rüber. »Nein, wird er nicht.«

Christy lächelt ihn an, doch ihre Augen blicken traurig.

Ich reiche ihr über den Tisch hinweg ein neues Taschentuch. »Kann ich euch was fragen?«

»Klar«, erwidert Joy.

Ich schaue zu Gage, der sich mit Derek, Bernie und Trey unterhält. Sie sind jetzt beim Eishockeyteam der Capitals angelangt. »Ist es egoistisch von uns, trotz allem nächste Woche heiraten zu wollen?«

»Was?«, fragt Roni mit schockierter Miene. »Nein. Auf keinen Fall.«

»Es fühlt sich … komisch an, mein Happy End zu feiern, während das Leben einer engen Freundin in Scherben liegt.«

»Sie würde auf keinen Fall wollen, dass du das verschiebst, Iris«, entgegnet Christy. »Sie würde es hassen, der Grund dafür zu sein.«

»Es wäre nicht ihre Schuld. Es sind einfach die Umstände und der Zeitpunkt … Ich weiß nicht, was ich tun soll.«

Joy greift über den Tisch nach meiner Hand. »Ich bin mir ziemlich sicher, dass ich für uns alle spreche, wenn ich dir antworte, dass niemand auf der Welt sein Happy End mehr verdient als du und Gage. Ich kann es kaum erwarten, nächstes Wochenende auf eurer Hochzeit zu tanzen und zwei Menschen zu feiern, die alles Gute bekommen sollen, was das Leben zu bieten hat. Bitte sag nicht ab, und verschiebe nichts. Wir alle brauchen diese Feier, und jetzt mehr denn je.«

»Mama Joy hat wie immer recht«, bekräftigt Roni. »Euer großer Tag ist genau das, was wir brauchen.«

»Was soll ich Taylor sagen?«

»Ich werde mit ihr reden«, verkündet Christy. »Ich werde ihr sagen, dass du dich sehr freuen würdest, wenn sie dabei wäre, sofern sie sich wohlfühlt. Aber dass du natürlich Verständnis dafür hast, wenn es für sie zu früh ist, um daran teilzunehmen.«

»Wirst du mir Bescheid geben, wenn du das Gefühl hast, dass sie denkt, ich sollte es lieber sein lassen?«

»Das wird sie nicht, Iris. Sie hat dich lieb und freut sich für dich, Gage und die Kinder. Sie würde niemals wollen, dass du die Hochzeit ihretwegen verschiebst.«

»Wir werden immer für Taylor da sein«, fügt Joy hinzu. »Sie wird uns noch bitten, sie endlich mal in Ruhe zu lassen. In der Zwischenzeit müssen wir anderen unseren Weg gehen und unser Leben leben. Das ist alles, was wir tun können.«

Auch wenn ich mir weiter nicht sicher bin, ob es richtig

ist, die Hochzeit durchzuziehen, habe ich meine Freundinnen gehört und werde wie geplant weitermachen.

Nach einem netten, allerdings nicht wirklich ausgelassenen Abendessen mit unseren Freunden verabschieden wir uns mit Umarmungen auf dem Parkplatz und der Bitte an Roni und Derek, sich nicht damit zu stressen, ob sie es zur Beerdigung schaffen. Sie haben uns mit ihrer Anwesenheit bei der Totenwache mehr als genug unterstützt.

»Wir werden an euch alle denken«, verspricht Roni, als sie mich an sich drückt. »Rufst du mich danach an?«

»Auf jeden Fall. Versprochen.«

»Ich hab dich lieb.«

»Ich dich auch. Ich werde nie vergessen, was du heute getan hast, und ich weiß, dass Taylor ebenso empfindet.«

»Ich hätte nirgendwo anders sein wollen.«

Zu Joy und Christy sagen wir, dass wir uns am nächsten Morgen sehen, und machen uns auf den Heimweg.

»Was haben die anderen zur Hochzeit gemeint?«, will Gage wissen, als wir unterwegs sind.

»Ich habe mich schon gefragt, ob du das mitbekommen hast.«

»Ich hab versucht, nicht zu lauschen, obwohl die Neugier mich fest im Griff hatte.«

»Sie finden, wir sollten es tun, und sind davon überzeugt, dass das auch Taylors Wunsch wäre. Wir sollen uns an unserem Glück freuen und sonst nichts.«

»Der Rat gefällt mir. Dir auch?«

»Ich gewöhne mich langsam an den Gedanken.«

Als wir zu Hause sind und meine Mutter mit Umarmungen und Dank für das Aufpassen auf die Kinder verabschiedet haben, nimmt Gage mich bei der Hand und führt mich zum Sofa.

»Was ist los?«, frage ich ihn, als er mich auf seinen Schoß gezogen hat.

»Ich möchte noch etwas zur Hochzeit sagen, bevor wir uns endgültig dafür entscheiden.«

»Was denn?«

»Ich möchte, dass unsere Hochzeit einer der schönsten Tage unseres Lebens wird. Ich möchte, dass es ein Tag ist, an dem wir feiern, dass wir etwas überstanden haben, das uns hätte brechen können, es jedoch nicht getan hat. Ich möchte das mit den Menschen feiern, denen wir geholfen haben, das Schlimme in ihrem Leben zu verarbeiten und weiterzumachen, und mit denen, die wiederum uns das ermöglicht haben. Vor allem möchte ich, dass du, der Mittelpunkt unseres Universums, eine wunderbare, unbeschwerte Zeit hast. Wenn du das so kurz nach Taylors Verlust nicht kannst, dann verschieben wir die Hochzeit, bis du dazu in der Lage bist, und ich hätte damit überhaupt kein Problem.«

Dieser Mann ... Dieser umwerfende, fürsorgliche Mann ... »Ich liebe dich so sehr. Mehr, als du dir jemals vorstellen kannst.«

»Ich liebe dich genauso sehr und ich wünsche mir dein Glück – und das Glück der Kinder – mehr als mein eigenes. Schlaf eine Nacht darüber. Schau, wie du dich nach der Beerdigung fühlst, und dann sprechen wir uns morgen Abend wieder hier, um eine endgültige Entscheidung zu treffen, okay?«

»Klingt gut. Danke, dass du verstehst, dass ich hin- und hergerissen bin. Das bedeutet mir viel.«

»Ich liebe es, wie sehr du dich um alle in deinem Leben kümmerst. Ich kann das nicht nur lieben, wenn es mir gerade passt.«

»Die Kinder wären so enttäuscht, wenn wir es aufschieben würden. Das belastet mich auch sehr. Sie sind schon traurig, dass Eliza und Miles ihren neuen Papa verloren haben.«

»Natürlich sind sie das. Aber sie wissen besser als die meisten Kinder, dass der Tod zum Leben gehört.«

»Ja, stimmt.«

»Jetzt lass uns schlafen gehen. Morgen wird ein anstrengender Tag.«

Auf dem Weg nach oben, wo wir noch nach den Kindern schauen, ehe wir uns zu Bett begeben, ist mein Herz schwer wegen meiner lieben Freundin und ihren süßen Kindern, die morgen den letzten Abschied von ihrem geliebten Will vor sich haben.

23

Christy

Ich bin schon vor Sonnenaufgang wach und trinke gerade meine zweite Tasse Kaffee, als Trey zu mir in die Küche kommt.

»Heute bin ich von ganz allein aufgewacht, dabei passiert mir das sonst nie.«

Mein schier unstillbares Bedürfnis nach Schlaf ist für ihn eine ständige Quelle der Belustigung. Normalerweise schlafe ich vor ihm ein und verlasse das Bett erst, nachdem er seinen Tag schon längst begonnen hat. Jetzt, wo sich meine Kinder morgens allein für die Schule fertig machen können, stehe ich sogar noch später auf als früher, als sie darauf angewiesen waren, dass ich sie aus den Federn scheuche.

»Es gibt immer ein erstes Mal.«

Er nimmt meine Hand und zieht sie an seine Lippen. »Was kann ich tun?«

»Nichts. Aber danke, dass du fragst.«

»Wann müssen wir zur Beerdigung aufbrechen?«

Ich sehe ihn an. »Du brauchst mich nicht zu begleiten. Du musst zur Arbeit.«

»Ich hab mir freigenommen. Ich kann dich da unmöglich allein hinfahren lassen.«

Seine Freundlichkeit treibt mir Tränen in die Augen, die vom vielen Weinen ohnehin schon gerötet sind. »Das ist mehr, als ich erwarten kann.«

»Nein, das ist das Mindeste – mit Luft nach oben.«

Selbst wenn ich völlig verzweifelt bin, bringt er mich zum Lächeln. »Danke für alles, was du in dieser Woche für mich getan hast. Mir ist nicht entgangen, dass du dich in den letzten Tagen ganz besonders für uns reingehängt hast, und ich weiß das sehr zu schätzen.«

»Ich wünschte, ich könnte mehr tun.«

»Es war alles, was ich gebraucht habe – und mehr.«

»Wann müssen wir los?«

»Kurz vor neun? Der Gottesdienst beginnt um zehn.«

»In Ordnung.«

»Danke, dass du hier bist.«

»Gar kein Problem.«

»Das stimmt so nicht ganz.«

»Auch wenn ich das hasse, was uns heute bevorsteht, liebe ich es, dass ich einen ganz normalen Montag mit dir verbringen kann. Das passiert nicht häufig.«

»Ja, allerdings.«

»Stütz dich heute auf mich, Süße. Ich bin für dich da.«

Ich nicke, weil sich in meinem Hals ein großer Kloß gebildet hat und das alles ist, wozu ich gerade fähig bin.

Wir treffen uns vor der Kirche mit Iris, Gage und Joy und gehen gemeinsam nach drinnen, wo schon viele Trauergäste Platz genommen haben.

»Bernie wollte kommen, doch er konnte seine Termine nicht rechtzeitig verschieben. Er lässt herzliche Grüße ausrichten.«

»Ich mag ihn«, erklärt Iris. »Er ist großartig.«

»Ja, ist er«, seufzt Joy, während wir in eine der Bänke rutschen.

»Warum klingst du nicht glücklich darüber?«, frage ich sie.

»Ich *bin* glücklich, aber na ja, du weißt schon … Es ist jetzt immer mit anderem Mist verbunden.«

»Du hast in der Kirche ›Mist‹ gesagt«, flüstert Iris empört, was uns fast zum Lachen bringt. Zu jeder anderen Zeit wären wir definitiv in Gelächter ausgebrochen.

»Was machen wir hier eigentlich, Leute?«, fragt Joy. »Was zum Teufel machen wir hier?«

»Ist hier noch was frei?«

Wir atmen alle überrascht ein, als wir aufblicken und Aurora entdecken, die früher regelmäßig bei unseren Treffen war. Wie immer sind ihre blonden Haare sorgfältig gestylt, und ihr Make-up ist perfekt. Doch sie strahlt eine Traurigkeit aus, die ich nur zu gut verstehen kann.

»Oh mein Gott, wie schön, dich zu sehen!« Ich umarme sie und stelle sie Trey als eine der Wilden Witwen vor. Ihr Mann ist wegen Vergewaltigung angeklagt und verurteilt worden. Als sie wissen wollte, ob sie unserer Gruppe beitreten könne, waren wir uns einig, dass sie genauso viel Recht hatte, Mitglied zu sein, wie wir alle, da ihr Leben durch die Taten ihres Ehemanns unwiderruflich verändert worden war. Nachdem sie sich mit Beginn des Prozesses zurückgezogen hatte, haben wir uns große Sorgen um sie gemacht.

»Wir haben dich vermisst«, sagt Iris.

»Ich euch auch.« Als sie Gage und Joy umarmt hat, lässt sie sich neben mir nieder. »Es tut mir so entsetzlich leid für Taylor. Das ist eine solche Tragödie.«

»Absolut.«

»Ist sie … Wie geht es ihr?«

»Wie zu erwarten. Sie steht unter Schock, aber sie hält irgendwie für ihre Kinder durch.«

»Und das alles so kurz vor der Geburt ihres Babys ... Es ist so traurig.«

Wir spenden uns gegenseitig Trost, lehnen uns aneinander und halten uns an den Händen, bis der Gottesdienst mit einem Lied vom Kirchenchor beginnt. Der Sarg wird über den Mittelgang zum Platz vor dem Altar gerollt, und dahinter folgt Taylor, die ihre Kinder an der Hand hat.

Es ist unerträglich.

Die katholische Messe mit ihrem Wechsel zwischen Stehen, Sitzen und Knien ist mir von sonntäglichen Gottesdienstbesuchen in meiner Kindheit vertraut.

Wills Schwester Catherine tritt an den Ambo, um Psalm 23 vorzulesen.

Der HERR ist mein Hirt, nichts wird mir fehlen.

Er lässt mich lagern auf grünen Auen und führt mich zum Ruheplatz am Wasser.

Meine Lebenskraft bringt er zurück. Er führt mich auf Pfaden der Gerechtigkeit, getreu seinem Namen.

Auch wenn ich gehe im finsteren Tal, ich fürchte kein Unheil; denn du bist bei mir, dein Stock und dein Stab, sie trösten mich.

Du deckst mir den Tisch vor den Augen meiner Feinde. Du hast mein Haupt mit Öl gesalbt, übervoll ist mein Becher.

Ja, Güte und Huld werden mir folgen mein Leben lang, und heimkehren werde ich ins Haus des HERRN für lange Zeiten.

Erinnerungen an diese Lesung bei Wes' Beerdigung überwältigen mich förmlich und versetzen mich direkt an jenen schrecklichen Tag zurück, an dem *ich* als Witwe mit zwei kleinen Kindern an der Hand hinter dem Sarg herschritt.

Es ist alles zu viel.

Und dann steht Taylor auf und geht nach vorn, um die Trauerrede für ihren Mann zu halten.

Mir stockt der Atem, während ich mich für das wappne, was jetzt kommt.

»Im Namen meiner Kinder Eliza und Miles sowie der Familie von Will möchte ich euch allen dafür danken, dass ihr heute hier seid. Will würde sich geehrt fühlen, dass ihr uns in dieser letzten, unwirklich erscheinenden Woche so viel Liebe und Unterstützung entgegengebracht habt.«

Ich frage mich, wie sie das bloß schafft.

Ursprünglich wollte ich nach Wes' Tod die Trauerrede selbst halten, doch das konnte ich nicht. Also habe ich etwas geschrieben, das sein Bruder an meiner Stelle vorgelesen hat.

»Ich möchte mich ganz besonders bei meinen Eltern und Schwestern, meiner wunderbaren Nachbarin Kate und meinen Witwenfreundinnen und -freunden bedanken, insbesondere bei Iris und Gage, die mir von dem Moment an, als feststand, dass Will seinen schweren Arbeitsunfall nicht überlebt hat, bis heute zur Seite gestanden haben. Es gibt nichts Besseres als Witwenfreundinnen wie Christy und Joy, die immer für einen da sind und wissen, was man in so einem Fall sagen und tun muss. Ich hätte nie gedacht, dass mein Leben so verlaufen würde, aber wer konnte so was schon vorhersehen? Ihr sollt wissen, dass ich inmitten meiner tiefen Trauer unglaublich dankbar für die Freude bin, die Will in mein Leben und das meiner Kinder gebracht hat. Mein lieber, wunderbarer, unersetzlicher Will …«

Ihre Stimme bricht, ehe sie sich wieder fasst und fortfährt: »Ich werde es vermissen, mit dir *Love Island* zu schauen und dir zuzuhören, wenn du darüber spekulierst, was als Nächstes passiert, wobei du übrigens meist genau richtiglagst. Ich werde deine unerschütterliche Liebe zu allen möglichen Tacos vermissen, egal, mit was sie gefüllt waren. Ich werde deine chronisch linksherum angezogenen Socken vermissen und unsere Diskussionen darüber, ob das Besteck vor dem Einräumen in die Spülmaschine sortiert werden sollte oder erst beim Herausnehmen. Fürs Protokoll: Die Antwort lautet ›Beim Herausnehmen‹, und du hast dich die ganze Zeit geirrt, mein liebster Schatz.«

Mit dieser Bemerkung erntet sie bei den Anwesenden amüsiertes Lachen.

»Ich werde es vermissen, dich zusammen mit unseren Kindern zu sehen und zu erkennen, wie sehr ihr einander lieb habt. Wie du ihr Vater geworden bist, Schritt für Schritt, ohne jemals dem Mann, der ihnen das Leben geschenkt hat, etwas zu nehmen. Wie du dabei geholfen hast, dass sie zu Menschen werden, auf die wir stolz sein können, war eine der schönsten Erfahrungen meines Lebens. Eliza und Miles möchten, dass du weißt, wie sehr sie dich lieben und wie sehr du ihnen fehlst und dass sie dich niemals vergessen werden.

Ich werde deine Liebe und Nähe vermissen. Du hast dich einer Witwe und ihrer untröstlichen Kinder angenommen und uns irgendwie wieder zu einer Familie geformt. Du hast es so wirken lassen, als wäre das ganz einfach, obwohl es das bestimmt nicht war. Und mehr als fast alles andere schmerzt es mich, dass ich dich nie mit unserem Sohn sehen werde, der seinen wunderbaren Vater niemals kennenlernen wird.« Sie braucht eine Pause, um sich zu sammeln. »Wir werden alles daransetzen, dich zu einem Teil seines Lebens zu machen, damit er weiß, wie glücklich er sich schätzen kann, dich zum Vater zu haben.

Ich wusste bereits vor deinem schrecklichen Unfall, dass das Leben nicht fair ist. Jetzt hab ich gelernt, dass es geradezu grausam sein kann. Trotzdem werden meine Kinder und ich nicht aufgeben. Wir werden alles dafür tun, dass Will stolz auf uns sein kann, und wir werden seinen Sohn mit all unserer Liebe einhüllen. Wir werden weiterleben, und es wird uns gut gehen, so wie wir es nach dem Tod von Greg auch geschafft haben.

Will war ein helles Licht in unserer Welt. Wir werden

ihn immer vermissen und ewig lieben. Ruhe in Frieden, mein Liebster.«

Taylors Worte, die sie mit so viel Tapferkeit und Stärke vorgetragen hat, berühren jeden hier tief. Wir reichen uns gegenseitig Taschentücher, um die Tränen auf unseren Gesichtern wegzuwischen.

Nach der Trauerfeier sind wir in ein Restaurant in der Nähe eingeladen.

»Begleitest du uns zum Essen, Aurora?«, fragt Iris.

»Ich würde gerne, doch ich muss zurück zur Arbeit.« Sie umarmt uns alle. »Es war schön, euch zu sehen.«

»Wir würden uns freuen, wenn du wieder häufiger zu unseren Treffen kommen könntest«, sagt Iris.

»Vielleicht schaffe ich das eines Tages. Ich bin dankbar, dass ihr mich im Gruppen-Chat gelassen habt. Es ist schön, zu lesen, was ihr alle so treibt. Herzlichen Glückwunsch zu eurer Verlobung, ihr beiden. Wann ist der große Tag?«

»Dieses Wochenende«, antwortet Iris mit einer Grimasse. »Perfektes Timing, was?«

»Ich hoffe, es wird die wundervolle Feier, die ihr beide verdient.«

»Danke.«

»Ich melde mich. Bitte grüßt Taylor herzlich von mir.«

»Das werden wir«, verspricht Joy. »Es wird ihr viel bedeuten, dass du da warst.«

Sie winkt uns zu, während sie zu ihrem Auto läuft.

»Nun«, verkündet Iris, »das war eine tolle Überraschung.«

Ich hebe noch mal grüßend die Hand, als sie losfährt. »Schön, dass es ihr so gut geht.«

»Ich hoffe, sie wird wieder Teil der Gruppe«, meint Joy mit einem Seufzen. »Sie sieht wie immer toll aus, aber ihre Augen blicken so traurig.«

Ich nicke. »Das habe ich auch gedacht. Ich würde mich aufrichtig freuen, wenn sie wieder zu uns stößt.«

Gage bietet an, uns alle in seinem geräumigen SUV zum Restaurant mitzunehmen, wo Parkplätze Mangelware sind, und wir steigen bei ihm ein.

Auf der kurzen Fahrt wird kein Wort gesprochen, während wir gedanklich noch bei der Trauerfeier und all den Gefühlen sind, die sie bei uns ausgelöst hat.

Außer Trey sind wir alle schon einmal an Taylors Stelle gewesen, als alle Augen auf sie gerichtet waren, während sie ihre Familie und ihre Freunde durch ein Ritual geführt hat, das so alt ist wie die Zeit selbst.

Zum zweiten Mal.

Es herrscht eine gedämpfte Stimmung, als sich die Trauergesellschaft im Restaurant zum Mittagsbuffet einfindet.

Wir stochern in unserem Essen herum, keiner von uns ist wirklich daran interessiert, doch wir versuchen, höflich zu sein.

Taylor macht mit Eliza und Miles die Runde, bleibt an jedem Tisch stehen, um sich fürs Kommen zu bedanken und bei uns auch noch ausdrücklich für die Unterstützung in der letzten Woche.

»Iris, kann ich dich kurz sprechen?«, fragt sie.

»Natürlich.« Iris erhebt sich von ihrem Platz, während Eliza und Miles zu ihren Großeltern zurückgehen.

Iris

Taylor tritt mit mir auf die Terrasse vor dem Gastraum. Es ist ein weiterer überdurchschnittlich warmer, sonniger Novembertag, was angesichts des Anlasses fast unpassend wirkt.

»Deine Trauerrede war wirklich ergreifend. Will wäre sehr stolz gewesen.«

»Danke. Ich war mir bis zur letzten Minute nicht sicher,

ob ich es schaffen würde. Meine Schwester stand für alle Fälle bereit und hätte zur Not einspringen können.«

»Es war wirklich bewegend.«

»Ich kann immer noch nicht glauben, dass ich eine weitere Trauerrede für einen Ehemann schreiben musste«, stellt sie mit einem bitteren Lachen fest.

»Es ist schwer zu verkraften.«

»Das ist es wirklich.«

»Hast du gesehen, dass Aurora da war?«

»Nein! Wirklich? Wie geht es ihr?«

»Insgesamt gut, allem Anschein nach. Sie wollte, dass wir dir ihr Mitgefühl und liebe Grüße ausrichten.«

»Es war auf jeden Fall nett von ihr, dass sie sich die Zeit genommen hat. Also pass auf, ich möchte mit dir über deine Hochzeit sprechen.«

»Oh, Taylor … Nicht heute. Es ist in Ordnung.«

»Es gibt keinen besseren Zeitpunkt als jetzt«, entgegnet sie mit einem schiefen Grinsen. »Und ich kann mir nicht helfen, aber ich vermute, dass du mit dem Zeitpunkt haderst und dich fragst, ob ihr das wirklich durchziehen sollt. Ich möchte dich dahin gehend bestärken. Bitte, *bitte* verschiebt nichts, sondern tut es … mit Freude und Aufregung und all den Dingen, die du und Gage so sehr verdient habt.«

Ich werfe ihr einen Seitenblick zu. »Hat einer unserer gemeinsamen Freunde aus dem Nähkästchen geplaudert?«

»Niemand hat darüber auch nur ein Wort zu mir gesagt, doch ich kenne dich und weiß, wie ich mich an deiner Stelle fühlen würde. Ich bin mir noch nicht sicher, ob ich dabei sein kann, aber bitte ändere deine Pläne nicht meinetwegen. Bitte.«

Ich umarme sie fest. »Danke für deine lieben Worte. Ich hab mir tatsächlich den Kopf darüber zerbrochen und war hin- und hergerissen.«

»Zweifellos. Wir brauchen jetzt etwas Schönes und Freudiges, und wer könnte uns das besser liefern als ihr zwei?«

»Danke, dass du an so einem Tag an mich gedacht hast.«

»Iris … Du hast wirklich keine Ahnung, was du uns allen bedeutest, oder?«

»Oh, nun ja …«

»Unsere Wilden Witwen waren unglaublich. Ich habe von so vielen von ihnen gehört, von Menschen, die ich kaum kenne und die mir versprochen haben, mir bei jedem Schritt auf meinem Weg zur Seite zu stehen. Sie brauchen eure Feier als Ausdruck von Freude und Hoffnung, besonders jetzt.«

»Dass du in einer solchen Zeit an andere denkst …«

»Für Witwen ist es schwer, zu erleben, dass es wieder geschehen kann. Ich kann mir gut vorstellen, wie schwierig es für euch alle gewesen sein muss.«

»Danke. Wir alle warten darauf, dich bei uns zu sehen, sobald du dich dazu bereit fühlst.«

»Warten wir ab, wie es läuft. Trotzdem danke für die liebe Einladung. Ich würde es niemandem von euch übel nehmen, wenn er lieber nichts mit mir zu tun haben möchte, nachdem ich mich ohne einen einzigen Blick zurück in mein zweites Kapitel gestürzt habe.«

»Oh bitte. Du bist uns genauso willkommen wie immer.«

»Ich hoffe wirklich, dass ich am Samstag dabei sein kann, um deine und Gages Hochzeit zu feiern.«

»Nur wenn du dazu in der Lage bist. Du bist nicht im Geringsten zu irgendwas verpflichtet.«

»Keine Sorge. Ich hab mich sehr darauf gefreut.«

Sie umarmt mich erneut, und wir halten uns lange fest, so wie wir es seit Jahren tun.

»Danke, dass du für mich da warst, dass du zu mir ins Krankenhaus gekommen bist, dass du dich um die Besprechung im Bestattungsinstitut gekümmert hast … Für alles. Du bist eine der besten Freundinnen, die ich je hatte.«

»Gleichfalls, meine Süße.«

»Kaum, aber wenn du das findest …«

»Absolut.«

Als wir wieder zu den anderen reingehen, hakt sie sich bei mir unter. »Iris und Gage werden wie geplant am Samstag heiraten, mit meinem Segen und meiner ganzen Liebe.«

»Danke, Taylor«, sagt Gage leise. »Das bedeutet uns alles.«

24

Wynter

Diese Auszeit ist genau das, was ich gebraucht habe. Meine Mutter und Lou freuen sich riesig über unseren Besuch und haben sogar angeboten, auf die Kinder aufzupassen, sodass Adrian und ich einen Abend allein verbringen können. Seit wir hier sind, geht es mir besser, ich bin ruhiger, und die Tage am Strand tun meiner Seele gut.

»Xavier wird nie wieder nach Hause wollen«, meint Adrian, während er mich im Auto meiner Mutter zu dem Restaurant fährt, in dem er einen Tisch für uns reserviert hat.

»Im Frühjahr müssen wir ihm einen Sandkasten besorgen.«

»Das hab ich auch gerade gedacht. Kannst du dir vorstellen, was für ein Chaos er damit anrichten wird?«

»Es wird umwerfend niedlich sein, wie alles, was er tut.«

»Ja, bestimmt.« Er wirft mir einen Blick zu. »Ich bin stolz auf dich, weil du nicht geweint hast, als du Willow zurückgelassen hast.«

»Ich wollte heulen, doch bei meiner Mutter gefällt es ihr.«

»Nia würde gerne babysitten, wenn wir dazu bereit sind.«

»Bald. Sosehr ich unsere Babys auch liebe, es ist schön, mal ein bisschen Zeit für uns zu haben.«

»Auf jeden Fall. Wir müssen das jetzt, da Willow ab und zu die Flasche nimmt, häufiger machen. Nicht, dass es einen adäquaten Ersatz für Mamas Busen gäbe.«

Ich schnaube vor Lachen. »Du bist *so ein* Busen-Typ.«

»Schuldig im Sinne der Anklage. Aber um genau zu sein, bin ich speziell ein Fan von *Wynters* Busen.«

»Danke für die Klarstellung.«

»Irgendwelche x-beliebigen Busen reichen mir nicht. Ich bin da sehr wählerisch.«

Ich greife nach seiner Hand und verschränke meine Finger mit seinen. »Danke, dass du mich diese Woche ertragen hast. Ich weiß, dass ich anstrengend war.«

»Nein, du warst emotional angeschlagen. Das nehme ich dir nicht übel.«

»Iris hat erzählt, Taylor habe die Trauerrede gehalten. Ich hab keine Ahnung, wie sie das geschafft hat. Bei Jadens Beerdigung hab ich kaum Luft gekriegt, und an Sprechen war gar nicht zu denken.«

»Mir ging es bei Sadies Trauerfeier genauso. Nia hat ein paar Worte für mich gesagt, ich hätte unmöglich etwas herausgebracht.«

»Du warst unter Schock. Was war meine Entschuldigung? Jaden war jahrelang krank, bevor er gestorben ist.«

»Es ist trotzdem überraschend und erschütternd, wenn es tatsächlich passiert.«

»Ja, da hast du recht. Wie fühlt sich Taylor deiner Meinung nach gerade?«

»Laut Iris hält sie sich wohl so gut, wie man es erwarten kann.«

»Es freut mich, dass sie die Hochzeit mit Taylors Segen wie geplant durchziehen.« Ich sehe ihn an. »Ich hatte schon befürchtet, sie beschließen, alles zu verschieben.«

»Ich weiß. Ich auch. Gut, dass sie sich dagegen entschieden haben. Außerdem haben wir diese Woche dann auch noch Friendsgiving, worauf wir uns freuen können.«

»Das Leben geht weiter.«

»Das stimmt.«

Wir kommen bei dem von meiner Mutter und Lou empfohlenen Fischrestaurant am Meer an und übergeben das Auto dem Parkservice.

»Sehr schick«, stellt Adrian fest, während er mich mit einer Hand auf meinem Rücken ins Restaurant begleitet.

Man führt uns zu einem Tisch am Fenster mit Blick auf den Strand bei Sonnenuntergang.

»Wir haben einen Anruf von Ihrem Stiefvater Lou erhalten«, erklärt die Empfangsdame. »Er möchte, dass Sie sich auf seine Kosten verwöhnen lassen.«

»Oh mein Gott, wie nett von ihm.«

Sie reicht mir eine Notiz. »Er hat mich gebeten, Ihnen das zu geben.«

»Danke.«

»Was steht da?«, fragt Adrian.

»›Wynter und Adrian, bitte genießt den heutigen Abend auf meine Kosten, und wisst, wie sehr ich es liebe, zum ersten Mal in meinem Leben Kinder zu haben, große und kleine. Ihr seid ein solches Geschenk für mich, und ich hoffe, ihr habt eine wundervolle Zeit. Alles Liebe, Lou‹.«

Als ich mit Vorlesen fertig bin, sind meine Augen feucht.

»Oh Mann«, sagt Adrian, »das ist so lieb. Schau nur … Du hast einen Vater.«

Ich tupfe mir die Tränen mit der Stoffserviette ab. »Sieht ganz so aus. Und was für einen – er ist der Beste.«

»Ohne Zweifel.«

»Aber du hast das Restaurant ausgesucht und den Plan gemacht. Also danke, dass du mich hierher an diesen wunderschönen Ort gebracht hast.«

»Ich bin froh, dass es dir gefällt. Ich wollte, dass du heute Abend eine gute Zeit hast. Ich muss mich um meine Frau kümmern und dafür sorgen, dass sie glücklich ist.«

»Ich bin meistens glücklich. Das weißt du, oder?«

»Ja, weil ich es auch bin. ›Meistens glücklich‹ ist eine gute Beschreibung.«

»Es fehlt halt immer jemand.«

»Absolut.«

»Glaubst du, wir werden ihre Abwesenheit immer so stark spüren wie jetzt?«

»Vielleicht. In gewisser Weise hoffe ich das sogar. Ich möchte Sadie nicht noch mehr verlieren, als ich es bereits getan habe, wenn du verstehst, was ich meine.«

»Ich verstehe dich vollkommen. Mit Jaden geht es mir genauso. Ich möchte ihn in meinem Leben behalten, auch wenn wir zusammen etwas Neues beginnen.«

»Ich muss daran glauben, dass sie das mit uns gutheißen würden. Vielleicht hängen sie im Jenseits sogar zusammen ab.«

»Wäre das nicht toll?«

»Auf jeden Fall. Solange sie uns nicht *zu* genau beobachten.«

Er kann mich zum Lachen bringen, selbst wenn wir über Dinge reden, die eigentlich zum Weinen sind.

»Wenn sie das täten, hätte Jaden dich schon längst aus dem Weg geräumt.«

»Sadie hätte sich mit einem Messer auf dich gestürzt. Sie fand es immer unerträglich, wenn andere Frauen ihren Mann beäugt haben, und du beäugst mich oft.«

»Ach herrje. Dann muss ich in Zukunft wohl vorsichtiger sein.«

»Auf keinen Fall. Beäuge mich bitte nach Lust und Laune, Baby.«

»Leute, die nicht das durchgemacht haben, was wir durchgemacht haben, würden denken, wir seien schrecklich, weil wir so flapsig darüber reden.«

»Leute, die nicht das durchgemacht haben, was wir durchgemacht haben, sollten ihre unerhebliche Meinung zu etwas für sich behalten, von dem sie keine Ahnung haben – und hoffentlich auch nie haben werden.«

»Stimmt. Verpisst euch.«

Ich liebe sein sexy Grinsen und wie es sich auf seinem attraktiven Gesicht ausbreitet und seine Augen zum Strahlen bringt, wenn er wirklich amüsiert ist, so wie jetzt. »Ich liebe es, wenn du dich am Riemen reißt.«

»Wann tue ich das denn jemals?«

»Äh, nie?« Er greift über den Tisch nach meiner Hand. »Ich bin froh, dass du wieder lächelst. Es schmerzt mich, wenn du leidest.«

»Ich war ein paar Tage lang bedrückt, doch jetzt ist es besser. Dieser Trip hat mir geholfen. Dass Iris uns darin bestärkt hat, der Trauerfeier fernzubleiben, hat ebenfalls geholfen. Aber ich hoffe wirklich, dass sich Taylor wieder den Wilden Witwen anschließt.«

»Ich auch. Und ich verstehe, warum es dich so hart getroffen hat. Mir ging es genauso. Es erinnert einen auf brutale Weise daran, dass es keine Garantien gibt.«

»Ich hasse das. Am liebsten würde ich es abschaffen und durch was Besseres ersetzen.«

»Halt mich in der Beziehung auf jeden Fall auf dem Laufenden.« Er spielt wie so oft mit meinen Fingern, und unter der Berührung erschauere ich. »Weißt du, ich hab nachgedacht … In Zukunft … müssen wir uns nicht mehr unbedingt im gleichen Maße wie bisher bei den Wilden Witwen engagieren. Es wäre vielleicht leichter für uns, wenn wir uns weniger auf das Leben und die Geschichten anderer Witwen konzentrieren.«

»Mir würde etwas fehlen, sollte ich sie nicht mehr jede Woche sehen.«

»Wir können uns weiterhin privat mit ihnen treffen, müssen allerdings nicht mehr an vorderster Front der Witwenbewegung stehen, wenn uns das nicht guttut.«

»Das ist wahr. Aber ich möchte das weitergeben, was mir so großzügig geschenkt wurde, als ich keine Hoffnung mehr hatte, dass die Zukunft etwas anderes als düster und deprimierend sein könnte.«

»Das ist fair, doch gegebenenfalls sollten wir einen Gang zurückschalten. Wir müssen nicht an jedem Treffen teilnehmen und uns nicht jede schreckliche Geschichte über Verlust und Trauer anhören. Ich bin mir nicht sicher, ob es eine gute Idee ist, sich unbegrenzt in diesem Raum aufzuhalten, weißt du?«

Ich nicke und entziehe ihm meine Hand, um mir ein Stück Brot zu nehmen. »Das ist auf jeden Fall eine Überlegung wert. Nur damit du es weißt … Ich glaube, ich bräuchte ein ausgefeiltes Zwölf-Schritte-Programm, um mich von den regelmäßigen Dosen Iris und Gage und all ihrer Weisheit zu entwöhnen.«

»Sie wären immer noch für uns da, selbst wenn wir keine aktiven Mitglieder der Gruppe mehr wären. Das weißt du.«

»Sie behaupten, ich sei ihr größter Erfolg.«

»Als du zum ersten Mal bei uns warst, warst du ein wilder Tiger«, stellt er grinsend fest. »Und sieh dich jetzt an.«

»Jetzt bin ich eine domestizierte Hauskatze mit zwei Kätzchen. Miau.«

Er fächelt sich Luft zu. »Da wird mir ja ganz heiß.«

Ich pruste vor Lachen. »Oh mein Gott. Entspann dich, okay?«

»Ich habe ein Date mit meiner Süßen. Entspannung gehört definitiv nicht zu meinem Plan.«

Ich verdrehe die Augen und sage: »Danke für die Warnung.«

»Ich liebe dich für immer, Ehefrau.«

»Ich liebe dich länger, weil ich so viel jünger bin, Ehemann.«

Lächelnd hebt er sein Glas und stößt mit mir an. »Touché, Süße.«

Kinsley

Am Dienstag hab ich mich mit Luke zum Mittagessen in Georgetown verabredet, in der Nähe seiner Praxis. Er hat zwischen zwei Patienten eine Dreiviertelstunde Zeit, also bin ich überpünktlich im Restaurant und sichere uns einen Tisch, damit wir keine Minute verschwenden.

So nervös war ich seit Rorys Tod nicht mehr, weshalb ich mir als erwachsene Frau, Mutter und Berufstätige ziemlich albern vorkomme. Meine innere Stimme hat Überstunden gemacht, während ich jedes Detail dieses Treffens durchdacht habe, von der Kleiderwahl über die Frisur bis hin zu der Frage, wie stark ich mich schminken soll und wann ich das Haus verlassen sollte. Am Ende hab ich mich für eine Jeans und einen hübschen Pullover entschieden und meine Haare zu einem Knoten aufgesteckt.

Als Luke durch die Tür tritt, bin ich erschöpft von der mentalen Energie, die es mich gekostet hat, es bis hierher zu schaffen.

Ich winke ihm zu, und als er mich entdeckt, beruhigt sein herzliches Lächeln meine Nerven.

Er trägt ein hellblaues Hemd und eine marineblaue Krawatte. An einem Band hängt ein Ausweis, den er in seine

Hemdtasche gesteckt hat. Selbst aus der Entfernung fällt mir auf, wie unglaublich gut er aussieht mit seinem leicht zerzausten dunkelblonden Haar und seinen goldbraunen Augen. Als er zu mir kommt, bemerke ich, wie sich die Frauen nach ihm umdrehen, um seinen Anblick auszukosten.

Halt die Klappe, Kinsley. Halt einfach die Klappe.

Immer noch lächelnd setzt er sich mir gegenüber und atmet tief durch, als hätte er einen Sprint hinter sich. »Heute gab es lauter Verzögerungen in der Praxis. Das passiert grundsätzlich immer, wenn ich zu einem wichtigen Mittagessen muss.«

Unser Mittagessen ist in seinen Augen *wichtig*.

Du hältst die Klappe, Kinsley. Hörst du?

»Nun, ich bin jedenfalls froh, dass du es geschafft hast.«

»Nichts hätte mich davon abhalten können.«

Muss ich immer noch den Mund halten, wenn er so was sagt?

Ja!

»Wie war der Verkehr?«, erkundigt er sich.

»Nicht schlimm, aber es ist ja auch Mittag.«

»Stimmt. Abends auf dem Heimweg ist es der totale Wahnsinn. Andererseits ist das meine Zeit zum Runterkommen zwischen einem Vollzeitjob und dem anderen. Also beklage ich mich nicht über den Verkehr.«

Wenn ich mir vorstelle, wie durchgeplant seine Tage sein müssen, an denen er so vielen verschiedenen Anforderungen gerecht werden muss, tut er mir ehrlich leid. »Das muss sehr anstrengend sein.«

»Ist es. Doch die Kinder freuen sich immer so, mich am Abend zu sehen. Das macht alles wieder wett.«

Ich möchte ihn fragen, wer sich um ihn kümmert, während er sich um unzählige Patienten und vier mutterlose Kinder kümmert, aber ich hab ja die Anweisung, den Mund zu halten, also spreche ich diesen Gedanken nicht aus. Zumindest für den Moment.

Eine Kellnerin bringt uns Gläser mit Eiswasser und Speisekarten. »Möchten Sie noch etwas anderes trinken?«

»Einen ungesüßten Tee, bitte.«

»Für mich auch«, schließt er sich mir an. »Danke.«

Sie lächelt ihn an, weil sie auch nur ein Mensch ist. Er bemerkt es nicht. »Kommt sofort.«

»Was lacht dich an?«, fragt er, während er die Speisekarte studiert.

»Ich nehme wahrscheinlich einen Salat.«

»Und ich ein Reuben-Sandwich mit Pommes, die aufzuessen du mir helfen wirst.«

»Wenn es sein muss«, stimme ich lachend zu.

»Muss es.« Er trinkt einen Schluck Wasser. »Jetzt wüsste ich gern mehr über Kinsley. Wir haben über die schlimmen Dinge geredet, jetzt möchte ich was Gutes hören.«

»Hmm, nun, ich hab einen Teilzeitjob, während meine Kinder in der Schule sind. Ich mach für zwei lokale gemeinnützige Organisationen das Marketing.«

»Bist du schon lange in diesem Bereich tätig?«

»Seit meinem College-Abschluss.«

»Wo hast du studiert?«

»An der University of Vermont.«

»Oh, dort oben ist es toll. Burlington ist eine wunderbare Stadt.«

»Einer meiner Lieblingsorte, außer im Winter.«

»So kalt, dass das Atmen wehtut.«

»Ja, genau. Was hat dich dorthin verschlagen?«

»Meine Schwiegereltern haben ein Haus am Lake Champlain«, erklärt er. »Mein Schwiegervater stammt ursprünglich aus Vermont.«

»Ah, na dann. Verbringst du viel Zeit dort?«

»Nur im Sommer. Winter in Vermont mit vier kleinen

Kindern schaff ich nicht allein. Das erfordert zu viel Ausrüstung.«

»Stimmt. Es ist sehr anstrengend, allein mit Kindern zu reisen. Ich komm schon mit meinen beiden kaum zurecht, da will ich mir lieber nicht vorstellen, wie es mit vieren ist.«

»Ich bin sicher, du bist mittlerweile ein Profi.«

»Es wird einfacher, je älter sie werden.«

»Das stimmt. Erzähl mir mehr über deine Kinder.«

Die Kellnerin unterbricht uns, indem sie an unserem Tisch auftaucht, um unsere Bestellung aufzunehmen. »Gern«, antwortet sie mit einem weiteren Lächeln für Luke. Also echt … Zu seiner Ehrenrettung muss man sagen, dass er in keiner Weise auf den Flirtversuch der hübschen jungen Frau reagiert.

»Ich hab dich gebeten, mir von deinen Kindern zu erzählen. Ich weiß, dass ich sie bei Iris getroffen habe, doch an dem Abend war ein ganzer Haufen da.«

»Wir sind ziemlich viele, wenn alle beisammen sind. Mein Sohn Christian ist acht und meine Tochter Maisy sechs. Er ist in der dritten Klasse und sie in der Vorschule.«

»Hast du Bilder von ihnen?«

Ich rufe ein aktuelles Foto der beiden auf meinem Handy auf und reiche es ihm.

Er betrachtet sie, bevor er mir das Handy mit einem Lächeln zurückgibt. »Jetzt erinnere ich mich wieder an sie. Es sind ganz großartige Kinder.«

»Sie sind total lieb. Ich hab echt Glück.«

»Meine Clarissa hat nach diesem Abend von Maisy gesprochen. Sie fand sie sehr nett.«

»Ach, das freut mich.«

»Wir haben zusammen also sechs Kinder unter acht Jahren. Eigentlich sollten wir nie wieder miteinander sprechen.«

Darüber und über die Grimasse, die es begleitet, muss

ich lachen. »Das wäre vermutlich klug.« *Bitte stimm dem nicht zu. Bitte stimm dem nicht zu. Halt den Mund, Kinsley.*

»Dumm nur, dass es irgendwie Spaß macht.«

Ich hoffe, ich werde nicht rot, denn das wäre sehr ärgerlich. »Ja, tut es.«

»Gehst du dieses Wochenende zu der Hochzeit?«

»Ja, ich freu mich darauf, und meine Kinder auch.«

»Ich hab die Einladung angenommen, aber ich bin mir nicht sicher, ob es die beste Idee ist, mit vier Kindern auf einer Hochzeit aufzukreuzen.«

Wie toll, dass er dort sein wird. *Oh, Kinsley …* »Alle Kinder kommen mit. Deine werden in dem allgemeinen Chaos gar nicht weiter auffallen.«

»Dann fühle ich mich besser bei der Vorstellung, meine Bande zu einem derart besonderen Anlass mitzubringen.«

»Gage und Iris wollten, dass die Freunde ihrer Kinder dabei sind, weil es auch für sie ein großer Tag ist.«

»Richtig. Nachdem ich Gages tolle Social-Media-Beiträge gelesen habe, freue ich mich sehr für ihn – genau wie für Iris und die Kinder. Sie verdienen ihr Happy End.«

»Das tun sie wirklich. Doch das gilt für uns alle nach dem, was wir hinter uns haben.«

»Bist du mittlerweile mal mit jemandem ausgegangen?«, fragt er.

»Ein paarmal. Nichts Besonderes. Es ist schwer da draußen.«

»Das stimmt. Eine meiner Freundinnen hat versucht, mich zum Online-Dating zu überreden, aber allein der Gedanke daran erfüllt mich mit Schrecken.«

»Du könntest dich vor Interessentinnen garantiert nicht retten.« Die Worte sind mir rausgerutscht, bevor mir wieder einfällt, dass ich eigentlich den Mund halten wollte.

Seine linke Augenbraue wandert hoch, und natürlich steht ihm das gut. »Denkst du?«

»Äh, ja. Die würden dich so schnell wegschnappen, dass du gar nicht wüsstest, wie dir geschieht.« *Toller Zeitpunkt für einen Redeschwall, Kinsley.*

»Bis sie herausfinden, dass ich vier kleine Kinder und keine Mutter für sie habe.«

»Nein, das macht es unwiderstehlich. Sie würden dich und deine Babys alle retten wollen.«

Sein sarkastisch verzogener Mund verrät, was er davon hält. »Ach herrje.«

Ich kann nicht aufhören, über seine Miene zu lachen. »Sag mir nicht, dass du noch nichts von den Moms vom Elternbeirat gehört hast.«

»Einige haben mich gefragt, ob sie mir irgendwie helfen können.«

»Ich kann dir genau erklären, wobei sie dir helfen wollen …«

Seine wunderschönen Augen weiten sich. »Wirklich?«

»Luke, meinst du das ernst? Sie wollen die sein, die das Bett des armen Witwers warm hält.« *Du brauchst einen Knebel, Kinsley. Sofort. Du redest hier von seinem* Bett, *um Himmels willen.*

Er wirft mir einen gespannten Blick zu. »Haben sich die Dads bei dir gemeldet?«

»Zwei von ihnen. Beide verheiratet, mit Frauen, die ich kenne.«

»Wirklich?«

»Es stimmt, und auch noch ausgerechnet beim Holiday Hullabaloo.«

»Was zum Teufel ist das?«

»Das ist eine Veranstaltung der Schule, bei der die Kinder Geschenke für ihre Eltern und andere Leute auf ihrer Liste kaufen können. Ich war am Kuchenstand, als einer von ihnen mich gefragt hat, ob ich nicht vielleicht tatkräftige Hilfe im

Haus bräuchte, und dabei hat er eindeutig nicht das Neuverlegen von Leitungen gemeint.«

»Sei still!« Er lacht auf. »Das muss ein Scherz sein.«

»Ich wünschte, dem wäre so.«

»Was hat der andere gesagt?«

»Offenbar kommt er auf ›seiner Runde‹ um die Mittagszeit durch meine Nachbarschaft und könnte vorbeischauen, wenn ich etwas brauche.«

»Auf welcher Runde ist er?«

»Ich hab keine Ahnung und will es auch gar nicht wissen.«

»Unfassbar.«

»Ja, oder?«

»Ich glaub's echt nicht.«

»Die Leute hören von einer einsamen Witwe und sehen eine Chance. Sie denken, wir sehnten uns so verzweifelt nach Aufmerksamkeit, dass ihre dummen Anmachsprüche tatsächlich funktionieren würden. Und das Schlimmste ist, dass sie am Anfang immer etwas Nettes vorausschicken, zum Beispiel, wie sehr sie Rory gemocht haben und wie traurig sie sind, dass er nicht mehr da ist.«

»Absolut skrupellos.« Er schüttelt empört den Kopf. Dann weiten sich seine Augen wieder. »Oh mein Gott, mir fällt gerade was ein … Eine der Anruferinnen erwähnte ausdrücklich, dass sie mit Bella in einem Ausschuss zusammengearbeitet und wie sehr sie sie geschätzt habe. Sie sei tief betroffen von ihrem Tod.«

»Sie war *ganz schrecklich* traurig, bis ihr aufgegangen ist, dass du jetzt Single bist und genau das brauchst, was sie zu bieten hat.«

»Wow, das habe ich damals nicht kapiert.«

»Halt dich an uns Veteranen, wir sagen dir, wie es läuft. Doch vergiss dabei bitte nicht, dass manche dir auch tatsächlich bloß eine helfende Hand ohne Hintergedanken anbieten. Es ist nur schwer, die einen von den anderen zu unterscheiden.«

»Ich komm auch ohne helfende Hand zurecht.«

Als ihm klar wird, dass diese Worte auf viele Arten interpretiert werden können, muss er laut lachen, und ich falle mit ein.

»Metaphorisch gesprochen«, fügt er hinzu, als er sich langsam wieder beruhigt.

»Sehr witzig. Ich wusste, was du gemeint hast.«

»Ich wollte nur sichergehen, und wenn du mich fragst, hab ich neben der ganzen Seltsamkeit auch viel Aufrichtigkeit erlebt.«

Unser Essen wird serviert, und er schiebt mir wie angekündigt die Pommes hin. Wir stellen fest, dass wir sie beide mit Ketchup *und* Essig mögen.

»Bella fand Essig eklig.«

»Rory hat diese Kombination ebenfalls gehasst. ›Das eine oder das andere, Kins‹, hat er immer gesagt. ›Das eine *oder* das andere.‹«

»Das vermisse ich am meisten«, erwidert er. »Die Dinge, die nur uns gehört haben. Die Sprache, die nur wir gesprochen haben. Die Insiderwitze, die Zitate aus *Seinfeld*.«

Ich lehne mich ein wenig näher zu ihm hin. »»Ich werd dir was sagen … Es sind fünfzig Dollar für dich drin, wenn du das tust.‹«

Er starrt mich an und sieht ein wenig fassungslos aus. »Du sprichst *Seinfeld*.«

»Fließend.«

»Wow. Wir brauchen offenbar ein zweites Date, um das vollständig aufzuarbeiten.«

Dass es sich um ein offizielles Date handelt, macht mich ganz kribbelig, und ich weigere mich, jetzt aufzuhören, darüber zu reden. »Ich wäre dabei.«

»Dann lass uns das tun. Bald.«

25

Iris

Der Feiertagshochzeitswahnsinn beginnt am Dienstagnachmittag, als Mimi und Stan aus Florida ankommen. Die Kinder freuen sich riesig auf die beiden, die für sie zu zusätzlichen Großeltern geworden sind, seit Gage zu unserer Familie gehört.

Unsere Beziehung zu den Eltern der verstorbenen Frau meines zukünftigen Mannes ist ein echter Segen in diesem seltsamen Witwenleben. Und natürlich haben sie Thanksgiving-Geschenke für die Kinder dabei, die begeistert sind, als sie rausfinden, dass es so etwas gibt.

Mimi zieht mich an sich, als würden wir uns schon seit Jahrzehnten kennen und nicht erst seit einem Jahr. »Oh, mein liebes Mädchen, ich möchte dich schon seit Tagen umarmen. Der Verlust, den deine Freundin erlitten hat, tut mir so leid.«

Ihre freundlichen Beileidsbekundungen rühren mich sofort zu Tränen. »Danke. Es ist, gelinde gesagt, eine schwere

Zeit. Aber ich bin froh, dass ihr hier seid und wir mit dem Einkaufen und Kochen beginnen können.«

»In dem Punkt bringe ich gute Nachrichten.« Mimi strahlt vor Aufregung. »Mit Gages Segen haben Stan und ich alles organisiert, und das Thanksgiving-Dinner wird am Donnerstag im Laufe des Vormittags geliefert.«

»Was? Oh mein Gott. Im Ernst?«

»Unbedingt. Ich hoffe, du freust dich. Wir dachten, wir könnten dieses Jahr auf die Familienrezepte verzichten, um es uns nach den anstrengenden Wochen und im Vorfeld der Hochzeit dieses Wochenende etwas leichter zu machen.«

Ich drücke sie fest. »Das hast du absolut richtig erkannt. Vielen Dank. Ich muss wirklich nichts tun?«

»Nichts. Höchstens ein paar Pies mit den Kindern backen, wenn du darauf Lust hast.«

»Ja, sicher. Auf jeden Fall.«

Eleanor und Carter treffen am Dienstagabend ein, sodass das ganze Haus erfüllt ist vom Lärm fröhlich spielender Kinder, die laut lachen und schreien, wie immer, wenn sie Spaß haben.

Da die Kinder wegen des Feiertags keine Schule haben, backen wir am Mittwoch mit ihnen und stiften in der Küche ein heilloses Chaos. Doch dabei können wir abschalten und uns von den Strapazen der letzten Wochen erholen.

Alles ist besser, wenn Mimi und Stan da sind, und ich genieße es, mich mit Eleanor zu unterhalten, die mir trotz der Umstände, die uns zusammengebracht haben, eine gute Freundin geworden ist.

»Es tut mir so leid, was mit dem Mann deiner Freundin passiert ist«, sagt sie, während wir uns am späten Nachmittag vor dem Treffen der Wilden Witwen ein Glas Wein gönnen. Ich freue mich darauf, alle zu sehen und zu hören, was es Neues gibt. Besonders interessiert mich, wie der Rest von Wynters und Adrians Kurzurlaub war.

»Danke. Wills Tod war ein echter Tiefschlag.«

»Ich werde mich dann zurückziehen, sobald deine Freunde kommen.«

»Oh, bitte nicht. Obwohl uns persönliche Tragödien zusammengeführt haben, haben wir alle viel Spaß miteinander. Ich möchte, dass du sie kennenlernst.«

»Sehr gerne.«

Ich bin so froh, dass Wynter und Adrian die Ersten sind, die erscheinen. Mir fallen die neuen Sommersprossen auf Wynters Nase auf, die sie sich in der Sonne geholt hat, und das Lächeln auf ihrem niedlichen Gesicht, was mich beruhigt. »Wie war euer Trip?«, frage ich, während ich die beiden umarme und dabei bemerke, dass sie große Tragetaschen dabeihaben.

»Es war super«, sagt Adrian. »Genau das, was wir gebraucht haben.«

»Ich bin sehr froh, dass ihr das gemacht habt. Selbstfürsorge ist so wichtig.« Ich deute auf die Taschen. »Was ist denn da drin?«

»Das erzählen wir dir, wenn die anderen da sind«, erwidert Wynter mit einem geheimnisvollen Lächeln.

»Hm. Warum hab ich das Gefühl, dass etwas im Busch ist?«

Wynter zuckt mit den Schultern. »Das ist nur deine übliche misstrauische Ader, die mal wieder überreagiert.«

Eleanor lacht und hüstelt in dem Versuch, es zu kaschieren.

»Ist schon okay«, meine ich zu ihr. »Wenn Wynter da ist, muss man häufig lachen.«

Ich stelle sie ihnen vor und dann Roni und Derek, die jeder mit einer Hand am Griff einer mächtigen Kühlbox auftauchen.

»Was zum Teufel ist hier los?«

»Zeug«, entgegnet Roni. »Geht dich nichts an.«

Joy kommt mit einem großen Beutel und einer Kühltasche über der Schulter herein, gefolgt von Kinsley mit einer Stofftasche und Naomi mit einem Karton.

»Jemand sollte jetzt besser mit den Erklärungen anfangen«, sage ich und spiele die Entrüstete. Was auch immer sie vorhaben, mir ist klar, dass es alles für mich ist, und ich bin unglaublich gerührt.

»Wo ist Gage?«, fragt Kinsley mit einem nervösen Blick in Richtung Wohnzimmer.

»Das war also seine Idee, hm?«

»Kein Kommentar. Ich werde weder bestätigen noch dementieren, dass es sich um eine vorab minutiös geplante Aktion handelt«, verkündet Joy.

»Du kannst es dir sparen, hier die Rolle der Verteidigung zu übernehmen, meine Liebe.«

»Ich vertrete keine der beiden Seiten.«

Die anderen lachen, als ich ihr die Zunge rausstrecke.

Christy, Lexi, Brielle, Angela und Luke sind die Nächsten, die dazustoßen, umweht von einer ganzen Reihe neuer Düfte, die nur einen Schluss zulassen: Thanksgiving-Essen.

»Ihr seid echt …« Ich spähe in die Tüte, die Brielle auf die Arbeitsplatte stellt, und entdecke eine riesige Pfanne mit Füllung. »Was habt ihr gemacht?«

»Wir haben den Truthahn-Tag an uns gerissen, damit du dich entspannt zurücklehnen kannst.«

»Aber Mimi hat gesagt, sie hätten alles bestellt.«

»Das war geschwindelt«, gesteht Mimi mit einem Kichern. Sie steht an der Tür zur Garage, wo sie, Stan und die vier Kinder darauf warten, sich zu uns zu gesellen. Eigentlich sollten sie mit den Kids auswärts essen, während wir unser Treffen abhalten.

»Wir sind nur um den Block gefahren, Mom«, ruft Tyler und lacht laut, was mein Herz erfreut, während er zu mir läuft und mich umarmt.

Der Mann, der diese Überraschung geplant hat, kommt frisch geduscht und mit noch feuchtem Haar in die Küche geschlendert, und mein Herz vollführt bei seinem Anblick einen Satz. Ich liebe ihn, auch wenn er hinter meinem Rücken Intrigen spinnt.

»Offenbar muss ich mal ein ernstes Wörtchen mit dir reden, Mister«, sage ich zu ihm, während sich die anderen um uns versammeln, um das Spektakel zu genießen.

»Hat jemand Popcorn dabei?«, fragt Derek, während er an einem der Karottensticks knabbert, die ich zusammen mit Selleriestangen und Ranch-Dip bereitgestellt habe.

»Daran hab ich leider nicht gedacht!«, sagt Roni. »Wenn wir das nächste Mal mit Gage gegen Iris intrigieren, dürfen wir das auf keinen Fall vergessen.«

»Ich werde mir das notieren«, verspricht Joy.

»Willkommen zum Friendsgiving.« Gage legt einen Arm um mich und küsst mich auf den Scheitel. »Wir dachten, du hättest im Moment schon genug um die Ohren. Daher haben wir beschlossen, das Thanksgiving-Essen von deiner To-do-Liste zu streichen.«

Ich lächle ihn an. »Du wirkst sehr zufrieden mit dir.«

»Das bin ich in der Tat. Ich rieche ein Festmahl!«

»Alle haben sich mächtig ins Zeug gelegt«, sagt Joy. »Also, noch mächtiger als sonst.«

»Danke, Leute. Vielen, vielen Dank.«

»Wir sind dir alle unglaublich dankbar, Iris. Und noch nie so sehr wie in den letzten zwei Wochen«, antwortet Roni.

»Ich liebe euch alle.«

»Wir lieben dich mehr«, erwidert Joy.

Als sie anfangen, Platten mit Truthahn und riesige Portionen Beilagen auf der Arbeitsfläche in der Küche auszupacken, bin ich überwältigt von der Liebe zu diesen unglaublichen Freunden – und zu dem Mann, den ich in drei Tagen heiraten werde.

· · ·

Angela

Es ist Black Friday, und ich bin heute Abend mit Brad zum Essen verabredet – ohne Kinder. Schon den ganzen Tag bin ich total aufgeregt, weil ich die Stunden bis zu unserem Treffen zähle, bei dem niemand ständig etwas von uns will. Hauptsächlich freu ich mich auf die Zeit mit ihm allein und hab deswegen tatsächlich ein schlechtes Gewissen.

Wie kann ich mich darauf freuen, mit einem Typen auszugehen, der nicht Spencer ist?

Mein Telefon klingelt, und es ist meine Schwester Sam, was mich überrascht. Schließlich waren wir erst gestern zu Thanksgiving im Weißen Haus. »Hey, was gibt's?«

»Das wollte ich dich gerade fragen.«

»Was meinst du?«

»Du warst gestern so still. Es muss schwer gewesen sein, diesen Feiertag ohne Spence zu erleben, deshalb wollte ich mich vergewissern, dass bei dir alles in Ordnung ist.«

»Es war schön, dass wir den Tag im Kreise unserer Lieblingsmenschen verbringen konnten. Es ist alles gut.«

»Du würdest es mir sagen, wenn es nicht so wäre, oder?«

»Vielleicht. Vielleicht auch nicht.«

»Komm schon, Angela, ich bin's. Bitte versprich mir, dass du dich an mich wenden würdest, wenn du etwas brauchst.«

»Du hast schon so viel, um das du dich kümmern musst, Sam.«

Ihr tiefer Seufzer ist laut und deutlich über die Leitung zu hören. »Für dich oder deine Kinder bin ich nie zu beschäftigt. Niemals.«

»Danke für die Erinnerung. Es gibt da etwas, das ich dir schon eine Weile erzählen wollte ...«

»Was?«

»Ich … Äh … Nun …«

»Okay, jetzt wird's spannend«, meint sie mit einem leisen Lachen.

»Es könnte einen neuen Mann geben.«

»Was? Seit wann? Wer? Weiß Tracy davon?«

Ich fange an zu lachen und kann nicht mehr aufhören. Einmal Polizistin, immer Polizistin.

»Hör sofort auf zu lachen, und rück gefälligst mit den Infos raus!«

Ich beschließe, mir einen Spaß mit ihr zu erlauben, da es hier in letzter Zeit viel zu wenig davon gegeben hat. »Es ist jemand, den du kennst.«

»Muss ich rüberkommen und es aus dir rausprügeln?«

»Als ob du das könntest.«

»Ich könnte dir absolut die Daumenschrauben anlegen. Doch natürlich würde ich das einer alleinerziehenden Mutter niemals antun.«

»Was auch immer du sagst.«

»Wer ist der Typ?«

»Brad Albright.«

»Der Rettungssanitäter und Feuerwehrmann, dessen Frau ebenfalls durch verunreinigtes Fentanyl ums Leben gekommen ist?«

Ich halte das Telefon von meinem Ohr weg. »Musst du so schreien?«

»Ich schreie nicht. Aber verdammt noch mal, Angela. Seit wann läuft das schon?«

»Wir sind befreundet, seit du uns miteinander bekannt gemacht hast. Heute Abend gehen wir zum ersten Mal nur zu zweit aus.«

»Das ist großartig. Er ist ein toller Typ und versteht total, wie du dich fühlst.«

»Ja, das tut er, und er empfindet dabei vieles genauso wie ich.«

»Ich freu mich so für dich. Soweit ich mich erinnere, sieht er auch nicht schlecht aus.«

»Vermutlich. Das ist mir gar nicht aufgefallen.«

»Hör auf, so verwitwet bist du nicht.«

Ich muss laut lachen, als sie das sagt. »Entspann dich, okay? Es ist nur ein Abendessen. Mach keine große Sache draus.«

»Zu spät. Im Weißen Haus ist alles eine große Sache.«

Ich hatte ganz vergessen, wie toll es ist, über dummes Zeug zu lachen. Es ist schon eine Weile her, dass mir das so leichtgefallen ist wie in letzter Zeit. »Touché, First Lady.«

»Es muss ja für irgendwas gut sein. Die wichtigste Frage von allen: Weiß Tracy davon?«

»Vielleicht?«

»Auf keinen Fall! Das ist so unfair. Warum erfährt sie alles vor mir?«

»Weil sie regelmäßig auf meine Kinder aufpasst.«

»Das würde ich auch, wenn ich dafür Insider-Infos bekäme.«

»Ist das der einzige Grund?«

»Außerdem genieße ich natürlich jede Sekunde mit meiner Nichte und meinen Neffen.«

»Klar.«

»Wenn es dir Intimitäten mit diesem sexy Feuerwehrmann ermöglicht, würde ich jederzeit für dich babysitten.«

»Zu früh, Sam. Viel zu früh.«

»Ruf mich in ein paar Wochen an, wenn die Spannung unerträglich geworden ist.«

»Ich beende jetzt dieses Gespräch – und diese Schwesternschaft.«

»Als ob du mich jemals loswerden könntest.«

»Im Moment erwäge ich das durchaus.«

»Spaß beiseite. Hab eine tolle Zeit, ruf mich morgen an,

und erzähl mir alles. Und vergiss nicht, dir Notizen zu machen, damit du ja nichts vergisst.«

»Tschüss, Sam.« Ich lache, während ich auflege.

Ich bin mir sicher, dass sie bereits Tracys Nummer tippt, um an mehr Infos zu kommen.

Während Jack sich mit einem Freund aus der Schule trifft und meine Kleinen schlafen, dusche ich und nehme mir extra Zeit, um mir die Haare zu föhnen und zu glätten. Dann stehe ich vor meinem Kleiderschrank und suche nach etwas, das ich nie getragen habe, als Spence dabei war, ein Kriterium, das die Auswahl auf einige wenige Kleidungsstücke beschränkt.

Ich entscheide mich für den Pullover, den Sam mir zum Geburtstag geschenkt hat, was sie freuen würde, wenn sie wüsste, dass sie dadurch gewissermaßen mit mir zu dem Date geht. Bei diesem Gedanken muss ich wieder lachen, während ich eine neuere Jeans anziehe, die mir jetzt wieder passt, nachdem ich das meiste Gewicht, das ich bei der Schwangerschaft mit Josh zugenommen hatte, wieder losgeworden bin. Danach begebe ich mich ins Badezimmer, um mich zu schminken.

Ella ist aufgewacht und spaziert rein, während ich mich zurechtmache. Sie schaut zweimal hin, als sie mich schick angezogen und geschminkt sieht. »Mommy, du bist hübsch.«

»Ach, danke, Baby. Wie war dein Mittagsschlaf?«

»Gut.«

Ich bücke mich, um sie hochzuheben und zu drücken.

»Du riechst auch gut.«

»Danke.«

Ich sollte mir wahrscheinlich insgesamt mehr Mühe mit meinem Äußeren geben, damit sie nicht mit der Vorstellung aufwächst, dass mein gewöhnlich eher nachlässiges Aussehen die Norm ist.

»Daddy fehlt mir.«

Uff, darauf war ich nicht vorbereitet. Sie hat ihn schon eine Weile nicht mehr erwähnt, was mich traurig gestimmt hat.

»Mir auch, Schatz.«

»Ist Daddy bald wieder zu Hause?«

Ich bin am Boden zerstört. »Wenn er könnte, wäre er hier.«

Die einzelne Träne, die über ihr süßes Gesicht rollt, macht mich fertig. Nachdem der Vater meiner Kinder gestorben ist, sollte ich nirgendwo hingehen, und schon gar nicht zu einer Verabredung. Ich bin total hin- und hergerissen zwischen dem, was ich tun möchte, und dem, was ich wahrscheinlich tun sollte.

Dann erhasche ich einen Blick auf mein Spiegelbild und bemerke, dass ich zum ersten Mal seit einer gefühlten Ewigkeit wieder mehr wie mein altes Ich aussehe. Ich brauche diesen Abend. Ich brauche ihn dringend.

Nachdem ich Ellas Träne weggeküsst habe, frage ich sie, ob sie darüber reden möchte.

Sie schüttelt den Kopf, also trage ich sie nach unten und setze sie vor den Fernseher, wo *Paw Patrol* läuft, und begebe mich in die Küche, wo ich einen Apfel in Scheiben schneide. Ich lege ihn auf einen Teller und fülle einen Löffel Erdnussbutter zum Dippen in ein Schälchen. Damit setze ich mich neben sie auf das Sofa, während sie ihre Lieblingssendung schaut und ihren Lieblingssnack knabbert. Ich bin mir ziemlich sicher, es ist mir gelungen, sie abzulenken, was mich erleichtert, selbst wenn die Schuldgefühle immer noch da sind.

Ich habe akzeptiert, dass Schuldgefühle jetzt ein fester Bestandteil meines Lebens sind. Egal, was ich tue oder mit wem, ich denke ständig an den Menschen, der nicht mehr da ist und nie wieder bei uns sein wird. Ich werde für immer wegen meiner Kinder trauern, die ohne ihren Vater aufwachsen müssen, der sie mehr als sein Leben geliebt hat. Und ich werde um Spence trauern, der sich so sehr bemüht hat, gesund zu werden, um wieder der Ehemann und Vater zu sein, der er vorher war.

Kurz darauf trifft Tracy ein und grinst, als sie mich erblickt, fertig gestylt für meinen großen Abend. »Du siehst wunderschön aus. Aber das tust du ja immer, sogar wenn du dich nicht mal besonders anstrengst, du Miststück.«

Lachend erwidere ich: »Große Schwestern sind gut für mein Ego, und kleine Schwestern sind ein Stachel in meinem Fleisch.«

»Ah, ja, ich musste heute Nachmittag eine Standpauke über mich ergehen lassen, weil ich deine Geheimnisse für mich behalten hab. Ich habe ihr erklärt, dass es nicht meine Aufgabe ist, diese Neuigkeiten weiterzugeben.«

»Hat sie das beruhigt?«

»Kaum. Wir reden hier schließlich von unserem Lieblingsterrier.«

»Stimmt«, sage ich und lache erneut. »Ella hatte nach ihrem Mittagsschlaf einen Daddy-Moment, was dazu geführt hat, dass ich mich frage, ob ich überhaupt gehen sollte.«

»Ja, unbedingt solltest du das. Mit Tante Tracy wird es Ella an nichts fehlen. Ich habe Anziehpuppen für sie dabei.«

»Oh, das wird ihr gefallen. Daran hab ich ja schon ewig nicht mehr gedacht.«

»Weißt du noch, wie gern wir früher damit gespielt haben?«

»Absolut. Du bist die Beste. Danke für alles, was du für uns tust.«

»Ich liebe euch, und du solltest mich als deine bevorzugte Babysitterin besser nicht durch Sam ersetzen.«

»Das würde ich niemals tun. Trotzdem muss ich ihr vielleicht einen Knochen hinwerfen, um sie bei Laune zu halten.«

»Gelegentlich ein Knochen ist okay.«

»Vielen Dank. Josh wird hungrig sein, wenn er aufwacht.«

»Ich kümmere mich darum. Geh, amüsier dich, und mach dir keine Sorgen um uns. Mike bringt uns später Abendessen vorbei.«

»Tante und Onkel des Jahres.«

»Sag das denen im Weißen Haus.«

»Behalten wir es lieber für uns.«

Lachend verlasse ich das Haus, während sie mir noch etwas zuwirft, das ich aus der Luft fische, damit es mich nicht trifft. Als ich merke, dass es ein Kondom-Päckchen ist, schreie ich auf. »Wirklich, Trace?«

»Dein Gesichtsausdruck!« Sie krümmt sich vor Lachen. »Man kann nie vorsichtig genug sein.«

Ich werfe es zu ihr zurück. »Wo hast du das überhaupt her?«

»Das verrat ich nicht.«

»Es ist wahrscheinlich alt und schimmlig, aus deiner Zeit vor Mike.«

»Ich weise dich darauf hin, dass es brandneu ist und ich mehr davon habe.« Sie kommt zu mir, steckt das Ding in meine Handtasche und küsst mich auf die Wange. »Wenn du bereit dafür bist.«

»Verzieh dich. Dafür bin ich noch lange nicht bereit.«

»Doch, bist du. Und das ist okay.«

»Tschüss, Tracy.«

»Tschüss, Angela. Und sei nicht so prüde.«

Ich knalle ihr die Tür vor der Nase zu, denn das hat sie verdient. Toll, dass sie mir das in den Kopf gesetzt hat, wo ich mich gerade erst zu dem Abendessen aufgerafft hatte. Verdammt, ich musste mir schon einen Ruck geben, um es überhaupt durch die Tür zu schaffen. Während ich am Straßenrand stehe und auf Brad warte, hoffe ich, dass keiner meiner Nachbarn mich in seinen Pick-up steigen sieht und eine große Sache daraus macht. Dank der Bekanntheit meiner Schwester – und meiner eigenen, die ich meiner Verwandtschaft mit ihr verdanke – sowie der umfangreichen Berichterstattung nach Spencers Tod könnte mein Date schon fast eine Nachricht wert sein.

Aber darüber darf ich nicht nachdenken, denn sonst drehe ich mich um und vergesse die ganze Sache.

26

Angela

Zum Glück biegt Brads Pick-up um die Straßenecke, bevor ich einen Rückzieher machen kann. Seine Kinder übernachten heute und morgen bei seinen Schwiegereltern. Ich hab ihn außerdem gefragt, ob er mich zur Hochzeit von Iris und Gage begleiten will, und wir haben beschlossen, unsere Kids nicht mitzunehmen, damit wir etwas Zeit für uns haben. Unsere Kinder und die von Iris kennen einander bisher nicht besonders gut, daher gibt es keinen Grund, dass sie mitkommen sollten, auch wenn sie eingeladen sind.

Was für ein Glück, dass meine Schwester bereit ist, zwei Nächte hintereinander meine Kinder zu hüten. Sie behauptet, sie habe kein eigenes Leben, aber ich bin mir sicher, dass sie absagen würde, was auch immer sie eigentlich vorhätte, damit ich ausgehen und mich amüsieren kann. Es gibt niemanden auf dieser Welt wie meine Tracy, und ja, sie gehörte mir schon lange, bevor ich sie mit Sam teilen musste.

»Was ist so lustig?«, fragt Brad, während ich versuche, in seinen riesigen schwarzen Pick-up zu steigen.

Er streckt mir die Hand hin, um mir zu helfen.

»Ich musste nur gerade daran denken, wie es war, als ich plötzlich meine ältere Schwester mit meiner jüngeren teilen musste, und dass sie mir zuerst gehört hat.«

»Das klingt wie meine Familie. Alle wollten was von meiner ältesten Schwester Carla, doch sie hat uns stets versichert, dass genug von ihr für alle da wäre.«

»Wie bei uns. Sam und ich haben um Tracy gekämpft, aber sie hatte eine Engelsgeduld mit uns. Die hat sie immer noch. Sie ist unsere Anlaufstelle für alles.«

»Ich finde es toll, dass sie dich so unterstützt.«

»Das tut Sam ebenfalls, auch wenn ihre Unterstützung anders ist. Trotzdem ist sie genauso wichtig.«

»Ich finde es drollig, dass du die First Lady so beiläufig Sam nennst.«

»Wie soll ich sie denn sonst nennen?«

»Keine Ahnung. Es ist einfach lustig.«

»Sie ist meine Schwester, und sie würde es hassen, wenn wir uns an dem Rummel um sie und Nick beteiligen würden.«

»Der Präsident.«

»Mein Schwager.«

Er lacht. »Das ist schon verrückt.«

»Was glaubst du, wie wir uns fühlen? Wir waren gestern für Thanksgiving im Weißen Haus.«

»Das ist so cool.«

»Für uns ist das im letzten Jahr irgendwie zur Routine geworden, so seltsam das auch klingen mag. Wir sind so häufig dort, dass es einfach Sams und Nicks derzeitiges Zuhause ist.«

»Das berühmteste Haus der Welt.«

»Wie lief die Übergabe der Kids?«

»Okay. Sie freuen sich darauf, ein paar Tage lang die ungeteilte Aufmerksamkeit von Grandma und Grandpa zu genießen. Und meine Schwiegereltern haben jede Menge Pläne für sie und haben ein ganzes Programm zusammengestellt.«

»Das wird bestimmt toll für sie.«

»Ich hab ein schlechtes Gewissen, weil ich mich so unverhältnismäßig über zwei kinderfreie Tage freue.«

»Zerbrich dir deswegen nicht den Kopf. Es würde mir mehr Sorgen bereiten, wenn du dich nicht darüber freuen würdest.«

»Wenn man alles ist, was sie haben, sollte man nicht froh sein, sie los zu sein.«

»Du bist nicht alles, was sie haben, und jeder Alleinerziehende wird dir ans Herz legen, jede Minute deiner Auszeit auszukosten.«

»Danke, dass du meinen Schuldgefühlen Einhalt gebietest.«

»Könntest du das Gleiche für mich tun? Ella hatte nach ihrem Mittagsschlaf einen Anfall von Trauer um ihren Daddy, sodass mich jetzt Schuldgefühle plagen, weil ich überhaupt ausgehe.«

»Autsch. Hast du in Erwägung gezogen, unser Date abzusagen?«

»Für eine Sekunde oder zwei.«

»Ich bin froh, dass du es nicht getan hast.«

»Ich auch.«

Nach einer langen Pause fragt er: »Es ist merkwürdig, oder?«

»Sehr. Ich hab nicht damit gerechnet, dass ich noch mal ein erstes Date haben würde.«

»Ich auch nicht. Ich war erleichtert, das alles hinter mir zu haben.«

»Oh Gott, ich auch. Verabredungen sind furchtbar!«

»Erzähl mir deine übelste Dating-Horrorstory.«

»Ich hab so viele, aber das Schlimmste war wohl mein

Ex-Freund Johnny. Wir waren etwa drei Jahre zusammen, und ich dachte, wir würden heiraten, als er mir mitgeteilt hat, ich zitiere: ›Ich hab mir eindeutig noch nicht genug die Hörner abgestoßen.‹«

Brad schnappte nach Luft. »Das hat er dir wirklich ins Gesicht gesagt?«

»Mit exakt diesen Worten. Heute finde ich das lustig, doch damals … Gott, das hat mich fertiggemacht. Ich dachte, wir wären fest zusammen und ein Paar. Und das Heftigste daran war, dass ich zu ihm zurückgekehrt bin, nachdem ich Spencer getroffen hatte. Das war ein großer Fehler, und ein Jahr später war ich überglücklich, meine zweite Chance mit Spence zu bekommen. Witzigerweise hab ich ihn auf derselben Party wiedergesehen, bei der Sam Nick kennengelernt hat.«

»Es tut mir leid, dass dieser Johnny dich so behandelt hat.«

»Das ist jetzt schon ewig her und nach den jüngsten Ereignissen kaum mehr ein Vibrieren auf der Herzschmerz-Richterskala.«

»Im Großen und Ganzen ist er also ein Niemand.«

»Sicher, trotzdem war ich damals … am Boden zerstört.«

»Das kann ich mir vorstellen. Was für eine miese Nummer. Warum hat er nicht einfach erklärt: ›Ich habe andere Vorstellungen von der Zukunft als du, und ich glaube, eine Auszeit würde mir guttun.‹ Oder etwas anderes, was ein Erwachsener sagen würde?«

»Das wäre schön gewesen. Selbstverständlich darf man Beziehungen beenden, die nicht funktionieren, allerdings nicht auf so unreife Art und Weise. Das war, nachdem wir Jahre zusammen waren, schlicht grausam.«

»Stimmt. Was ist aus ihm geworden?«

»Keine Ahnung. Ich hab nichts mehr von ihm gehört,

was mir ganz recht ist. Und du? Was war dein größtes Desaster?«

»Ich war mit der besten Freundin meiner Schwester zusammen, und das Ende war furchtbar. Meine Schwester hat lange gebraucht, um mir das zu verzeihen.«

»Definiere ›furchtbar‹ …«

»Ich hab ihr erklärt, dass ich das Gefühl hätte, unsere Beziehung sei am Ende, was sie nicht gut aufgenommen hat. Ich hab versucht, so nett wie möglich zu sein, aber sie wollte es nicht akzeptieren. Ich war sofort der Schurke, weil ich was anderes wollte als sie.«

»Hat deine Schwester dir schließlich verziehen?«

»Erst mal nicht. Sie war lange sauer auf mich, und irgendwann hab ich es ihr dann übel genommen, dass sie so ein Theater macht, bloß weil ich mich getrennt habe. Und das, obwohl ich wirklich versucht hab, dabei so behutsam wie möglich vorzugehen.«

»Sind sie noch befreundet?«

»Ja, doch nicht mehr so eng wie früher, was offenbar ebenfalls meine Schuld ist.«

»Das ist alles total irre.«

»Ich schwöre, ich war bloß ehrlich. Kein Blödsinn mit Hörnerabstoßen oder so. Später hab ich herausgefunden, dass sie Hochzeitsmagazine gesammelt hatte, weil sie dachte, wir würden heiraten. Ich war erst einundzwanzig und überhaupt noch nicht bereit für so etwas.«

»Ach herrje.«

»Ja, oder? Ich bin so froh, dass ich mit der Heirat bis kurz vor meinem dreißigsten Geburtstag gewartet hab. Früher hätte ich es mit Anlauf in den Sand gesetzt.«

»Du hattest lediglich noch nicht die Richtige getroffen.«

»Das stimmt wohl.«

»Wie hast du Mary Alice kennengelernt?«

»Sie war die Schwester eines meiner Freunde bei der

Feuerwehr, und ich hatte große Bedenken deswegen. Ich hab ihn schwören lassen, dass es kein Problem für uns sein würde, sollte das zwischen ihr und mir nicht laufen. Er meinte, solange ich mich ihr gegenüber fair verhalte, wäre alles okay.«

»Und du hast ihm geglaubt?«

»Ja. Wir waren echt gut befreundet, und er wusste, dass ich kein Mistkerl bin und seine Schwester nicht schlecht behandeln würde. Außerdem konnte er praktisch dabei zusehen, wie ich mich in sie verliebt hab, nachdem wir uns bei einem Picknick der Feuerwehr kennengelernt hatten.«

»Also wurde dein bester Freund dein Schwager.«

»Ja. Und er war auch mein Trauzeuge.«

»Das ist eine tolle Geschichte. Ist euer Verhältnis immer noch so gut?«

»Mehr denn je, seit Mary Alice gestorben ist. Er und seine Frau reißen sich für mich und die Kinder wirklich ein Bein aus. Sie sind meine besten Freunde.«

»Wie schön, dass du sie hast.«

»Und viele andere, ohne die ich aufgeschmissen wäre. In der Hinsicht kann ich mich nur außerordentlich glücklich schätzen. Ich habe gehört, dass sich viele Witwen und Witwer nach den ersten Monaten, wenn der Alltag wieder einsetzt, im Stich gelassen fühlen. Das ist bei mir anders, meine Leute sind mir treu geblieben.«

»Die meisten bei mir auch.«

»Wen hast du verloren?«

»Ein paar befreundete Mütter, die anfangs sehr engagiert waren und dann nach einer Weile in der Versenkung verschwunden sind. Ich kannte sie erst seit ein paar Jahren, seit unsere Kinder im Kindergarten waren, aber ich hatte irgendwie gehofft, dass sie mir erhalten bleiben würden.«

»Warum, glaubst du, haben sie sich zurückgezogen?«

»Sie waren verunsichert und wussten nicht, was sie sagen

sollen. Ich lebe ihren schlimmsten Albtraum, und in meiner Nähe zu sein, erinnert sie daran, dass sie davor nicht gefeit sind. Das jedenfalls ist meine Theorie.«

»Lahm.«

»Total, doch nach allem, was ich gelesen habe, erleben Verwitwete so was oft.«

»Es ist trotzdem lahm.«

»Niemand will mit Tragödien und unerwarteten Todesfällen zu tun haben. Das ist vielen unheimlich.«

»Die Armen. Wie verkraften sie das nur?«

»Es ist schwer für sie, Brad. Sei nett.«

Er lacht. »Die Leute sind so verkorkst.«

»Absolut. Wir hingegen sind super Verwitwete.«

»Verdammt, ja, das sind wir. Leider ist es etwas, worin ich nie erfolgreich sein wollte.«

»Genau. Kann man das eigentlich bei Bewerbungen in den Lebenslauf aufnehmen? ›Ich bin eine hervorragende Witwe und alleinerziehende Mutter.‹«

»Ich würde dir auf jeden Fall den Job geben.«

Er überrascht mich, indem er nach meiner Hand greift, als hätte er das schon millionenfach gemacht. »Ist das okay?«

Ich nicke und lächle, während ich bemerke, dass sich seine Hand anders anfühlt als die von Spencer. Brads Hand ist durch seine körperliche Arbeit härter. Neben seinem Job bei der Feuerwehr erledigt er privat auch noch Tischlerarbeiten und Renovierungsprojekte. Damit hat er nach Mary Alice' Tod in letzter Zeit langsam wieder angefangen.

»Hast du die Arbeiten im Haus deines Freundes abgeschlossen?«

»Ja, alles erledigt. Das Elternbad erstrahlt in neuem Glanz.«

»Gibt es Fotos davon?«

»Klar. Ich poste sie auf Facebook, so bekomme ich mehr Aufträge. Ich zeig sie dir, wenn wir im Restaurant sind.«

»Was gefällt dir besser? Die Renovierungen oder die Feuerwehr?«

»Ich mag beides aus unterschiedlichen Gründen. An der Feuerwehr mag ich die Kameradschaft mit meinen Kollegen und dass man nie weiß, was einen bei einem Einsatz erwartet. Das ist eine Art von Spannung, die man bei kaum einem anderen Job hat. Außerdem sind natürlich die Krankenversicherung und die Altersvorsorge super. An den Renovierungen mag ich, dass ich selbst über meine Zeit bestimmen und mir aussuchen kann, was ich übernehme und was nicht.«

»Wäre es möglich, dass du bei der Feuerwehr in Teilzeit arbeitest und dich mehr auf die Renovierungen konzentrierst?«

»Darüber hab ich schon nachgedacht. Es wäre verrückt, die Altersvorsorge und die Krankenversicherung aufzugeben, aber vielleicht wäre es sinnvoll, nur zwei statt vier Schichten pro Woche zu arbeiten.«

»Würden sie dem zustimmen?«

»Sie haben mir bereits angeboten, meine Dienste bei Bedarf zu reduzieren.«

»Das ist nett von ihnen.«

»Nun, das ist jedenfalls besser für sie, als mich zu verlieren und jemand Neuen einarbeiten zu müssen.«

»Trotzdem ist es schön, Optionen zu haben.«

»Unbedingt, doch die größte Herausforderung wird die Kinderbetreuung sein, wenn ich wieder Vollzeit arbeite. Daphne ist tagsüber in der Schule und Drake in der Kindertagesstätte, aber bei Nachtschichten, die sich nicht ganz vermeiden lassen, wird es kompliziert. Natürlich springen die Großeltern ein, doch es wird ein Drahtseilakt werden.«

»Ich kann auch aushelfen. Sie können jederzeit bei uns übernachten, wenn du niemanden sonst hast.«

»Das ist nett von dir. Aber du hast schon genug um die

Ohren, ohne dich noch um meine Kids kümmern zu müssen.«

»Die Kinder beschäftigen sich gegenseitig. Das klappt super. Ich passe gerne auf sie auf, wenn du nachts arbeiten musst.«

»Vielen Dank. Das würde ein dringendes Problem lösen, da ich langsam wieder ins Arbeitsleben zurückkehren muss. Die Großeltern gehen gern auf Reisen, und ich möchte ihnen auf keinen Fall die Flügel stutzen, indem ich ihnen regelmäßig die Kinder aufhalse.«

»Ich mach das gerne.«

Wir überqueren die 14th Street Bridge von Washington nach Nord-Virginia. »Wohin bringst du mich überhaupt?«

»Zu einem Lokal in Arlington, das ich kenne und das hoffentlich weit genug abseits liegt, dass dich dort niemand belästigen wird.«

»Danke, dass du daran gedacht hast. Ich hab mich noch nicht daran gewöhnt, wegen meiner Schwester erkannt zu werden. Die Spendenaktion war ein Segen, doch dadurch und durch Spencers Tod war mein Foto in den Medien, sodass es öfter passiert. Das ist etwas, das ich echt nicht wollte.«

»Das muss lästig sein.«

»Ist es, aber sie können ja nichts dafür. Ich bin echt stolz auf die beiden.«

»Sie wirken wie ein großartiges Paar.«

»Oh, das sind sie. Sie sind ihrer Familie, einander und ihrer Arbeit total ergeben.«

»Mary Alice war begeistert von deiner Schwester. Sie sagte, sie sei eine coole Socke.«

»Das ist sie. Doch verrat ihr nicht, dass du das von mir gehört hast. Das würde ihr nur zu Kopf steigen.«

Er drückt meine Finger, was eine Welle von Empfindungen durch meinen Körper jagt. Es ist so lange her, dass mich ein Mann berührt hat, dass ich völlig überreagiere, obwohl er bloß meine Hand hält.

»Deine Geheimnisse sind bei mir sicher.«

»Gut zu wissen. Das gilt auch umgekehrt.«

Er biegt rechts auf einen Parkplatz ab. »Da sind wir. Es ist nichts Besonderes, aber das Essen ist gut, und die Leute lassen einen weitestgehend in Ruhe. Ich hab schon gesehen, wie Kongressabgeordnete und andere Leute aus Washington hier waren, ohne dass jemand ihnen groß Beachtung geschenkt hätte.«

»Klingt doch perfekt. Danke, dass du an die Öffentlichkeit gedacht hast.«

»Warte, ich helf dir beim Aussteigen, damit du dir nicht den Knöchel brichst.«

Er kommt um den Pick-up herum, um mir die Hand zu reichen.

»Das ist ein großer Sprung.«

»Mary Alice hat dieses Ding gehasst und hat sich rundweg geweigert, darin mitzufahren.« Er umfasst meine Hand und blickt mich an. »Ist es okay, dir das zu erzählen? Ich bin mir nicht sicher, wie die Regeln für Verabredungen als Witwer sind.«

»Es ist okay und sogar erwünscht, verstorbene Partner zu erwähnen. Ich versteh nicht, warum jemand eifersüchtig sein oder sich von jemandem bedroht fühlen sollte, der nicht mehr am Leben ist.«

»Genau. Wie dumm ist das bitte schön?«

»Es ist toll, dass ich mit jemandem ausgehe, der all das mitbringt, was zu einer ernsthaften Beziehung dazugehört, verstehst du?«

»Es ist definitiv ein Vorteil, wenn man Ähnliches erlebt hat.«

Er hält mir die Tür zum Restaurant auf und dirigiert mich vor sich her in einen gemütlichen Raum, in dem fast alle Tische besetzt sind und sich eine Menschenmenge an der Bar drängt. »Ich habe eine Reservierung für zwei Personen«, sagt er zu der Frau am Servicedesk. »Brad Albright.«

»Hier entlang bitte«, antwortet sie lächelnd und führt uns zu einem ruhigen Tisch in der hinteren Ecke.

Auf dem Weg dorthin starrt mich eine Frau an, aber ich laufe weiter und hoffe, dass sie mich nicht erkannt hat.

»Ich hab bemerkt, wie diese Frau dich angesehen hat«, erklärt er, nachdem wir Platz genommen haben. »Ist es okay für dich, wenn wir trotzdem bleiben?«

»Ich bin mir nicht sicher, ob sie weiß, wer ich bin. Ich hoffe nicht. Und ja, ich bleibe gern. Es ist nett.«

»Freut mich, dass es dir gefällt. Ich war schon ewig nicht mehr hier. Seit vor …«

»Ist das schwierig für dich?«

»Nicht so schwierig, wie ich dachte. Ich hab überlegt, ob es wirklich ideal ist, mit dir wohin zu fahren, wo ich mit Mary Alice war. Doch ich wusste, dass wir hier ungestörter sein können als in vielen anderen Lokalen, zu denen ich dich hätte ausführen können.«

»Das ist völlig in Ordnung. Du hast das gut gemacht. Danke, dass du meinen Wunsch nach Privatsphäre auf dem Schirm hattest.«

»Brad, ich hab mir gedacht, dass du das bist! Willkommen zurück.«

Er blickt überrascht auf, als eine hübsche junge Frau mit dunkelblondem Pferdeschwanz und einem freundlichen Lächeln an unseren Tisch tritt. Sie schaut mich an und stutzt, als sie erkennt, dass ich nicht Mary Alice bin.

»Oh, äh …«

»Hallo, Callie, wie geht es dir?«

Sie ist so durcheinander, weil sie ihn mit jemand anderem als seiner Frau sieht, dass sie sich kaum auf seine höfliche Frage konzentrieren kann. »Danke, gut.«

»Du hast sicher gehört, dass Mary Alice letztes Jahr gestorben ist?«

»Nein, das wusste ich nicht. Oh mein Gott. Das tut mir so leid. Sie war ein wunderbarer Mensch.«

»Ja, war sie. Callie, das ist meine Freundin Angela. Angela, Callie und ihr Mann sind die Besitzer dieses Restaurants.«

»Freut mich, Sie kennenzulernen«, erwidere ich.

»Gleichfalls.« Die Nachricht von Mary Alice' Tod hat sie sichtlich erschüttert. Sie schaut Brad an. »Wie kommst du klar?«

»So gut es eben geht. Alleinerziehend zu sein, ist eine große Umstellung.«

»Das kann ich mir vorstellen. Nun, ich möchte euch nicht beim Essen stören. Es war schön, dich zu sehen.«

»Ja, ich bin auch gerne wieder hier. Entschuldige«, fährt er fort, nachdem sie sich verabschiedet hat. »Das war peinlich. Ich dachte, inzwischen wüssten alle Bescheid.«

»Du musst dich nicht entschuldigen.«

»Ich hätte ein anderes Lokal auswählen sollen.«

»Das ist keine große Sache. Wirklich. Irgendwann passiert so was eben.«

Obwohl ich ehrlich glaube, dass das wahr ist, hat die Begegnung mit Callie die gesamte Stimmung des Abends verändert – und leider nicht zum Besseren.

27

Brad

Was habe ich mir nur dabei gedacht, sie ausgerechnet hierher mitzunehmen, wo die Leute Mary Alice kannten und natürlich nach ihr fragen, wenn sie mich mit einer anderen Frau sehen? Ehrlich gesagt ist mir nie in den Sinn gekommen, dass es jemand aus unserem Umkreis geben könnte, der noch nichts von ihrem Tod weiß. Weil Angela mit dem Präsidenten und der First Lady verwandt ist, war es überall in den Nachrichten, dass deren Schwager an einer Fentanyl-Vergiftung gestorben ist. Ich nehme an, die ganze Welt ist darüber im Bilde, was da passiert ist, aber warum sollten sie den anderen Opfern größere Aufmerksamkeit schenken?

Was auf mein Leben die Wirkung einer Atombombe hatte, wurde von anderen kaum zur Kenntnis genommen.

Callies Reaktion hat mich aus dem Gleichgewicht gebracht, fast so, als sei ich dabei ertappt worden, wie ich Mary Alice betrüge. Oder vielleicht denkt sie auch, es sei noch zu früh, um mit einer anderen auszugehen.

»Sollen wir lieber woanders hinfahren?«, erkundigt sich Angela leise.

Mir wird klar, dass ich schon seit einigen Minuten in Gedanken versunken schweige.

»Nein, tut mir leid. Das war nur …«

»Ich weiß. Und ich versteh das. Was beschäftigt dich?«

»Hat sie gedacht, ich würde mich hinter dem Rücken meiner Frau mit einer anderen treffen? Und auch noch in einem Lokal, in dem wir früher regelmäßig waren? Ist sie entsetzt, dass ich schon mit jemand Neuem zusammen bin? Und warum interessiert mich überhaupt, was sie denkt?«

»Nach allem, was ich gelesen und gehört habe, ist Ausgehen die heikelste aller ohnehin schon heiklen Sachen für jemanden, der in jungen Jahren verwitwet ist. Alle Welt hat eine Meinung dazu und hält damit nicht hinterm Berg, ohne Rücksicht darauf, dass es andere verletzen könnte.«

Ich nicke schon bei der ersten Nennung des Wortes »heikel«. Alles ist voller Gefahr, Herzschmerz, Traurigkeit und Hoffnung. »Wissen sie denn nicht, dass wir alles dafür geben würden, wieder so zu sein, wie wir vorher waren? Den Menschen, den wir am meisten geliebt haben, noch in unserem Leben zu haben?«

»Die Leute sehen nur jemanden, der mal verheiratet war und sich nun auf was Neues einlässt, und wittern Blut im Wasser.«

»Sie sollten sich um ihren eigenen Mist kümmern und sich aus meinem Leben raushalten.«

»Nüchtern betrachtet hat Callie ja nichts falsch gemacht. Sie war bloß überrascht, weil sie nichts von Mary Alice' Tod gehört hatte.«

»Ich frage mich, wie das möglich ist, bei all der Publicity, die die Geschichte bekommen hat.«

»Dank meiner Verwandtschaft mit der First Lady.«

»Und weil das Thema Fentanyl nach wie vor jede Menge Aufmerksamkeit erzeugt, besonders in einer Situation wie unserer.«

»Ja, das natürlich auch.«

»Mich wundert einfach, dass jemand, der uns als Paar gekannt hat, nicht wusste, dass sie gestorben ist. Ich hätte nie gedacht, dass das komplett an jemandem vorbeigehen kann.«

Eine Kellnerin kommt an den Tisch, entschuldigt sich für die Wartezeit, zählt die Spezialitäten des Tages auf und nimmt unsere Getränkewünsche entgegen.

Angela bestellt ein Glas Chardonnay, während ich ein Bier vom Fass nehme.

»Brad.«

Ich schaue sie an.

»Du hast nichts falsch gemacht. Du tust alles, was du kannst, um die schlimmste Tragödie deines Lebens zu bewältigen, daher solltest du dich nicht schuldig fühlen.«

»Fühlst du dich schuldig, weil du mit mir hier bist?«

»Nur insofern, als es länger dauert als gedacht, innerlich den Schalter von ›verheiratet‹ auf ›Single‹ umzulegen. Doch ich *bin* Single und kann tun, was ich will, mit wem ich will. Genau wie du.«

»Ich versuche mir vorzustellen, wie es wäre, mit jemandem auszugehen, der nicht versteht, wie sich das anfühlt.«

»Das wäre noch schwieriger.«

Die Kellnerin kehrt mit unseren Getränken zurück und nimmt unsere Wünsche für das Essen auf. Ich möchte Enchiladas und Angela Fisch-Tacos.

»Weißt du, was die gute Nachricht ist?«, fragt sie, nachdem sie einen Schluck Wein getrunken hat.

»Es gibt eine gute Nachricht?«

»Immer. Und die gute Nachricht ist, dass du Mary Alice

so sehr geliebt hast, dass es dir wehtut, ohne sie weiterzumachen. Ich wäre besorgt, wenn das nicht der Fall wäre, weißt du?«

»Klar, und mir geht es umgekehrt genauso. Als du mir von Spencer erzählt hast, hab ich dich besser kennengelernt.«

Sie hebt ihr Glas wie zum Toast. »Genug von so ernsten Themen. Wir sollen Spaß haben, also lass uns damit anfangen.«

Ich stoße mit meinem Glas an ihres. »Auf den Spaß.«

»Auf den Spaß.«

Angela

Nach dem holprigen Start gelingt es uns, den gemeinsamen Abend zu retten. Obwohl wir froh sind, mal eine Pause von unseren Kindern zu haben, sind sie dennoch das beherrschende Thema unserer Unterhaltung. Angeregt tauschen wir uns darüber aus, was sie gesagt oder getan haben.

Bei seiner Schilderung, wie Drake ihm stolz wie Oskar sein erstes volles Töpfchen präsentiert hat, lache ich so sehr wie seit Monaten nicht mehr.

Auf der Heimfahrt greift er wieder nach meiner Hand.

»Das war sehr schön«, meint er. »Danke, dass du mir über die schwierige Phase hinweggeholfen hast.«

»Kein Problem. Mir hat der Abend auch Spaß gemacht. Ich hab die Auszeit von allem dringend nötig gehabt.«

»Ich weiß nicht, wie du das mit drei Kindern, darunter ein Baby, schaffst.«

»Zum Glück ist mein Sohn ein Engel und bereitet seiner alleinerziehenden Mutter nicht die geringsten Probleme.«

»Trotzdem. Drei sind eine Menge.«

»Zwei auch. Verdammt, schon eins ist viel.«

»Weißt du, was noch eine Menge ist? Fünf. Fünf sind eine große Menge.«

Ich lache über die Art, wie er das sagt. »Sicher, aber wir sind weit davon entfernt, fünf Kinder zusammen zu haben, also schalten wir mal einen Gang zurück, Kumpel.«

»Ich mein ja nur … Wenn wir es durchziehen würden, stünden wir am Ende definitiv mit fünf Kindern da. Findest du das abschreckend?«

»Überhaupt nicht, doch schließlich bist du es, der drei zusätzlich bekommen würde, also sollte ich das eher dich fragen.«

»Ich bin nicht im Geringsten abgeschreckt. Ich hab deine Kinder bereits ins Herz geschlossen.«

»Ich deine auch. Aber das ist ein ziemlich schwergewichtiges Thema für ein erstes Date zwischen zwei verwitweten Alleinerziehenden.«

»Ja, das stimmt. Doch gerade weil wir verwitwete Alleinerziehende sind, ist es wahrscheinlich nie zu früh für irgendein Thema. Von unserer Freundschaft sind viele Menschen betroffen. Daher wäre es, wenn beispielsweise einer von uns keine Lust darauf hätte, andere als die eigenen Kinder großzuziehen, vielleicht gut, das gleich zu Beginn zu erfahren statt erst nach ein paar Monaten, wenn alle schon jede Menge investiert haben. Verstehst du, was ich meine?«

»Ich verspüre keine wie auch immer geartete Unlust bei der Vorstellung.«

»Ich auch nicht.« Er schaut mich an und grinst. »Gut zu wissen, oder?«

»Ja, auf jeden Fall.« Er ist so süß, wenn er mit sich zufrieden ist.

Mein Telefon klingelt. Es ist Tracy, und ich bin sofort alarmiert, da sie mich nie anrufen würde, wenn nicht irgendwas Wichtiges wäre. »Hey.«

»Also … eine Freundin hat mir gerade ein Foto von dir und Brad geschickt, das heute Abend aufgenommen wurde. Sie meinte, sie hätte es in den sozialen Medien gesehen, mit einem Kommentar darüber, wie schnell du offenkundig über den Tod deines Mannes hinweggekommen bist.«

Mir wird schlecht.

»Was?«, fragt Brad. »Was ist los?«

Ich schalte mein Handy auf Lautsprecher. »Kannst du das wiederholen, Trace?«

Nachdem sie das getan hat, stößt er ein »Oh mein Gott« aus und lenkt den Wagen auf die Standspur der 395 North.

Ich öffne die Tür, um Luft zu schnappen, und bereue zutiefst, die Fisch-Tacos gegessen zu haben. »Was sollen wir tun, Trace? Sag mir, was ich tun soll.«

»Ich habe Sam angerufen, und sie hat Lilia und Roni darauf angesetzt. Sie werden eine Erklärung veröffentlichen, dass die Verletzung deiner Privatsphäre angesichts deines tragischen Verlusts ungeheuerlich ist und dass sich jeder schämen sollte, der es wagt, auf diese Art und Weise über eine Witwe zu urteilen. So was in der Richtung. Außerdem ist sie total betroffen und bestürzt darüber, dass das überhaupt nur passiert ist, weil du mit ihr verwandt bist.«

»Es ist nicht ihre Schuld, dass die Leute sich nicht um ihre eigenen Angelegenheiten kümmern können.«

Als Brad mir ein Taschentuch reicht, merke ich, dass mir Tränen übers Gesicht laufen, was mich noch wütender macht. Ich hab mich bis jetzt so gut amüsiert und konnte vorübergehend mal meine Sorgen vergessen.

»Bist du damit einverstanden, dass sie eine Erklärung abgeben?«, fragt Tracy.

»Ja, das ist okay. Na ja, eigentlich ist es *nicht* okay, aber irgendjemand muss sich ja dazu äußern. Da kann es auch Sam sein.«

»Sie ist sehr aufgebracht. Ich bin sicher, du wirst von ihr hören, wenn sie sich beruhigt hat.«

»Wir sind fast zu Hause.«

»Dann sehen wir uns gleich, und entschuldige, dass ich dich wegen diesem Quatsch anrufen musste.«

»Danke für die Vorwarnung. Mein Handy vibriert ununterbrochen, was bedeutet, dass mir alle, die ich kenne, Nachrichten schicken.«

»Ignorier es vorerst. Das kann warten.«

»Ja, okay. Das werd ich. Bis gleich.«

Nachdem wir aufgelegt haben, starre ich in das seltsame Neonlicht, das die Stadtautobahn taghell erleuchtet.

»Tut mir leid, dass das passiert ist«, erklärt Brad. »Wir hätten zu Hause bleiben sollen.«

»Nein, wir sollten uns wegen so was nicht den Kopf zerbrechen müssen. Die Leute sollten sich gefälligst um ihren eigenen Kram kümmern.«

»Das stimmt, trotzdem … Wir haben ihnen die Gelegenheit geboten.«

»Wir haben nichts Falsches getan! Wir haben zu Abend gegessen, um Himmels willen. Seit wann dürfen Witwen nicht mit jemandem vom anderen Geschlecht zu Abend essen?«

»Du hast ›Geschlecht‹ gesagt.«

Darüber muss ich so heftig lachen, dass ich praktisch Sterne sehe. Ich weine buchstäblich vor Lachen, was viel besser ist, als wenn mir vor Kummer Tränen über die Wangen laufen. »Ahhh.« Ich seufze, nachdem ich mich wieder beruhigt habe. »Danke dafür. Das hab ich gebraucht.«

»Du bist immer schön, doch wenn du lachst … Wow.«

»Wie lieb, danke. Du hast meine heitere Seite bisher nicht oft erlebt. Früher hab ich viel gelacht. Toll zu wissen, dass ich das immer noch kann.«

»Lass uns mehr davon haben und weniger von dem traurigen Scheiß, okay?«

Ich schau ihn an, lächle und nicke.

Er krümmt einen Finger, um mich näher zu sich zu winken, beugt sich über die Mittelkonsole, um mich zu küssen – und ich lasse es zu. Es ist ein guter Kuss, sanft, süß und voller Versprechen für die Zukunft. Und als wir uns voneinander lösen, lächelt er. »Unser erster Kuss war auf dem Standstreifen der 395.«

»Vielleicht sollten wir ein Schild anbringen, um die Stelle zu markieren.«

»Ich werde es nicht vergessen.«

»Ich auch nicht.«

Iris

Die Aufregung um Angela und ihren Freund Brad sprengt jede Vorstellung – das ist so überflüssig und nervig. Die sozialen Medien kochen förmlich, weil plötzlich jeder eine Meinung dazu hat, wann es für eine verwitwete Person »zu früh« für eine neue Beziehung ist. Die Wilden Witwen sind deswegen stinksauer, und sogar Taylor hat sich per Textnachricht erkundigt, wie es Angela damit geht und ob sie ihr irgendwie helfen kann.

Angela geht es damit definitiv nicht gut, aber sie hält sich bedeckt, konzentriert sich auf ihre Kinder und versucht, die unwillkommene öffentliche Analyse ihres Privatlebens und ihrer Entscheidungen möglichst zu ignorieren. Nach dem, was sie mir erzählt hat, tut Brad das auch. Das Kommunikationsteam ihrer Schwester im Weißen Haus hat klargestellt, was von Leuten zu halten ist, die sich eine Meinung zu einem Thema erlauben, von dem sie keine Ahnung haben, wofür sie im Übrigen dankbar sein sollten.

Manche User haben sogar vorgeschlagen, dass Angela das durch GoFundMe gesammelte Geld zurückgeben sollte, da sie nach dem Tod ihres Mannes so schnell Ersatz gefunden hat. Und überhaupt: Wie kann man mehr als anderthalb Jahre als »schnell« bezeichnen?

Es ist herzzerreißend für uns alle, die wir verstehen, was sie durchgemacht hat und wie schwer es ist, diesen ersten Schritt zu wagen und dann so einen Albtraum zu erleben.

Gestern Abend hat sie mir versichert, sie habe weiterhin fest vor, zur Hochzeit zu kommen, weil sie sich von gemeinen Leuten nicht vorschreiben lassen will, wie sie ihr Leben zu leben hat. Allerdings wird sie, anders als ursprünglich geplant, Brad nicht mitbringen. Das tut mir für beide sehr leid. Ich hoffe, dass die Freundschaft, die sie aufgebaut hatten, bevor die Hölle losbrach, das alles heil übersteht.

Gage schlendert in unser Zimmer, wo ich mich auf der Chaiselongue zusammengerollt habe und die vielen Nachrichten beantworte, die mich in den letzten Stunden erreicht haben, während die Wilden Witwen für Angela – und damit auch für sich selbst – gekämpft haben. Die Kommentare, die sie zu einigen der gemeineren Posts hinterlassen haben, sind präzise und treffen genau den richtigen Ton. Unser Team leistet gute Arbeit da draußen, und ich könnte nicht stolzer auf sie sein.

Ich bleibe im Hintergrund, weil ich mich nicht von der Vorfreude auf die Hochzeit ablenken lassen möchte. Ich will mich nur darauf, auf Gage und meine Kinder konzentrieren. Mein Frisur-und-Make-up-Team wird in einer Stunde erwartet, daher versuche ich mich bis dahin zu entspannen und abzuschalten. Mimi und Stan sind mit Eleanor und den vier Kindern zum Essen irgendwohin gefahren. Natürlich hat Mimi sich mit Eleanor angefreundet und Carter zu ihrem vierten Adoptivenkel erklärt. Sie ist einfach wunderbar.

»Wie ist die Lage in der Kommandozentrale?«, fragt

Gage, der sich ans Fußende der Chaiselongue setzt. Wir haben kurz überlegt, dem Aberglauben nachzugeben und die Nacht und den heutigen Tag getrennt zu verbringen, uns dann jedoch dagegen entschieden. Wir wollen es heute so machen wie an allen anderen Tagen auch und zusammen sein.

»Unterm Strich betrachtet ziemlich gut.«

»Und du bleibst offline und hältst dich aus dem ärgsten Getümmel raus?«

»Ja, aber ich krieg trotzdem hier und da ein paar Berichte.«

»Das ist leider untersagt. Heute ist dein Tag, und um Angela und Brad kümmern sich die anderen.«

»Ja, das tun sie wirklich. Ich bin so stolz auf sie.«

»Ich auch. Wir haben sie gut angeleitet.«

Ich lache und strecke ihm eine Hand hin. »Wir haben ihnen geholfen, sich das anzueignen, was sie brauchen, um in einer Situation wie dieser zurückzuschlagen, und deshalb ist das, was wir mit den Wilden Witwen tun, so wichtig und notwendig.«

»Heißt das, du hast dich entschieden, dich nicht zurückzuziehen?«

»Ja, und zwar weil ich es will, nicht weil ich das Gefühl habe, dass ich es muss. Stell dir vor, Angela müsste so etwas ohne die Unterstützung unserer Gruppe durchstehen.«

»Lieber nicht.«

»Genau. In dieser gnadenlosen Welt können wir diese lieben, verletzten Menschen nicht sich selbst überlassen.«

»Nein, wirklich nicht«, erwidert er. »Und das, was Angela und Brad gerade erleben, hat mir das noch mal deutlich vor Augen geführt. Denk dir nur, das wäre uns passiert, als wir frisch zusammen waren, und wir hätten nicht die großartige Unterstützung der Witwen gehabt, die uns den Rücken gestärkt haben … Am Ende hätten wir es vielleicht nie bis hierhin geschafft.«

»Oh, wir hätten es so oder so geschafft, doch sie haben definitiv geholfen.«

»Wärst du nackt zu mir unter die Decke gekrochen, während ein Friedensrichter auf der Bettkante hockt, um mich in die Ehefalle zu locken?«

»Wenn es nötig gewesen wäre, aber Hut ab vor deiner lebhaften Fantasie.«

Ich ziehe ihn in meine Arme, fahre mit den Fingern durch sein Haar, das er für die Hochzeit kürzer als sonst trägt. Ich mag es länger und widerspenstig, so wie es normalerweise ist, doch mit diesem Haarschnitt wirkt er fast jungenhaft, was mir sehr gefällt. »Du hast meine lebhafte Fantasie mit deinen Streichen inspiriert.«

»Was meinst du damit nur?«

»Denk mal scharf nach. Hey, Süße?«

»Ja, Liebster?«

»Ich möchte, dass du weißt … Ich hatte zwei andere beste Tage in meinem Leben, nämlich als ich Natasha geheiratet habe und als die Mädchen auf die Welt kamen, und ich erwarte, dass heute der dritte wird. In gewisser Weise ist dieser Tag sogar noch wichtiger als die anderen beiden, weil ich mir lange Zeit nicht hätte vorstellen können, dass ich jemals so etwas wie das haben würde, was ich mit dir und den Kindern habe. Danke dafür.«

»Oh, Gage, mein Liebster … Danke für alles. Du hast nicht nur deine Angst vor weiteren Verlusten überwunden, sondern bist auch für die Kinder so wichtig geworden. Sie lieben dich so sehr.«

»Was für ein Glück haben wir nach dieser großen Katastrophe?«

»Mehr Glück als die meisten anderen und genug Verstand, um das zu erkennen.«

Er küsst den Rücken meiner linken Hand, an der ich seinen Ring trage. »Was hältst du davon, wenn wir es offiziell machen?«

»Ich sag zu allem Ja.«

»Damit bist du die beste Ehefrau aller Zeiten.«

»Ich kann es kaum erwarten, dass ich endlich *deine* Ehefrau werde.«

»Ich auch nicht.«

28

Taylor

Ich bin fest entschlossen, zu Iris' Hochzeit zu gehen, auch wenn ich mich wie ein gestrandeter Wal fühle und mir selbst meine Lieblings-Umstandskleider zu eng sind. Meine Nachbarin Kate ist da, um mir beim Fertigmachen zu helfen, und dreht mir die Haare zu langen Locken, während ich mich bemühe, still zu sitzen.

Eliza öffnet die Tür einen Spaltbreit, um zu gucken, wie weit ich bin, und ruft: »Mommy, du siehst so hübsch aus!«

»Tante Kate ist eine Zauberin.«

»Deine Mom ist von Natur aus wunderschön. Ich helfe ihr nur dabei, alles bestmöglich zu betonen.«

»Und Tante Kate ist jetzt auch unter die Fantasy-Autoren gegangen.«

Kate lacht, während Eliza verwirrt die Stirn runzelt.

Ich strecke die Arme nach ihr aus und ziehe sie an mich, während Kate sich um die letzten Details kümmert.

»Hast du dich schon für einen Film entschieden, den wir heute Abend gucken?«, fragt Kate meine Tochter.

Meine Nachbarin und Freundin hat großzügigerweise angeboten, bei den Kindern zu bleiben, damit ich zur Hochzeit kann. Meine Eltern und meine Schwestern sind gestern abgereist, nachdem sie versprochen hatten, uns in Kürze wieder zu besuchen. In gewisser Weise bin ich erleichtert, das Haus nach zwei Wochen voller Leute wieder für uns allein zu haben. Aber die Stille erinnert mich auch schmerzlich an den einen Menschen, der nie wieder durch diese Tür kommen wird.

Ich vermisse ihn schrecklich. Ich sehne mich jede Minute eines jeden Tages und in jeder schlaflosen Nacht nach ihm.

Energisch verdränge ich die Gedanken an ihn, damit ich das Make-up nicht ruiniere, das Kate so geschickt aufgetragen hat, um die dunklen Ringe unter meinen Augen zu kaschieren.

Das Baby erinnert mich ständig an den Mann, den ich von ganzem Herzen geliebt habe. Unser Kleiner ist immer in Bewegung, genau wie sein Vater, und es würde mich überraschen, wenn er Ende nächster Woche nicht auf der Welt wäre.

Christy und Trey sind meine Begleiter für die Hochzeit und werden mich in etwa zwanzig Minuten abholen.

Während Kate mit Eliza runtergeht, um mit ihr und Miles was zu essen, lege ich letzte Hand an mein Outfit und betrachte mich in dem Ganzkörperspiegel, den Will für mich an der Rückseite unserer Schlafzimmertür angebracht hat. Ich finde, dass ich unter den gegebenen Umständen so gut wie möglich aussehe.

Ich mach mir Sorgen, dass ich dem Brautpaar die Show stehlen könnte, doch als ich das Iris gegenüber erwähnt hab, meinte sie, ich solle nicht albern sein und meinen Hintern zur Hochzeit schaffen – wenn ich mich dazu in der Lage fühle. Ich liebe sie so sehr. Ich möchte für sie da sein, so wie sie und Gage für mich da waren, seit ich sie mit der Nachricht von Wills Unfall angerufen habe.

Sein Vorarbeiter Bryan tut sein Bestes, um ohne Will alles am Laufen zu halten, aber es fällt ihm schwer, die Baustellen zu betreuen und gleichzeitig das Geschäft zu führen. Mir ist klar, dass ich irgendwann einspringen und helfen muss, doch erst, wenn das Baby da ist. Bryan hat mir versichert, dass er es eine Weile schaffen wird, und versprochen, um Hilfe zu bitten, wenn er nicht weiterkommt.

Das Geschäft läuft wie geschmiert, also wäre ich verrückt, wenn ich das einfach aufgeben würde. Aber der Gedanke daran, was mir da bevorsteht, ist eine weitere Sache, die in mir den Wunsch weckt, mich ins Bett zu verkriechen und mir die Decke über den Kopf zu ziehen, und zwar für immer.

Da das keine Option ist, sieht es ganz so aus, als würde ich über kurz oder lang ins Baugeschäft einsteigen.

Interessanterweise hat mir Lexi, meine neue Freundin von den Wilden Witwen, erzählt, dass ihr Verlobter Tom seine Unterstützung angeboten hat, weil er ebenfalls im Baugewerbe tätig ist und Will sogar flüchtig kannte. Ich hab mich bei beiden bedankt und gesagt, dass ich jede Hilfe brauchen kann, die ich kriegen kann, während ich herausfinde, wie ich Wills Firma ohne ihn auf der Erfolgsspur halte.

Auch das kommt auf die Liste der Dinge, mit denen ich in meinem Leben nie gerechnet hätte. Diese Liste wird immer länger.

Nach einem letzten Blick in den Spiegel beschließe ich, dass ich gut aussehe. Ich schnappe mir meine Handtasche und den schicken Wintermantel, auch wenn sich der über meinem Bauch nicht zuknöpfen lässt. Während ich mich zur Treppe begebe, nehme ich mir fest vor, den heutigen Abend zu genießen.

All meine Probleme werden morgen früh noch da sein, und schon bald werde ich allein drei Kinder versorgen müssen. Da kann ich genauso gut versuchen, etwas Spaß zu haben, solange sich die Chance bietet.

Iris

Bevor ich für die Hochzeit mit Gage das Haus verlasse, beschließe ich, ein paar Minuten bei Mike zu verweilen. Das habe ich schon länger nicht mehr getan. Als ich von seiner Affäre mit Eleanor und von dem Kind, das er mit ihr hatte, erfahren habe, hat das meine Gefühle für ihn unwiderruflich verändert. Trotzdem war er meine erste Liebe, mein Mann, der Vater meiner Kinder, und ich wünschte, er wäre nicht so tragisch ums Leben gekommen.

Ich will ehrlich sein. Es ist echt schwierig, nach dem Tod des Ehemanns herauszufinden, dass er so ein Geheimnis hatte – und zu begreifen, dass wir uns vermutlich getrennt hätten, wenn er nicht gestorben wäre. Viele meiner verwitweten Freundinnen haben keinen Grund, daran zu zweifeln, dass der Mensch, den sie verloren haben, die Liebe ihres Lebens war. Das trifft auf mich nicht zu. Nicht mehr.

Trotzdem hab ich das Bedürfnis, ihm einen Moment zu widmen, den schönen Erinnerungen und der überwältigenden Liebe Raum zu geben, die ich einst für ihn empfunden habe, bevor ich mein Herz und meine Zukunft Gage anvertraue.

Ich sitze am Schreibtisch in dem Büro, in dem Mike den Papierkram für sein Unternehmen erledigt hat, und halte ein gerahmtes Foto von ihm mit den Kindern in der Hand. »Okay, Michael, ich wollte, dass du es von mir hörst, was übrigens mehr ist, als du mir zugestanden hast. Doch das tut jetzt nichts zur Sache. Also, ich heirate heute. Ich glaube, du würdest Gage mögen, und ich weiß, dass du für alles dankbar wärst, was er für die Kinder tut. Sie lieben ihren Daddy

Gage, aber natürlich haben sie dich nicht vergessen. Du fehlst ihnen, und sie werden dich immer lieben. Genauso wie ich.

Ja, trotz allem liebe ich dich. Ich vermisse dich. Und ich denke jeden Tag an dich. Ich hoffe, wo immer du auch bist, kannst du sehen, dass es uns gut geht und dass wir Glück und Freude in unserem Leben empfinden. Das ist nicht über Nacht passiert, so viel ist sicher. Doch wir haben es geschafft, und ich hoffe, du bist stolz auf uns.«

Nachdem ich das Foto auf den Schreibtisch zurückgelegt habe, denke ich kurz an mein früheres Leben, bevor ich mit Gage in ein neues starte.

Er ist mit Tyler und Stan schon losgefahren, um sich mit seinem Vater und seinem Bruder im Country Club zu treffen, wo die Feier stattfinden wird. Ich hab erst rausgefunden, dass Gage Mitglied ist, als er vorgeschlagen hat, die Hochzeit dort zu veranstalten. Ich hab ihn gnadenlos damit aufgezogen, dass er Country-Club-Mitglied ist. Er hat nur die Augen verdreht und erwidert, dass es gut fürs Geschäft war, als er noch seine Firma hatte, und dass er bislang nicht dazu gekommen ist, seine Mitgliedschaft zu kündigen.

Davon profitieren wir heute, denn es ist ein wunderschöner Ort für eine Hochzeit.

Gegen Mittag steige ich mit Mimi, Sophia und Laney ins Auto, damit wir rechtzeitig für die Vorbereitungen für die Zeremonie um vier am Nachmittag dort sind.

Ein paar Stunden später, nachdem wir perfekt zurechtgemacht wurden, kann ich kaum glauben, was für ein Wunder die Stylistin mit meinen Haaren und meinem Make-up vollbracht hat.

Sophia und Laney sind bezaubernd in den weißen Kleidern, die sie sich als meine Blumenmädchen ausgesucht haben. Sie haben aufwendige Hochsteckfrisuren, mit Blüten im Haar und einem Hauch Lippenstift, wodurch sie fast ein bisschen erwachsen wirken. Ich kann es kaum erwarten, dass Gage sie sieht. Sie sind vor Aufregung ganz außer sich, während wir die letzten Minuten bis zum Beginn der Feier zählen.

Roni und Derek werden unsere einzigen Trauzeugen sein, und ich finde die Vorstellung toll, dass wir vier als Verwitwete vor den Friedensrichter treten, wo Gage und ich uns das Eheversprechen geben. Irgendwann in den letzten Jahren sind die beiden zu unseren engsten Freunden geworden, und uns wäre es niemals in den Sinn gekommen, jemand anderen zu fragen.

Ich bin mir ziemlich sicher, dass meine Stiefschwester und Gages Bruder erwartet hatten und bereit waren, die Rollen, die sie bei unseren ersten Hochzeiten hatten, erneut zu übernehmen, aber wir wollten Menschen, die für den Weg stehen, den wir beide von der Katastrophe bis zum heutigen Tag zurückgelegt haben.

Tyler wird mich zum Altar führen und als Ringträger fungieren. Er bleibt bis zur letzten Minute bei Gage und Derek.

»Du siehst umwerfend aus, Iris, aber das tust du ja immer«, erklärt Roni, als sie mich ein letztes Mal von oben bis unten mustert. Sie trägt ein wunderschönes lila Seidenkleid, und ihr Haar ist aufwendig hochgesteckt, passend zu meiner Frisur und der der Mädchen.

»Ach, komm schon, in diesem alten Ding?«

Das schlichte weiße Seidenkleid lässt meine Schultern frei und hat eine kurze Schleppe mit Blumenstickereien am Saum. Ich wollte keinen Schleier, also hat meine Mutter die Diamant-Tiara vorgeschlagen, die meine Großmutter bei ihrer Hochzeit mit meinem Großvater getragen hat. Ich bin total glücklich, dass ich bei meiner zweiten Hochzeit zwar wie eine Braut aussehe, allerdings ohne es zu übertreiben.

»Haha. Was du nicht sagst. Wenn du in diesem sexy Kleid auf ihn zukommst, wird ihm das Herz stillstehen.«

»Na, ich hoffe doch nicht. Eigentlich will ich ja mein Witwendasein hinter mir lassen.«

»In diesem Fall wird der Herzstillstand ausschließlich positiv zu verstehen sein.«

»Du siehst ebenfalls wunderschön aus.«

»Dank deiner Haar- und Make-up-Zauberinnen.«

»Die sind wirklich großartig.« Ich greife nach ihrer Hand und halte sie fest. »Wie geht's dir?« Sie kämpft seit dem Drama um Angelas und Brads Date in den sozialen Medien für die beiden, und ich kann erkennen, wie sehr sie das belastet. Irgendwie hat uns das alle so kurz nach Taylors Tragödie nur weiter runtergezogen.

»Bei mir ist alles gut. Aber ich bin total sauer, dass es so weit kommen musste.«

»Da gebe ich dir recht. Wie verkraftet Angela es?«

»Besser als ich, wenn ich an ihrer Stelle wäre«, entgegnet Roni.

»Und Brad?«

»Es war schwierig für ihn. Offenbar kann eine seiner Schwägerinnen ›nicht glauben, dass er bereits eine neue Freundin hat‹, was sie ihm sowohl persönlich als auch online unmissverständlich mitgeteilt hat.«

»Dafür verdient sie eine Ohrfeige.«

»Absolut. Und die arme Sam ist total außer sich, weil das überhaupt geschehen ist.«

Ich schüttle den Kopf. »Keine gute Tat bleibt ungestraft.«

»Das hab ich ihr gestern auch gesagt. Die GoFundMe-Kampagne war ein riesiger Erfolg. Doch jetzt zahlen sie den Preis für die ganze Aufmerksamkeit, die dadurch auf Angela und ihre Geschichte – und damit jetzt auch auf Brad – gelenkt wurde.«

»Das ist echt widerlich. Sie haben nichts falsch gemacht, und ich hoffe, dass das ganze Theater sie nicht zurückwirft.«

»Wir versuchen, das zu verhindern, indem wir uns gegen die Hassposts und ihre Urheber wehren, trotzdem ist es ein harter Kampf«, antwortet Roni mit einem Seufzen.

»Und Mary Alice' Schwester ... Oh Mann.«

»Wahrscheinlich spricht aus ihr die Trauer, trotzdem sollte sie einfach die Klappe halten.«

»Aber echt.«

»Wie auch immer ...« Roni gibt sich einen Ruck. »Jetzt genug davon. Heute geht es um glückliche, erfreuliche Dinge und um zwei Menschen, die das Beste verdienen.«

»Da bin ich mir nicht so sicher.«

»Ich weiß es, und alle anderen pflichten mir bei. Ihr verdient nur das Allerbeste, und wir können es kaum erwarten, mit euch zu feiern. Euer Sieg ist ein Sieg für uns alle.«

»Danke, dass du heute und immer an meiner Seite bist.«

»Ich hab euch beide fest ins Herz geschlossen.«

»Wir dich auch.«

Gage

Tyler kann vor Aufregung kaum still halten, während Derek und ich versuchen, ihn ein paar Minuten länger zu beruhigen. Mein Vater und mein Bruder sind zu meiner Mutter, meiner Schwägerin und den anderen Verwandten gegangen, die aus allen Teilen des Landes angereist sind, um heute bei uns zu sein.

»Wie lange dauert es noch, bis ich Mom zum Altar führen darf?«, fragt Tyler zum hundertsten Mal in der letzten Stunde.

»So zehn Minuten«, antworte ich.

»Das schafft er nicht«, meint Derek lachend.

Zum Glück kommt ein paar Minuten später der Hochzeitskoordinator des Country Club, um Tyler abzuholen, kurz bevor der Junge vor Aufregung platzt.

»Wir sehen uns draußen, Kumpel«, sag ich zu ihm, während ich ihm erneut die Fliege zurechtziehe und das Haar glatt streiche. »Ich hab dich ganz doll lieb.«

Spontan wirft er mir die Arme um den Hals. »Ich dich auch. Danke, dass du uns heiratest. Leider sind wir ganz schön anstrengend.«

Ich lache. »Ihr seid genau richtig. Pass gut auf deine Mommy auf.«

»Das werde ich.«

Er rennt zur Tür, wirft mir aber einen Blick über die Schulter zu, der alles über unser inniges Verhältnis verrät.

Ich zeige ihm den erhobenen Daumen, woraufhin er mir ein breites Grinsen schenkt, ehe er durch die Tür verschwindet.

»Puh«, sage ich zu Derek. »Ich hatte echt Angst, dass er gleich platzt.«

»Ich weiß. Erinnerst du dich noch, wie es war, als wir so energiegeladen waren?«

»Ich bin mir nicht sicher, ob ich das jemals war.«

Derek stellt sich vor mich, um ein letztes Mal meine Erscheinung zu begutachten. »Du siehst gut aus.«

»Danke, dass du mein Trauzeuge bist.«

»Ich fühle mich echt geehrt, dass du mich gefragt hast, und Roni empfindet genauso.«

»Es ist lustig, wenn man darüber nachdenkt, wer beim ersten Mal dort stand und wie anders das Leben jetzt ist. Wie anders *alles* ist.«

»Auf jeden Fall. Eine ganz neue Besetzung nach der Tragödie, obwohl ein Teil der ursprünglichen Darsteller noch dabei ist.«

»Allerdings nicht so viele, wie man meinen könnte.«

»Diejenigen, die wichtig sind, sind diejenigen, die bleiben.«

»Ja, genau.«

»Das sind deine Worte. Du hast das in einem deiner Beiträge geschrieben, darüber, wie der Tod des geliebten Partners die Menschen vertreibt, die nicht zum Bleiben bestimmt sind.«

»Wirklich, das ist von mir? Nun, das ist tatsächlich ziemlich tiefgründig.«

Er lächelt. »Du kannst dir nicht vorstellen, wie viel mir deine Worte in der ganzen Zeit bedeutet und wie sehr sie mir dabei geholfen haben, mein Leben neu aufzubauen. Immer wenn ich dachte, ich könnte nicht mehr weiter, bin ich bei Gage Colliers Account gelandet und hatte danach das Gefühl, wenn du es schaffen kannst, bin ich dazu ebenfalls imstande.«

»Das bedeutet mir unendlich viel. Danke, dass du mir das sagst.«

»Das gilt für so viele Menschen. Du hast eine furchtbare Tragödie erlebt und daraus ein Geschenk für andere gemacht, die ebenfalls einen schweren Verlust erlitten haben.«

»Ich hab es überlebt, indem ich darüber gesprochen habe. Ich bin so froh, dass es dir und anderen was gebracht hat.«

Der Hochzeitskoordinator kommt zurück und informiert uns, dass es Zeit ist.

Mein Herz vollführt vor Freude und Glück einen kleinen Satz. Ich kann es kaum erwarten, Iris und die Mädchen zu sehen.

Derek drückt mich. »Bis gleich.«

»Bin sofort da.«

Iris hat vorgeschlagen, dass wir Mimi und Stan bitten, mich zum Altar zu führen, quasi als Brücke zwischen Vergangenheit und Zukunft. Sie haben mir so sehr dabei geholfen, die schlimmste Zeit meines Lebens zu überstehen. Sie sind ein wichtiger Grund dafür, dass ich überlebt habe und nun bereit bin für diesen nächsten Schritt mit Iris und ihren Kindern.

Als sie den Raum betreten, haben sie trotz ihres Lächelns Tränen in den Augen und sind genauso überwältigt wie ich.

»Du schaust so gut aus«, sagt Mimi und legt sich eine Hand aufs Herz.

»Danke, dass ihr euch dazu bereit erklärt habt.«

»Oh, mein Lieber … Wir fühlen uns so geehrt, Teil deines großen Tages zu sein und Natasha und die Mädchen zu vertreten.«

»Sie lächeln heute auf uns herab«, verkündet Stan mit rauer Stimme. »Daran habe ich keinen Zweifel. Sie würden Iris und die Kinder genauso lieben wie wir.«

»Ich möchte, dass ihr wisst … Eure Liebe und eure Unterstützung haben all das überhaupt erst ermöglicht. Ihr habt nie gezögert und habt Iris und ihre Kinder von der ersten Minute an als Familienmitglieder akzeptiert. Ihr habt mir nie das Gefühl gegeben, dass ich etwas Falsches tue, indem ich mein Leben weiterlebe. Das sind die unglaublichsten Geschenke, die ihr mir jemals machen konntet, und sie haben alles verändert.«

Mimi wischt sich eine Träne aus dem Auge. »Wir lieben dich wie einen Sohn, seit wir dich kennen, und das werden wir immer tun.«

Wir umarmen uns alle drei und lösen uns kurz darauf schniefend und lachend wieder voneinander.

»Lasst uns rausgehen, bevor sie ohne uns anfangen«, meint Stan.

Wir begeben uns zum hinteren Teil des großen Raums, in dem die Zeremonie stattfinden wird. Nachdem Iris die Blumen ausgewählt hatte, die sie für die Dekoration haben wollte, habe ich heimlich den Floristen angerufen und die Bestellung verdoppelt, weil ich weiß, wie sehr sie Blumen aller Art liebt. Es duftet herrlich, und sie wird sich darüber freuen.

»Es ist so schön«, flüstert Mimi, während sie sich links bei mir unterhakt und Stan meinen rechten Arm nimmt.

Ich schaue meiner Mutter in die Augen und sehe, dass sie sich die Tränen abwischt. Meine Eltern fanden die Idee, dass Mimi und Stan mich begleiten, toll und verstehen die Symbolik voll und ganz. Ich habe das große Glück, dass mich die wichtigsten Menschen in meinem Leben so uneingeschränkt unterstützen – so gut sind nicht alle Wilden Witwen dran.

Iris und ich haben Stings »Brand New Day« ausgewählt, das gespielt werden soll, wenn die Hochzeitsgesellschaft einzieht, und als ich die ersten Töne höre, drohen mich meine Gefühle zu überwältigen, so viel bedeutet mir der Song.

Während wir den langen Gang entlangschreiten, an dessen Ende Derek auf mich wartet, gleitet mein Blick über die strahlenden, aufgeregten Gesichter unserer Wilden Witwen, viele von ihnen mit ihren neuen Partnern, sowie die von anderen Freunden und Familienmitgliedern, die mir und Iris nahestehen.

Am Ende einer Stuhlreihe entdecke ich Taylor. Sie lächelt mich an, als ich näher komme, und ich bin so froh, dass sie dabei ist. Iris wird es mindestens genauso freuen.

Vorn im Raum umarme ich Mimi und dann Stan. »Danke.«

»Ich liebe dich so sehr«, flüstert meine erste Schwiegermutter.

»Ich liebe dich mehr.«

»Alles Gute für dich und Iris, mein Sohn«, sagt Stan und schüttelt mir die Hand.

Ich bin zu ergriffen, um etwas anderes zu tun, als zu nicken.

In unserem Programmablauf werden sie als Natashas Eltern und Ivys und Hazels Großeltern aufgeführt. Als ich mich zu unseren Gästen umdrehe, gibt es niemanden im Raum, der keine feuchten Augen hat.

Ich hoffe, meine Mädchen sind heute bei mir und wissen, dass ich sie immer noch von ganzem Herzen liebe, auch wenn ich gleich Iris und die Kinder heiraten werde.

Als Sophia und Laney in hübschen weißen Kleidchen, mit hochgestecktem Haar und leicht geschminkten Lippen durch die Tür treten, ist es um meine Fassung geschehen. Sie sind so verdammt süß, wie sie da auf mich zukommen, Rosenblütenblätter aus ihren Körbchen streuen und dabei um die Wette strahlen.

Alle ihre Großeltern zücken Taschentücher, während die kleinen Engel bei mir stehen bleiben.

Ich knie mich hin, um sie zu umarmen, und flüstere ihnen zu, wie sehr ich es liebe, ihr Daddy Gage zu sein.

Wir halten uns lange fest, während unsere Gäste sich die Tränen wegwischen. Ich hoffe, der Fotograf fängt alles ein, damit Iris es sich später ansehen kann.

Schließlich lasse ich die beiden los, und sie gehen zu ihren Plätzen. Als Nächstes schreitet Roni den Mittelgang entlang und lächelt mich und Derek an, ehe sie die Mädchen kurz an sich drückt.

Schließlich erscheinen Iris und Tyler in der Tür, und mein Herz schmerzt vor Liebe zu der Frau, die dieses neue Leben möglich gemacht hat, und zu meinem Sohn, zu dem Tyler bereits geworden ist.

Es ist so bezaubernd, wie er seine Mutter den Gang entlangführt. Seine Bemühungen, diesen Anlass ernst zu nehmen, sind echt witzig, denn jeder, der ihn kennt, kann unschwer erkennen, wie schwer es ihm fällt, die Würde zu wahren.

Als sie vorne angekommen sind, knie ich mich hin, um

ihn zu umarmen. »Das war großartig, Kumpel. Ich bin so stolz auf dich.«

»Danke.«

»Ich liebe dich.«

»Ich dich auch.«

Er nimmt die Hand seiner Mutter und legt sie in meine, wie wir es gestern geübt haben.

Endlich stehe ich mit meiner Braut da, die so wunderschön und sexy und einfach perfekt ist, dass es mir den Atem raubt. Ich bin so dankbar, dass sie in jener schicksalhaften Nacht in mein Bett gekrochen ist und unser beider Leben komplett auf den Kopf gestellt hat.

Der Rest unseres gemeinsamen Lebens beginnt genau jetzt.

29

Iris

Er ist so attraktiv und einfühlsam, während er mit einem breiten Lächeln meine Hand nimmt. Der Hochzeitskoordinator hat mir erzählt, dass er sich hingekniet hat, um die Mädchen zu umarmen, und ich kann es kaum erwarten, mir das auf dem Video anzusehen.

Er nimmt meine Hand aus Tylers und legt sie sich in die Armbeuge, während wir uns umdrehen, um den letzten Schritt in Richtung eines hoffentlich langen, glücklichen zweiten Kapitels voller Liebe zu machen.

Wir haben Joy gebeten, die Trauung durchzuführen, denn wer wäre besser dafür geeignet? Wir haben nie jemand anderen in Betracht gezogen.

»Liebe Freunde, liebe Familie«, beginnt sie. »Im Namen von Iris, Gage, Tyler, Sophia und Laney danken wir euch, dass ihr heute bei uns seid, wenn wir diese beiden und ihre Kinder durch die Eheschließung auch offiziell zu einer Familie verbinden. Das bedeutet Heirat«, fügt sie an die Kinder gewandt hinzu.

Sie kichern.

»Diejenigen von uns, die von der ersten Reihe aus verfolgen konnten, wie sich diese beiden außergewöhnlichen Menschen ineinander verliebt haben, können bezeugen, dass es niemanden auf der Welt gibt, der einen glücklichen Neuanfang mehr verdient als sie und ihre Kinder.«

Das wird mit lautem Applaus bedacht.

»Ich dachte mir schon, dass ihr mir da zustimmen würdet. Iris und Gage, ihr habt euch in dieser verrückten Zeit, die wir als Witwen durchleben, so sehr für andere eingesetzt. Eure Selbstlosigkeit und euer Mitgefühl sind der Stoff für Legenden, und wir danken euch dafür, dass ihr den Ton angegeben und uns allen ein leuchtendes Beispiel für Glauben, Hoffnung, Optimismus und Liebe geliefert habt, dem wir alle nacheifern möchten. Wir lieben euch und eure Kinder von ganzem Herzen und fühlen uns geehrt, Zeugen eurer Liebe zu sein, wenn ihr euch für den Rest eures Lebens zueinander bekennt. Was sagt ihr dazu? Seid ihr bereit?«

»Ja«, antworten wir gemeinsam.

»Dann wollen wir mal zur Sache kommen. Gage?«

Er dreht sich zu mir, nimmt meine Hände und sieht mich so liebevoll an wie immer. »Iris … meine Liebste, meine beste Freundin, meine Mitverschwörerin, mein Ein und Alles … Als wir uns zum ersten Mal getroffen haben, war ich in einer so trostlosen Dunkelheit gefangen, dass ich dachte, ich würde niemals wieder den Weg zurück ins Licht finden. Aber dank dir und unseren Wilden Witwen und all den Menschen, die mir in den letzten Jahren zur Seite gestanden haben, kann ich jetzt diesen bedeutenden Schritt mit dir und unseren Kindern gehen. Danke, dass du mir geholfen hast, ins Licht zurückzufinden, dass du mir gezeigt hast, wie viel Freude das Leben auch im Danach noch für mich bereithalten kann, und dass du mich Daddy Gage für diese wundervollen Kinder sein lässt, die du mit Mike hattest. Jeder Tag mit dir ist ein neues Abenteuer, voller Lachen und Liebe, mit Legosteinen, Spaghetti, Cool-Ranch-Doritos und all den Dingen, die das Leben lebenswert machen.«

Ich finde es toll, dass er eine Lieblingssache von jedem Kind genannt hat.

Roni reicht mir ein Taschentuch, mit dem ich mir die Tränen abtupfe, bevor sie mein Make-up ruinieren.

»Ich, Gage Collier, nehme dich, Iris Levington, zu meiner Ehefrau. Ich nehme Tyler, Sophia und Laney zu meinen geliebten Kindern. Euer Daddy Gage zu werden, ist für mich eine der größten Ehren überhaupt. Ich verspreche, euch alle für den Rest meines Lebens zu lieben, zu achten und alle Mathe-Hausaufgaben mit euch zu erledigen, bis Laney das College abgeschlossen hat.«

Das sorgt für große Heiterkeit, besonders bei den Leuten, die mich besser kennen und verstehen, was für eine große Sache das ist.

Ich lache und weine und lächle breit, während er mir mit all der Liebe, die er für mich empfindet, in die Augen schaut. Was für ein Glück wir haben, von ihm geliebt zu werden.

»Ich, Iris Levington, nehme dich, Gage Collier, zu meinem Ehemann und zu Daddy Gage für unsere Kinder. Ich danke dir für alles, was du bereits für uns bist, und für alles, was du noch werden wirst, während wir unsere Kinder gemeinsam ins Erwachsenenalter begleiten. Ich verspreche, dich zu lieben und zu ehren, dich jeden Tag zum Lachen zu bringen und die Erinnerung an Natasha, Ivy und Hazel für immer in Ehren zu halten. Ich liebe dich so sehr und werde damit nie aufhören.«

»Tyler«, sagt Joy. »Können wir die Ringe haben?«

»Oh, äh ...«

Ich schnappe nach Luft und schaue alarmiert zu ihm,

sehe, wie sehr er sich darüber freut, dass er uns aufs Glatteis geführt hat.

Er reicht Joy die Ringe, während ich ihm einen Blick zuwerfe, über den er erneut lacht.

Joy legt vier Ringe in Gages Hand.

Er dreht sich zu den Mädchen und Tyler um und winkt sie zu sich. Langsam geht er vor ihnen in die Hocke, ehe er jedem Kind einen goldenen Ring überreicht. »Ohne Ring kann ich nicht offiziell euer Daddy Gage werden. Ich liebe euch und werde immer für euch da sein, solange ihr mich braucht.«

Die drei umarmen ihn, während ich kapituliere und meinen Tränen freien Lauf lasse.

Als er zu mir zurückkommt, stelle ich mich auf die Zehenspitzen, um ihn zu küssen.

»So weit sind wir noch nicht«, erinnert uns Joy und löst damit unter Tränen Gelächter aus.

»Oh, wir sind auf jeden Fall schon so weit«, entgegne ich.

Gage lächelt, während er mir den Platin-Diamantring, den wir gemeinsam ausgesucht haben, auf den Finger schiebt und einen Kuss auf meinen Handrücken haucht. »Mit diesem Ring nehme ich dich zur Frau.«

Dann stecke ich ihm das Gegenstück zu meinem an, während wir einander tief in die Augen schauen. »Mit diesem Ring nehme ich dich zum Mann.«

»Es ist mir eine Freude, euch kraft der mir vom Commonwealth of Virginia übertragenen Befugnisse zu Mann und Frau, Mutter und Vater zu erklären. *Jetzt* darfst du die Braut küssen, Gage.«

Er legt seine Arme um mich und zieht mich zu einem leidenschaftlichen Kuss an sich, woraufhin uns unsere Gäste zujubeln.

Wir lösen uns lächelnd, glücklich und verheiratet wieder voneinander.

»Lasst uns feiern«, ruft Gage und dreht sich um, führt mich und die Kinder über den Gang zu dem Raum, in dem der Empfang stattfinden wird.

Kinsley

Nach der Zeremonie bin ich emotional völlig fertig und kämpfe darum, die Tränen zurückzudrängen.

Luke reicht mir ein Taschentuch, da ich meine alle aufgebraucht habe.

Als Gage den Kindern die Ringe überreicht hat, war es um mich geschehen.

In diesem entscheidenden Moment hat Luke nach meiner Hand gegriffen, und ich war überrascht, wie natürlich es sich angefühlt hat, mich auf ihn stützen zu können.

Meine beiden Kinder sitzen zu meiner Linken, seine vier zu seiner Rechten.

Wir nehmen eine komplette Stuhlreihe ein, worüber wir später wahrscheinlich lachen werden.

Seit unserer Verabredung zum Mittagessen hat er mich jeden Abend angerufen. An Thanksgiving haben wir drei Stunden lang telefoniert, bevor er meinte, er müsse ins Bett, sonst würden ihn die Kinder am nächsten Morgen einfach wie mit der Dampfwalze überrollen. Aber er hat extra hinzugefügt, dass er eigentlich gar keine Lust habe, unser Gespräch zu beenden.

Ich habe aufgehört, mich zu ermahnen, den Mund zu halten, weil ich das mit ihm so genieße, mehr als alles andere, was ich seit Rorys Tod erlebt habe.

Und soweit ich das beurteilen kann, verhält es sich bei ihm nicht anders.

Als Sahnehäubchen auf der Torte verstehen sich auch unsere Kinder großartig und waren überglücklich, als wir uns alle auf dem Parkplatz getroffen haben, um gemeinsam hineinzugehen. Sie haben sich umarmt wie alte Freunde, die sich zum ersten Mal seit Jahren wiedersehen. Es war bezaubernd, und wir waren beide gerührt von ihrer unverhohlenen Freude.

Als er seine Hand auf meinen Rücken gelegt hat, um mich durch die Tür in den Country Club zu geleiten, wäre ich fast dahingeschmolzen. Ich bin so eine Idiotin. Ich kann mich nicht erinnern, dass ich früher so gewesen bin, doch er hat etwas an sich, das mich – und jede andere alleinstehende Frau im Raum – umhaut.

Aber er schenkt keiner anderen auch nur einen Funken Aufmerksamkeit, sondern konzentriert sich ganz auf mich und die Kinder. Das gefällt mir. Mir gefällt ebenfalls, dass er nicht das Geringste davon mitkriegt, was für eine Wirkung er auf andere Frauen hat. Er ist respektvoll, wenn er mit mir zusammen ist, und vermittelt mir nicht das Gefühl, dass ich mich in irgendeiner Form von Wettstreit um ihn befinde.

Solche Spielchen spiele ich nämlich nicht mit, daher bin ich dankbar, dass ich das bei ihm nicht muss. Hab ich schon erwähnt, dass er einen eleganten grauen Anzug trägt, der eindeutig maßgeschneidert ist und wie angegossen sitzt? Dazu hat er sich für ein violettes Hemd und eine farblich passende Krawatte entschieden. Hab ich ihm erzählt, dass Violett meine Lieblingsfarbe ist? Vielleicht … Seine Kinder haben ganz reizende Kleider und Anzüge an. Ich möchte ihn fragen, ob er den Mädchen die Haare selbst macht, doch ich bin mir ziemlich sicher, dass es so ist. Wer sonst sollte das übernommen haben?

Für den Empfang sind mehrere lange Tafeln festlich eingedeckt, und wir haben unsere Plätze bei den anderen Wilden Witwen, darunter Christy, Trey, Joy, Bernie, Roni, Derek, Naomi, Brielle, Lexi, Tom, Hallie, Robin, Angela, Wynter, Adrian und Taylor.

Ich bin so froh, dass Taylor gekommen ist, und trotz allem lächelt sie oft, während wir reden und scherzen, ganz so wie immer. Iris hat uns gestern Abend eine Textnachricht geschickt, in der sie darum gebeten hat, dass wir uns Taylor gegenüber ganz normal verhalten und uns auf keinen Fall zurücknehmen. »Sie braucht etwas Ablenkung und Spaß, und darin seid ihr die Besten«, hat sie erklärt.

Also bemühen wir uns, genau das zu liefern, während die Kinder ihren eigenen großen Tisch in der Mitte des Raumes haben, wo die Eltern sie problemlos sehen können. Ich finde es toll, dass Iris und Gage die Kinder einbezogen und es so eingerichtet haben, dass die Eltern sich amüsieren und dabei gleichzeitig die Kids im Auge behalten können.

Das Brautpaar ist noch für Fotos mit Kindern und Familie sowie mit Roni und Derek draußen, während wir anderen schon mal Häppchen und Getränke serviert bekommen.

»Das hast du toll gemacht, Joy«, sagt Brielle.

Adrian erhebt sein Glas und stößt auf Joy an. »Hört, hört.«

»Mama Joy ist die Beste«, fügt Naomi hinzu.

»Ach was«, erwidert Joy lächelnd. »Es war mir eine Ehre, unsere furchtlosen Anführer zu trauen.«

Als Lukes jüngste Tochter Phoebe an seinem Hosenbein zieht, beugt er sich zu ihr hinunter, um mit ihr zu sprechen. Dann wendet er sich an mich: »Die Natur ruft. Bin gleich zurück.«

»Soll ich mit ihr gehen?«

»Nein, ich hab's im Griff, danke.«

Bevor er mit der Kleinen verschwindet, wirft er mir ein Lächeln zu, bei dem mir ganz heiß wird.

»Rede«, verlangt Naomi, sobald er außer Hörweite ist.

»Aber ehrlich«, pflichtet ihr Brielle bei. »Hast du uns etwa was verheimlicht, Kins?«

»Entspannt euch, Leute. Wir sind Freunde. Hier gibt es nichts zu sehen.«

»Warum hab ich dann Brandflecken am Arm?«, erkundigt sich Joy, die neben mir steht.

Ich muss lachen. »Ach, seid still.«

Maisy kommt mit Lukes älterer Tochter Clarissa an der Hand zu mir.

»Wo ist mein Dad?«, fragt Clarissa.

»Phoebe musste mal.«

»Oh, okay. Ich hab mich schon gefragt, wo sie abgeblieben ist.«

»Komm, wir tanzen«, meint Maisy.

Sie machen sich auf den Weg zur Tanzfläche.

Als ich mich wieder zu meinen Freunden umdrehe, mustern sie mich neugierig.

»Hört auf«, warne ich sie.

»Apropos Aufhören, lass dich bloß nicht von ihm schwängern«, bemerkt Wynter. »Sechs Kinder sind schon eine ganze Menge. Mit sieben hat man fast schon eine Baseballmannschaft.«

Während die anderen sich vor Lachen gar nicht mehr einkriegen, funkle ich Wynter mahnend an. »Danke für diesen wichtigen Rat.«

»Bitte, immer gern. Ich bin die ganze Nacht hier«, entgegnet sie und löst damit eine weitere Lachsalve aus.

»Geht es bei euch grundsätzlich so zu?«, fragt Taylor, während sie sich die Tränen aus den Augen wischt.

»So ziemlich«, stellt Brielle fest. »Außer wenn etwas Schlimmes passiert. Dann sind wir nicht ganz so respektlos.«

»Du musst vor allem auf Wynter aufpassen«, erklärt Naomi mit einem liebevollen Blick zu unserem jüngsten Mitglied. »Sie ist das Problem.«

»Wenn du meinst«, sagt Wynter. »Ich bin hier die Komikerin.«

»Das bist du definitiv, Süße«, bestätigt Adrian mit einem Grinsen.

Während die anderen Taylor von einigen von Wynters skandalöseren Momenten erzählen, wende ich mich an Angela, die neben mir steht und vor Anspannung zittert. Sie hat die Arme vor sich verschränkt, als könnte sie sich dadurch schützen. »Wie geht es dir?«

»War noch nie besser.«

»Schön, dass du da bist.«

»Fast hätte ich es mir anders überlegt.«

»Wir hätten dich vermisst.«

»Ich hab das Gefühl, dass mich alle anstarren.«

»Niemand starrt dich an, und wenn doch, leuchten wir ihnen schon heim.«

Sie lacht. »Ich muss euch dafür anheuern, dass ihr mich überallhin begleitet.«

»Das würden wir kostenlos tun. Was dir und Brad widerfahren ist, ist unerhört und beleidigend.«

»Danke für eure Unterstützung, sie bedeutet mir sehr viel.«

»Wie geht es ihm?«

»Es war für uns beide bitter, aber dass seine Schwägerin so redet und seine Loyalität gegenüber seiner verstorbenen Frau anzweifelt, ist ein echter Tiefschlag.«

»Ich fand es höchst befriedigend, ihr mitzuteilen, sie solle den Mund halten und beten, dass sie niemals am eigenen Leib erleben muss, wie es ist, um den verstorbenen Partner zu trauern und zu versuchen, sein Leben wieder in den Griff zu bekommen.«

»Kann ich mir gut vorstellen.«

»Versprich mir, dass ihr euch von den Hassern nicht ins Bockshorn jagen lasst.«

»Wir versuchen, uns auf die Wahrheit und das Wesentliche zu konzentrieren. Trotzdem hat das unsere aufkeimende

Freundschaft stark belastet. Ich hoffe, dass wir das über-winden können, auch wenn ich mir da nicht sicher bin.«

Sie wirkt so niedergeschlagen, dass mein Herz für sie schmerzt. »Tut mir leid.«

»Mir auch. Ich habe die Zeit mit ihm genossen. Er versteht mich wie kein anderer. Das ist sehr tröstlich, weißt du?«

Bevor ich antworten kann, kehrt Luke mit Phoebe von der Toilette zurück. »Hey, Angela. Ich habe diese Woche oft an dich und deinen Freund gedacht. Die Leute sind echt ätzend.«

»Stimmt«, erwidert sie mit einem Seufzen. »Ich hol mir jetzt einen Drink, denn da ich mit Roni und Derek gekommen bin, muss ich nicht selbst fahren.«

»Hol dir gleich einen doppelten«, rate ich ihr. »Den hast du dir verdient.«

Sie lächelt. »Ja, das hab ich.«

Nachdem sie sich entfernt hat, wende ich mich an Luke. »Was für eine schreckliche Situation.«

»Es ist furchtbar. Die Leute sollten sich um ihre eigenen Angelegenheiten kümmern.«

»Wäre das nicht schön?«

Der Bandleader fordert uns auf, zum Empfang der Hoch-zeitsgesellschaft unsere Plätze einzunehmen. Diejenigen von uns, die Kinder dabeihaben, bringen sie zu ihren Plätzen und erinnern sie an ihre Manieren, bevor wir an unseren Tisch in der Nähe zurückgehen.

»Sie sind so aufgeregt, weil sie mit den anderen Kindern zusammensitzen«, erklärt Luke. »Hoffentlich benimmt sich Phoebe. Ich habe Beckham gesagt, er soll auf sie aufpassen.«

»Ich bin mir sicher, es wird alles glattlaufen.«

»Ich mach mir Sorgen, dass ich ihn überfordere, schließ-lich ist er erst acht. Andererseits liebt er es, der große Bruder zu sein, und beschützt die anderen.«

Noch während er spricht, beugt sich Beckham vor, um seinem Bruder Nolan zuzuhören, ehe er sich nach der Serviette bückt, die Phoebe runtergefallen ist.

Ich tätschele Luke den Arm. »Atme tief durch. Alles wird gut. Und wenn nicht, sind wir ja da.«

»Stimmt. Danke für die Erinnerung.« Er trinkt einen Schluck Wasser und bemüht sich sichtlich, sich zu entspannen.

Ich weiß bereits, dass er Alkohol strikt meidet, wenn er seine Kinder fährt, daher wird er nichts anderes anrühren. Ich gönne mir am frühen Abend ein Glas Wein, lange bevor ich die Kinder nach Hause bringen muss.

»Meine Damen und Herren, liebe Freunde, bereiten wir dem Brautpaar und der Hochzeitsgesellschaft einen rauschenden Empfang. Als Erstes einen donnernden Applaus für die Eltern der Braut und des Bräutigams!«

Wir klatschen für Gages Eltern, Iris' Mutter und ihren Stiefvater sowie Mimi und Stan, die mit überglücklichen Gesichtern den Saal betreten. Ich finde es toll, dass Gage Natashas Eltern in diese Gruppe aufgenommen hat.

»Nun folgen Trauzeugin und Trauzeuge, Roni Connolly und Derek Kavanaugh!«

Wir Wilden Witwen jubeln unseren Freunden zu, die sich lächelnd zu ihren Plätzen bei uns am Tisch begeben.

»Als Nächste begrüßen wir Tyler, Sophia und Laney Levington!«

Die drei werden mit tosendem Beifall empfangen, der sie sichtlich freut. Tyler geht voraus und hält seine jüngeren Schwestern an der Hand. Sie sind unfassbar niedlich.

Iris' Mutter bringt sie zu ihren Stühlen am Kindertisch.

»Und nun zu dem mit Spannung erwarteten Höhepunkt: Hier kommen Braut und Bräutigam, Gage und Iris, Mr Collier und Mrs Levington-Collier!«

Das frisch vermählte Paar strahlt vor Glück, als die

beiden Hand in Hand durch die Tür schreiten und ihren Gästen zuwinken. Sie beginnen sofort mit ihrem ersten Tanz als Ehepaar.

Als die Band »Your Song« von Elton John anstimmt, versteift sich Luke neben mir.

»Was ist los?«

»Das ist unser verdammtes Lied«, flüstert er. »Meins und Bellas.«

Unter dem Tisch fasse ich nach seiner Hand. »Willst du etwas frische Luft schnappen?«

»Ich kann die Kinder nicht allein lassen.«

»Ich bitte Brielle, ein Auge auf sie zu haben.«

»Ja, okay.«

Ich beuge mich zu Brielle hinüber und flüstere ihr zu: »Dieser Song ist für Luke schwierig. Wir wollen kurz an die frische Luft. Kannst du auf die Kinder aufpassen?«

»Klar, kein Problem. Geht nur.«

»Danke.«

Ich lasse seine Hand los, ziehe jedoch an seinem Arm. »Komm.«

Die Kinder schauen die Braut und den Bräutigam an und bemerken nicht, dass wir uns wegstehlen.

Im Vorraum atmet Luke die kühle Luft hier tief ein. »Tut mir leid. Das hab ich nicht erwartet.«

»Du musst dich nicht entschuldigen. Natürlich konntest du damit nicht rechnen.«

»Solche Dinge ... Wenn sie einen aus dem Nichts treffen, sind sie immer ein Hieb in die Magengrube.«

»Das stimmt. Letzte Woche saß ich im Auto, und plötzlich lief Rorys Lieblingssong im Radio. Ich hatte ihn schon lange nicht mehr gehört, und er hat mich sehr berührt. Eine Million Erinnerungen auf einmal.«

»Genau so ist es. Was war sein Lieblingssong?«

»›Southern Cross‹ von Crosby, Stills and Nash.«

»Der ist toll. Ich habe für Bella ›Your Song‹ beim Karaoke gesungen, als wir frisch zusammen waren. Von da an war es unser Lied.«

»Du kannst singen?«

»Hab ich das behauptet?«

Ich lache. »Verstehe.«

»Ich hab es komplett vermasselt. Aber sie war davon beeindruckt, dass ich mich getraut und mein Bestes gegeben habe.«

»Das kann ich mir gut vorstellen.«

Als seine Augen feucht werden, schüttelt er den Kopf. »Es ist so verrückt, dass ein paar Töne eines Lieds einen ansonsten ziemlich guten Tag schlagartig ruinieren können.«

»Das Witwendasein ist ein Minenfeld aus Erinnerungen, die uns mitunter ohne Vorwarnung um die Ohren fliegen.«

»Das stimmt.« Er bemüht sich sichtlich, seine Melancholie abzuschütteln. »Ich glaub, ich hab vergessen, dir zu sagen, wie schön du heute Abend bist.«

Wow, das trifft mich völlig unvorbereitet. »Danke.« Ich werde niemals zugeben, dass ich heute Morgen extra beim Friseur war. Ich trage ein eigens für heute neu gekauftes Kleid, das eine Schulter frei lässt und an den richtigen Stellen eng anliegt.

»Ich hätte das gleich sagen sollen, als ich es zum ersten Mal gedacht habe, nämlich gleich bei unserer Ankunft auf dem Parkplatz.«

Lächelnd lege ich meine Hand auf seinen Oberarm. »Geht's dir gut?«

»Zumindest besser als zuvor. Danke, dass du mich da rausgeholt hast.«

»Gern geschehen.« In der Kälte hier im Foyer erschauere ich.

Er zieht sein Jackett aus und hängt es mir über die Schultern, sodass ich von einem intensiven männlichen Duft eingehüllt werde, von dem ich gar nicht genug kriegen kann. Wäre es seltsam, wenn ich an seiner Jacke schnüffle? *Halt den Mund, Kinsley.*

»Danke.«

Er blickt über meine Schulter zu dem Saal, in dem die Feierlichkeiten ohne uns weitergehen. »Ich sollte da wieder rein. Die Kinder …«

»Mit denen ist alles in Ordnung. Wenn sie dich brauchen, wird Brielle uns holen. Lass uns noch einen Moment bleiben, Luke.«

Er atmet tief ein und langsam wieder aus. »Das sind Dinge, die man nicht verstehen kann, bevor man sie selbst erlebt hat. Die Leute, die Angela und Brad die Hölle heißmachen … Sie haben so viel Glück, dass sie keine Ahnung haben, wie es ist.«

»Und sie sind sich dessen nicht einmal bewusst.«

»Die meisten von ihnen werden es nie erfahren.« Er greift nach meiner Hand und verschränkt unsere Finger. »Anders als wir.«

Mein Herz schlägt wie verrückt, weil er mich so ansieht.

»Das hier, mit uns … Das fühlt sich gut an, oder?«

Ich nicke und versuche, nicht völlig durchzudrehen. »Ja, tut es.«

»Möchtest du mit mir tanzen, Kinsley?«, fragt er mit einem kleinen Lächeln, das so umwerfend ist, dass ich es kaum aushalte.

»Ja, Luke, ich will sogar sehr gerne mit dir tanzen.«

30

Gage

Ich genieße jeden Moment dieses Tages, angefangen bei Iris' sexy Kleid, über die Kinder in ihrer festlichen Aufmachung bis hin zu meiner Großfamilie und den Freunden aus allen Phasen meines Lebens, denen, die mir nach dem Verlust von Nat und den Mädchen nahe geblieben sind und die eigens angereist sind, um mit uns zu feiern. Viele von ihnen haben Iris heute zum ersten Mal getroffen.

Das Beste daran ist, dass ich nach dieser Feier jeden Tag meines restlichen Lebens mit Iris und den Kindern verbringen darf, die jetzt auch zu mir gehören.

Wir haben übernächste Woche einen Termin bei Joy, um die Adoptionspapiere zu unterschreiben. Die Kids behalten den Nachnamen ihres Vaters, aber ich werde vor dem Gesetz erziehungsberechtigt sein. Iris wird, mindestens bis die Kinder volljährig sind, einen Doppelnamen tragen, sodass sie weiter mit ihnen verbunden ist – und mit mir. Ich kann es kaum erwarten, dass die Adoption offiziell ist und wir noch etwas in unserem neuen Leben zu feiern haben.

Genauso ungeduldig warte ich darauf, Iris mit meinen Plänen für unsere Flitterwochen zu überraschen, doch bis dahin sind es noch ein paar Stunden. In der Zwischenzeit will ich jede Minute dieser Party genießen, die so lange vorbereitet wurde.

Lange Zeit nach dem Tod von Nat und den Mädchen war es mir nicht möglich, aus dem tiefen Nebel der Trauer aufzutauchen und mir ein Leben vorzustellen, wie ich es heute habe. Iris und ihre Kinder haben mir einen wunderschönen zweiten Lebensabschnitt beschert, den ich nie als selbstverständlich betrachten werde, da ich nur zu gut weiß, wie schnell sich alles ändern kann.

Der Bandleader ruft Roni und Derek auf die Bühne. »Einen besonders herzlichen Empfang für die Trauzeugin und den Trauzeugen, die, wie ich hab verlauten hören, ebenfalls verlobt sind!«

Nachdem der Applaus abgeflaut ist, tritt Derek ans Mikrofon. »Vielen Dank, dass ihr alle heute hier seid, um Gage und Iris sowie Tyler, Sophia und Laney zu feiern. Für die neue Familie ebenfalls eine Runde frenetischen Beifall!«

Während unsere Gäste uns zujubeln, kommen die Kinder zu uns, um sich zu uns – oder besser gesagt, *auf* uns – zu setzen. Wir nehmen sie in die Arme und halten sie fest. Tyler hat seine Fliege verloren, und das Hemd ist ihm aus der Hose gerutscht. Laneys Haar hat sich aus den vielen Haarnadeln gelöst, die es gebändigt hatten. Sophia sieht mittlerweile aus, als wäre sie lieber zu Hause und im Bett, was ganz typisch für sie ist.

Ich liebe sie alle unendlich.

»Viele von euch kennen Iris und Gage aus ihrer Kindheit, vom College, von der Arbeit, aus der Nachbarschaft und so weiter. Roni und ich kennen sie über eine Gruppe namens ›Wilde Witwen‹, die Iris und ihre Freundinnen Christy und Taylor, die beide heute Abend hier sind, vor Jahren gegründet haben, um junge Witwen zu unterstützen. Vielleicht fragt ihr euch, warum gerade junge Witwen zusätzliche Unterstützung brauchen. Das ist eine gute Frage, über die die meisten Leute niemals nachdenken müssen. Wenn ihr euch noch nie mit diesem Thema beschäftigt habt, könnt ihr euch glücklich schätzen. Roni und ich sind beide verwitwet, ebenso wie unsere Freundinnen und Freunde dort drüben … Haltet mal die Hände hoch, Leute.«

Die Wilden Witwen stehen auf und winken, während die anderen Gäste für sie klatschen. Ich finde es toll, dass Derek sie so besonders hervorhebt.

»Im Gegensatz zu älteren Verwitweten finden sich junge Witwen und Witwer mit der beängstigenden Realität konfrontiert, dass sie nach dem Verlust ihres Ehepartners noch den größten Teil ihres Lebens vor sich haben. Jahrzehnte, die sie anders ausfüllen müssen, als sie es sich eigentlich vorgestellt hatten. Wir werden häufig von Menschen be- und sogar verurteilt, die keine Ahnung haben, wie es ist, vor dieser gewaltigen Herausforderung zu stehen. Gerade deshalb sind wir so dankbar, dass wir uns gegenseitig haben, sodass wir diese Erfahrung gemeinsam durchleben können, und dass es Tage wie heute gibt, die uns daran erinnern, dass es nach dem Schlimmsten noch so viel Gutes gibt, auf das wir uns freuen können. Das gilt auch dann, wenn wir weiterhin die Menschen in Ehren halten, die wir verloren haben, darunter Iris' Ehemann Mike und Gages Frau Natasha sowie seine Töchter Ivy und Hazel, die Iris und Gage bei allem, was sie tun, stets begleiten werden.«

Er tritt beiseite und übergibt das Mikrofon an Roni.

»Wenn man Iris und Gage gut genug kennt, um zu ihrer Hochzeit eingeladen zu werden, dann weiß man auch, wie liebevoll und großzügig sie zu den Menschen in ihrem Leben sind«, erklärt sie. »Wir hatten das ›Glück‹, dieses Kapitel unserer Geschichte mit ihnen teilen zu können, von ihnen zu lernen, mit ihnen zu wachsen, mit ihnen zu lachen – viel öfter, als man es von Witwen oder Witwern erwarten würde – und sie von ganzem Herzen zu lieben. Ich verdiene mein Geld mit Schreiben und Kommunikation, und dennoch fehlen mir die Worte dafür, angemessen auszudrücken, was diese beiden Menschen so vielen von uns bedeuten, also sage ich einfach Folgendes: Niemand hat Gutes mehr verdient als sie.«

»Auf Gage, Iris, Tyler, Sophia und Laney«, verkündet Derek. »Auf ein Leben voller Liebe und Glück.«

Iris und ich haben Tränen in den Augen, als wir um die Kinder herum unseren Freunden und ihrem von Herzen kommenden Toast applaudieren.

»Warum machen die Leute das mit ihren Gläsern?«, fragt Tyler, als alle mit dem Besteck gegen die Kristallgläser zu klopfen beginnen.

»Sie wollen, dass wir uns küssen«, antworte ich.

»Igitt, ich bin weg.« Er rutscht von meinem Schoß, wodurch eine Lücke entsteht, die es mir erlaubt, mich über die Mädchen zu meiner Frau zu beugen und ihr den geforderten Kuss zu geben.

Danach schenken Iris und ich einander ein Lächeln, mit dem alles gesagt ist.

Angela

Zum Abendessen kann man zwischen Filet mignon, Hummerschwanz oder Chicken Marsala wählen. Ich hab mich für das Filet entschieden, und obwohl es zart und perfekt gebraten ist, könnte es genauso gut ein Stück Kohle sein. Seit gestern Abend alles den Bach runtergegangen ist, kann ich einfach nichts mehr genießen.

Fast hätte ich meine Teilnahme an der Hochzeitsfeier

abgesagt, aber letztendlich konnte ich das Iris und Gage nicht antun, die mir in der schwersten Zeit meines Lebens so wunderbar zur Seite gestanden haben. Obwohl ich von Freunden umgeben bin, spüre ich die Blicke anderer Leute auf mir, die mich entweder erkennen oder darüber nachgrübeln, warum ich ihnen bekannt vorkomme.

Am liebsten würde ich ihnen zuschreien: »Ich bin die Schwester der First Lady, die Witwe, die es gewagt hat, achtzehn Monate nach dem Tod ihres Mannes mit einem Freund essen zu gehen – und jetzt dreht die ganze Welt durch. Daher kennt ihr mich.«

Ich bin es nicht gewohnt, im Mittelpunkt dieser entfesselten Aufmerksamkeit zu stehen, die für meine Schwester und meinen Schwager Alltag ist. Es würde mich in den Wahnsinn treiben, wenn die Leute ständig über mich reden würden.

»Stimmt mit dem Essen etwas nicht, Ma'am?«, fragt einer der Kellner, als er bemerkt, dass ich kaum etwas auf meinem Teller angerührt habe.

»Es ist köstlich, doch mir ist nicht ganz wohl.«

»Soll ich es Ihnen einpacken?«

»Das wäre toll. Danke.«

»Kein Problem.«

»Alles in Ordnung, Angela?«, erkundigt sich Brielle besorgt.

»Es fällt mir zunehmend schwerer, so zu tun, als würde mich das alles nicht berühren. Ich würde mich gerne davonschleichen, habe aber Skrupel, so früh das Weite zu suchen.«

»Iris und Gage würden wollen, dass du tust, was dir guttut. Wenn jemand Verständnis hat, dann sie, genau wie wir anderen auch. Ich bewundere dich dafür, wie du dich schlägst.«

»Allerdings nur gerade so.«

»Ich weiß, dass wir keine Fans von abgedroschenen Sprüchen sind, doch auch das hier wird vorübergehen. Die Leute werden sich in Kürze etwas anderem zuwenden.«

Sie hat recht, aber leider ist der Schaden schon angerichtet. Es hat zu einem Bruch in meiner Beziehung zu Brad geführt, was ein weiterer schmerzhafter Verlust ist. »Das kann für mich gar nicht schnell genug geschehen.«

Der Kellner kommt mit meinem eingepackten Essen zurück.

»Vielen Dank.«

»Ich hoffe, Sie fühlen sich bald besser«, sagt er.

»Ich auch.« An Brielle gewandt erkläre ich: »Bitte richte Iris und Gage aus …« Ich habe nicht damit gerechnet, dass ich plötzlich einen Kloß im Hals habe. »Richte ihnen aus, dass ich sie lieb hab und mich unglaublich für sie freue.«

»Das mach ich. Meldest du dich morgen? Lass mich wissen, wie es dir geht, okay?«

Ich nicke und umarme sie kurz. »Danke für deine Unterstützung, nicht nur heute, sondern immer.«

»Wir sind für dich da. Uns wirst du so schnell nicht los.«

Tränen schießen mir in die Augen. Sie ist so liebenswert und süß mit ihrem dunklen Haar, das zu einem niedlichen Bob geschnitten ist. »Danke.«

»Wie kommst du nach Hause?«

Eigentlich wollten mich Roni und Derek nach Hause bringen. »Ich ruf mir ein Uber. Sagst du Roni Bescheid?«

»Ja. Gute Fahrt.«

Die anderen verfolgen gebannt das Anschneiden der Torte, sodass ich mich, ohne groß aufzufallen, davonschleichen kann, was mich sehr erleichtert.

Als ich nach meinem Handy greife, um mir ein Uber zu rufen, finde ich eine Textnachricht von Brad. *Wie ist die Hochzeit?*

Sehr schön, doch ich breche jetzt auf. Ich bin nicht in der Stimmung …

Magst du vorbeikommen? Die Kinder sind im Bett.

Abgesehen von ein paar Nachrichten, in denen wir uns über »die Situation« ausgetauscht haben, ist das das erste Zugehen auf mich, seit wir uns gestern Abend auf der 395 geküsst haben, kurz bevor der Albtraum über uns hereingebrochen ist. Ich bin mir nicht sicher, ob ich zu ihm will, nachdem er den ganzen Tag lang nicht mit mir gesprochen hat. Aber ich will verstehen, warum er sich zurückgezogen hat, als es schwierig wurde.

Nachdem ich lange auf den Bildschirm gestarrt habe, bestelle ich ein Uber, das mich zu ihm nach Hause bringt.

Ja, antworte ich ihm. *Wir müssen reden. Ich bin in vierzig Minuten da.*

Er schickt mir zwei erhobene Daumen.

Ich hoffe, ich bereue das nicht.

Iris

Der heutige Tag war bislang wie ein Traum, der wahr geworden ist, angefangen bei den Ringen, die Gage den Kindern geschenkt hat, über ihre Freude daran, sich schick zu machen, bis hin zu seinen aufrichtigen Versprechen und all den Leuten, die von nah und fern gekommen sind, um diesen Moment mit uns zu teilen.

Wir haben ewig darüber diskutiert, ob wir einen DJ oder eine Band engagieren sollen. Ich wollte den DJ, doch er war für die Band, über die er von Leuten aus dem Club so viel Gutes gehört hatte. Die haben echt alles gegeben, von Big Band zu Bruno Mars und Lady Gaga und alles dazwischen, mit einer Gruppe Blechbläser, die einfach umwerfend waren. Unsere Gäste haben stundenlang nonstop getanzt.

»Du hattest recht mit der Band«, sage ich zu ihm,

während wir zu einer langsamen Version von »The Way You Look Tonight« tanzen.

»Ich habe meistens recht.«

»Oh Mann. Da bin ich aber voll reingelaufen.«

Als er leise lacht, muss ich lächeln.

»Sie sind großartig.«

»Ja, sind sie.« Er lehnt sich ein wenig nach hinten, um mich anzusehen. »Bist du glücklich, Liebes?«

»So glücklich, dass es mir unwirklich vorkommt.«

»Es ist absolut wirklich, und es ist der erste Tag vom Rest unseres Lebens. Ich bin so froh, dass ich das, was noch vor mir liegt, mit dir an meiner Seite verbringen darf.«

»Und ich bin froh, dass ich diese Zeit mit dir verbringen darf, dem einzigen Mann, der mich, meine verrückten Kinder und meine Wilden Witwen erträgt.«

»Ich liebe all deine Verrücktheiten, wie du weißt.«

Ich schmiege mich in seine Arme und genieße den inneren Frieden, den wir uns beide so hart erkämpft haben.

»Bist du bereit für die Hochzeitsnacht?«

»So früh?«

»Es ist fast zehn, und deine Mutter will die Kinder gleich nach Hause bringen.«

Wir hatten die Band bloß bis zehn Uhr gebucht, weil so viele unserer Gäste kleine Kinder dabeihaben. Daher dachten wir auch, dass die Party eher früh enden würde.

»Ich kann nicht glauben, dass es schon fast vorbei ist.«

»Doch es war wunderschön, und wir hatten die Zeit unseres Lebens – The Time of Our Lives.«

Ich lächle, als er das Lied erwähnt, das wir als Ausklang unseres Festes ausgewählt haben. »Aber echt.«

Gage gibt dem Bandleader ein Zeichen, dass er den Song als Nächstes spielen soll.

»Meine Damen und Herren, schnappen Sie sich Ihre Tanzpartner, und begeben Sie sich zum Abschluss noch mal auf die Tanzfläche, während wir Gage und Iris alles Gute für ihr neues gemeinsames Leben wünschen.«

Zum Abschied geben sie mit einer mitreißenden Interpretation von »(I've Had) The Time of My Life« noch einmal alles, und unsere Gäste finden sich vollzählig in der Mitte des Saales ein und tanzen. Sogar die Kinder machen mit.

Luke und Kinsley haben den ganzen Abend miteinander getanzt, oft umgeben von allen sechs Kids. Sie sind ein wunderschönes Paar, und meine liebe Freundin ist offensichtlich hin und weg. Soweit ich weiß, hat sie sich seit Rorys Tod vor vier Jahren kaum mal mit jemandem getroffen, daher ist es aufregend, zu sehen, dass sie möglicherweise eine neue Beziehung mit einem so netten Mann eingeht. Gage und ich halten große Stücke auf Luke, den wir durch Tyler kennengelernt haben, der ein Mitschüler von Lukes Sohn Beckham ist.

Lexi und Tom, Adrian und Wynter, Christy und Trey, Joy und Bernie, Roni und Derek, Luke und Kinsley, Hallie und Robin, Brielle, Naomi und Taylor, die sich wegen ihrer Schwangerschaft langsam bewegt – alle tanzen und lächeln und genießen unser Fest, zumindest wirkt es so auf mich.

Ich mustere Taylor und bemerke, wie sie das Gesicht verzieht und stehen bleibt und dann überrascht auf die Pfütze auf dem Boden schaut.

Oh nein!

Ich tippe Gage auf die Schulter. »Taylors Fruchtblase ist gerade geplatzt.«

»Oh mein Gott. Okay, was machen wir jetzt?«

»Ich geh zu ihr.«

Taylor ist von den Wilden Witwen umringt, sodass ich mich zu ihr durchdrängeln muss.

»Was können wir tun?«

»Ich, äh, ich muss wohl ins Krankenhaus.«

»Wir bringen sie hin«, sagt Brielle für sich und Naomi.

»Wir kommen auch mit«, erklären Christy und Joy gleichzeitig.

»Nicht nötig«, erwidert Brielle. »Habt Spaß mit euren Dates. Die Single-Frauen kümmern sich darum.«

»Ist das okay, Taylor?«, frage ich sie, da sie die beiden ja kaum kennt.

»Mehr als okay. Ich rufe meine Mutter und meine Schwestern an, wenn ich in der Klinik bin. Und meine Nachbarin Kate, die bei den Kindern ist.«

Ich umarme sie fest. »Ich hab dich so lieb. Ich kann es kaum erwarten, deinen kleinen Jungen kennenzulernen.«

Als ich mich von ihr löse, bemerke ich, dass ihr Kinn bebt. Die einzige Person, die sie bei sich haben möchte, ist der Mann, den sie nie wiedersehen wird.

»Du schaffst das.« Ich warte, bis sie mich direkt anblickt. »Du *schaffst* das.«

Sie nickt.

»Ich liebe dich.«

»Ich liebe dich auch. Was für eine wunderbare Hochzeit.«

»Danke, dass du gekommen bist. Das hat mir echt viel bedeutet.« Ich überlasse sie Brielle und Naomi, die bei ihr bleiben werden, bis ihre Familie da ist.

»Alles in Ordnung?«, fragt Gage.

Die Band hat sich verabschiedet, und die Kellner fangen mit dem Aufräumen an. Die Party ist vorbei.

»Ich denke schon, trotzdem ist es einfach so verdammt traurig.«

»Ja, ist es. Doch sie ist in guten Händen.«

»Du hast recht.« Ich muss mich zwingen, nicht mehr an die bevorstehende Entbindung zu denken, damit ich mich auf meinen frischgebackenen Ehemann konzentrieren kann. »Wann verrätst du mir, wohin es heute Abend geht?«

»Wenn wir dort sind.«

Er hat in Bezug auf die Hochzeitsreise sehr geheimnisvoll

getan und mir nur angekündigt, ich solle mich auf kühles Wetter und Sightseeing einstellen.

Meine Mutter und mein Stiefvater passen diese Woche auf die Kinder auf, damit wir uns ein bisschen Flitterwochen gönnen können. Das klingt vielleicht komisch als Bezeichnung für die Reise nach der zweiten Hochzeit, aber wie Gage schon meinte: Wie sonst sollen wir es nennen?

Er hat alles geplant, und ich habe ihn gewähren lassen, weil ich bis zur Hochzeit schon genug zu tun hatte. Ich hab meiner Mutter unzählige Listen geschrieben, damit sie diese Woche alles an der Hand hat, was sie für die Kinder braucht. Als wir den Kleinen Gute Nacht sagen und ihnen versprechen, dass wir sie nächstes Wochenende wiedersehen, erwarte ich eigentlich Tränen und Bitten, sie nicht allein zu lassen.

Stattdessen erklären sie nur, dass sie uns lieb haben, und wünschen uns eine schöne Reise.

Laney nimmt mir das Versprechen ab, sie jeden Tag per Videochat anzurufen.

Ich schaue zu meiner Mutter hinüber, die mit Mimi und Stan zusammensteht, und alle scheinen sehr zufrieden zu sein.

»Was ist los mit euch?«

»Mimi und Stan haben zugestimmt, diese Woche bei uns zu verbringen, und die Kinder sind total begeistert, dass sie während eurer Abwesenheit noch mehr Großeltern haben, die sie um den Finger wickeln können«, erzählt mir meine Mutter.

»Oh, wie toll. So viel Aufregung, da bleibt keine Zeit für Tränen.«

»Wir haben gehofft, dass es so laufen würde«, meint Mimi, während sie uns beide umarmt. »Habt eine wunderbare Zeit. Wir kümmern uns um eure Kinder.«

»Wir lieben euch so sehr«, erwidert Gage mit rauer Stimme.

»Wir lieben euch mehr«, antwortet Mimi.

Ein paar Minuten später gehen sie mit den Kindern, und wir verabschieden uns von den restlichen Gästen, bis nur noch die Wilden Witwen übrig sind, während um uns herum weiter abgebaut wird.

Derek holt eine Flasche Champagner und einen Stapel Plastikgläser hervor. Roni verteilt sie, während er die Flasche öffnet.

Als jeder eins in der Hand hat, hebt er sein Glas und stößt mit uns an. »Auf Iris und Gage, unsere furchtlosen Anführer. Wir haben euch beide so lieb und sind so glücklich, dass ihr euer wohlverdientes zweites Kapitel mit uns gefeiert habt. Auf Jahrzehnte voller Liebe und Glück.«

»Darauf trinke ich«, verkündet Roni, und die anderen stimmen zu.

»Danke«, sagt Gage zu seinem Trauzeugen. »Danke für alles. Ihr schiebt uns immer den ganzen Verdienst zu, doch ich weiß, Iris ist mit mir einer Meinung, dass *ihr uns* geholfen habt, wieder auf die Füße zu kommen und diesen Tag möglich gemacht habt. Ich liebe euch alle.«

Wir verabschieden uns mit Umarmungen und dem Versprechen, Bilder von da zu schicken, wo auch immer wir landen werden.

Gage führt mich nach draußen, wo ein Bentley mit Chauffeur wartet.

»Was zum …«

»Nur das Beste für meine Frau.« Er deutet mit einer schwungvollen Geste auf die hintere Tür. »Sollen wir?«

»Ja, bitte.«

Im Innenraum des luxuriösen Autos steht eine weitere Flasche gekühlter Champagner, die er öffnet und aus der er uns einschenkt.

»Auf meine Frau.«

»Auf meinen Mann.«

Wir stoßen an und küssen uns, dann trinken wir. Ich konzentriere mich so auf ihn, dass ich vergesse, darauf zu achten, wohin wir fahren. Etwa eine halbe Stunde später halten wir an.

»Wo sind wir?«

»Reagan National«, antwortet er – der Flughafen von Washington. »Komm mit, Liebste.«

Beschwingt vom Champagner folge ich ihm aus dem Auto und merke, dass wir uns auf einem Rollfeld befinden. Ein roter Teppich liegt vor mir, der an einem Privatjet endet. »Was soll das heißen, Mr Collier?«

Ich weiß, der Verkauf seiner Firma hat ihm eine Menge Geld eingebracht, aber weder gibt er mit seinem Reichtum an, noch verschwendet er was davon für verrückte Sachen wie beispielsweise das hier. Doch einmal ist keinmal, oder?

Fast kichere ich über meine Gedanken. Ja, es ist mehr als okay.

Er führt mich zur Gangway. »Hier entlang, Mrs Collier.«

In einer Million Jahre hätte ich nicht mit einem Privatjet gerechnet, aber ich hätte es vermutlich tun sollen. Mein Mann macht keine halben Sachen.

Die Hände an meiner Taille, geht er hinter mir die Treppe hinauf. »Ich wollte dich heute Abend ganz für mich allein haben, also habe ich beschlossen, dass wir uns was gönnen.«

Ich bestaune die luxuriöse Ausstattung um uns herum. »Heilige Scheiße.«

Wir werden von einem Steward mit mehr Champagner empfangen. »Willkommen an Bord, Mr und Mrs Collier, und herzlichen Glückwunsch.«

»Danke! Wie aufregend!«

Gage lacht über meine Begeisterung, während er mir zu meinem Sitz hilft und mich für den Start anschnallt.

»Wirst du mir jetzt verraten, wohin wir fliegen?«

Er greift in seinen Anzug und holt etwas aus der Innentasche, das er mir reicht.

Sprachlos starre ich auf das Bild vom Eiffelturm auf einer Touristenbroschüre für Paris. Ich drehe mich mit offenem Mund zu ihm um. »Paris? Wir fliegen nach Paris?«

»Hast du Einwände?«, erkundigt er sich lächelnd.

Ich werfe mich ihm, so gut das angeschnallt geht, in die Arme. »Die beste Überraschung aller Zeiten. Ich kann nicht glauben, dass das mein Leben ist, dass *du* mein Leben bist und dass du das geplant hast und … Ich liebe dich. Ich liebe dich einfach so sehr.«

»Ich liebe dich auch, Babe. Und mein einziges Ziel im Leben ist es, dich und unsere Kinder glücklich zu machen.«

»Dieses Ziel hast du heute millionenfach erreicht.«

Sein sexy Grinsen gehört zu meinen Lieblingsdingen. »Meine Arbeit hier fängt gerade erst an.«

Während wir zur Startbahn rollen, halte ich seine Hand fest. »Ich bin schon so gespannt auf das, was als Nächstes kommt.«

»Ich auch.«

EPILOG

Iris

Wir liegen im Flugzeug im Bett, haben noch etwa eine Stunde Flug vor uns, bevor wir in Paris landen, als ich eine Nachricht von Taylor mit einem Foto von ihr und ihrem neugeborenen Sohn erhalte. Sie lächelt breit, doch ihre geschwollenen Augen verraten, dass Trauer und Freude dicht nebeneinanderliegen.

Darf ich vorstellen? Deacon William Lonergan, sieben Pfund, achtundvierzig Zentimeter. Mutter und Kind geht es alles in allem gut. Ich hoffe, ihr habt tolle Flitterwochen und kommt uns besuchen, wenn ihr wieder zu Hause seid. Danke für alles in den letzten Wochen. Ich kann gar nicht in Worte fassen, wie viel du und Gage mir und den Kindern bedeutet. Alles Liebe!

Er ist wunderschön! OMG, das hast du toll gemacht, Mom, und was für ein schöner Name! Wir können es kaum erwarten, ihn kennenzulernen!!! Alles Liebe für dich und die Kinder.

Ich hätte noch mehr zu sagen, aber das hebe ich mir für

ein anderes Mal auf. Ich zeige Gage das Foto und den Text, und er lächelt, als er es liest. »Ein total süßes Baby.«

»Ich kann Will in ihm erkennen. Du auch?«

»Das war mein erster Gedanke.«

»Freude und Traurigkeit in einem.«

»Auf jeden Fall.« Er nimmt mir mein Handy ab und legt es auf den Tisch.

»Komm her.«

»Ich bin ja hier.«

»Näher.«

Lachend überwinde ich die wenigen Zentimeter zwischen uns, während er mich an den Hüften fasst, um mich enger an sich zu ziehen. »Besser?«

»Fast perfekt.« Er küsst mich zum bestimmt tausendsten Mal, seit wir gestartet sind und uns ins Schlafzimmer im hinteren Teil des Flugzeugs zurückgezogen haben, um unsere Feier privat fortzusetzen.

»Wodurch würde es noch besser werden?«

Er zieht mich mühelos auf sich, direkt an seine Erektion. »Jetzt sind wir auf dem richtigen Weg.«

»Sie sind unersättlich, Mr Collier.« Wir haben unsere Ehe bereits zweimal vollzogen und dazwischen ein Nickerchen gemacht.

»Weil meine Frau so sexy ist, kann ich ihr unmöglich widerstehen.«

»Wenn wir ankommen – und ich kann immer noch nicht glauben, dass wir wirklich nach Paris fliegen –, sind wir stehend k. o., wenn wir nicht ein bisschen schlafen.«

»Darum kümmern wir uns später.« Mit seinen Händen auf meinen Hüften führt er mich, während ich ihn in mich aufnehme und kurz zusammenzucke, weil ich von unseren früheren Runden ein bisschen wund bin.

»Alles in Ordnung?«

Lächelnd nicke ich, während ich mich langsam ganz auf ihn senke. Er liebt das, und ich bemühe mich, das Vergnügen so lange wie möglich hinauszuzögern, so wie er es immer bei mir tut.

Ich greife nach seinen Händen und halte sie über seinem Kopf fest, während ich mich langsam auf ihm zu bewegen beginne.

»Hast du vor, so eine Frau zu sein?«, fragt er zwischen zwei Atemzügen.

Lachend nehme ich weiter Tempo raus und provoziere damit ein protestierendes Stöhnen.

Erst als der Pilot sich meldet, um uns den Anflug auf Paris anzukündigen, werde ich wieder schneller, damit wir für die Landung bereit sind.

Hinterher liege ich keuchend auf ihm, gehalten von seinen Armen, während wir allmählich wieder zu uns kommen – passenderweise genau dann, als das Flugzeug den Sinkflug beginnt.

»Danke«, sagt er leise.

»Dass ich gnädig war?«

»Dafür und für alles andere. Von dem Moment an, als du mich während des Strandurlaubs der Wilden Witwen absichtlich verführt hast …«

»He, Moment mal! Das lasse ich nicht so einfach auf mir sitzen!«

Er lächelt und küsst mich. »Für alles. Danke, dass du mir einen Grund geliefert hast, weiterzumachen, als ich mir nicht sicher war, ob ich das kann.«

»Gleichfalls, mein Geliebter. Danke, dass du mich und meine drei Kinder und all den Wahnsinn, den wir mitbringen, als Teil deines Lebens annimmst.«

»Danke, dass du mich dazu gebracht hast, mich in dich zu verlieben, obwohl ich versucht habe, es zu vermeiden.«

»Wir hatten dich längst sicher in der Falle. Es gab kein Entkommen.«

Er drückt mich fest an sich. »Jetzt hast du mich wirklich.«

»Und ich werde dich nie wieder gehen lassen.«

376

Möchten Sie wissen, was nach dem Kuss zwischen Angela und Brad auf der 395 passiert? Dann halten Sie Ausschau nach »Someone to Save – Rette mich mit deiner Liebe«, das 2026 erscheint!

Ach, dieses Buch hat mich von der ersten bis zur letzten Seite gefesselt! Obwohl ich es unsäglich traurig fand, was mit Taylors Mann passiert ist, wollte ich ihr unbedingt eine eigene Geschichte geben, nachdem sie wieder geheiratet und die Bühne verlassen hatte. Es war großartig, wie Iris, Gage und alle Wilden Witwen für sie da waren und wie Taylors Tragödie sie dazu gebracht hat, sich mit ihren Dämonen auseinanderzusetzen. Es hat Spaß gemacht, für jede und jeden von ihnen neue Szenen zu schreiben und ihre Geschichten im größeren Kontext von Taylors Schicksalsschlag weiterzuerzählen.

Das Ende mit der Hochzeit von Iris und Gage schien mir der beste Weg, um die Witwen mit einer optimistischen Note zurückzulassen, bis wir sie in Angelas Geschichte »Someone to Save – Rette mich mit deiner Liebe« wiedertreffen. Auch Kinsley und Luke finde ich superspannend. Ich kann es kaum erwarten, zu erfahren, wie es bei ihnen weitergeht, und Taylor dabei zu helfen, ihr drittes Kapitel zu schreiben, wenn sich ihre Geschichte so entwickelt. Wir werden sehen.

Treten Sie auf jeden Fall der englischsprachigen »Someone to Remember«-Lesergruppe auf facebook.com/groups/someonetoremember bei, um sich mit anderen Leserinnen über dieses Buch auszutauschen (Spoiler sind ausdrücklich erlaubt), und der »Wild Widows Series«-Gruppe (hier bitte keine Spoiler) auf facebook.com/groups/thewildwidowsseries sowie der »Wild Widows Grief Support«-Gruppe auf facebook.com/groups/wwsupportgroup1/.

ICH LIEBE MEINE WILDEN WITWEN! Sie gehören alle zu meinen Lieblingscharakteren, und ich hoffe, sie noch viele Jahre begleiten zu können.

Vielen Dank an meine Lektorinnen Linda Ingmanson und Joyce Lamb sowie an meine Testleserinnen Anne Woodall, Kara Conrad und Tracey Suppo. Danke an Gwen Neff, die Hüterin der Continuity, und an die Testleserinnen der Wild-Widows-Reihe: Amy, Karina, Gina, Jennifer und Marianne.

Ebenso an das Team, das mich jeden Tag unterstützt und ohne das ich es einfach nicht schaffen würde: Julie Cupp, Lisa Cafferty, Jean Mello, Nikki Haley und Ashley Lopez sowie meine Familie, Dan, Emily und Jake.

Vor allem danke ich den Leserinnen, die jedes neue Buch mit so viel Liebe und Begeisterung erwarten. Ich bin Ihnen allen so dankbar, mehr, als Sie sich vorstellen können!

Alles Liebe
Marie

WEITERE TITEL VON MARIE FORCE

Wild Widows

Someone like you – Neues Glück mit dir, Band 1

Someone to hold – Nur mit deiner Liebe, Band 2

Someone to love – Du mein Ein und Alles, Band 3

Someone To Watch Over Me – Mein Weg zu dir, Band 4

First Family

State of Affairs – Liebe in Gefahr, Band 1

State of Grace – Für alle Ewigkeit, Band 2

State of the Union – Du und ich gemeinsam, Band 3

State of Shock - Meine Liebe, mein Leben, Band 4

State of Denial – Riskantes Spiel mit dir, Band 5

State of Bliss – Unser Traum von Liebe, Band 6

State of Suspense – Zwei Seelen, ein Herz, Band 7

State of Alert – Verheißung des Glücks, Band 8

State of Retribution – Die Macht unserer Liebe, Band 9

Die Fatal Serie

One Night With You – Wie alles begann (Fatal Serie Novelle)

Fatal Affair – Nur mit dir (Fatal Serie 1)

Fatal Justice – Wenn du mich liebst (Fatal Serie 2)

Fatal Consequences – Halt mich fest (Fatal Serie 3)

Fatal Destiny – Die Liebe in uns (Fatal Serie 3.5)

Fatal Flaw – Für immer die Deine (Fatal Serie 4)

Fatal Deception – Verlasse mich nicht (Fatal Serie 5)

Fatal Mistake – Dein und mein Herz (Fatal Serie 6)

Fatal Jeopardy – Lass mich nicht los (Fatal Serie 7)

Fatal Scandal – Du an meiner Seite (Fatal Serie 8)

Fatal Frenzy – Liebe mich jetzt (Fatal Serie 9)

Fatal Identity – Nichts kann uns trennen (Fatal Serie 10)

Fatal Threat – Ich glaub an dich (Fatal Serie 11)

Fatal Chaos – Allein unsere Liebe (Fatal Series 12)

Fatal Invasion – Wir gehören zusammen (Fatal Serie 13)

Fatal Reckoning – Solange wir uns lieben (Fatal Serie 14)

Fatal Accusation – Mein Glück bist du (Fatal Serie 15)

Fatal Fraud – Nur in deinen Armen (Fatal Serie 16)

Fatal Serie Bände 1-6

Fatal Serie Bände 7-11

Fatal Serie Bände 12-16

Miami Nights

Bis du mich küsst

Bis du mich berührst

Bis du mich liebst

Bis du mich verzauberst

Bis du mit mir träumst

Die McCarthys

Liebe auf Gansett Island (Die McCarthys 1)

Mac & Maddie

Sehnsucht auf Gansett Island (Die McCarthys 2)

Joe & Janey

Hoffnung auf Gansett Island (Die McCarthys 3)

Die Green Mountain Serie

Alles was du suchst (Green Mountain Serie 1)

Endlich zu dir (Green Mountain Serie 1/Story *1)*

Kein Tag ohne dich (Green Mountain Serie 2)

Ein Picknick zu zweit (Green-Mountain-Serie/Story 2)

Mein Herz gehört dir (Green Mountain Serie 3)

Ein Ausflug ins Glück (Green-Mountain-Serie/Story 3)

Schenk mir deine Träume (Green-Mountain Serie 4)

Der Takt unserer Herzen (Green-Mountain-Serie/Story 4)

Sehnsucht nach dir (Green-Mountain Serie 5)

Ein Fest für alle (Green-Mountain-Serie 5/Story 5)

Öffne mir dein Herz (Green-Mountain-Serie 6/Story 6)

Jede Minute mit dir (Green-Mountain-Serie 7)

Ein Traum für uns (Green-Mountain-Serie 8)

Meine Hand in deiner (Green-Mountain-Serie 9)

Mein Glück mit dir (Green-Mountain-Serie 10)

Nur Augen für dich (Green-Mountain-Serie 11)

Jeder Schritt zu dir (Green-Mountain-Serie 12)

Ganz nah bei dir (Green-Mountain-Serie 13)

Meine Liebe für dich (Green-Mountain-Serie 14)

Eine Ewigkeit für uns (Green-Mountain-Serie 15)

Die Neuengland-Reihe

Vergiss die Liebe nicht (Neuengland-Reihe 1)

Wohin das Herz mich führt (Neuengland-Reihe 2)

Wenn das Glück uns findet (Neuengland-Reihe 3)

Und wenn es Liebe ist (Neuengland-Reihe 4)

Für immer und ewig du (Neuengland-Reihe 5)

Die Quantum Serie

Tugendhaft (Quantum-Serie 1)

Furchtlos (Quantum-Serie 2)

Vereint (Quantum-Serie 3)

Befreit (Quantum-Serie 4)

Verlockend (Quantum-Serie 5)

Überwältigend (Quantum-Serie 6)

Unfassbar (Quantum-Serie 7)

Berühmt (Quantum-Serie 8)

Erhaben (Quantum-Serie 9)

Andere Bücher

In the Air Tonight – Im Dunkel der Nacht

Sex Machine – Blake und Honey

Sex God – Garrett und Lauren

Five Years Gone – Ein Traum von Liebe

One Year Home – Ein Traum von Glück

Mein Herz für dich

Nicht nur für eine Nacht

Take-off ins Glück

The Fall – Du und keine andere

Dieses Mal für immer

Helden küsst man nicht

Küsse für den Quarterback

Gilded Serie

Die getäuschte Herzogin

Eine betörende Braut

ÜBER DIE AUTORIN

Marie Force ist New-York-Times-Bestseller-Autorin von zeitgenössischen Liebesromanen und Romantic Suspense. Zu ihren Büchern gehören unter anderem die beliebten Reihen „Fatal", „First Family", „Gansett Island", „Butler Vermont", „Neuengland", „Miami Nights" und „Wild Widows" sowie die erotische „Quantum"-Serie. Ihre Bücher haben sich weltweit bislang mehr als zehn Millionen Mal verkauft, wurden in ein Dutzend Sprachen übersetzt und standen über dreißigmal auf der New-York-Times-Bestseller-Liste. Außerdem ist sie USA-Today- und #1-Wall-Street-Journal-Bestseller-Autorin und in Deutschland Spiegel-Bestseller-Autorin.

Ihre Ziele im Leben sind einfach: Bücher zu schreiben, solange sie kann, ihre beiden Kinder weiter dabei zu unterstützen, glückliche, gesunde und produktive junge Erwachsene zu werden, und niemals in einem Flugzeug zu sitzen, das Schlagzeilen macht.

Tragen Sie sich in Maries Mailingliste ein, um alles Wichtige über neue Bücher und Veranstaltungen zu erfahren. Folgen Sie ihr auf Facebook und auf Instagram.

www.ingramcontent.com/pod-product-compliance
Lightning Source LLC
Chambersburg PA
CBHW020901060726

47591CB00004B/1029